小說空間與臺灣都市文學

黃自鴻 著

臺灣 學生書局 印行

序

　　在香港研究臺灣文學，自然困難重重，特別是自鴻的博論寫作之時，香港大學與臺灣圖書館之間的外借服務尚未啓動，資料不能在網上下載，學位論文仍未有電子檔可用，閱讀幾乎是不可能，除非到臺北一行。現在連電子書也開始普及了，這是在十多年前所未能預見的。自鴻其時他還沒踏足臺灣，也不寬裕，未免冒險。

　　自鴻在本科三年級開始，就常主動來幫忙資料蒐集的工作，習作詳細校改一次，即能心領神會，謀篇的心法，覆核的程序，書寫的格式，駕輕就熟。以最高榮譽畢業，進碩士年半，獲系上推薦直攻博士，這項殊榮，過去只有三數位。

　　有感於學術交流的重要，因此聯絡畢業同學合辦研討會數十次，自鴻擔任助教多年，有緣躬逢其盛，前後恐怕也有十多次，得以多見幾個筵席，比較重要的有錢鍾書、陳寅恪、白先勇、宋代文學、先秦兩漢文學研究等，部分已在臺灣和內地結集成書。《漢唐文學與文化》（上海：學林，2004）是在江蘇師範大學舉辦研討會的結集，經費方面多蒙方環海教授協調，編校則自鴻的助力不少，無論內容和規範，可視爲經典。會議前後作汗漫遊，走馬黃河、過邙山、大相國寺、清明上河園、少林寺、關林、包

公祠、徐州楚王墓，如今歷歷在目。又有《魯迅、阿城和馬原的敘事技巧》（臺北：大安，2000），乃十數年前同學佳作結集，其時開始給同學逐一輔導，手機已人手一部，聯絡較爲方便，自鴻加上長於敘事學，頗收事半功倍之效。如是於論文寫作頗能心領神會者，蓋以百計。個別輔導論文寫作，當年只此一家，別無分店，學業有成者，感激不盡，歡欣無限。

　　臺灣小說空間之論，自鴻覃思多年，實爲當代經典，坊間文本分析恨少，年輕學人未必能舉重若輕，駕馭自如。常置案頭，亦屬必然。

黎活仁

2014 年 7 月 28 日

小說空間與臺灣都市文學

目　次

導 言

　　小說是敘事的藝術，是一系列事件（event）的敘述，互為因果的事件組成小說情節（plot），[1]事件則有賴時空存在而發生。時間是三維空間的第四維，兩者是不能完全分開的；[2]在這個基礎上，巴赫金（Mikhail Bakhtin, 1895-1975）提出以時空體（chronotope）的概念研究文學作品，將時間與空間兩者同時理解和探討，認為時空體裏的主導軸線是時間。[3]在敘事文學中，我們

1　故事和情節的定義可參一般敘事學著作，例如胡亞敏（1954-），《敘事學》（武昌：華中師範大學，1994）118-119。

2　參霍金（Stephen W. Hawking, 1942-），《時間簡史——從大爆炸到黑洞》（*A Brief History of Time: From the Big Bang to Black Holes*），許明賢（1947-）、吳忠超（1946-）譯，2 版（長沙：湖南科學技術，2001）23。

3　Mikhail Bakhtin, "Forms of Time and of the Chronotope in the Novel: Notes toward a Historical Poetics," *The Dialogic Imagination: Four Essays*, trans. Caryl Emerson and Michael Holquist, ed. Michael Holquist (Austin: U of Texas P, 1981) 84-85; 中譯參巴赫金，〈小說的時間形式和時空體形式——歷史詩學概述〉，《小說理論》，白春仁、曉河譯（石家莊：河北教育，1998）274-275。

較容易感受時間的流動，書籍和音樂相類，需要時間閱讀和聆聽，時間在文學中占據重要地位，根源在於語言的順時性。[4]

　　萊辛（G.E. Lessing, 1729-1781）在《拉奧孔》（*Laocoön*）中比較詩（文學）畫（造型藝術）的不同，說明時間的先後承續是詩人的工作，空間則是畫家的管轄範圍，（詩）文學的主要描述對象是動作，著重表現運動，是時間推進的承續手段，描寫僅屬解說的輔助工具。在表現的核心而言前者強調動作（或譯情節）的持續，後者強調物件在空間中並列的靜態美感。文學創作只適宜運用暗示描述物件，反之，以大量篇幅敘述人物的動作如何推動故事情節。通過荷馬（Homer, 約前 9 至 8 世紀）史詩的分析，萊辛認為動作不是獨立存在的，它需要人或物的支撐，因此詩能夠描畫物件，可是只能通過動作，用暗示的方式、簡潔的文辭描畫出來。這些物件應在人物的動作中產生作用，而且只寫物件的一項特點。萊辛認為，語言能夠準確描述物件，既可以像自然中排列，也可以先後承續，卻不一定最符合詩歌的原意。如果將事物纖悉無遺的一一枚舉，這其實是對畫家領域的逾越，並非詩歌這種體裁的應有手段。[5]

4　參陳振濂（1956-），《空間詩學導論》（上海：上海文藝，1989）6-12；桂詩春（1930-）編著，《新編心理語言學》（上海：上海外語教育，2001）520、614-615。

5　G.E. Lessing, *Laocoön: An Essay on the Limits of Painting and Poetry*, trans. Edward Allen McCormick (Baltimore: Johns Hopkins UP, 1984) 76-93; 中譯參萊辛，《拉奧孔》，朱光潛（1897-1986）譯（合肥：安徽教育，1989）92-110。

　　萊辛的見解，幾已成為小說空間研究的定論，一直以來小說時間的重要性凌駕於空間之上，因為時間可以顯示人物的改變，反之空間只是靜止的畫面，不利於刻畫人物。關於小說空間的研究，自現代主義以降，由弗蘭克（Joseph Frank, 1918-）提出「空間形式」（spatial form）理論開始漸受重視。他認為現代小說一反時間順序、轉變（transition）的傳統觀點，強調「並置」（juxtaposition）的藝術，向空間化和顛倒時序的方向發展。1945年發表的著名論文〈現代小說中的空間形式〉（"Spatial Form in Modern Literature"）中，弗蘭克提出一種新的小說形式：現代主義者突破傳統，由順時走向時空交錯、時序顛倒的結構，營造出耳目一新的審美效果。語言在時間中前進，純粹的空間性是永遠不可能達到的，但破壞時間的順序敘述，則較能走近知覺的同時性。[6]

　　弗蘭克的經典論述提出以後，空間形式成為重要的批評術語和概念，掀起小說空間研究的熱潮，卡斯納（Joseph A. Kestner）的《小說的空間性》（*The Spatiality of the Novel*）即屬其中一種。作者期望，從空間的運用和小說空間性的本質，建立一種小說的

---

[6] Joseph Frank, "Spatial Form in Modern Literature," *The Widening Gyre: Crisis and Mastery in Modern Literature* (Brunswick: Rutgers UP, 1963) 3-62; 中譯參弗蘭克，〈現代小說中的空間形式〉，《現代小說中的空間形式》，秦林芳編譯（北京：北京大學，1991）1-49。陳長房（1949-）〈空間形式、作品詮釋與當代文評〉回顧了空間形式的內容，成功與失敗的作品詮釋範例，以及空間形式與結構主義、現象學等文學批評間的關係，見《中外文學》15.1（1986）：80-127。

空間詩學。該書從哲學和文學的角度論證空間是時間藝術的必要組成部分，空間的功能可從「幾何學的」角度觀察：以點、線、面、距離等概念思考，讀者可將小說人物連接成各種各樣的圖形。小說人物的敘述與轉述，能夠構築成一幅幅「虛擬」的圖畫，在不同的文本或讀者之間，距離的空間性也影響著解讀行爲。[7]較多的著述，例如史賓沙（Sharon Spencer）的《現代小說中的空間、時間與結構》（*Space, Time, and Structure in the Modern Novel*），則集中於弗蘭克導引出的小說「時間空間化」（the spatialization of time）問題。[8]

早期的敘事學研究，譬如說熱奈特（Gérard Genette, 1930-）的《敘事話語》（*Narrative Discourse: An Essay in Method*），小說空間的問題主要仍與時間有關。熱奈特從時間方面定義「場景」（scene），認爲傳統小說的敘事策略，就在於調節場景（戲劇）與概述（非戲劇）之間的節奏。《追憶逝水年華》（*In Search of Lost Time*）中五大場景的描述與傳統場景大異，《追憶》中的場景不盡然與情節緊張之處吻合，這種敘述方式瓦解了慣常的場景敘述節奏。[9]

7　Joseph A. Kestner, *The Spatiality of the Novel* (Detroit: Wayne State UP, 1978).

8　Sharon Spencer, *Space, Time, and Structure in the Modern Novel* (New York: New York UP, 1971).

9　Genette, *Narrative Discourse: An Essay in Method*, trans. Jane E. Lewin (Ithaca: Cornell UP, 1980) 109-112; 中譯參熱奈特，《敘事話語・新敘事話語》（*Narrative Discourse: An Essay in Method, Narrative Discourse Revisited*），王文融譯（北京：中國社會科學，1990）70-72。

另一種重要的敘事學著作，巴爾（Mieke Bal, 1946-）的《敘述學：敘事理論導論》（*Narratology: Introduction to the Theory of Narrative*），屬較為重視小說空間的研究之一。《敘述學》全書分為本文（text）、故事（story）和素材（fabula）三部分，本文是由語言構成的全部，故事是表現素材的手法，素材則指根據邏輯和時間順序組織起來的一連串事件。從素材和故事兩方面分析，空間因素在前者起著重要作用，事件在特定的場所（location）展開。小說中的場所有時並不一定得到說明，有待讀者填補。巴爾亦論述素材中的空間多數以對立關係呈現，例如內與外、天堂與地獄等；也有許多事件安排在車子、飛機等交通工具之中。在故事（編排）方面，地點（place）與特定的感知點相關，按巴爾的解釋，空間即與感知點相聯繫的地點。在空間與聚焦、感官的關係來看，巴爾認為視覺、聽覺及觸覺三種感官特別牽涉到空間感知的問題上。空間是一個框架（frame），人物身處或不在空間之中，賦予安全／不安全、自由／幽閉等一組組對立框架的作用。巴爾也認為空間在故事裏有兩種作用，它可能只是一個結構或一個行動地點，也可以成為主題本身。例如自然主義小說（the naturalistic novel）的重點，就在於空間對人的影響。另外，從時間的角度分析空間，場景一般與故事時間大致相同，當小說的敘述集中於空間的詳細描述時，空間就不只是簡單提及的附屬物，而是明確的描述對象，時間次序亦必然中斷。*10*

---

10 Mieke Bal, *Narratology: Introduction to the Theory of Narrative*, trans. Christine van Boheemen (Toronto: U of Toronto P, 1985) 5, 43-45, 73-75, 93-

　　弗蘭克的結論引起空間研究的興趣，與此同時亦有學者對於「空間」和「空間形式」看作徵引頻繁的批評術語抱以保留態度。趙毅衡（1943-）指出，敘述要成爲敘述，情節中的事件需要時間、空間或因果其中一種內在聯繫。空間關係在較多的小說裏構成敘述，可是文字的線性敘述及前後承續所構成的小說「空間形式」，只屬於時間的「非時序化」或變形，「空間化」是一個比喻，個別談論事件的空間關係並無什麼意義，雖然如此，趙毅衡仍然強調「情節的空間位置」不可或缺。[11]除此以外，也有論者嘗試分辨「空間」與「地點」兩者，根據地理學家段義孚（Yi-fu Tuan, 1930-）的看法，空間和地點的意義常被混爲一談，「空間」提供空曠、開闊的自由感覺和經驗，「地點」則是一個特定位置，生物所需要的「感覺價值中心」。[12]論者同意段氏看法，地點的含義要較空間、場面（scene）、背景（setting）、風景（landscape）等術語周詳，也因爲空間一詞忽略了與特定地點相關的感覺和想像經驗，比較適用於文學研究。[13]近年，在敘事學領域中，小說空間重新得到重視。敘事學家弗里德曼（Susan

---

99：中譯參巴爾，《敘述學：敘事理論導論》，譚君強（1945-）譯（北京：中國社會科學，1995）3、48-51、83-85、105-113。

11　趙毅衡，《當說者被說的時候——比較敘述學導論》（北京：中國人民大學，1998）192-195。

12　Yi-fu Tuan, Introduction, *Space and Place: The Perspective of Experience* (Minneapolis: U of Minnesota P, 1977) 3-6; 中譯參段義孚，緒言，《經驗透視中的空間和地方》，潘桂成譯（臺北：國立編譯館，1999）1-5。

13　勒韋克（Leonard Lutwack, 1917-2008）的著作研究地點在文學中的意義，見 *The Role of Place in Literature* (Syracuse: Syracuse UP, 1984) 27.

Stanford Friedman）指出，一直以來敘事學重時間輕空間，除了巴赫金以外，其餘各家傾向忽略敘事學的空間問題。空間多數被視為中斷時間的「描述」，或靜態的「背景」，或在時間中推進的「場景」。弗里德曼建議對空間作補償的重視，以恢復敘事學中時間與空間的互動分析。[14]

關於「情節的空間位置」與「空間／地點」的分析，主要探討的對象是敘述空間（narrative space），即「經由敘述話語，由文字表現出來的虛構世界」。如果細加劃分，敘述空間可再分為故事空間（story space）和話語空間（discourse space），前者是包含人物、行動和存在體的空間，後者為敘述者的空間，並不一定在文本中顯示出來。在敘事學的研究中，敘述空間概念並非不重要，只是時間方面的研究較多。[15]若將小說的素材分類為行動（小說人物的行動）、對話（或說話，包括直接或間接話語、[16]

---

14 Susan Stanford Friedman, "Spatial Poetics and Arundhati Roy's *The God of Small Things*," *The Blackwell Companion to Narrative Theory*, eds. James Phelan and Peter Rabinowitz (Oxford: Oxford UP, 2005) 192-203; 中譯參弗里德曼，〈空間詩學與阿蘭達蒂・洛伊的《微物之神》〉，寧一中（1957-）譯，《當代敘事理論指南》，費倫、拉比諾維茨編，申丹（1958-）等譯（北京：北京大學，2007）204-221。

15 Seymour B. Chatman, *Story and Discourse: Narrative Structure in Fiction and Film* (Ithaca: Cornell UP, 1978) 23-24, 96-97; Jakob Lothe, *Narrative in Fiction and Film: An Introduction* (Oxford: Oxford UP, 2000) 49-50.

16 Shlomith Rimmon-Kenan, *Narrative Fiction: Contemporary Poetics* (London: Routledge, 1999) 109-110; 中譯參雷蒙-凱南，《敘事虛構作品：當代詩學》，賴干堅譯（廈門：廈門大學，1991）128。

日記體等）、人物形象、環境（位置、風景、場景等）和評述
（評論或事件等的介紹），其中環境是最具有空間性的元素，其
他亦難與空間分離。另一方面，文學中的空間，除了包括地點、
場面、背景、風景的概念外，也包括文本空間，而且能與文本時
間組成對稱的概念；小說空間的層次，可分為文本層次、敘述層
次和理解層次，「地點」則未能涵括。事實上，單單指出「敘述
空間」的概念是不足夠的，米歇爾（W.J.T. Mitchell, 1942-）從弗
蘭克的空間形式理論出發，提出四類文學中的空間：文本空間、
文本裏事件的表現空間、組織結構和符號的抽象空間，和文本世
界的某個形上空間。第一層文本空間，指的是「文字本身的物理
存在」，「物理文字」（the physical text）是同時存在的語言序
列，閱讀就是將文本空間形式轉化為時間形式，可謂最少歧義的
一個層次。第二層表現空間，即作品中所表現的或所指的世界，
有些作品中的敘述空間與主題相關，也可能是不重要的背景。第
三層抽象空間是指由情節編織而成的「線條」，描繪出一個怎樣
的圖案。第四層形上空間是由讀者協助建構的，詮釋作者心目中
想要表達的空間。[17]另一位學者索蘭（Gabriel Zoran）則認為存在
三個層次：地志（topographical）層次，即敘述空間；順時排列

---

17 W.J.T. Mitchell, "Spatial Form in Literature: Toward a General Theory,"
    Critical Inquiry 6.3 (1980): 539-567; Daniel Punday, *Narrative after
    Deconstruction* (Albany: State U of New York P, 2003) 77; 熱奈特，〈文學
    與空間〉（"Literature and Space"），王文融譯，《文藝理論》1
    （1986）：113-115；法文原文見 Gérard Genette, "La literature et
    l'espace," *Figures II* (Paris: Editions du Seuil, 1969) 43-48.

（chronotopic）層次，為事件與運動帶動的空間，較類似時空體；文本（textual）層次，即語言文字。根據熱奈特的說法，文學與空間的關係異常重要，不僅因為空間像其他「主題」般有各種場所、住宅、風景的描述，而且應該有一種專屬於文學本身的，「表現而非被表現」的空間。熱奈特所說的「文學的空間性」，與文本空間相一致。[18]

　　米歇爾、索蘭兩人觀點有部分地方相似，而以前者分類較見完備。若將查特曼（Seymour B. Chatman, 1928-）的話語空間納入米歇爾的小說空間結構類型，體系則較完整。學者喜引的巴赫金時空體概念，則是「形式兼內容的一個文學範疇」，屬於組織敘事作品情節和事件的核心，有其體裁意義。有些時空體沒有向前的時間觀，只是日復日、年復年的重複循環的時間周期，[19]可見時空體涵括敘述空間、情節線條及作者的世界觀，較少注意文本層次的小說空間。通過歸納及修正各家說法，小說空間層次表可綜合如下：

18　Gabriel Zoran, "Towards a Theory of Space in Narrative," *Poetics Today* 5.2 (1984): 315.

19　Bakhtin, "Forms of Time and of the Chronotope in the Novel" 84-85, 247-248, 250; 中譯參巴赫金，〈小說的時間形式和時空體形式〉274-275、449、451。

文本層次	文本空間（文字）		
敘述層次	敘述空間	話語空間（敘述者空間）	時空體
		故事空間（實現故事的空間）[20]	
理解層次	抽象空間（情節線條）		
	形上空間（讀者詮釋作者想像中的世界）		
	參照空間（讀者構思的，與作品相對照的空間）		

　　巴赫金、米歇爾、索蘭及查特曼的觀點可概括爲文本層次、敘述層次及理解層次，一般研究探討的小說「空間」，其實就是敘述空間。值得留意的是，在米歇爾形上空間的基礎上，尚可劃分「參照空間」層次。「參照空間」是由讀者建構的，在文本中可能出現或不曾出現的空間。例如，沈從文（沈岳煥，1902-1988）的鄉土小說（如〈蕭蕭〉、〈柏子〉等），令讀者構想異於同代作家，與魯迅（周樹人，1881-1936）筆下截然不同的鄉土空間，同時亦建構一個小說裏面沒有明言的都市空間，與沈從文式的鄉土空間組成一組對稱關係。

　　城市與鄉村的對照，基本上是現代人的生活框架。如何理解我們的生活空間，特別是在城市發展的同時，怎樣使環境變得更人性化和提升人的素質，成爲各學門益發重視的探討焦點。承現代主義文學的餘緒，晚近都市文學、後現代文學風潮，或以空間

20　雷蒙-凱南指出作家可能以空間或邏輯兩種手段發展故事，參 Rimmon-Kenan, *Narrative Fiction* 15; 中譯參雷蒙-凱南，《敘事虛構作品》17。

為主題，或藉此呈現虛實混淆的本質，或據之反思民族、歷史與文化，空間成為作家及批評家創作和分析的重心。有論者指出，都市文學本身就是一個用空間來概括文類的術語，鄉土與城市文學之間必定有其中一種占據主導位置。*21*

　　面對臺灣社會的變遷，七、八十年代鄉土文學風潮後期，鄉土作家開始重視都市空間的位置和作用。經過本土方言創作和吾國吾民的內容描寫兩個階段，鄉土文學側重社會批評，逐漸將描寫對象轉移到都市與低下階層的人物。*22*鄉土派主將王拓（1944-）曾撰文為他們的文學創作定位，指出：「『鄉土文學』，就是根植在臺灣這個現實社會的土地上來反映社會現實、反映人們生活的和心理的願望的文學。它不是只以鄉村為背景來描寫鄉村人物的鄉村文學，它也是以都市為背景來描寫都市人的都市文學。」又謂：「這種『現實主義』的文學是根植於我們所生所長的土地上，描寫人們在現實生活中的種種奮鬥和掙扎、反映我們這個社會中的人的生活辛酸和願望，並且帶著進步的歷史的眼光來看待

---

21 蔣述卓（1955-）、王斌，〈論城市文學研究的方向〉，附錄，《城市的想像與呈現：城市文學的文化審視》，蔣述卓等著（北京：中國社會科學，2003）246-248。

22 鄉土文學的發展可分為三個階段：一、日據時期，臺灣作家主張使用本土方言為創作語言，以抵抗日本文化；二、五、六十年代，作家傾向描摹當地風景、風土人情和各種小人物形象；三、七十年代，鄉土文學理論家認為鄉土文學不單描述鄉村也刻畫城市，反映低下階層的生活悲劇。見 Jing Wang, "Taiwan *Hsiang-t'u* Literature: Perspectives in the Evolution of a Literary Movement," *Chinese Fiction from Taiwan: Critical Perspectives*, ed. Jeannette L. Faurot (Bloomington: Indiana UP, 1980) 48-56.

所有的人和事，為我們整個民族更幸福更美滿的未來而奉獻最大的心力的。」[23]陳映真（陳永善，1937-）的「華盛頓大樓」系列，序言也說明自己並不反對企業，他的目的是要「理解企業下人的異化的本質」，在「愛與希望的文學和藝術裏，尋求安身的故鄉」。[24]

　　鄉土文學作家聲言不排斥都市，然而代表人物陳映真、黃春明（1935-）七、八十年代的小說，例如〈夜行貨車〉、〈雲〉、〈蘋果的滋味〉、〈我愛瑪莉〉等等，都是針對資本主義、崇洋媚外，並強調民族意識的小說創作。他們期望表現「進步歷史」的意識形態，「呈現一定的倫理指標和道德價值判斷，並依此規律訴求作家應搜尋出一套具備普遍妥當性的人性準則與生活典型」，為鄉土文學作品的共通點。[25]林燿德（林耀德，1962-1996）認為，都市文學和「鄉土文學」，或曰「田園模式下所謄寫的現代主義」和「鄉土派寫實文學」之間，「世界觀和文體的『差異』」是兩者的區別所在。[26]對「都市空間」的理解和側重點之不同，正是都市文學和鄉土文學的分歧。

23　王拓，〈是「現實主義」文學，不是「鄉土文學」──有關「鄉土文學」的史的分析〉，《鄉土文學討論集》，尉天驄（1935-）主編（臺北：遠景，1978）119。

24　陳映真，序，《華盛頓大樓第一部：雲》（臺北：遠景，1983）2-3。

25　林燿德，〈蘇非斯特的言談──從《公寓導遊》看張大春的小說策略〉，《期待的視野──林燿德文學短論選》（臺北：幼獅文化，1993）8。

26　林燿德，〈八零年代臺灣都市文學〉，《重組的星空──林燿德論評選》（臺北：業強，1991）223。

　　大陸學者朱雙一（1952-）指出，八十年代臺灣社會與過去不同，政治上的解嚴，容許作家不單留意現實和民族意識的問題，也更爲關注整體世界的狀況；其次，臺灣經濟飛躍發展，消費文化和都市文化高漲，文學創作更傾向書寫富裕社會的各種問題；再次，八十年代西方文學、哲學、文化思潮大量湧入，作家的態度與過去不一，既不是否定西方的一切，也非不加批判地盲目移植外來思想，而是從事「創造性誤讀」。原來盛極一時的鄉土文學開始沉寂，以都市爲書寫對象，技巧有所創新的「新世代小說家」湧現，這批「新世代」作家，大致代表臺灣近二十年的文學主流，也就是都市時代的文學。臺灣「戰後新世代」和以前世代的不同之處，在於「新世代」作家擁有廣闊的創作視野，能夠統合各種學科和不同的文學體裁，創作多元化的文學作品。新世代作家也有突破前世代作家文學權威的強烈企圖心，嘗試創作科幻小說、後設小說（metafiction）等文體。更重要的是，都市文學作家多數於都市長大，一方面以都市生活爲他們的主要題材，另一方面又以速度、變化、甚至以醜爲美、面對科技文明的挑戰等等爲寫作技巧或內容，這些都是異於過往的藝術經驗。都市是收納萬物、存在差異的生活空間，「特有的時空觀念」和「並列、交錯、重疊」的生活，使作家更傾向運用「共時性展開的敘述方式」等新穎的小說技法。[27]

27　朱雙一，《近 20 年臺灣文學流脈：「戰後新世代」文學論》（廈門：廈門大學，1999）8-17。鄉土文學論戰的看法，另參張大春（1957-），〈當代臺灣都市文學的興起——一個小說本行的觀察〉，《四十年來中國文學》，邵玉銘（1938-）、張寶琴、瘂弦（王慶麟，1932-）主編（臺

　　身爲重要的都市文學作家、理論家和研究者，林燿德指出，
八十年代臺灣都市文學是「在舊價值體系崩潰下所形成的解構潮
流」，「質疑國家神話、質疑媒體所中介的資訊內容、質疑因襲
苟且的文類模式」，進而質疑語言本身。[28]他又列舉臺灣新世代
小說家的名單，認爲他們的作品有創新的主題。[29]林燿德的都市
小說論文多次提及空間於都市文學的重要性，認爲都市文學有著
異於過往和以前不曾出現的空間；[30]他曾在專欄文章中屢次提及
空間的意義，[31]〈空間剪貼簿〉又指出，都市小說家銳意將城市
裏面的建築空間當成是作品的有機正文，讓讀者與一或多種空間
得以交流。在論文中，林燿德舉出辦公大廈、消費空間、情色遊
戲空間、電梯等等，以描述都市小說中的空間。[32]

北：聯合文學，1995）164-169；呂正惠（1948-）、趙遐秋（1935-）主
　　編，《臺灣新文學思潮史綱》（臺北：人間，2002）341-376。

28　林燿德，〈八零年代臺灣都市文學〉214-215；並參杜國清（1941-），
　　〈臺灣都市文學與世紀末〉，序，《臺灣文學英譯叢刊》6（1999）：
　　vii-ix。

29　林燿德，〈臺灣新世代小說家〉，《重組的星空》88-89。

30　林燿德，〈八零年代臺灣都市文學〉215-223；〈臺灣新世代小說家〉88-
　　92；〈都市：文學變遷的新坐標〉，《重組的星空》189-201。

31　包括〈小說的空間感〉、〈小說中的「現實空間」〉、〈小說中的心理
　　空間〉、〈小說中的幻想空間〉和〈小說中的科幻空間〉。見《黑鍵與
　　白鍵——林燿德佚文選 03》，楊宗翰（1976-）編（臺北：天行社，
　　2001）292-306。

32　林燿德，〈空間剪貼簿——漫遊晚近臺灣都市小說的建築空間〉，《當
　　代臺灣都市文學論》，鄭明娳（1950-）主編（臺北：時報文化，1995）
　　289-324。

　　八、九十年代，後現代文學試圖顛覆既有的文學成規，重新定義小說的時空概念。柯里（Mark Currie）指出，資本主義文化的生命周期愈來愈短，我們所有的一切都與「暫時」掛鈎。由於受到全球化、地球村的趨勢所影響，過去的空間觀念，已被同時性的整體所取代。[33]也有論者指出，後現代文學帶有「多重空間」（multiple spaces）的感覺，嘗試逃離任何單一空間。[34]本研究擬回應晚近小說創作及文學思潮的轉變，配合敘事學、形式主義（formalism）文論、哲學和心理學方面的身體論述，以及都市研究等相關理論，探討小說空間的五個方面，包括「空間與文本形式」、「身體與空間」、「城鄉空間」、「室內空間」和「物件與空間」。各章探討的研究對象，以黃凡（黃孝忠，1950-）、林燿德、朱天文（1956-）、朱天心（1958-）四位臺灣都市小說家為主，旁及白先勇（1937-）、陳映真、黃春明、駱以軍（1967-）等人的著作，藉此窺探都市小說的基本特質。

　　上述四位作家，為臺灣新世代小說家中極富個性的一群。黃凡堪稱政治小說、後設小說與流行文學的代表作家，林燿德則是都市文學的倡導者，具有強烈的後現代傾向。朱天文後期多寫消費主題和同志文學，朱天心的作品涉獵都市人物心態、眷村文學

---

33 Mark Currie, *Postmodern Narrative Theory* (New York: Macmillan, 1998) 101-104; 中譯參柯里，《後現代敘事理論》，寧一中譯（北京：北京大學，2003）112-114。

34 Punday 82-84; 吉遜（Andrew Gibson, 1949-）也指出後現代思潮與敘述空間的關係，參 *Towards a Postmodern Theory of Narrative* (Edinburgh: Edinburgh UP, 1996) 8-19.

和空間記憶，四位作家當可代表臺灣當代小說的某個面貌。四位作家對臺灣都市文學的發展有極重要的意義，據「小說本行」張大春所述，黃凡的第一篇小說〈賴索〉，打開了八十年代臺灣文學的新道路，「為鄉土文學論戰之後因筋疲力竭而創作銳減的臺灣文壇注入了相當的刺激。」[35]其後《大時代》、《都市生活》、《曼娜舞蹈教室》等，更專注於發掘都市題材。林燿德兼擅小說、散文、詩歌和評論，創作和文學論述均對都市文學有重大影響；他又與黃凡合著長篇小說《解謎人》，合編《新世代小說大系》，二人在都市小說的發展有建設理論、樹立典範的重要意義。朱天文、天心姊妹早期作品充滿少女情懷，《喬太守新記》、《方舟上的日子》多寫少年的懵懂情愫和成長困惑，轉入稍後的《最想念的季節》和《未了》，雖然還未創作強調都會特質的作品，城市化的傾向漸見端倪。有關少年成長的〈風櫃來的人〉，城鄉背景是作者的創意所在，而〈最想念的季節〉的主人公是市儈的小商人，頗有都市特色。《未了》的眷村家庭，在結局中因為居所改建，面臨都市化的轉變。於寫作生涯中段，都市成為朱氏姊妹筆下主要的小說空間，[36]愈來愈重視經營都市環境、消費、人際關係等題材。《炎夏之都》、《世紀末的華麗》、《我記得……》、《古都》四書，或以衰老身體映襯都市的快速變遷，或敘述都市的畸形族群，在在集中書寫城市場景，

35　張大春，〈當代臺灣都市文學的興起〉168-170。

36　參徐正芬，〈朱天文小說研究〉（國立臺灣師範大學碩士論文，2001）6-10；陳培文，〈朱天心的生命風景與時代課題〉（國立成功大學碩士論文，2003）97-110。

是研究臺灣都市小說的必讀作品。以後《荒人手記》、《漫遊者》等等，雖已脫離九十年代都市文學的風格，仍承襲前作如〈肉身菩薩〉、〈古都〉的基調，文本空間的繁衍堆疊和記憶空間的書寫策略，[37]空間都被放在最重要的敘述位置。

本書考察的小說作品，包括黃凡從《賴索》到《財閥》等多部長短篇小說，復出之作《躁鬱的國家》、《大學之賊》等亦將稍作論及。林燿德作品包括《惡地形》（《非常的日常》）到《大東區》等四部長篇、兩部短篇小說。朱天文創作大致可分為《喬太守新記》到《最想念的季節》，和《炎夏之都》到《巫言》兩個時期，本書的重點將放在《炎夏之都》以降，《世紀末的華麗》和《荒人手記》等幾部作品。關於朱天心作品的研究，亦主要由《我記得……》開始，下迄《古都》；《漫遊者》是一部悼念亡父，漫遊於夢想空間的小說集，因延續《古都》的獨有文體，及其時有敘述的舊日臺北，也將一併論述。這四位都市小說家的其他作品偶作分析，以顯示他們的基本風格及其流變。此外，後文亦將討論後設小說與科幻小說，作為都市小說的補充素材。[38]

37　徐正芬的朱天文論有類似見解（166）。

38　後設小說、科幻小說和都市小說關係異常密切。按朱雙一解釋，探討小說本身的後設小說，是都市後工業文明所產生的文學現象。見朱雙一，《近 20 年臺灣文學流脈》310-317。又王建元（1944-）指出，科幻小說發端於都市文化，甚至可以說，科幻小說本身其實就是都市文學的一種。見〈當代臺灣科幻小說中的都市空間〉，《當代臺灣都市文學論》，鄭明娳主編 233。都市空間是大量科幻小說的主要場景或靈感泉源。

　　回顧目前臺灣都市小說的研究，相關著作著重講述臺灣社會背景、都市小說興起狀況、都市的生活文化等內容，另一些傾向解釋「都市」定義和臺灣社會的變革，主線則放在「城鄉對立」和「批判都市」等方向。批判資本主義、探索城市的定義、都市小說的社會背景等的詳細解說是這批研究的重點，其他重要的小說空間論題仍有很大的發展空間。參考上面學者朱雙一和都市小說家林燿德的看法，「特有的時空觀念」、「異於過往的空間」可謂閱讀都市小說的必要角度，林燿德所說的「文體差異」，就是作者從線性、有條理的敘述結構，改變爲以「並時的、多重編碼的空間結構」，張大春、黃凡的小說，有「瓶飾性的立體呈現」和「多稜鏡的多面折射」的結構技巧，爲都市文學的一種「觀察的、經驗的」角度。[39]〈空間剪貼簿〉一文亦提出，各式建築空間是表現都市人思想、人與空間互動的室內空間，屬於研究都市小說的重要方向。此外，提及臺灣的都市文學，多數評論對都市空間、都市景色有相當豐富的說明，卻未見都市小說裏的「鄉村描寫」。翻閱黃凡、朱天文等人的作品，即可發現其中爲數不少的鄉村背景。小說空間的敘述手法、互相補充的城鄉空間、建築的內部空間應屬值得繼續探索的方向。

　　從敘事學的研究角度看，作爲一種藝術形式，小說最核心的概念在於敘事的方法。敘述者與感知點的關係影響作品的體式，若要分析小說空間，如何觀察是必須討論的課題。過去，考察敘述者與人物的研究甚多，對於感知點，或曰身體的分析有點不

---

[39]　林燿德，〈八零年代臺灣都市文學〉222、232。

足。由於存在主義、女性主義等思想的勃興,文學中的身體是近年的研究重點。整體來說,人物角色的身體形象,或肉身隱喻是較多學者討論的範圍。敘述需要某個身體感知,小說中的空間、場景均由敘述者所提供,因此身體描寫極為常見。身體形象具備性格特徵和預示人物命運的效用,也和小說空間的感知無法分開。為了進一步定義文學中的都市,本書將從人物身體展開對城鄉空間的分析。

空間是由各種物件或道具所構築起來的。製造情節、描寫場景、環境或者營造氣氛,物件都幾乎是不可或缺的元素,然而小說的物件研究主要聚焦於資本主義的探討。除了批判都市的消費主義以外,怎樣分析物件在小說中的各種現象,並建立小說物件的研究框架,確實仍有極大的論述空間。

黃凡、林燿德、朱天文、朱天心小說為題的學術論著,以朱天心研究最多,主要以作品風格分期、編年方式或社會學方法展開論點,都市文學多占其中一至兩章的篇幅。與上面的介紹相近,研究者較重視病態都市、財團、都市交通和人的疏離等題目,討論範圍多集中個別幾部作品,四位作家可資補充的材料與角度仍相當豐富。作家的專題論文方面,有部分內容觸及都市空間的章節,然而局限在都市人物的生活寫照,沒有注意空間於都市文學中的關鍵地位,無論是文字空間、身體與空間的關係,或室內空間的研討等,都可作全面的申述。

本書嘗試在理論和文本分析之間取得平衡,整合理論並提出觀點,然後應用在臺灣都市小說的分析。一般研究小說空間的著作,多將重點放在時空體之上,為了進一步探尋文學空間的特

點，本書將加強文本空間、敘述空間和參照空間的研究。熱奈特在《敘事話語》中謂，希望對《追憶逝水年華》的個別研究，能夠延伸到普遍的敘事文本。[40]本研究期望，在這些作家的專門研究中提出小說空間的觀點，並推展到其他文本的實踐。

　　第一章從空間層次與文本形式的角度，分別由空間、形式與起結，空間形式、文本空間與敘述空間，及敘述空間與小說體裁開始闡述。讀者閱讀小說，經常可以發現開端和結尾有較長的空間敘述，起結是小說時間流開始和中止的兩點，因此開端、結尾的空間描寫極多，重視故事性的都市小說大致不離這種形式。另外，都市文學大量採用現代主義的空間形式技巧，參考小說空間的層次結構，敘述空間與文本空間的並置和連篇鋪排，和空間形式有共通之處。最後一節研究小說文類與敘述空間的關係，指出書信體、回憶錄小說特別著重話語空間的運用，而一般小說則較多故事空間的場景。本節重心在後設小說中的空間，指出環境元素應該和人物行動具有一定邏輯關係，但在後設小說的敘述裏，行動與環境的割裂和狂歡的諧謔特質，製造出嬉戲和質疑寫實的傳統，可謂後設小說的基本形式。

　　探討空間與形式的關係之後，其餘四章主要研究都市小說中的敘述空間。第二章申述空間與身體的關係，第一部分提出「聚焦身體」的觀點，解釋身體和空間的關係，有助建構情節和理解主題。第二部分據「聚焦身體」的概念，分述都市作家筆下衰弱

---

40 Genette, Preface, *Narrative Discourse* 23; 中譯參熱奈特，緒言，《敘事話語・新敘事話語》4。

身體的不同意義和目的。都市小說大多以衰弱身體的人物為主人公，與陰暗或是空洞的都市並舉，以第二部分引述的例子來看，衰老肉身可說是都市文學的基本模式。

　　第三章研究都市文學最受重視的範疇：城鄉空間。承接上文，都市的空間感覺受身體影響，城市是互動的網絡，連結居民的身體，然而對城市人來說，他人的身體卻只是一種威脅。另外，鄉村是都市的參照地點，也突顯都市的特殊空間感覺。都市文學當然是以描寫城市為核心的文類，臺北都市是許多研究的著眼點，小說中大量鄉村空間的襯景卻乏人留意。這種「城鄉空間」不是鄉土文學時期的「城鄉對立」模式，也不是「回到鄉村（烏托邦）等於解放」的典型。都市小說的城鄉空間，既在對立、又在互補的狀態，作者批判都市的同時，也反映出無法脫離其中的悲哀。第二節論述都市小說中的異地、海洋和夢境，這些「他處空間」和鄉村一樣，屬於都市的對照面。林燿德、朱天心等作家確實有意拓展城鄉以外的敘述空間，本章對於城鄉空間辯證關係的分析，引申出敘述空間的「參照性」。

　　都市中的各式建築，製造出各種反映城市人心靈的室內空間，亦屬都市文學的空間書寫對象。第四章研究家、辦公室、學校、浴室和電梯五種室內空間，可以留意都市裏的家庭是僅有的溫暖泉源，另一方面卻又有著極多家庭衝突的情節。辦公室和學校是日常生活的權力空間，小說人物鬥爭激烈；浴室、電梯則為現代都市的普遍建築，都市小說裏偶有敘述，是兩種頗有特色的場景，卻未見完整分析。本章在分述室內空間特色的同時，並帶出它們的特定情節功能和空間的獨有性格。

　　第五章探討小說中的物件符號及其象徵，首先提出物件是小說的「象徵場所」並定義物件的四條軸線，然後以布希亞（或譯鮑德里亞，Jean Baudrillard, 1929-2007）的理論分析都市小說和科幻小說中的物件，揭示都市文學的批判態度。最後分別根據四條軸線，解讀小說具有特色的物件，說明都市小說對於「物件」、「道具」的創新應用，作爲前四章分析的補充。

第一章 空間與文本形式

一、空間、形式與文本層次

　　本章擬從小說技巧和空間層次兩方面論述小說與空間的特點。承續前言空間層次的探討，以下藉小說起結、空間形式和敘事作品體裁三個角度，分析空間層次在敘事文體中的重要性和藝術效果。為了進入其餘四章有關敘述空間的論述，第一章更多呼應情節、主題、文本性等的問題，鋪墊以後的基礎。論者認為小說敘述以時間為主軸，空間較不重要，本章第一、二節的考察即擬指出，空間與時間是密不可分的組織，空間形式也可造成平行、對照、循環、交錯、重複等互相參照的效果，[1]強調空間在小說敘述之中有極其重要的意義。此外，前兩節期望導引文本空間的解說，以圖論證這個概念在敘事作品裏的討論價值。第三節延續敘述空間技巧的考察，既發掘話語空間、故事空間與小說體裁的關係，也進而解釋空間與動作的邏輯。在後設小說裏，場景運用能顯示現代主義與後現代主義思潮的影響，通過時間壓縮和場景邏輯的顛覆，營造特殊的文本效果。

1　胡亞敏 127。

二、空間與起結

　　起結與中間過渡不同，中間過渡前後以時間流動為主，起結則是小說時間流開始和中止的兩點，時間或由靜止走向流動，或由流動走向靜止。開端常帶有時空兩者配合的定位手法，結尾則以靜止畫面/空間作中心，滿足讀者想像空間的希望，代入主角，假設自己觀察此一環境並作出相應行動。在整部小說中，為了讓讀者進入作品，因此開頭是最容易看見空間描寫的部分，是許多小說的開端方式。狄更斯（Charles Dickens, 1812-1870）《雙城記》（*A Tale of Two Cities*）當然是描寫開端的經典例，鋪排故事發生的地點：「這是最好的時候，這是最壞的時候；這是智慧的年代，這是愚昧的年代；這是信仰的時期，這是懷疑的時期；這是光明的季節，這是黑暗的季節；這是希望的春天，這是失望的冬天，〔……〕」[2]海明威（Ernest Hemingway, 1899-1961）的長篇《喪鐘為誰而鳴》（*For Whom the Bell Tolls*），以一個畫面般的場景發端。不必贅言，故事正在發生的開端，馬上就能讓讀者找住故事流的位置，也容易吸引讀者的注意力，這種形式開頭是極為常見的小說技巧：「他匍匐在樹林裏積著一層松針的褐色地面上，交叉的手臂支著下巴；高高的上空，風在松樹樹梢間刮著。他俯臥著的山坡不太陡，但往下卻很陡峭，他能看到那條柏油路黑黑的，蜿蜒

2　Charles Dickens, *A Tale of Two Cities* (London: Oxford UP, 1988) 1; 中譯參狄更斯，《雙城記》，羅稷南（陳小航，1898-1971）譯（上海：上海譯文，1983）3。

穿過山口。」[3]

　　也有一些例子，如《潮騷》的開端強調小說背景：

> 歌島是個人口一千四百、方圓不到四公里的小島。
> 歌島有兩處景致最美。一處是八代神社，坐落在島的最高
> 點，朝西北而建。[4]

小說開端設定一個定位點是最尋常不過的書寫方式，一種非常典型
的想像和創作方法。風景、交代地點是最傳統的方法，例如《圍城》
的開端：「紅海早過了，船在印度洋面上開駛著，但是太陽依然不
饒人地遲落早起，侵占去大部分的夜。夜彷彿紙浸了油，變成半透
明體；它給太陽擁抱住了，分不出身來，也許是給太陽陶醉了，所
以夕陽晚霞隱褪後的夜色也帶著酡紅。」[5]

　　風景或地點描寫的篇幅長短，可以製造或緩或急的調子，特
別是某些長篇小說的開頭，為了營造史詩式的架構，長長的背景
或風景描述是極其常見的。另一種場景式的空間開端，可以上面
《喪鐘為誰而鳴》為例，這種方式的開篇容易吸引讀者，投入到小
說正在發生的故事裏面。風景式的開端還可分為兩類，第一類是

3　Ernest Hemingway, *For Whom the Bell Tolls* (London: Arrow, 1994) 1；中譯
　　參海明威，《喪鐘為誰而鳴》，程中瑞譯（上海：上海譯文，2006）1。

4　三島由紀夫（MISHIMA Yukio, 平岡公威，1925-1970），《金閣寺、潮
　　騷》，唐月梅譯（南京：譯林，1999）163。

5　錢鍾書（1910-1998），《圍城》（北京：人民文學，1998）1。

「現在式」的，另一類是「回憶式」的。兩種開端都可在白先勇《臺北人》中看到相關例子，像〈一把青〉和〈歲除〉：

> 抗日勝利，還都南京的那一年，我們住在大方巷的仁愛東村，一個中下級的空軍眷屬區裏。在四川那種蔽塞的地方，煎熬了那些年數，驟然回返那六朝金粉的京都，到處的古蹟，到處的繁華，一派帝王氣象，把我們的眼睛都看花了。[6]
>
> 除夕這一天，寒流突然襲到了臺北市，才近黃昏，天色已經沉黯下來，各家的燈火，都提早亮了起來，好像在把這一刻殘剩的歲月加緊催走，預備去迎接另一個新年似的。[7]

黃凡長、短篇小說，就多以時空定位開始。例如《傷心城》以范錫華離臺、葉欣在書店喝酒的場景展開敘述：

> 范錫華在國際機場宣讀他的離臺聲明時，我正在羅開書店二樓喝老闆自釀的桑椹酒。時值薄暮、紅霞似火、落日餘暉鋪滿擺著罐裝仙人掌花的窗臺上。從這些被染成一片金黃的花葉間隙，飄來陣陣微風和隱約人聲，那是附近通業電子工廠下班的訊號。[8]

6　白先勇，〈一把青〉，《臺北人》（臺北：爾雅，1971）23。

7　白先勇，〈歲除〉，《臺北人》51。

8　黃凡，《傷心城》（臺北：自立晚報，1983）3。

這種開端的寫法，為下文鋪墊了一種作品基調，慢慢打開范錫華崛起與墮落的經過，抒情氣息藉由「時值薄暮」、「落日餘暉」等字眼而鋪排。在第二章的開頭，作者也用了一些文字描述故事主體的背景：

> 股價指數跌破四年來最低記錄四百七十點的那天上午，我把車子撞進一輛貨櫃車的尾部。真可怕！但那輛龐然巨物，除了車尾燈受損外，什麼事也沒有。我那輛福特車的引擎蓋卻整個掀了起來，露出滿布塵垢的零件和油污污的電線，有如手術房中被開膛破肚的內臟，令人反胃。[9]

「股價指數跌破四年來最低記錄四百七十點」和突如其來的撞車，使作品慢慢投入這部長篇的虛構世界裏。葉欣原為知識分子，敘述開始之時自稱沉迷股市投機，卻落得股票幾乎全成廢紙的下場。黃凡的作品，除了後設小說以外，大都有著慣常的小說時空模式，在開頭鋪排一段場景或天氣的敘述。當讀者進入作品闡述的世界之時，《財閥》的敘述者何瑞卿馬上仔細描述四年以來工作的大樓，這座建築物象徵其父賴樸恩財團的權勢：

> 任何一個晴朗的下午，不管開那種廠牌的汽車，你只要從高速公路下來，並且一不小心把視線偏離了灰灰的單調的路面，你的眼睛便會被來自東北方某個閃閃發光的物體刺

9　黃凡，《傷心城》7。

　　了一下，於是你用力眨眨眼皮，第一眼那個物體看起來像是枚剛從熔爐裏取出的銀幣。〔……〕 *10*

黃凡小說的開端顯然著重環境方面的敘述，由首作〈賴索〉起，環境元素就已是黃凡作品開端的主要模式，泰半作品含有風景、天氣和場景等的描寫。即使是沒有環境開端的作品，例如《躁鬱的國家》，也用「這時候，黎耀南正在南下的莒光號上給總統寫信」，*11* 主人公的一個行動點出小說正在發生的敘述空間。在四位作家裏面，黃凡小說的開端最屬典型，時空定位可謂慣性。

　　與黃凡相比，林燿德小說的起始一段主要由行動、評述兩種元素為主，開端較少環境元素。不過，他的兩部長篇科（魔）幻小說《大日如來》和《時間龍》都有空間描繪，前者的開端空間描寫極具林氏的都市文學色彩：「偉大的都市不需要身世。偉大的都市只需要偉大的建築。」*12* 後者用某個中校的行動，暗示故事屬於未來世界：「中校將登山用的鋼爪扣住一塊凸出的電路板上，繼續朝向鴿羽灰的天光接近。」*13* 這個「凸出的電路板」的敘述空間，自然不屬於現實世界，暗示讀者闖入未來的國度，為閱讀過程定位。無論是作者或讀者，在故事開端必然注意小說的時空設定，藉此設置、理解和進入小說空間。雖然部分林燿德小說（如《一九

10　黃凡，《財閥》（臺北：希代，1990）5。

11　黃凡，《躁鬱的國家》（臺北：聯合文學，2003）16。

12　林燿德，《大日如來》（臺北：希代，1993）13。

13　林燿德，《時間龍》（臺北：時報文化，1994）6。

四七高砂百合》）是以時間開始，但是也在時間設定後立即交代故事發展的空間：

> 一九四七年二月二十七日，午後。
>
> 瓦濤・拜揚蹲踞在海拔一千五百公尺的一座峭壁上，他的視線望向天際，一團團奔湧的彤雲正如同火焰般竄出層層堆疊的山巒。[14]

朱天文的短篇小說也大量使用環境元素設定故事背景，其中比較著名的作品——〈炎夏之都〉和〈世紀末的華麗〉——都是以臺北都市爲主題，開端採用了臺北的環境描寫：

> 這個城市愈來愈熱了。呂聰智開車打三重上高速公路時，這樣想著。[15]
>
> 這是臺灣獨有的城市天際線，米亞常常站在她的九樓陽臺上觀測天象。依照當時的心情，屋裏燒一土撮安息香。
>
> 違建鐵皮屋布滿樓頂，千萬家篷架像森林之海延伸到日出日落處。[16]

前一篇小說是臺灣都市文學的代表作，首先定義了作品的特色，天

14　林燿德，《一九四七高砂百合》（臺北：聯合文學，1990）1。

15　朱天文，〈炎夏之都〉，《炎夏之都》，2 版（臺北：遠流，1994）115。

16　朱天文，〈世紀末的華麗〉，《世紀末的華麗》，新版（臺北：遠流，1999）171。

氣、都市和主人公之間的組合，爲下文的結構中心，交織出都市煩擾的氣溫和現實、身體不復年輕、與青春對比的線索。後一篇作品的開頭是朱天文小說的標誌，都市醜陋的一面，與遺世獨處的主人公並列，藉此深化世紀末的主旨。朱天文顯然重視時空設定，即如《荒人手記》般自由的文本，敘述者亦自述：「這是頹廢的年代，這是預言的年代。我與它牢牢的綁在一起，沉到最低，最底了。」[17] 敘述者充滿詩意的獨白，以墮落的空間作喻，也屬於典型的開端方法。

　　將四位作家比較，黃凡、朱天文的小說開端最重視環境元素，而且時空兩者均有涉及的作品最多。林燿德、朱天心作品是略爲重視時間的，後者也喜歡利用敘述者的介紹或評論開始，基本上貫徹其創作生涯。自《想我眷村的兄弟們》以後，朱天心多採用「你」的敘述方式，對話、行動、環境的直接敘述也因此略少，評述的情況也較多，雖然如此，時空兩者結合的開端，在其小說裏仍有定位的意義，早期和都市文學轉變時期（《我記得……》）的小說，著重故事情節，〈新黨十九日〉的開頭就利用速食店的環境評述，導入主人公生活的改變：

> 她開始喜歡並習慣每天下午在速食店裏的時光。因為長年夏涼冬暖的室內空調總使愛坐臨窗位子的她長期下來快失去了現實感，尤其有好陽光的天氣，透過每一小時就有工讀生出來擦一次的白色木框方格玻璃窗望出去，她完全忘

　　了外面夏熱冬涼的現實而相信自己置身的果真是一個美麗
的城市。[18]

又或是寫政治問題的〈十日談〉，小說開始把幾個人物的遭遇並列，
顯示臺灣政治生態下的眾生相。黃凡、朱天文兩位有代表性的臺灣
當代作家仍然倚重環境元素開篇，可見環境開端或時空配合發端仍
屬重要謀篇技巧，並不僅屬行動的輔助角色。
　　小說開端的空間描述有時非常詳細，對讀者而言能確定故事
發生的地方，以後一系列事件都發生於這個想像中的空間。俄國
形式主義者托馬舍夫斯基（Boris Tomashevsky, 1890-1957）指出開
端是「促使情境從靜止轉為運動的事件之總和」，[19]代表主人公以
後的行動將在此一想像的空間中進行，連接和推進情節序列。現
實性較強的小說有時不需要點明地點，在特別需要設置背景的類
別，譬如說是科幻或幻想小說，界定空間就變得非常重要。赫胥
黎（Aldous Huxley, 1894-1963）的《美麗新世界》（*Brave New
World*），小說一開始就敘述一棟位於倫敦的建築，並從這棟建築
開始刻畫一個異於我們身處的未來世界。顯然，那句箴言（「共

18　朱天心，〈新黨十九日〉，《我記得……》（臺北：聯合文學，2001）136。
19　托馬舍夫斯基，〈主題〉（"Thematics"），姜俊鋒譯，方珊（1949-）校，
　　《俄國形式主義文論選》，什克洛夫斯基（Viktor Shklovsky, 1893-1984）
　　等著，方珊等譯（北京：生活‧讀書‧新知三聯，1992）113。

有、劃一、安定」）以及後面那各色各樣冰冷的室內描寫，[20]營造了一股怪異的氣氛，讓讀者馬上就能投入那個反烏托邦的世界裏去。如果長篇小說開端的節奏太快，未有充分鋪排就投入故事之中，就容易給讀者一種印象，使作品性質降低到像低俗小說一般的水平。[21]以空間或場景的定位開端，小說不致過急進入故事流程。巴爾指出，在時間與空間的敘述上，兩者的關係組成小說節奏。在空間的感知發生以前，時間次序必然中止，而與空間有關的敘述將於整部作品中不斷重複，以穩定結構。[22]

敘事學家指出，小說是時間的藝術，一段較長的空間描寫開端卻屬於小說的典型形式。小說基本上以較長的文字段落爲單位，一般來說環境是最具有空間性的開端元素，風景、天氣、環境、戶內、戶外等等描寫廣泛見於各種小說文本的開頭。其他如行動、對話和評述，也像上文《喪鐘爲誰而鳴》的例子，多有提及空間或時空，對作者與讀者來說同樣指涉時空定位，是小說開端不能缺少的部分。普林斯（Gerald Prince）認爲敘述基本上不可能沒有時間設定，相反空間似乎不是必需，在一些日記體小說裏，地點有時被用作主題的、結構性的或是特性記述的裝置。敘述者敘述他身處的空間，可能顯示了其性格、處境、或達到對比的效

20　Aldous Huxley, *Brave New World and Brave New World Revisited* (New York: Harper Perennial, 2004) 15; 中譯參赫胥黎，《美麗新世界》，李黎、薛人望譯（臺北：志文，1992）21。

21　康洛甫(Manuel Komroff, 1890-1974)，《長篇小說作法研究》(*How to Write a Novel*)，陳森譯（臺北：幼獅文化，1975）180。

22　Bal, *Narratology* 97; 中譯參巴爾，《敘述學》110-111。

果。普林斯引述幾個例子，包括左拉（Émile Zola, 1840-1902）作品《萌芽》（*Germinal*），說明敘述地點並不占有什麼地位。[23]

　　普林斯的觀點值得細思。舉《萌芽》的開端為例，小說恰正是從寒冷的深夜開始，一名工人走在平原的路上，有相當詳細的空間描述，然後才進入與其他人物的對話場景。[24]熱奈特認為每個場景都有接近開端的作用，意味著主人公進入新地點或場所，以後一連串事件都在同樣的一個空間中開展。[25]點明小說空間所在，時空兩者的配合是極為常見的開端手法，上述《圍城》的開端是一類較常見的例子。重視時間和情節的作品，仍須在小說開端鋪排一段長長的空間描述。敘述空間本身是一個自足的世界，有屬於自己的法則、邏輯及獨有基調，就如白先勇〈夜曲〉的開端場景，一個暮秋乍寒的下午，公園裏的樹木露出零落的枝幹，整篇小說的氣氛已在開端秋景中展示出來。對讀者而言，進入一個新的世界，環境開端或時空配合發端仍屬重要謀篇技巧，並不僅屬行動輔助。作家選擇小說的開端，不是「在開始的地方開始」，而是在故事發生了一段時間後，故事得以完全確立後的地方，讀者因此能被故事流所帶動，向前展開。[26]開端的「時空定位」說明空間在小說藝術中的重要性不亞於時間，是自然而然的創作想像。

23　Gerald Prince, *Narratology: The Form and Functioning of Narrative* (New York: Mouton, 1982) 32-33.

24　Émile Zola, *Germinal,* trans. Peter Collier (Oxford: Oxford UP, 1998) 1.

25　Genette, *Narrative Discourse* 110; 中譯參熱奈特，《敘事話語・新敘事話語》71。

26　康洛甫 176-177。

　　典型的時空定位開端，在黃凡、林燿德和部分朱天文的小說中有大量的例證，《想我眷村的兄弟們》以後，朱天心則不再著力於故事的表述和經營，而更傾向創作散文體小說，以圖加強箇中的抒情效果。舉例說，〈袋鼠族物語〉就採用另一種方法開始：「這個故事，是寫給非袋鼠族看的，因爲袋鼠族大約不會有時間和心力看到。」[27]下文的敘述者，不斷解釋袋鼠族並非澳洲的那種生物，而是帶著「小獸」下車的「母獸」。描寫家庭悲劇的作品數量不少，這篇小說的開端手法，使有關家庭的故事達到一種新鮮感。事實上，不但小說的開端，朱天心也嘗試顛覆既有的小說結尾方式。在討論這些作品之前，有必要回顧與結局有關的諸家觀點。

　　開端與結尾自然有極其緊密的聯繫，克莫德（Frank Kermode, 1919-2010）嘗試從《聖經》等與預言有關的著作中探索起結與中間的現象，指出人自出生後馬上走進中間的路程，在中間生活，在中間死亡，詩人由於對想像中的終結憂心忡忡，因此傾向追憶過去，預計未來。像《創世紀》（Genesis）及《啓示錄》（Apocalypse）的和諧結構，是一種屬於「中間」的人，根據想像出來的過去和想像出來的未來而設計的。[28]中國古典小說如《三國演義》和《紅樓夢》等長篇鉅製，就利用了首尾和諧呼應的結構。前者說明一種理

27　朱天心，〈袋鼠族物語〉，《想我眷村的兄弟們》（中和：INK 印刻，2002）144。

28　Frank Kermode, *The Sense of an Ending: Studies in the Theory of Fiction* (New York: Oxford UP, 1967) 6-8; 中譯參克莫德，《終結的意義：虛構理論研究》，劉建華譯（香港：牛津大學，1998）6-7。

解歷史的方式，合久必分，分久必合的天下大勢可謂小說的歷史神話典型。後者為了營造真假難辨的氣氛和詮釋深度，作品開頭就以空空道人與女媧補天時剩下的一顆靈石對話發端，下啟似有所指的情節，故事最後也採用空空道人的登場作結，以使首尾和諧呼應。

敘事作品和諧的首尾結構受到評論家重視，主要源於對情節的考慮。在亞里士多德（Aristotle, 前 384-前 322）的《詩學》（Poetics）中，情節是戲劇最為重要的因素，這本經典強調戲劇應屬於緊密的整體，具有起始、中段、結尾。起始不需承續其他情節，並自然承續下文的發展。相反，結尾則是不再承續的部分，引人入勝的情節應結構嚴謹。[29]克莫德認為，從體裁和形式看小說必然有著「先驗的局限」，文學作品表現的世界與我們實際體驗到的世界是截然不同的，它是由人所想像和創造。小說既為一種文學形式，沒有一部作品可以完全擺脫情節和結構的要求，作家不得不設計各式開頭、結尾和情節，儘管世界沒有所謂始終。[30]在一些關於創作技巧的書籍裏，例如烏斯本斯基（Boris Uspensky, 1937-）的《寫作詩學》（A Poetics of Composition），特別提到鳥瞰式視角於開端結尾方面的運用，一段概略的場景描述可謂作品

---

[29] Aristotle, *Aristotle on the Art of Fiction: An English Translation of Aristotle's Poetics*, trans. L.J. Potts (London: Cambridge UP, 1968) 27, 51; 中譯參亞里士多德，《詩學》，陳中梅譯注（北京：商務，1996）74、163。

[30] Kermode 137-145; 中譯參克莫德 126-133。

的一種慣性框架。[31]借鑒克莫德的說法，由於小說形式的「先驗的局限」，作品必須具備起結的虛構特質，因此烏斯本斯基所指的「框架」，或像電影從遠景到人物聚焦的鏡頭，恰正符合人所想像中的開端與結尾的和諧關係。在現當代小說中，時間變形經常見諸各類作品，而將人物一生濃縮爲一天或一刻，以這「一刻」的時間表現一切的寫法堪稱範式。[32]典型的短篇小說形式是：緊接一段空間描寫，開端敘述主人公因故回憶過往，或因遇到故人而展開對話；結尾則回到開端的場景，或引入一段與起始呼應的景色，或以風景淡出作結。魯迅〈在酒樓上〉的開首，敘述者因爲旅行路過以前曾經居住的 S 城，爲了逃避無聊敘述者跑到酒樓消遣，遇到以前的同事，觸及全篇作品有關知識分子的主題。這種敘事模式可算是另一種和諧關係的框架。

　　一般小說理論以爲，結尾是小說中人物矛盾關係結束的位置，或最後行動靜止的畫面。不論是否屬於開放式結尾，時間普遍以現在一刻完結。時間到達停頓的一刻，結尾幾必然包含一種接近畫面的感覺，因此結尾主要的兩種模式：收場白（epilogues）和風景描寫，以前者較常見，部分收場白類似風景描寫，或包含風景描寫的元素。[33]風景淡出在中國古典詩學中極受重視，屬於

31　Boris Uspensky, *A Poetics of Composition: The Structure of the Artistic Text and Typology of a Compositional Form*, trans. Valentina Zavarin and Susan Wittig (Berkeley: U of California P, 1973) 64.

32　A.A. Mendilow, *Time and the Novel* (New York: Humanities P, 1972) 150.

33　Marianna Torgovnick, Introduction, *Closure in the Novel* (Princeton: Princeton UP, 1981) 11-12.

經典收結手法，例如魯迅的〈藥〉就是這種結尾的典型：「他們走不上二三十步遠，忽聽得背後『啞——』的一聲大叫；兩個人都竦然的回過頭，只見那烏鴉張開兩翅，一挫身，直向著遠處的天空，箭也似的飛去了。」[34]風景淡出不但是現代時期中國小說的常見結尾，就是充滿後現代特色的〈柴師父〉，結尾亦依循由此刻場景到淡出收束的慣例：「女孩來呢不來？兒子他們娘黑白放大照片挨掛門側，低低陪侍在祖先們的下壁，死的，活的，神鬼，擁擠占據著同樣的空間與時間。洗街車迤邐而來，腥風先起，蕭殺塵埃而去。」[35]

　　小說結尾是一個靜止的畫面，場景或行動式的收結，人物突然停止所有動作，可以製造強烈的空間感覺。主人公在故事最後發現殘酷現實，抱頭大哭中結束的作品並不罕見，這種故事剎那暫停的手法，臺灣小說家朱天心就有幾篇作品採用了哭泣的停頓畫面結尾，包括〈鶴妻〉、〈新黨十九日〉和〈從前從前有個浦島太郎〉。相同的是，三篇小說都寫主人公在故事尾聲發現一直受騙的事實，被剝奪充滿人生意義的面具後只餘下悔恨的眼淚。朱天心近年創作較多用一段評述或引文作結，如名篇〈古都〉最後突然引入《臺灣通史・序》中「婆娑之洋，美麗之島，我先王先民之景命，實式憑之」作結，[36]相似的手法還可見於〈拉曼查志士〉、〈匈牙利之水〉等，似是有意迴避典型的空間結尾。

34　魯迅，〈藥〉，《吶喊》（北京：人民文學，1979）29。

35　朱天文，〈柴師父〉，《世紀末的華麗》27。

36　朱天心，〈古都〉，《古都》（中和：INK印刻，2002）246。

　　空間結尾普遍被認為是開放式結尾，通常有借景抒情的作用，尤以肅殺秋景、凜冽寒風、天空遠景為極其常見的種類，以便抒發相應的感情。一般研究主要將結尾分為「完整式結尾」和「開放式結尾」兩類，所謂「開放式結尾」界定並不明確，無論是空間結尾、情節謎團是否解開、對話結尾等等都從屬於開放結尾之下，開放結尾的概念也就值得重新探討。

　　這裏根據什克洛夫斯基的小說結尾分析。從形式主義的角度看，小說結尾與情節安排是有直接關係的，如果沒有結尾，作品就不可能有情節的分布，與上面克莫德的見解一致。什克洛夫斯基提出三種類型：真正完整的結尾（something truly complete）、虛假結尾（false ending）和否定結尾（negative ending）。第一種結尾的產生，是由於作品首先給予讀者虛假的提示，然後提供真實的情狀，使讀者感到情節的完整。虛假結尾則似乎沒有完結故事，常以感嘆、描寫自然、天氣或秋天作結。什克洛夫斯基也以為「湛布盧〔Zambullo〕說，這實在是一個如此不幸的晚上啊」屬於虛假結尾的一種，這種手法應可視為對話的結尾形式。否定結尾的意義較明顯，即在不應結尾的地方結尾，他在這點舉了一例：「有個母親探望她的私生子，他被送到鄉村受教育，已變成下等的農民。不幸地，母親奔走時掉進河裏。她的兒子並不知道她是誰，拿著竿子搜尋河底，最後鉤著她的裙子。」[37]故事並未交代母親生

37　Viktor Shklovsky, "The Structure of Fiction," *Theory of Prose*, trans. Benjamin Sher (Elmwood Park, IL: Dalkey Archive P, 1991) 54-57; 中譯參什克洛夫斯基，〈故事和小說的結構〉，方珊譯，董友校，《俄國形式主義文論選》，什克洛夫斯基等 14-18。

死或母子相認便到此結束，事件沒有劃上句號，潛在多種可能。
否定結尾接近敘事學中的「開放式情節結構」，情節可以在任何一
個位置結束，或結尾有多種選擇的可能，容許讀者任意組織小說
的事件編排。[38]有關虛假結尾的問題，什克洛夫斯基並無詳細解
釋，如果情節的衝突已得到解決，或疑問已得到說明，結尾仍以
對話或風景作結，是否屬於虛假結尾？觀乎他對虛假結尾的定義
是「自行加插一個地點或天空的描寫」，[39]並參考馬丁（Wallace
Martin）所言，開放結尾多以一段空間描寫或老生常談來結束，[40]
虛假結尾應當具備完整情節。一般認為的「開放式結尾」，既屬虛
假結尾，又是否定結尾，因此宜加分辨，予以界定。按托馬舍夫
斯基的看法，完整的小說情節始於衝突而終於平息，敵對關係最
後得到和解，例如開始時好人受到欺凌，壞人得逞，結局中好人
得到美好的結果，壞人受到懲罰。[41]

　　採用這個觀點研究當代小說，可見許多習以為「開放式的結
尾」，其實都是具有完整情節的虛假結尾。絕大部分小說的基本情
節，包含壞人改過自新、改善與主人公的關係，或基本問題已經
消除，這些結局仍屬於有完整情節的虛假結尾。運用否定結尾的
經典例子，當以金庸（查良鏞，1924- ）的《雪山飛狐》為最著名，

38　胡亞敏 132-134。
39　Shklovsky, "The Structure of Fiction" 56; 中譯參什克洛夫斯基，〈故事和
　　小說的結構〉18。
40　Wallace Martin, *Recent Theories of Narrative* (Ithaca: Cornell UP, 1986) 84;
　　中譯參馬丁，《當代敘事學》，伍曉明譯（北京：北京大學，1990）93。
41　托馬舍夫斯基 112-113。

主人公胡斐既欲打敗殺父仇人苗人鳳，卻又不自覺愛上他的女兒苗若蘭。結局中胡苗兩人對決發展到必有一死的局面，小說卻就此打住，只著重說明生與死兩難的抉擇。香港作家倪匡（倪聰，1935-）曾經評論《雪山飛狐》的結局為敗筆，尚未解開胡苗兩人的死結，作品就將這個責任留給讀者。倪匡的評語，或能說明否定結尾有時會被視作小說的缺憾，對讀者而言是「純屬靈機一觸」的「狡獪」。*42*

　　就如亞里士多德所言，情節（安排）是戲劇（小說）的靈魂。否定結尾將小說最重要的部分留給讀者想像，愚弄讀者，這似乎是後設小說風格的一貫寫作策略。臺灣作家林燿德的〈我的兔子們〉，全篇作品描述自己與兔子之間的種種，卻沒有基本的情節結構，也無所謂鬥爭的故事形態，只有片斷式的動作和場景。小說或許要表達前後兩種截然不同的氣氛，前半滿屋兔子的空間敘述，營造了一陣較為溫暖的具有節日氣息的感覺，後半卻筆鋒一轉，其中一隻兔子Y早就死去，其他的都似乎是敘述者開始失眠才出現的。小說結尾延續後半的轉折，變得具有科幻小說的味道：

> 解開後座的Y──我最後擁有的一隻兔子，向前方用力拋去。很久，才聽到微弱的回音。
> 前方，是方圓數十公里的廢墟，被核彈摧毀的都市陷入凹陷的谷地，只有圓周附近有一些寥落而依稀可辨的斷壁殘垣。

42　倪匡，《我看金庸小說》（臺北：遠景，1980）27-29。

失眠的我突然想起來，這是兔年的凌晨，這是一個慶典的
日子。然而我還能做些什麼呢，只有用長滿鱗片的雙手為
這座都市禱告吧。[43]

「方圓數十公里的廢墟」、「核彈」、「長滿鱗片的雙手」等等描
述，跟小說前半極不相稱，這篇作品的重點顯然不是情節安排和完
滿結局，而是小說氣氛的對比，以及讓讀者困惑的故事意蘊。

參考什克洛夫斯基所舉的湛布盧例，對話、感嘆收結給予讀
者似乎未完的感覺，除環境收結外，對話亦屬虛假結尾的一種。
對話自然是小說場景的運用，也是現代小說、特別是短篇小說的
常見技法。舉海明威為例，翻閱他的短篇小說，對話結尾顯然是
主要寫作技巧，約有二十多篇作品直接以對話作結，包括〈雨中的
貓〉（"Cat in the Rain"）、〈白象般的山丘〉（"Hills Like White
Elephants"）等等。〈雨中的貓〉是一對美國夫婦的故事：兩人前
往意大利度假，美國妻子見到雨中的貓瑟縮在街道桌下，妻子上
街卻遍尋不獲。回到酒店房間，妻子因為貓兒引起與丈夫的爭
吵，最後以女僕人送上貓兒的對話場景結束。〈白象般的山丘〉寫
一對男女討論是否墮胎，男人不斷遊說女子接受手術，卻對懷孕
女子的想法漠不關心。小說的最後是女子一段充滿反諷味道的說
話：「『我很好，』她說，『我沒有問題，我很好。』」[44]

43　林燿德，〈我的兔子們〉，《非常的日常》（臺北：聯合文學，1999）141-142。

44　Hemingway, "Hills Like White Elephants," *The Complete Short Stories of
Ernest Hemingway* (New York: Simon & Schuster, 1998) 214.

　　臺灣當代小說家中，黃凡經常利用直接對話作結，幾乎達於半數。例如有關臺灣都市變遷的〈命運之竹〉，主人公的母親因為錯過購買連城伯一塊發展潛力優厚土地的機會，日後因此而精神失常。小說最後寫：

> 「不急嘛！媽，什麼事要那麼著急？」
> 「明天我約了連城伯去看一塊地。」[45]

結局充分表達出小人物對金錢的執著。評論家認為小說中人物的說話有直接（straight）和反諷（irony）兩種意義，在現代小說中，反諷式的對話已是基本的結尾技巧。[46]黃凡更多的作品使用反諷式對話結尾，其中諷刺選舉遊戲的〈一個乾淨的地方〉，是這種結尾的代表作：

> 他們經過那家店時，阿森站在門口瞧了一會兒，然後搖搖頭，拉著他的同伴走開。
> 「怎麼回事？」
> 「我們找一個門口沒有貼競選海報看板、宣傳車的地方。」
> 「有這種地方嗎？」

45　黃凡，〈命運之竹〉，《曼娜舞蹈教室》（臺北：聯合文學，1987）123。

46　Helmut Bonheim, *The Narrative Modes: Techniques of the Short Story* (Cambridge, Eng.: D.S. Brewer, 1992) 158.

「我想……」阿森沉思著，「找找看，應該有這種乾淨的地方罷。」[47]

小說結尾借阿森的話表達小人物對選舉遊戲的厭倦，故事也就在這個畫面中結束。運用對話是小說場景的必然組成元素，在比較重視空間感覺的場景裏，人物還沒有完成對話，小說就於焉中斷，這種結尾模式和上文的風景收結相同，可以得到小說似乎未完和強調空間結尾的效果。又如〈梧州街〉：

「你覺得這個社區將來有沒有發展？」

「當然有。」

「難得你也這麼認為，」她讚許地點點頭，然後她轉過頭向所有人宣布：

「我留意了好幾個禮拜，隔壁巷口那一家機車修理店地點很不錯。」

「你打算作什麼呀？媽！」玉蕙問。

「開一家麥當勞！」[48]

描寫都市中小人物的喜怒哀樂，黃凡堪稱拿手。〈梧州街〉講述主人公陪伴母親回到城市舊區生活，倒是在結局部分，母親突然精明起來，大談「生意經」。

47　黃凡，〈一個乾淨的地方〉，《自由鬥士》（臺北：前衛，1983）112。

48　黃凡，〈梧州街〉，《曼娜舞蹈教室》143。

　　結尾的對話雖由小說人物道出，但無疑暗含作者（the implied author）處於非常明顯的位置。小說人物說話後沒有他人回應，它更像是作者與讀者之間的對話，邀請暗含讀者（the implied reader）理解小說中有明顯暗示的部分。暗含作者的概念首先由布夫（Wayne C. Booth, 1921-2005）提出，後為敘事學界普遍接受並重新詮釋。布夫認為小說中必定有作者介入，讀者在閱讀過程中，從文本中構想某個作者形象以掌握作品與作者的立場，這個作者較真實作者（the real author）更有智慧，更富情感。[49]暗含作者與人物間的距離營造對話的反諷意義，暗含作者也借助人物和讀者對話。根據巴赫金的看法，語言必定存在對話關係，說話者（作者）和聆聽者（讀者）的關係並不是被動的，不僅只是說話者言說和聆聽者理解的消極和單向的溝通過程。說話者本人期望積極回應，得到同意、否定、補充等等的回饋，而不是純粹將他的想法重複。在接受過程中，聆聽者也同時對說者言說積極增補和應用。同樣的，小說作者希望得到他人回應，從而教育並影響讀者，或引起批評和交流等。[50]

　　對話結尾是一種「補足性對話性形式」，據董小英的解釋，這

49　Wayne C. Booth, *The Rhetoric of Fiction*, 2nd ed. (Chicago: U of Chicago P, 1983) 71-76; 胡亞敏 36-38。

50　Bakhtin, "The Problem of Speech Genres," *Speech Genres and Other Late Essays*, trans. Vern W. McGee, eds. Caryl Emerson and Michael Holquist (Austin: U of Texas P, 1986) 68-69, 75-76; 中譯參巴赫金，〈言語體裁問題〉，曉河譯，《文本、對話與人文》，白春仁等譯（石家莊：河北教育，1998）150-151、158-159。

種形式的敘述並不完整，作者在結尾遺留的空白，有待讀者補充。對話結尾不是典型的巴赫金複調（polyphonic）文本形式，對話性僅表現在作者與讀者之間。由作者說明前面不完整的部分，讀者則補充作者省卻的空白，作者與讀者共同構成完整的作品本身。[51]結尾的對話關係由人物轉向讀者，參考巴特（或譯巴爾特，Roland Barthes, 1915-1980）提出的雙重能指（signifier）／所指（signified）符號構圖，在這兩層的符號結構中，第一層是文本的表層能指，第二層是深層的、有待解讀的所指，[52]在這些對話結尾中，人物說話是由讀者填補第二層能指/所指的空白。以上述幾篇作品為例，〈命運之竹〉裏充分交代基本情節及故事發展，並無明確說明其他人物的反應，這個幽默的，當然也可能是反諷或悲涼的結局，讓讀者自行補足與人物的對話，以組織一個完整的收結。〈一個乾淨的地方〉中主人公所指的「一個乾淨的地方」，或〈白象般的山丘〉懷孕女子所說的「我很好」，都可以理解為反諷的故事題旨，暗合作者的聲音極為明顯。在這裏結尾的對話關係由人物指向讀者，造成作者與讀者直接的對話關係，含有第二層能指／所指的反諷意義，讓讀者補充第二層符號結構的空白。

　　讀者閱讀小說，首先考慮事件發生的情境，然後是事件的先後次序，取得想像、理解、感知的立足點。由於開端意味著進入

51　董小英，《再登巴比倫塔──巴赫金與對話理論》（北京：生活・讀書・新知三聯，1994）303。

52　Roland Barthes, *Mythologies*, trans. Annette Lavers (New York: Hill and Wang, 1972) 115; 中譯參巴特，《神話──大眾文化詮釋》，許薔薔、許綺玲譯（上海：上海人民，1999）173。

場景,故常有空間描寫或時空定位。結尾的故事時間基本上是靜
止的,不論是淡出的風景描寫(典型的虛假結尾)或突然停止的對
話結尾,均帶有強烈的空間感覺。開端與結尾多是小說最具空間
性的部分,除了借景抒情、取其言盡意不盡之韻味外,也由於時
間的開始與終結而特別強調空間描寫,滿足人類對於起結呼應結
構的想像。

綜合而言,重視故事性的作品較多是空間或時空起結,抒情
性強的小說則較少這種模式。晚近小說特別強調在作品中展現書
寫與創作的意識,九十年代以降,朱天文、朱天心的小說引用詩
文作結,故意以另一種形式謝幕。對文字鋪排的重視是《荒人手
記》、《古都》等作的特色,朱天文小說的結尾,意圖延續正在書
寫的文本空間:

> 時間是不可逆的,生命是不可逆的,然則書寫的時候,一
> 切不可逆者皆可逆。
> 因此書寫,仍然在繼續中。[53]

而在小說集《古都》裏,除同名中篇外,作者也在其他篇章利用引
述收結,例如〈拉曼查志士〉最後提及寫作的問題:「而我,害怕
字跡蠹蝕,不可復辨,故銘之。」[54]〈第凡內早餐〉以鑽石的故事
貫徹全篇,反映臺灣資本主義發展極盛之下上班族的消費欲望。小

53　朱天文,《荒人手記》,2版(臺北:時報文化,1999)218。
54　朱天心,〈拉曼查志士〉,《古都》85。

說最後引述一顆著名的鑽石「EUREKA」，正是因為這顆黃鑽，吸引後人前往非洲發掘寶藏。〈匈牙利之水〉則寫我和 A 通過氣味而發掘過去的記憶，最後徵引《晚風》的歌詞，和〈第凡內早餐〉頗有相似的效果。這兩種繼續書寫的和引文的結尾，嘗試延宕文本時間，迴避傳統空間或畫面停頓的結尾模式，故事似乎仍未正式完結，這是小說時間的分析角度。從小說空間的角度看，起結是最容易感受空間存在的一點。就像一切語言符號序列，小說空間的第一個層次是文字的、文本的空間，似乎並無任何討論價值，與作品的實際分析沒有關係。事實上，文本空間與其他空間層次相互影響，與小說其他的部分相比，小說開端的空間描述有時會極為詳細。小說家創作，除了預期讀者的閱讀習慣，根據不同需要鋪排以取得各種敘述效果，與此同時無可避免受文本空間左右。例如上述長篇小說的空間開端，因為作品篇幅的需要，較長的背景介紹可能是無法省略的；書寫或引文的結尾，則因為到達空間的盡頭，意圖延遲結尾的文本空間。下一節將再次提及文本空間的相關問題。

三、再評空間形式：文本空間與敘述空間

就如朱天文《荒人手記》中謂「書寫將一切不可逆的皆可逆」，情節和敘述的安排可說是小說的靈魂。小說時間一直是評論家極其注重的焦點，認為時間與因果有密切聯繫。早期敘事學家曾經區分故事和情節的不同，佛斯特（E.M. Forster, 1879-1970）以為「國王死了，然後王后也死去」是故事，「國王死了，王后因悲傷而逝」

具有因果關係，則屬於情節。[55]托馬舍夫斯基指出，如果事件之間沒有太多因果聯繫，純時間的相關性就會加強。情節需要時間和因果兩者配合，否則屬於無情節的文學作品，例如遊記、抒情詩、紀事等。[56]後來敘事學家進一步定義時間、因果和邏輯的內在聯繫，托多羅夫（Tzvetan Todorov, 1939- ）指出，在讀者眼中因果關係遠較時間序列重要，當兩者同時走在一起的話，讀者經常忽略後者，更傾向注意前者。[57]巴特也認為不易弄清連續性與一貫性的不同，敘述裏面較後發生的結果總似乎是由先前事件所引起的。[58]不可逆流賦予時間最基礎的邏輯關係，誠如上面有關小說開端的解釋，讀者掌握事件的環境（時空背景）後，主要考慮事件發生的先後次序，空間想像則退居幕後，直至新的開始、過場和結尾。

　　前言提及弗蘭克論述現代小說的「並列」藝術，時間空間化和顛倒時序的技巧愈益重要。弗蘭克的「空間形式」開啟小說空間化

55　E.M. Forster, *Aspects of the Novel* (London: Hodder & Stoughton, 1993) 60; 中譯參佛斯特，《小說面面觀》，李文彬譯，再版（臺北：志文，1985）75。

56　托馬舍夫斯基 111; Boris Tomashevsky, "Thematics," *Russian Formalist Criticism: Four Essays*, trans. and eds. Lee T. Lemon and Marion J. Reis (Lincoln: U of Nebraska P, 1965) 66-67.

57　Tzvetan Todorov, *Introduction to Poetics*, trans. Richard Howard (Brighton: Harvester P, 1981) 41-42.

58　Barthes, "Introduction to the Structural Analysis of Narratives," *The Semiotic Challenge*, trans. Richard Howard (Berkeley: U of California P, 1994) 108; 中譯參巴爾特，〈敘事結構分析導論〉，《符號學歷險》，李幼蒸（1936- ）譯（北京：中國人民大學，2008）116。

的討論，後續研究進一步界定空間形式的特點。傳統小說的編排手法，事件發生的先後次序較容易掌握。就小說空間化的問題來說，萊辛早就指出詩畫是兩個相鄰的領域，在一些小問題上可以相容。如果詩歌繪畫空間的部分和屬性相關的形容詞速度很快，讀者像是一刹那間讀完，此時圖畫感就擔當了重要角色，[59]然而卻不是小說這種藝術形式應有的基本風格。空間形式理論認為許多現當代小說不再依據事件的時間、次序和原因發展故事，敘述明晰的情節並不是這類小說的主要目的。這種強調空間的小說放棄與情節、時間關係密切的元素，包括人物、行動、主題建築、敘述順序等傳統的概念。著重故事性、構築情節和再現現實的小說，只提供讀者事件的連續敘述，使讀者忽略作品本身。相反，空間形式的小說拒絕時間對空間的專橫統馭，更重視組成作品的藝術手法，包括打斷時間順序、忽略情節發展、重視行動背景等。[60]米切爾森（David Mickelsen）指出，空間形式將時間的重要性減至最低，教育小說（Bildungsroman）則可算是最為重視時間和因果關係的一種小說類型。教育小說依賴時間的線性發展以鋪設情節，空間形式小說的主要特色則包括時間淡化、削弱情節的地

59　Lessing 91-94; 中譯參萊辛 110-112。

60　Jerome Klinkowitz, "The Novel as Artifact: Spatial Form in Contemporary Fiction," *Spatial Form in Narrative*, eds. Jeffrey R. Smitten and Ann Daghistany (Ithaca: Cornell UP, 1981) 38-42; 中譯參科林柯維支，〈作為人造物的小說：當代小說中的空間形式〉，秦林芳 52-60。

位、混亂的敘述時間、突然而至的結束等等。**61**

趙毅衡嘗試指出空間形式的理論局限，認爲小說是線性的文字藝術，「空間形式」是敘述「述本時間與底本時間脫節」的一種現象，只是「非時間性」的另一種名稱，敘述是沒有所謂「空間順序」的。承續敘述時間的討論，趙毅衡指出佛斯特對故事和情節的分類不太合理，因爲小說的因果關係總是隱藏在時序關係之中。**62**

趙毅衡的洞見，解決了時序和因果兩者如何分辨的問題，倒是有關「空間形式」的討論，或尚有可議之處。綜合前人說法，空間形式是一種共時而非順時理解文本的理論，主要由敘述空間和文本空間的並列而組成。**63**據斯密頓（Jeffrey R. Smitten）的看法，空間形式小說的語言沒有因果或順時的敘述形式，讀者面對這樣的文字謎語（puzzling text）難以確定人物和事件的位置；若小說不以傳統的方式展開敘述，讀者則須找出小說的文字句法，連接斷裂的文字段落，以獲得作品的整體意義。**64**再參考顧翁（Ricardo Gullón, 1908-1991）的觀點，語言空間（verbal space）包括反複、

---

61 David Mickelsen, "Types of Spatial Structure in Narrative," Smitten and Daghistany 67-76; 中譯參米切爾森，〈敘述中的空間結構類型〉，秦林芳 145-164。

62 趙毅衡，《當說者被說的時候》194-197。

63 斯密頓將空間形式分爲語言、結構、讀者感知三部分，場景、文字兩部分分別對應結構和語言兩點。見 Smitten, "Spatial Form and Narrative Theory," Introduction, Smitten and Daghistany 15-22.

64 Smitten, "Spatial Form and Narrative Theory" 15-18.

暗示、並列及對比，[65]因此，空間形式理論既是時序變形的敘述技巧，同時也是一種閱讀理論，與文本空間相對應。弗蘭克並未明言文字的空間形式，然而可以從他稱之爲「反應聯繫」（reflexive relations）的閱讀方法窺見端倪：讀者不可以「閱讀」《尤利西斯》（Ulysses），只可以「重讀」（re-read）這本經典，只有反覆參照前後文本間的線索，才能理解作品意圖。[66]

　　空間形式或曰「空間化」這個概念，在小說中的重要性無庸置疑，如果沒有空間的輔助，人難以正確估量時間。從科學角度看，時間不能與空間分離，只有結合成時空（space-time）才可正確理解兩者。文學作品和語言文字也主要以視覺（空間）表達時間概念，或借此達到情景交融的境界。[67]事實上，由於許多「非時間

65　Ricardo Gullón, "On Space in the Novel," trans. René de Costa, *Critical Inquiry* 2.1 (1975): 12.

66　Frank 19; 中譯參弗蘭克 8。

67　人的心理時鐘是扭曲的，空間意象是不可或缺的要素，沒有外界的空間指示則難以量度時間。1936 年，一項時間認知的研究將受試員囚於密室四十八小時，在這過程中受試員慢慢失去對時間的感覺。另一個語言學研究結果顯示，人不會憑空創建新詞表示時間，口語的時間概念詞多來自表示空間或視覺的詞匯。兒童認識和表達時間，也多依賴對空間的知覺。朱光潛指出，視覺意象是最豐富的意象範疇，在欣賞或創作詩歌時也是最重要的一類意象。以上見勒范恩（Robert Levine, 1945-），《時間地圖》（*A Geography of Time*），馮克芸、黃芳田、陳玲瓏譯（臺北：臺灣商務，1997）40-46；游順釗（1936-），〈口語中時間概念的視覺表達——對英語和漢語的考察〉（"The Visualisation of Time in Oral Language-with Special Reference to English and Chinese"），徐林譯，《視覺語言學論集》，徐志

性」的小說作品並不容易理清情節，通過列表的方式整理故事內容是非常常見的研究手段，「列表」更多屬於視覺或文本空間的，而不僅只是文本時間的理解方式。

現代小說開展的「空間形式」手法，在當代小說中仍可經常看到它的身影，特別是強調都市特性的作品，高樓大廈、地下通道等造成垂直空間感覺的場景描寫，更容易蘊釀非線性的敘述技巧。[68]另一類小說則忽略情節發展，這些作品要求讀者反覆閱讀，因此空間形式在當代小說研究裏仍然極富參考意義。按康諾（Steven Connor, 1955-）的後現代主義專著，現代主義與後現代主義的不同，其中一個顯著分野就是時間問題。他認為現代主義文學主張空間主義（spatialism），將時間空間化或中止時間，利用一刻表現永恆。[69]空間化小說的結構多以並排、交錯地前後對比，相對於現代主義的空間化，柯里認為後現代小說不論是「永久的現在」還是「此刻的飛逝」，都屬於時空兩軸的壓縮。[70]空間形式當然是深具空間主義色彩的，據唐小兵（1964-）見解，朱天心《想

民等譯（北京：語文，1994）76-88；朱光潛，《詩論》（合肥：安徽教育，1987）58；霍金 21-22。

68 詳參第三章論述都市空間的部分。

69 Steven Connor, *Postmodernist Culture: An Introduction to Theories of the Contemporary*, 2nd ed. (Oxford: Blackwell, 1997) 124.

70 Currie 101; 中譯參柯里 111-112。哈維（David Harvey, 1935-）的《後現代性的狀況》（*The Condition of Postmodernity: An Inquiry into the Origins of Cultural Change*）亦有專章講述後現代狀況的時空壓縮問題，參 David Harvey, *The Condition of Postmodernity: An Inquiry into the Origins of Cultural Change* (Oxford: Blackwell, 1989) 284-307.

我眷村的兄弟們》、《古都》二書也有著強烈的後設小說特徵，[71]
所收作品實有打斷順序、忽略情節、重視背景等元素在內。因
此，空間形式應劃分爲敘述空間和文本空間兩種，前者屬於最常
見的敘述策略，將兩個或以上的場景共時敘述，後者則更接近後
現代文學的寫作方式。

　　敘述空間的共時並置是最常見的小說空間化現象，弗蘭克從
《包法利夫人》（*Madame Bovary*）、《尤利西斯》與《追憶逝水
年華》展開討論，導引小說空間化理論。弗氏首先援引《包法利夫
人》中「農業展覽會」（country fair）小節，認爲福樓拜（Gustave
Flaubert, 1821-1880）將農業展覽會和羅道夫（Rodolphe）、愛瑪
（Emma）二人會面兩個情節交錯並列，廢止順時的敘述，中止故
事時間，並置兩個場景而得到諷刺效果。讀者理解這段敘述，須
從各個意義單位之間的「反應聯繫」中自行結合，從而理解全篇作
品的意圖。這種打斷敘述線索的技巧，在《尤利西斯》和《追憶逝
水年華》中得到更大規模的運用，前者以數百頁篇幅重構都柏林環
境，所有背景都分割爲各組片斷安排在小說中不同地方；後者斷
續表現事件和人物，迫使讀者「空間地閱讀」各種人物，他們在各
個階段裏的靜止觀相，由讀者感覺並結合理解。[72]

　　巴赫金《陀思妥耶夫斯基詩學問題》（*Problems of Dostoevsky's
Poetics*）所提出的複調理論，有部分觀點與空間形式相似。陀思妥

71　唐小兵，〈《古都》‧廢墟‧桃花源外〉，《書寫臺灣——文學史、後殖
　　民與後現代》，周英雄（1939-）、劉紀蕙（1956-）編（臺北：麥田、中
　　華民國行政院文化建設委員會，2000）391。
72　Frank 14-25; 中譯參弗蘭克 1-15。

耶夫斯基（Fyodor Dostoevsky, 1821-1881）作品的基本模式不是時間的流動，而是共存（coexistence）和互動（interaction），以空間而不是時間的角度思考自己的世界。陀思妥耶夫斯基把各個階段感受爲同時出現，戲劇性地加以並列對比（juxtapose and counterpose）。他的作品成功駕馭時間，因爲速度才是以時間戰勝時間的唯一方法。[73]

　　目前已有不少研究指出現代文學時期空間化的寫作手法，運用空間形式的當代作品亦所在多有。首開臺灣都市文學的經典作〈賴索〉，它的意義不但在於擺脫非此即彼的政治模式，也提供了一種重要的創作手法。[74]〈賴索〉前半部分時空錯亂，打亂賴索遭際的編年順序，季季（李瑞月，1945-）的評介文章便首先將事件編年，才分別討論小說背景、情節、人物各部分。[75]整篇小說是以賴索目睹韓先生於電視節目亮相爲中心，時間以間斷方式向四周展開。小說的主人公因爲追隨韓志遠坐政治牢多年，到最後卻發現韓的眞面目，只是一名騙子而已。〈賴索〉主要採用「時間是……」或「賴索發現自己竟……」等方式進行時空跳躍，本來非常簡單的故事情節，正是因爲它的空間形式手段而成爲一篇都市小說的經典。另一個值得注意的地方是黃凡筆下賴索其人形象：

---

73 Bakhtin, *Problems of Dostoevsky's Poetics*, trans. Caryl Emerson (Minneapolis: U of Minnesota P, 1997) 28-29; 中譯參巴赫金，《陀思妥耶夫斯基詩學問題》，白春仁、顧亞玲譯（石家莊：河北教育，1998）37-38。

74 張大春，〈當代臺灣都市文學的興起〉168-171；黃凡，〈賴索〉，《賴索》（臺北：時報文化，1980）143-180。

75 季季，〈冷水潑殘生〉，《書評書目》80（1979）：73-86。

賴索出生時姨媽就驚訝他的皮膚竟然是青色的，而且愈長愈醜，是全班最矮的一個。賴索求學、結婚都由別人替他決定，而且出獄後身體日差，瘦骨嶙峋，不像是個活人。弗蘭克指出，有一類空間形式的作品並沒有常見的敘事結構，裏面的人物只像是意象而非活生生的角色，[76]〈賴索〉並非意在創作故事曲折、吸引讀者的情節，主角不是一個建築情節的人物而是一個意象。通過並列各個階段的賴索，一個個被動、受騙的意象「共時地」呈現在讀者眼前。如前文提及，空間或場景常帶有開端的意義，反之動作帶給讀者順時的連續感，因此多個場景給讀者多個開端的感覺，中腰重心句（「吾願加入臺灣民主進步同盟會，在韓志遠先生的領導下，為吾省同胞盡心戮力……如違此誓，天地不容」）和後半的順時敘述，[77]則容許讀者理清之前的脈絡和全篇內容。

　　〈賴索〉的空間形式手法，開啓了都市小說的步伐，其後同樣運用敘述場景連篇排列的臺灣作品，以黃凡〈系統的多重關係〉和林燿德《一九四七高砂百合》為最富代表性。〈系統的多重關係〉收於黃凡的都市經典《都市生活》，內容抒發都市的社會現象，而敘述空間的快速轉換，追求接近蒙太奇的效果，是都市文學作家和評論家眼中異於鄉土文學的小說形態。相較鄉土小說，〈系統的多重關係〉意在表陳資本主義下的多元社會，描寫教育問題、學校制度、家長和校長互相勾結，以迂迴的多元視角構成整篇作品。為了呈現出都市與鄉村的不同空間角度，並列都市「系統」中的各

76　Frank 28; 中譯參弗蘭克 19。
77　黃凡，〈賴索〉154。

個場景，小說將時間順序割裂成多個橫切面。

　　宋書強指出，都市意象的敘事功能，主要有同質性和異質性的空間並置框架。前者指性質相類的場景並置，較容易折射出碎片般瑣碎的意義與價值觀，多表示永遠的墮落和永無止境的惡性循環。後者即對立場景的並列，好與壞、善與惡的對立，顯示著作品的人文關懷與救贖的期盼。[78]

　　宋書強所論，可補充弗蘭克空間形式在當代小說研究的不足，特別是強調都市特色的作品，更傾向運用以上兩種空間對比，創造主題。〈系統的多重關係〉運用了同質性空間並置的技巧，主人公賴仲達的父親，由公司到學校與校長會面期間的敘述時間，被切斷為公司場景、賴仲達逃學過程、校長室的情況、導師視角和會議室外的片斷。最後主人公父親與校長達成交易，碰巧賴仲達在逃學中聽到校長廣播，於是跨過圍牆，回到學校，並感受到自己服從於系統之下的羞恥。各個環境的快速拼貼，呈現賴仲達在社會系統（學校、家庭、辦公室三者）的相互權力指涉，推動賴仲達回校的高潮，從而顯示「系統多重關係」裏錯綜複雜的網絡。

　　林燿德的兩部長篇小說——《一九四七高砂百合》和《大日如來》，故事敘述的時間極短。《一九四七高砂百合》的故事基本上只經過了一天，作者描寫幾個主要角色，即拿布‧瓦濤、瓦濤‧拜揚、拜揚‧古威、古威‧洛羅根家族成員的不同際遇，另插入

78　宋書強，〈論九十年代都市文學的現代性〉（山東師範大學碩士論文，2004）20-21。

安德肋、日軍軍人等枝節，誠如評論者謂，「使用並置或穿插手法」，「通過同一時間不同空間兩個場景的並比」，顯示出「私人空間小敘事和宏大場景」而「達到反諷效果」，具有強烈歷史與神話的象徵傾向。書中角色面臨種種信仰和理想幻滅的危機：臺灣原住民不再信奉原有宗教，改宗基督教；安德肋對自己信仰漸生懷疑；日軍英經、吉田在「天皇不會投降」的信念下苦撐等等，構成小說解構神話的批判主題。[79]一如季季評論〈賴索〉，錢虹將小說人物的登場時間列出簡表，說明六個主要人物在 1947 年 2 月 27 日當天經歷，[80]這是空間形式小說的一種「重讀」。人物相同遭遇的並列是空間形式的典型例子，因此利用空間形式理解《一九四七高砂百合》是恰當不過的，林燿德實有意借人物並列呈現大時代下的紛亂世局。文中結尾部分（第十六節）把書中主要人物同一時間的行動並排，吳有遇見拜揚、二二八事件前夕、亞達姆追尋璐伊、安德肋、古威、中野三人的相遇、以及洛羅根從祖父手接過族中聖物等事件交叉對照，展示大時代下的芸芸眾生。由於忽略順時發展，空間形式小說通常減弱情節的起承轉合，因此《一九四七高砂百合》的故事幾乎沒有線性時間的前進與發展。例如，軍官中野躺在安德肋的臥室，以後將發生什麼，小說沒有細述。

　　稍早以前的《大日如來》，故事同樣只經過了一天（1998 年 10 月 8-9 日）。小說敘述一座位於臺北、樓高三十層的超級百貨公

79　劉登翰（1937-）、朱立立（1965-），〈《高砂百合》神話的建構與解構〉，《明道文藝》302（2001）：162-168。

80　錢虹，〈歷史與神話──評林燿德的小說新作《高砂百合》及其他〉，《臺港文學選刊》12（1991）：30。

司營業前夕，主人公金翅、黃被、章藥師等人發現「黑黯大日如
來」將會現身。與此同時恐怖組織「血盟」、日本黑道又牽涉其中。
小說以人物角色分章（共八章），各章由不同人物帶動，又利用了
大量篇幅描述其他角色，如日本黑幫老大吉田的背景和思想。這
部分的內容與主人公並無關係，眾多人物的說話卻造成作品的一
種多音特質，也就是巴赫金所言的複調小說技巧。[81]這兩本長篇
小說的閱讀方法，並非以情節發展解讀，而是將人物的各種聲音
並列，藉此得到一種個人與歷史的對照（《一九四七高砂百合》），
及都市網絡（《大日如來》）的喧嘩特色。林氏的短篇作品，也多
數牽涉眾多事件與人物，將同名人物安置在各篇小說中，也產生
同時並置、破碎的玩味，這正是作者本人所提出，「多重編碼的空
間結構」、「多稜鏡」的都市小說寫作策略。[82]

　　和臺灣現代主義的小說相比，都市小說的空間形式，正是以
碎片化的組織方法與前代作家分道揚鑣。白先勇的小說空間手法
大約以〈遊園驚夢〉最著，在這個經典中篇裏作者運用了稱道一時
的意識流技巧，通過此刻與過去的對比，交織出錢夫人前半生的
遺憾。〈遊園驚夢〉或〈香港——一九六零〉更接近「永恆刹那」
的空間形式，主人公貌似混亂的思想，其實只是通過精心編排的
時間空間化技巧。臺灣現代主義時期的空間化，以對比為主要打
斷敘述順序的手段，〈賴索〉基本上維持首尾一貫的小說核心，後

81　林燿德自言以複調小說的技巧撰寫《一九四七高砂百合》。見〈複調小說
　　的寫作〉，《黑鍵與白鍵》，楊宗翰 319-321。
82　林燿德，〈八零年代臺灣都市文學〉222。

來〈系統的多重關係〉、《一九四七高砂百合》等的差異，在於後者的空間化敘述策略更趨向多重敘述空間的來回切割與拼貼，從更立體的角度展示複調的詩學特質，像紛亂又和諧的樂曲，更有著「此刻飛逝」的味道。

敘述空間主導的空間形式約有兩類：林燿德《一九四七高砂百合》、《大日如來》是切斷和拼貼的空間形式，而黃凡〈東埔街〉、朱天心〈古都〉、〈夢一途〉幾篇作品則具備強調背景的空間形式，人物塑造和故事情節也同樣被放到次要位置。顧名思義，〈東埔街〉主要敘述東埔街中發生的種種，黃凡在這篇小說中布置了非常多的城市符號，誠如施淑（施淑女，1940-）謂：

> 〔這篇小說〕塞滿有形無形的物體的迷宮。在這篇敘述本身就像練習曲一樣，一遍又一遍努力掌握生活的調式，努力找尋生命的音色與主題的作品裏，最終為一切定調的是卡車的噪音，叫囂的人聲，街上追逐著的垃圾、灰塵、塑膠袋，甚至連腐敗的氣味也成了有形之物。從這個失去歷史，也無所謂個人記憶的物質的象形文世界裏，現實生活成了沒有程式的實驗，精神活動則是歇斯底里的神話。[83]

〈東埔街〉沒有實在的情節，僅有強調死亡、打架、卡車的字眼，這篇小說的閱讀重點並非理解故事內容，而是全篇中的共同符號。

---

[83] 施淑，〈反叛的受害者——黃凡集序〉，序，《黃凡集》，黃凡著，高天生（1956-）編（臺北：前衛，1992）10-11。

都市中無論小鎮還是城裏，均彌漫陰暗的畫面，這篇作品更像是一首充滿負面意象的詩歌。

　　朱天心後期小說極端忽略情節，表現在強調背景的空間形式：〈古都〉不甚涉及人物與情節，卻集中描寫行動的背景。〈古都〉花費大量篇幅描寫臺北、京都，幾乎將一切所見所聞寫在小說之中，並拼貼川端康成（KAWABATA Yasunari, 1899-1972）《古都》、連橫（1878-1936）《臺灣通史》、電影《獵鹿者》（*Deer Hunter*）等材料，藉兩次旅遊的空間描寫表示對「舊都的哀悼悲情」、寄哭泣於「沒有了歷史記憶的桃花源」。[84]城市本身成為書寫主題，在小說中主人公「你」的行動敘述較少，基本故事內容只有「你」到日本與同性摯友會面的描寫。〈古都〉確實是朱天心創作歷程的轉折點，下一部《漫遊者》將重心全然放在敘述空間之上，情節則更進一步削減。首篇〈夢一途〉開宗明義，開端處已說明寫夢，小說寫夢中新居、新市鎮景色、街道、咖啡館等，黃錦樹（1967-）謂：「因為至親死亡突然造成的巨大時間裂隙而被抽離開既有的座標，而懸浮。因而在這本書中的一切便是關於懸浮存在的書寫。」《漫遊者》所收短篇，均屬一種「懸浮」的、「無時間性」的敘述。[85]小說至此已完全擺脫萊辛的人物行動論，將抒發的主題寫在背景中，憶念故人，而沒有明確結尾。無時間性、強調背景、忽略情節及結尾是空間形式的主要技巧，林燿德認為都市空間是

84　唐小兵 399-400。

85　黃錦樹，〈悼祭之書〉，《漫遊者》，朱天心著（臺北：聯合文學，2000）7、13。

主題而非背景，[86]強調背景亦即將都市空間看作小說的主要書寫
對象，而非以人物的性格發展爲重心。這是鄉土文學與都市文學
的一種基本差異。

　　另一種爲文本空間的空間形式，這種手法容易見於淡化情節
的作品，像是散文式的或抒情爲主的小說。延續上一節的討論，
朱天文《荒人手記》強調敘述者筆記、手記的格調，既非發展情節
或組識故事底本，也幾乎沒有場景運用，部分內容甚至讓經驗讀
者摸不著頭腦。在第一屆「時報文學百萬小說獎」決審會議中，姚
一葦（1922-1997）強烈否定《荒人手記》的藝術成就，對於旁徵
博引的段落，姚氏視之爲「所知事物非常龐雜，在小說中已經流於
『賣弄』」，感覺小說過於堆砌的細節使讀者不明所以。另一位評
審李喬（1934-）也覺得無關痛癢的敘述太多，影響整部小說的結
構。特別令姚一葦反感的是「紅綠色素周期表」，抄錄各種顏色語
詞的文字占了兩整頁，[87]借用黃錦樹的用語，各種像引文、論文
的龐雜資訊屬於一種「資訊垃圾」，[88]與其說是述本「非時間性」
的運用，不如說是文本空間的延宕，重新定義「小說」可能會是
什麼。

　　拿另一部時代、背景、主題相近的作品《鱷魚手記》比較，刻

86　林燿德，〈城市‧迷宮‧沉默〉，跋，《鋼鐵蝴蝶》（臺北：聯合文學，
　　1997）290。

87　林文玿記錄整理，〈第一屆「時報文學百萬小說獎」決審會議紀實〉，《荒
　　人手記》，朱天文 223-224。

88　黃錦樹，〈從大觀園到咖啡館——閱讀／書寫朱天心〉，《想我眷村的兄
　　弟們》，朱天心 201-205。

意安排的垃圾資訊較少。邱妙津（1969-1995）的代表作由鱷魚的生活片段和女同性戀者「拉子」的大學生活兩部分構成，借鱷魚意象刻畫同志備受壓迫的社會現象。相對「紅綠色素周期表」或李維-史陀（Claude Lévi-Strauss, 1908-2009）等的評述，邱妙津在這部同志經典裏創作了一對對的情侶角色，如拉子與水伶、楚狂與夢生等等，小說章節雖名之曰「手記」，故事性和愛情情節十分豐富。《鱷魚手記》的內容有發展情節和故事主題的用途，而不是文本空間的延長。

朱天心成於九十年代初的《想我眷村的兄弟們》也體現出上述特徵。作為轉換風格的一部關鍵作品，這本小說集所收短篇，確實充斥破碎的敘述之音，滿載無用的文字敘述，偏離所謂的小說「主題」。以朱天心本人的創作來看，由早期的〈浪淘沙〉到〈春風蝴蝶之事〉並及〈古都〉，三篇作品的故事內容類似，大致是少年時期一種含糊的同性之間的友（愛）情，但在〈春風蝴蝶之事〉裏，敘述者作了同性戀等長長的與主題無關的迂迴評論，如酒神精神、男女性別的生理特徵等等，最後才揭示和解釋這篇作品或可稱為「小說」的主要謎團：敘述者發現妻子與另一名女子有著一種無與倫比的感情，這種感情更甚於他們倆的夫妻之愛，敘述者只能承認自己敗於「春風蝴蝶女子」的手下。

〈第凡內早餐〉是一篇商品崇拜的作品，卻有極多歷史上著名鑽石的故事，也有不少批判資本主義社會的內容，然而它也幾乎沒有傳統意義上的人物、情節、場景、對話等等必須的元件。渥厄（Patricia Waugh, 1956- ）的後設小說專著，將交叉參照

（cross-references）中自我意識的指涉納入後設小說研究中，[89]反應聯繫在當代小說的讀解過程裏仍非常重要。空間形式是以不甚連接的並列——破碎（fragmentation）最為突出，它容許作品同時具有「不協調的世界」和「協調的價值系統」兩種截然相異的特質。[90]這類型的小說既非延長作品時間亦非利用意象，《荒人手記》、〈春風蝴蝶之事〉、〈第凡內早餐〉等作品已然沒有（或極少）場景，只剩下敘述者嘮叨不休。

小說文字的排列與鋪展，經由文本空間的並列衍生意義。朱天心後期小說多屬「論文體」敘述，[91]場景的利用明顯較少。朱氏部分後設小說重視背景，除〈古都〉以外，〈想我眷村的兄弟們〉、〈威尼斯之死〉都有相當分量的背景介紹，〈想我眷村的兄弟們〉集中反覆書寫作者兒時生活的眷村，〈威尼斯之死〉描述某個作家寫作與咖啡館的連繫。另一種則是沒有多少環境元素的作品，〈預知死亡紀事〉、〈春風蝴蝶之事〉、〈第凡內早餐〉裏，朱天心引用毛澤東（1893-1976）的詞句、福柯（Michel Foucault, 1926-1984）的性理論、馬克思（Karl Marx, 1818-1883）的經濟學論述，作者不

89　Patricia Waugh, *Metafiction: The Theory and Practice of Self-conscious Fiction* (New York: Methuen, 1984) 22-23; 中譯參渥厄，《後設小說——自我意識小說的理論與實踐》，錢競（1943-）、劉雁濱（1950-）譯（板橋：駱駝，1995）26。潘迪對此略有提及，見 Punday, *Narrative after Deconstruction* 81-82.

90　Eric S. Rabkin, "Spatial Form and Plot," Smitten and Daghistany 99; 中譯參雷比肯，〈空間形式與情節〉，秦林芳 137-138。

91　王德威（1954-），〈老靈魂前世今生——朱天心的小說〉，《古都》，朱天心 6。

厭其煩地玩弄文字遊戲，挑戰讀者與戲謔經典文本，極少涉及場景。這些文字產生的不像是尋求答案，反而更像是愚弄與嬉戲的效果。

　　臺灣典範作家白先勇在〈驀然回首〉中提到小說的兩種基本技巧：敘述法和戲劇法，戲劇法即「製造場景，運用對話」。[92]場景運用在小說而言自然極為重要，上述重視文本空間的小說削弱場景的作用，大抵是臺灣當代小說的一個可能趨勢。近年重要小說家駱以軍的創作，也屢屢運用敘述空間和文本空間的空間形式策略。成名作〈降生十二星座〉長長的電動遊戲的介紹，雖云慢慢將故事氣氛推向沉重，然而有關人物角色的登場背景和必殺技，以經典小說手法目之，這些敘述當屬瑕疵。凡此冗長而（傳統意義上的）離題的缺失，卻也是當代小說中極其常見的「去情節化」、「去小說化」的創新手段。

　　黃凡的〈系統的多重關係〉、林燿德的《大日如來》、朱天文的《荒人手記》和朱天心的〈古都〉，分別顯示臺灣都市文學和以前文本迥異的小說結構：黃凡、林燿德兩例，人物多在同一時間行動，視點快速轉換下得到空間化的感覺，說明都市文學重視多元的空間布局，加強時空壓縮的色彩；《荒人手記》將故事發展的線索放到最不顯眼的位置，文字的鋪排和漫無目的之衍生是它的技巧所在；〈古都〉則是書寫敘述空間的極端範例。這些時空壓縮的敘述方式可以解析為空間形式的一種變化，上述空間化的並列

92　白先勇的意見，可見於〈驀然回首──《寂寞的十七歲》後記〉，《寂寞的十七歲》（臺北：遠景，1984）333。

技巧在臺灣前行代作品裏面較少出現，方式也不盡相同。有關小說空間的形式問題，我們還可注意敘述空間與小說體裁的關聯。

四、敘述空間與小說體裁：以後設小說為中心

　　不同的小說類型，對敘述空間的運用有不同的現象和方式。若要作粗略分類，敘述空間與小說體裁的關係有兩種，第一類是故事場景與說話場景分割的作品，故事發生的空間和敘述者所在的地點產生的距離，可構成章回小說和書信體小說的獨有特點，營造回憶的、事後追述的或不堪回首的敘述語調。第二類著重敘述空間的場景運用，小說的分類可以按照內容劃分，推理小說大抵是最著重邏輯關係的類型，而科幻小說和志怪小說，則傾向鬆動固有的常識和規律。

　　參考前言的空間層次，敘述空間可劃分爲話語空間（敘述者的空間）和故事空間兩類，在「我」爲聚焦點的小說中，話語空間和故事空間有較多重疊的地方，「他」的聚焦點作品則較容易看見兩類空間層次的不同。以前者爲例，如果是以回顧的方式展開作品，話語空間和故事空間的分別將較爲明顯，沙林格（J.D. Salinger, 1919-2010）《麥田守望者》（*The Catcher in the Rye*）便是這種類型。主人公在小說中的經歷只有被學校開除後的幾天，最後一章寫主角與精神治療師會面，過去幾天所遭遇的挫折是後來追述的，此刻的主人公正身處一個不同於故事主體的時空。[93]

93　J.D. Salinger, *The Catcher in the Rye* (London: Penguin, 1994).

自然,「他」的聚焦方式,兩種空間層次的分別是明顯的,就如本章第一節引述的《三國演義》,敘述者說書人身處三國時代(184-280)多年以後的話語空間,追憶過去的歷史風雲。在這類作品中,話語空間與故事空間的層次,有時協助組織作品的整體風格和閱讀效果。例如魯迅的〈傷逝〉,涓生追憶愧對子君的悔恨,以手記形式回顧從子君與家庭決裂到因為生計被逼分離的結局,同類型的回憶式小說,也多借助許久以後悔不當初的差異進行敘述。〈傷逝〉結尾寫到子君的死,小說的話語空間與故事空間漸漸合二為一,初春晚上和如歌的哭聲組織荒涼的懺悔心境。有學者認為〈傷逝〉是一篇不可靠敘述的頂尖之作,涓生的語調和故事情節的反差,讓讀者感覺到「傷逝」的虛偽,更加強了作品的深度。*94*

　　書信體、日記體和回憶錄式的小說,最容易看到話語空間和故事空間的層次之別,從而達到某種特殊效果。書信體的經典作《危險關係》(*Dangerous Liaisons*),以百多封書信構築出爾虞我詐的愛情戰爭。梅黛侯爵夫人為了向舊情人傑庫伯爵報復,誘使凡爾蒙子爵奪取傑庫未婚妻賽西兒的芳心。同一時間,凡爾蒙又看上善良聖潔的杜薇夫人,小說主線就以這四名男女之間的書信,揭開法國大革命前上流社會的墮落風氣。因其體裁所限,書信體小說基本上沒有故事空間的存在,僅有各種人物的話語空間。《危險關係》的成功之處,正在於妥善運用書信體的特點,將

---

94 趙毅衡,《苦惱的敘述者──中國小說的敘述形式與中國文化》(北京:北京十月文藝,1994)82。

梅黛夫人和凡爾蒙兩人的愛情騙術恰如其分地顯露出來，最終走向無可挽回的結局。在當代文學裏書信體、日記體類小說較少，可舉者有朱天心〈臺大學生關琳的日記〉，借關琳的日記片斷，講述一位臺大女生逐漸改變而不自知。

敘述空間的設計也有體裁分類的意義。現實主義作品必然強調真實的世界和規則，推理小說裏面嫌犯的作案動機和手法，更可謂最講求合理性的一種文學體裁。同時，推理小說裏的世界一般較為灰暗，敘述空間多由種種陰謀所構成。剛才提及，志怪小說、魔幻小說或神話傳說打破一般日常生活的慣性，它們著重想像的真實，而不是事實的邏輯。例如牛郎織女的故事，重要的是兩人之間的真摯感情，而非相隔銀河，不夠科學的細節。

在臺灣都市文學來看，後設小說是當中甚有特色的創作潮流。當代小說的空間形式，漸走向「拋棄人物、行動、主題建築、敘述順序、最後拋棄想像本身等因襲觀念」的實驗之上，[95]這個趨勢無疑引致後來後設小說的誕生。後設小說也就是關於小說的小說，渥厄認為它們是「自我意識小說」（self-conscious fiction）：以往強調文學作品應反映真實、客觀世界的觀點已被後現代主義思潮所否定，表明客觀的世界不可能存在小說之中。小說是虛構的創作，文學只可能是「『表現』這個世界『話語』」。後設小說反抗現實主義小說的語言，進而分辨小說（虛構）世界和小說（虛

---

95 Klinkowitz 39; 中譯參科林柯維支 55。

構）以外的世界。[96]張惠娟（1956-）曾列舉臺灣後設小說的幾點特徵，包括：強調小說的虛構性，混淆虛實；讀者的地位非常突出，作者邀請讀者一起進行文字遊戲；諧謔經典作品；布置框架（framing）等等。[97]有些後設小說的空間重視混淆虛實、諧謔，造成人物行動與空間不相配合，達到巴赫金的狂歡化（carnivalization）特色。

　　後設小說當然不缺場景。從文體的角度來看，後設小說中敘述空間的特點，在於打亂故事空間的邏輯和「多重空間」的運用。[98]參考張惠娟論文第一點看法，黃凡兩篇後設小說（〈如何測量水溝的寬度〉和〈小說實驗〉）中的場景描寫，極富虛實混淆的味道。〈小說實驗〉似乎是傳統的空間開端，以「希雅書店」的場景開始：

　　　　街角的「希雅書店」是我週末常常逗留的地方，那裏建了一
　　　　座新式電動陳列架，就像流行過一陣子的「火車壽司」，顧
　　　　客只要往椅上一坐，便能隨手取閱由一部玩具坦克當火車
　　　　頭牽引的書籍，第一節架上陳列本月的暢銷書，偶爾也有
　　　　例外，譬如某位剛剛獲得諾貝爾獎作家的作品。炮管上也
　　　　有精美布置，《巴頓將軍自傳》這本書再版推出時，坦克旗

96　Waugh 2-7; 中譯參渥厄 3-8。並參 Martin Travers, *An Introduction to Modern European Literature: From Romanticism to Postmodernism* (New York: St. Martin's P, 1998) 208.

97　張惠娟，〈臺灣後設小說試論〉，《小說批評》，鄭明娳主編（臺北：正中，1993）201-227。

98　「多重空間」見前言注引。

桿上便升起了巴頓將軍像。我個人比較喜歡聖誕老人的那
輛「鹿車」，車後拉著一張張聖誕卡和有關「雪」的故事書，
吸引了不少家庭主婦，我記得那個月和女友見面的地點十
有九次都是在鹿車經過的座位上，那一陣子書店也賣霜淇
淋，大約也是配合「雪」的主題吧。**99**

〈如何測量水溝的寬度〉則明顯以都市負面的生活空間為主：

> 〔……〕不！應該稱它大街──四線道大馬路，兩旁聳立
> 七、八層的大樓，車子兩分鐘便抵達許多年前原是大排水
> 溝的地方。我煞住車打算在水溝上沉思些童年往事，不意
> 後面喇叭聲大作，這種聲音是都市的恥辱，何況在市區附
> 近。**100**

林燿德的後設小說收在《惡地形》（《非常的日常》）、《大東區》
兩書中，〈聖誕節真正的由來〉和〈白蘭氏雞精〉亦由場景組成，
濃烈的都市色彩為一貫林氏小說風格：

> 守衛肯塔基炸雞店的肯塔基先生，在門口換上紅色的制
> 服。天橋上的小販擺開一排上發條的聖誕老人，很安靜地

---

99 黃凡，〈小說實驗〉，《曼娜舞蹈教室》147。
100 黃凡，〈如何測量水溝的寬度〉，《都市生活》（臺北：何永成，1987）
　　 201-202。

站在平鋪的帆布上。用來示範的一個，搖搖擺擺，檢閱部隊似的，從帆布的這一端踩到另一端，再自另一端踏回這一端。它三寸大小的弟兄們直楞楞地望向行人流動的皮靴，甚至當示範的聖誕老人步履漸漸遲鈍，終於歪倒在它們前方時，也絲毫沒有一點悲憫的表情。百貨公司的櫥窗中，紛紛蹲踞著一些臃腫的紅衣老人，用勉強的笑容，面向群眾。（〈聖誕節真正的由來〉）[101]

捷運系統當然是無法完成的，任何交通建設完工的時刻恰好總是趕上飽和的時機；在半夜潛入保險套工廠悄悄找出兩打保險套一個個用針刺穿小孔的砂石車司機，他的理由是當天早上他一口氣撞死了二十四個不過天橋(因為當地沒有天橋)的小學生。在這個世界上人人都是無辜的，而且至少保有足以讓微量天平稍稍傾斜的責任感。（〈白蘭氏雞精〉）[102]

也有一些環境描寫略有科幻小說的傾向，例如本章第一節引述的〈我的兔子們〉。上述例子說明，在後設小說中都市空間是以一種變形的描寫表呈出來。前述小說的場景敘述代表以後事件都在這一空間中發生，因此空間和人物行動應具有一定邏輯關係，例如上課當在學校，睡覺當在臥室。[103]環境、行動、對話、評述、形象等元

101　林燿德，〈聖誕節真正的由來〉，《非常的日常》127-128。

102　林燿德，〈白蘭氏雞精〉，《大東區》（臺北：聯合文學，1995）130。

103　參 Bal, *Narratology* 43; 中譯參巴爾，《敘述學》48。

素是互相影響的，托馬舍夫斯基認為文學作品的細節系統必然是藝
術的統一，如果細節的總體設計和布置不夠理想，作品就會支離破
碎。其中具備說明性質的細節與行為配合的方法有心理類比（浪漫
主義式的景物描寫：月夜與愛情的組合，死亡、罪惡與雷電風雨交
加的聯繫）和反襯（「冷淡的」自然，溫暖的春天映襯死亡）。[104]
雖然現當代小說運用敘述者有限知識、個人的特殊情況和有問題的
價值觀等技巧來取得不可靠的效果，[105]但不可靠的敘述技巧主要指
向其他人物的觀感或評論，較少打破空間與行動的邏輯關係。哪怕
是情節最為離奇曲折的推理小說，也仍存在空間與行動的邏輯關
係，例如，幻想深夜時分賊人行竊。

　　場景又有襯托的作用，不少小說的開首多寫下雨以營造陰暗
氣氛，或寫陽光普照映襯愉快的情調。某些後設小說乾脆放棄情
節和空間，黃凡的兩篇後設小說雖仍有情節和場景描寫，卻將空
間與行動的邏輯關係扭曲，人物在場景進行不相配合的行動，藉
此突顯小說的虛構和荒謬。上引〈小說實驗〉一段，將書店描寫為
幾近嘉年華會般的場所，後面敘述作家「黃凡」在「希雅書店」自
囚三個月，表演各種寫作技巧云云，空間與行動的斷裂均得到充
分利用。〈如何測量水溝的寬度〉的荒謬性主要在對話方面，敘述
者謝明敏的說話常前後相悖，並不配合說話的場景。如說到 1960
年 5 月 30 日那天發生的事情：

104　托馬舍夫斯基　124-126；Tomashevsky 78-80.

105　Rimmon-Kenan, *Narrative Fiction* 100; 中譯參雷蒙-凱南，《敘事虛構作
　　品》118。

接著，我便興高采烈地帶著錢到學校。第三節下課時，我
已經用掉了三毛錢。最後一毛錢，我給了個叫「金魚」的女
生，她可能是全校最窮的女生，我給她一毛錢，她讓我把
手伸進麵粉袋改良的裙子裏。

許多年後，我告訴同居的女友這個故事（當然男主角不會是
我），她很生氣，認為我所以編造這麼個故事，純粹是受了
社會版新聞的影響。

「你看多了色情、暴力的報導。」

「不騙妳，」我說，「這個女孩目前在電視臺播報新聞。」[106]

〈聖誕節真正的由來〉中滿街的聖誕老人，在現實中幾乎是沒有可
能出現的，「聖誕老人」騎電單車的行為也與真實的大相逕庭。〈我
的兔子們〉裏的敘述者將死去的兔子藏在冰箱，在丟棄過程中兔子
跟著敘述者在空中飄浮前進，凡此以上都是與空間割裂的描述；〈白
蘭氏雞精〉裏的黑色喜劇，當然不可能在真實的辦公室中發生：「我
想這樣也好，杜蘭可以暫時忘記辦公室裏發生的種種黑色喜劇，我
扶著他顫抖的肩膀，回到五樓客廳。」[107]後現代小說裏的人物多數
是矛盾或不合邏輯的，[108]黃凡、林燿德筆下的人物，在場景與行動
之間即顯示出其荒誕之處。朱天心的後設小說亦有一點戲謔成分，

106　黃凡，〈如何測量水溝的寬度〉199-200。

107　林燿德，〈白蘭氏雞精〉134。

108　Aleid Fokkema, *Postmodern Characters: A Study of Characterization in British and American Postmodern Fiction* (Amsterdam: Rodopi, 1991) 182.

〈威尼斯之死〉在敘述主人公作家的寫作困頓後，結尾突然接入一段「寂寞」的抒發，略微接近嬉戲風格：

> 我走在長滿豔紅果實的構樹人行道上，五月梅雨季前的下午燠熱難耐，迎面一群群剛放學的國中女生擦肩而過，個個皆健壯且汗臭，但我猜想她們之中有一人或許將來會是我的妻子，因為我是如此的孤獨和寂寞。[109]

扭曲空間與行動的邏輯關係，可以造成後設小說裏場景的狂歡化。以往重視悲劇的傳統在後現代狀況中受到質疑，後設小說更注重文學的遊戲性質。小說本來是偽裝的文學形式，而偽裝則是遊戲的基礎，[110]因此閱讀小說亦即參與一場遊戲。對「笑」文化分析最透徹的屬巴赫金狂歡化詩學，有關狂歡文化的思考始自《陀思妥耶夫斯基詩學問題》，後成為《拉伯雷研究》（*Rabelais and His World*）一書主題。巴赫金認為歐洲小說的源流有三：史詩（epic）、雄辯術（rhetorical）、狂歡體裁（carnivalistic），其中第三點是梅尼普諷刺（Menippean satire）的主要來源。[111]

　　梅尼普諷刺的名字取自哲學家梅尼普（Menippean，公元前 3 世紀在世），據巴赫金的看法，梅尼普諷刺共有十四種要素：一、梅尼普諷刺的根本就在於「笑」，梅尼普諷刺就是「笑」的文藝；

109　朱天心，〈威尼斯之死〉，《古都》72。

110　Waugh 34；中譯參渥厄 40。

111　Bakhtin, *Problems of Dostoevsky's Poetics* 109；中譯參巴赫金，《陀思妥耶夫斯基詩學問題》143。

二、情節和哲理都異常自由；三、異常境遇常得到內在說明和注解；四、具有「貧民窟自然主義」（slum naturalism）的特色，意指哲人和妓院、酒館、牢獄等代表世上罪惡、墜落、庸俗的地方有機地組織在一起；五、大膽的幻想元素常與哲學和對世界的沉思融爲一體；六、行動和對話的對立比較、從大地到奧林匹斯山、再到地獄世界的三面式結構（three-planed construction）對後來中世紀宗教神祕劇有一定影響；七、從某種不尋常的角度進行觀測（例如從高處觀察，生活現象將大有不同）的「實驗幻想」（experimental fantasticality）與史詩和悲劇極爲不同；八、常常描寫怪人的心理狀態，例如個性分裂、不能抑制的白日夢、異常夢境；九、各種鬧劇、怪異舉動、有悖常理的說話等等不存在於史詩或悲劇等嚴肅體裁，卻屬梅尼普諷刺的典型特色；十、有種種鮮明對比和矛盾的混合體，把不協調的事物聚合，如善良藝妓、奴隸帝王等等；十一、具備社會烏托邦（social utopia）元素，空想占了頗大比重；十二、混雜各種文體，如故事、書信、演說、筵席交談等，也結合散文和詩歌的語言，具有不同程度的諧擬性質；十三、各種文體使梅尼普諷刺擁有多種風格、多種語調的特點；十四、梅尼普諷刺是古時「新聞體」的一種，具有政論性，對現實作尖銳批評。*112*

　　《拉伯雷研究》內巴赫金對狂歡化有進一步分析，提出民間詼諧文化和拉伯雷（François Rabelais, 1490-1553?）小說的關係，按其本質有三種形式，即儀式景象的喜劇表演，詼諧語言，和各種廣

---

112 Bakhtin, *Problems of Dostoevsky's Poetics* 114-119；中譯參巴赫金，《陀思妥耶夫斯基詩學問題》148-156。

場言語如罵人話、誓約等等。就第一點而言，比較突出的是狂歡節中的國王其實只是小丑。狂歡節儀式裏常會推選筵席上的國王，不過這個推選／加冕的行為，和脫冕離不開關係，代表死亡之後的復活，象徵新的開始、新的春天；另外，巴赫金又提出，吃、喝、吞嚥、醜怪肉身都是狂歡節中筵席形象所不能缺少的。[113]巴赫金對詼諧文化的分析後來被哈桑（Ihab Habib Hassan, 1925-）吸納到後現代文化中，成為後現代笑文化的經典論述。[114]

　　狂歡化詩學對後設小說的場景分析極有啟發性，在後設小說反寫實的基礎上，〈如何測量水溝的寬度〉和〈小說實驗〉符合以上十三點（第六點除外），有關場景的描寫明顯具有「不著邊際的幻想」、「貧民窟自然主義」、充斥排泄物等特色。梅尼普諷刺第二及第三點注意作品的情節自由和異常境遇的內在解釋，黃凡的〈小說實驗〉就有一段小節，講述主人公「黃孝忠」為查探命案的真相，用書擋住自己的臉，避開守衛的視線。這篇作品可能是臺灣都市文學中最富哲學意義的一篇後設小說，也體現上面第五點奇特幻想和哲學思考的有機結合。雖然〈小說實驗〉滿載滑稽誇張的情節，結尾之處「黃孝忠」和「黃凡」的對話，卻顯露小說的真正意圖：

113　Bakhtin, *Rabelais and His World*, trans. Hélène Iswolsky (Bloomington: Indiana UP, 1984) 5, 196-199, 278-282; 中譯參巴赫金，《拉伯雷研究》，李兆林等譯（石家莊：河北教育，1998）5、225-229、321-326。

114　Ihab Habib Hassan, *The Postmodern Turn: Essays in Postmodern Theory and Culture* (Columbus: Ohio State UP, 1987) 171.

「上帝就是偉大的想像，上帝的意志就是想像力。」

「小說家是上帝？」

「不！上帝是小說家。」

上帝是小說家，這句話給我極大的震撼。

祂是既真實又虛偽，既有趣又悲哀。同時祂永遠忙於創造世界和毀滅世界，唉！可憐的上帝！

可憐的人類！

可憐的我！[115]

這段文字，同時也勾勒出古怪而睿智的作家、既真實又虛偽的上帝，突顯第十點矛盾組合的本質。黃凡〈如何測量水溝的寬度〉和林燿德〈白蘭氏雞精〉，兩篇均有與故事關係不大的插圖，似是為了挑戰小說以文字為主體的真理，涉及梅尼普諷刺的第十二和第十三點。此外，黃林二人也有對都市污染的批評，有新聞政論的氣息，也有「貧民窟自然主義」的傾向：

我住在劍潭一間租來的公寓裏，面對著油汙汙的淡水河，風向不對的時候淡淡的臭味會飄進屋子裏。[116]

我聽到一陣說話聲。一扇門打開，走出三個人，我趕緊讓開路，把胸前的書舉高藉以遮住臉。這三個人只顧講話，

115　黃凡，〈小說實驗〉185-186。

116　黃凡，〈小說實驗〉167。

並未留意書後一雙偷窺的眼睛，隨後他們進入一間倉庫裏。[117]

在這座城市，蛛網一樣遍布著各式各樣的水溝，有圳、大排水溝、下水道，以及終年發散著臭味的小陰溝。[118]

過了好一會兒，我們止住笑，用力吸著鼻子，因為從什麼地方正傳來垃圾焚燒的氣味。再過一會兒，我們聞到了雞糞的味道（也可能是狗糞，時隔多年，憑回憶很難確定究竟是那種氣味。）[119]

黃凡、林燿德兩人經常在小說中強調「無聊」，〈白蘭氏雞精〉開篇不久寫方倪葛的說法，謂美國紙幣上面的圖案「連美國總統也不知道是什麼意思，彷彿這個國家藉此向它的公民們宣告：無聊就是力量」。[120]作者在嬉戲以外，亦有如上述引文對捷運系統的批評（第十四點）；〈聖誕節真正的由來〉的街道場景，目的在於揭示書寫的虛構性，寫道「二十四日的日記到此必須結束。我和 Y 互相把對方寫在彼此的日記簿中」。[121]如上所述，後設小說的場景與行動經常斷裂，〈白蘭氏雞精〉裏的人物不是在辦公室工作，而是胡言亂語和製造無聊情節，這個遊戲場景是有意爲之的。後現代主義者被

---

117 黃凡，〈小說實驗〉174。
118 黃凡，〈如何測量水溝的寬度〉194。
119 黃凡，〈如何測量水溝的寬度〉202。
120 林燿德，〈白蘭氏雞精〉128。
121 林燿德，〈聖誕節真正的由來〉135。

認爲放棄反映世界，[122]強調小說的虛構性和混淆虛實是後設小說裏場景描寫的策略。後設小說用小說形式玩遊戲，[123]黃凡、林燿德小說的例子表示，敘述空間的狂歡化是後設小說中嬉笑怒罵的零件。

　　遊戲場景是後設小說家挑戰眞實的敘述空間，其他如小說的文本或文字空間，以至「作者」身處的「眞實空間」都是「多重空間」的組成部分，主人公多被設定爲創作人，或使之在多個時空之間穿插，構成混淆虛實框架的特色。不論是話語空間與敘述空間、還是敘述空間與文本空間之間藩籬的破壞（接近張惠娟論文第四點），都屬於多重空間的互涉。後設小說中常有作者按語或與讀者討論故事發展的框架（如〈如何測量水溝的寬度〉、〈我的兔子們〉），空間的逾越正是後設小說的基本形式。臺灣的後設小說創作已過高峰，[124]強調文本空間鋪排的《荒人手記》和極端重視敘述空間的《漫遊者》，預視了小說空間的書寫形式進一步發展的可能。

122　Douwe W. Fokkema, "Postmodernist Impossibilities: Literary Conventions in Borges, Barthelme, Robbe-Grillet, Hermans, and Others," *Literary History, Modernism, and Postmodernism* (Amsterdam: Benjamins, 1984) 40.

123　Waugh 43; 中譯參渥厄 47。

124　焦桐（葉振富，1956-）謂：「常聽見評審委員感慨：大家一窩蜂寫後設小說，甚至已到了令人厭煩的地步。」見《臺灣文學的街頭運動：一九七七——世紀末》（臺北：時報文化，1998）253。

第二章　身體與空間

一、身體與空間的辯證關係

　　借景抒情、融情入景是一般解讀文學作品的角度，例如有關白先勇小說的分析，普遍注意到天氣與人物心理的呼應。歐陽子（洪智惠，1939-）在評論《臺北人》時已談及白先勇小說裏的溫度意象，〈冬夜〉可謂最重視營造寒冷與溫暖氣氛兩相對照的一篇作品。小說不斷運用各種各類的描寫，一再強調屋外的寒冷天氣，映襯現實生活的冷漠無情，房間的氣溫是溫暖的回憶和理想的對比。[1]夏志清（1921-2013）〈白先勇早期的短篇小說——《寂寞的十七歲》代序〉也重視白先勇早期幻想成分較重的小說，「大半在黃昏月夜開始他們的活動〔……〕描寫黃昏月夜的氣氛特別賣力，無疑的，祇有在這種氣氛中他的人物才能顯出其真實性」。[2]又如曾秀萍（1974-），認為「藉由外界的自然氣候，呼應人物內

1　歐陽子，《王謝堂前的燕子：〈臺北人〉的研析與索隱》（臺北：爾雅，1976）299-305。

2　夏志清，〈白先勇早期的短篇小說——《寂寞的十七歲》代序〉，序，《寂寞的十七歲》，白先勇 7。

在的心理氣象，一直是白先勇的拿手絕活」。[3]由此可見，普遍評論認為小說裏面空間與人物的關係，外界如天氣、風景等描寫，象徵、呼應人物的心理。高辛勇也提及，場景的功用「除了充當行動的空間背景、製造氣氛外，又可增強人物的情緒感覺，與之形成衝突對比，或是象徵、襯托人物的心境」。[4]

以上看法，主要是從外界向人物心理的角度（外界→心理），研究空間與人物的關係。借助梅洛-龐蒂（Maurice Merleau-Ponty, 1908-1961）的觀點，本章嘗試留意小說人物的身體於空間與心理之間的作用（外界→身體→心理）。同樣是在白先勇小說的研究裏，賀淑瑋〈「吶喊」與《青春》：論培根與白先勇的感官邏輯〉將培根（Francis Bacon, 1909-1992）畫作與白先勇小說並讀，論述二人筆下人物的扭曲身體。白先勇在〈月夢〉、〈悶雷〉、〈青春〉等短篇中書寫男性的肉身，展示出身體內部的欲望和欲力，並一直延伸到身體外的空間。讀者深入、穿出〈青春〉裏畫家的身體，內外場景與畫家身體的結合產生獨特的藝術效果，外在的大自然與畫家的衰老身體編織出小說核心。賀文強調白先勇小說人物身體的欲望，也點出身體與空間的「衝擊」。[5]若要理解小說的敘述空間，則不得不考慮小說人物的身體，在上述「空間呼應心理」的

---

3 曾秀萍，《孤臣·孽子·臺北人——白先勇同志小說論》（臺北：爾雅，2003）88。

4 高辛勇，《形名學與敘事理論——結構主義的小說分析法》（臺北：聯經，1987）174-175。

5 賀淑瑋，〈「吶喊」與《青春》：論培根與白先勇的感官邏輯〉，《臺灣現代小說史綜論》，陳義芝（1953- ）主編（臺北：聯經，1998）443-481。

基礎上，進而研究人物身體的重要性，以及人物身體向外界（身體
→外界）延伸的關係與影響。

　　小說裏的敘述空間與人物身體組成有機關係：人物身體與空
間描寫是密不可分的，小說人物的身體敘述和外表描寫一直用作
暗示性格特徵、隱藏的解說或作為間接的人物特性描述（indirect
characterization）。[6]除表現人物性格外，人物外表和身體的描寫每
每影響對外空間的投射。本章研究身體與空間的辯證關係，首先
簡略介紹敘事學與梅洛-龐蒂哲學等相關內容，作為這部分的理論
基礎；其次解釋小說中身體於空間的意義，包括感知與行動兩個
分析角度。後半部分借四位作家的小說，管窺臺灣當代小說裏主
人公的身體，年邁、衰老、殘疾的占絕大多數，經由主人公的衰
病身軀描寫，可更為鮮明地表現城市空間。

二、「聚焦身體」

　　敘事文中說話和感知屬於不同的行動。熱奈特在《敘事話語》
中認為「哪個人物的視點〔point of view〕方向決定敘述透視」和
「敘述者是誰」是兩個不同的問題，「誰看」和「誰說」是不同的。
他在《新敘事話語》裏修正之前純視覺的狹窄觀點，以「誰感知」
來代替「誰看」，進而提出「感知焦點在哪兒」？[7]說話和感知可

6　Rimmon-Kenan, *Narrative Fiction* 65-66; 中譯參雷蒙-凱南，《敘事虛構作
　　品》76-77。

7　Genette, *Narrative Discourse* 186; 中譯參熱奈特，《敘事話語・新敘事話
　　語》126；*Narrative Discourse Revisited*, trans. Jane E. Lewin (Ithaca: Cornell

能，但不一定由同一個敘述者進行。參考巴爾的看法，第一人稱
與第三人稱觀點之間並沒有根本不同，第三人稱觀點仍需透過某
個聚焦者（focalizor）而達到。[8]托多羅夫則從敘述者與人物的觀察
關係分析，敘述者「從後面」、「同時」或「從外部」觀察人物。[9]
這幾種敘述手法通常需要透過主人公來觀察四周，或者說，透過
身體去感知四周。比較明顯的情況是敘述者與人物一致，「同時」
觀察四周。在敘述者「從後面」或「從外部」觀察事物的情況中，
敘述者透過人物的身體進行敘述，其中的例外是羅伯-格里耶
（Alain Robbe-Grillet, 1922-2008）《嫉妒》（*Jealousy*），小說以
丈夫目光觀察妻子，自此至終沒有暴露他的身分。[10]海明威〈殺
手〉（"The Killers"）採外部聚焦者（external focalizor）手法，[11]殺
手為什麼追殺拳手，拳手為什麼不逃走，以至人物的所思所想全
沒呈現。整個故事由尼克（Nick）與同伴對話，目睹兩名殺手走進
餐室開始，直到後半主人公走到拳手家中，除了中間尼克被殺手
綁在廚房的情節外，小說仍然主要以尼克為中心，敘述畫面基本
上是跟隨著尼克所知所感而發展的。

UP, 1988) 64; 中譯參熱奈特，《敘事話語・新敘事話語》228-229。並參
胡亞敏 23。

8 Bal, *Narratology* 104-105; 中譯參巴爾，《敘述學》119-120。

9 董小英 107；並參 Genette, *Narrative Discourse* 188-189; 中譯參熱奈特，《敘
事話語・新敘事話語》128-129。

10 Rimmon-Kenan, *Narrative Fiction* 74-75; 中譯參雷蒙-凱南，《敘事虛構作
品》88-89。

11 Bal, *Narratology* 105; 中譯參巴爾，《敘述學》120；Hemingway, "The
Killers," *The Complete Short Stories of Ernest Hemingway* 215-222.

　　小說敘述依賴主人公而推進，小說裏的空間也必然借某個「感知焦點」來呈現。巴爾可算是較重視空間分析的敘事學者，在《敘述學》一書中多次提到空間在小說中的地位、功能、表達方式等等，在空間與聚焦／感官的關係上巴爾亦作申論，認爲視覺、聽覺及觸覺三種感官特別伴隨空間的感知。作者重視聚焦與感知的問題，在論述爲何使用聚焦者而不用視角（point of view）或透視（perspective）等術語時，多次以「視覺」（vision）、「聚焦就是視覺與被『看見』被感知的東西之間的關係」來回應聚焦問題。[12]雖然巴爾提及「被感知的東西」的重要性，可在後文中回應使用「聚焦」取代「視角」的其中一個原因，也主要源於視覺，「它是個像有技術性的術語，源自於攝影與電影；其技術性因此而得到強化。由於任何呈現的『視覺』可以具有強烈的操縱作用〔……〕」。[13]後續研究如奧尼爾（Patrick O'Neill, 1945-）的敘事學著作，基本承襲「視角」觀點，對聚焦的解釋集中於聲音與視覺（voice and vision）、說話與觀看（"voice" that "speaks" and "eyes" that "see"）。[14]

　　雷蒙-凱南指出，聚焦不單指涉視覺，也還包括聽覺、嗅覺等與空間相關的感知，而有關人物的部分，則從「直接解說」和「間接表現」討論性格的兩種描寫角度。前者多數被視爲不合時宜的創作手法，一般以爲行動、說話、外表、環境和對比手段是較爲適切的寫作技巧。上述人物外表和環境慣用以暗示性格，不可改變

12　Bal, *Narratology* 94, 100, 102; 中譯參巴爾，《敍述學》106、113-114、116。

13　Bal, *Narratology* 102; 中譯參巴爾，《敍述學》116。

14　Patrick O'Neill, *Fictions of Discourse: Reading Narrative Theory* (Toronto: U of Toronto P, 1994) 83-85.

的特徵，如眼睛的顏色、身高等與人物性格具有轉喻關係；可改變的特徵，如衣著、髮型等，與人物性格有著因果關係。[15]

按科恩（Steven Cohan, 1953- ）和夏爾斯（Linda M. Shires, 1950- ）的看法，若以另一套術語解釋，巴特在《S／Z》中將巴爾扎克（Honore de Balzac, 1799-1850）小說〈薩拉辛〉（"Sarrazine"）解構，將之歸納為五種基本符號，即指涉、詮釋、象徵、義素和行動代碼。其中身體敘述經常代表人物性格，屬於五種代碼之一的義素代碼，它將人物性格編碼，是「人物的最小單位」。[16]根據熱奈特的觀點，「感知焦點」可以進一步理解為某具身體進行感受活動，不論敘述者所說是否屬實或可靠，[17]也仍然需要主人公身體感知並使敘述成為可能。敘述者描述自己的身體，也講述主人公以及人物的外表，不僅具有暗示性格特徵、間接的人物特性記述或解說其人的功能，同時身體描寫也在定義空間。

以上引述的觀點，較著重身體描寫與心理方面的關係，尚未發展身體在小說裏的作用，以及身體與空間的連接。如果沒有身體感知，空間則較難獲得意義，因此身體描寫可見於各種小說之中。即便是如《嫉妒》沒有自身身體描寫的作品，仍有極多感覺和

15　Rimmon-Kenan, *Narrative Fiction* 59-70, 77-78; 中譯參雷蒙-凱南，《敘事虛構作品》69-82、91-92。

16　Steven Cohan and Linda M. Shires, *Telling Stories: A Theoretical Analysis of Narrative Fiction* (London: Routledge, 1988) 119-122; 中譯參科恩、夏爾斯，《講故事——對敘事虛構作品的理論分析》，張方（1961- ）譯（板橋：駱駝，1997）132-134。

17　Rimmon-Kenan, *Narrative Fiction* 103；中譯參雷蒙-凱南，《敘事虛構作品》120-121。

感知方面的敘述，讀者在閱讀過程中必須建構某個丈夫角色，借其身體理解文本中的世界，以及作品所呈現給讀者的意義。柳鳴九（1934- ）解釋，羅伯-格里耶期望追求一種較寫實主義更「寫實」的寫作風格，以求更爲客觀，更爲純粹。《嫉妒》開頭，讀者或會以爲小說的敘述者與主人公不同，然而再細讀下去，可以發現敘述者即主人公，只是全然沒有透露他自己的身分和思想，僅給讀者零碎的提示，以顯示作品的嫉妒主題。**18**

　　法國哲學家梅洛-龐蒂的身體論及其他相關論點，可爲上述問題延伸思考空間。回顧西方古典哲學，傳統論述以爲身體與心靈對立，心靈代表理性，身體則代表欲望。身體應從屬於心靈，否則人只會被欲望所迷惑。現代哲學則從完全相反的方向出發，認爲人的存在先於理性思維。梅洛-龐蒂否定思維（心靈）優於身體的觀點，主張身體即我自己，因爲身體我們得以感知空間，一切思想、行動也依賴肉身而存在。身體和心靈應該同一，而不是分離和對立的。知覺作用是身體最重要的功能，感知實爲意義的所有來源。身體促使人與外界萬物接觸，是觀察世界的起點，也是觀念形成過程的重要根源：身體是產生意義的場所。**19**梅洛-龐蒂

18　柳鳴九，〈沒有嫉妒的《嫉妒》——代譯序〉，序，《嫉妒》，羅伯-格里耶著，李清安譯（南京：譯林，2007）1-12。

19　鄭金川（1964- ），《梅洛-龐蒂的美學》（臺北：遠流，1993）13-15、34-36；王岳川（1955- ），〈身體意識與知覺美學〉，《目擊道存：世紀之交的文化研究散論》（武漢：湖北教育，2000）7-18；龔卓軍（1966- ），〈身體與想像的辯證：從尼采到梅洛龐蒂〉，《中外文學》26.11（1998）：10-50。

指出，「身體遠不止於工具或手段；它是我們在世的表現，是我們的意向的可見方式」。[20]沃林（Richard Wolin, 1952-）認為，身體代替思想，成為整個認識論中的首位，是取得經驗和意義的樞紐。外在世界和內在思想得以聯繫，身體成為無可取代的中介角色，只有通過身體的存在，人的意義才可以顯現出來。[21]

　　我們藉身體來掌握空間。由於知覺（身體）一直被認為居於次要的地位，因此被知覺的世界（the perceived world）沉積於知識以下，身體只屬於「世界中的一個物件」。藉著類似考古學的方法，身體與感知的重要性得以重新發掘，事實上，被知覺的世界不只是科學層面的客體，我們與世界也不像思想家與思想客體一般。[22]在《知覺現象學》（The Phenomenology of Perception）的前言裏，梅洛-龐蒂強調知覺的主要地位，是一切行動的背景和先決條件。從世界和人的關係來看，世界不是我們擁有的客體，我們也不曾

20　Maurice Merleau-Ponty, "An Unpublished Text by Maurice Merleau-Ponty: A Prospectus of His Work," trans. Arleen B. Dallery, *The Primacy of Perception: And Other Essays on Phenomenological Psychology, the Philosophy of Art, History, and Politics*, trans. and ed. James M. Edie (Evanston: Northwestern UP, 1964) 5.

21　Richard Wolin, *The Terms of Cultural Criticism: The Frankfurt School, Existentialism, Poststructuralism* (New York: Columbia UP, 1992) 106-111; 中譯參沃林，《文化批評的觀念：法蘭克福學派、存在主義和後結構主義》，張國清譯（北京：商務，2000）165-172。

22　Maurice Merleau-Ponty, "An Unpublished Text" 5; "The Primacy of Perception and Its Philosophical Consequences," trans. James M. Edie, *The Primacy of Perception* 12-13.

掌握它的形成法則，世界其實是人一切思想和知覺的場所。可以說，人就是在世界中存在並認識自己。[23]

梅洛-龐蒂既反對知覺只是「外在事物在身體產生反應的結果」，也不滿「意識自治」（autonomy of consciousness）的論調。借他的話解釋，這兩種觀點代表「純粹的外在性和純粹的內在性」，都有一定的局限。[24]學者解說梅洛-龐蒂的哲學，說明在他的思想中反對壁壘分明的主客體分野，身體既為主體和客體，因此它是各種意義的中心。[25]

重新發掘身體的重要性，是二十世紀以降的重要思想脈絡，除梅洛-龐蒂外，亦有許多思想家從身心二元論探討兩者的關係。參考著名神學家薇依（Simone Weil, 1909-1943）的看法，她否定嚴格的身心二元結構，意識到生理功能與心理狀態之間的相互影響，是一種有限度的二元論。[26]她又指出：「只要人活著，任何東西都無法使人失去：呼吸，作為一種意志力可控制的運動；作為感知的空間（甚至在牢房中，甚至雙眼被挖，鼓膜破了，只要人活

23　Merleau-Ponty, *The Phenomenology of Perception*, trans. Colin Smith (London: Routledge & Kegan Paul, 1962) xi.

24　Merleau-Ponty, "An Unpublished Text" 3-4.

25　特羅蒂尼翁（Pierre Trotignon），《當代法國哲學家》（*Les Philosophes français d'aujourd'hui*），范德玉譯（北京：生活·讀書·新知三聯，1992）47。

26　Christopher Frost and Rebecca Bell-Metereau, *Simone Weil: On Politics, Religion and Society* (London: Sage, 1998) 39.

著,就會注意空間)。」[27]這一段話解釋了空間與身心的緊密關係。在心理學方面,阿德勒(Alfred Alder, 1870-1937)也認為個體心理學(individual psychology)主要關注心靈與肉體之間的交流,兩者並不是兩極對立的關係。身心兩者均有互相的影響,心靈能推動肉體,發掘身體自身潛力,身體也影響心靈,不能超越肉體極限。[28]榮格(或譯容格,C.G. Jung, 1875-1961)則對身心問題作如下闡釋:身心是人存在於世的兩個範疇,兩者或可能是等同的,只是人無法如是認識而已。也許最好的理解角度是,身心之間的活動同時以一種神祕的方式展開。[29]

　　東洋哲學方面,湯淺泰雄(YUASA Yasuo, 1925-)申論日本身心思想,謂人生活在空間之間,空間是無法與身體分離的,人的「中間狀態」("betweenness")說明空間較時間更原始、更主要,「中間狀態」是「具體的主觀空間的延伸」。在「中間狀態」裏生

27　Simone Weil, *Gravity and Grace*, trans. Emma Crawford and Mario von der Ruhr (London: Routledge, 2002) 142; 中譯參薇依,《重負與神恩》,顧嘉琛(1941-)、杜小真(1946-)譯(香港:漢語基督教文化研究所,1998)186-187。

28　Alfred Adler, *What Life Should Mean to You*, ed. Alan Porter (London: Allen & Unwin, 1933) 25-33; 中譯參阿德勒,《生命對你意味著什麼》,周朗譯(北京:國際文化,2001)18-25。

29　榮格,《分析心理學的理論與實踐:塔維斯托克講演》(*Analytical Psychology: Its Theory and Practice*),成窮、王作虹譯(北京:生活‧讀書‧新知三聯,1991)32-33。

活，也就是要憑藉自己的身體，以把握、存在於空間之中。[30]

　　以上觀點可作梅洛-龐蒂哲學的補充。祈雅理（Joseph Chiari, 1911-）指出，從空間與知覺的關係來說，梅洛-龐蒂重視知覺的作用，因爲知覺即接觸外界，而身體既能知覺，又是被知覺的主體。它爲世界所包圍，是向世界開放、與世界連繫一起的結構，它在世界之中，是我們和世界的中介點。[31]梅洛-龐蒂強調，被知覺的世界先於所有理性、所有價值及所有存在，是以上種種的基礎。[32]相對於前述的身心論點，梅洛-龐蒂對兩種偏重物或心的觀點均表不滿，欲以知覺爲中介點，平衡過往的身心論述，這是他的貢獻所在。梅洛-龐蒂生前最後發表的論文〈眼與心〉（"Eye and Mind"），則以相互主體性（intersubjectivity）重新理解身體與心靈的問題，認爲我們觀察事物，事物就成爲我們身體的附件或延伸並覆蓋我們，是身體這個完整概念的一部分。可以說，事物產生出各種身體的感覺，感覺和被感覺事物之間密不可分。物件的可見性亦即身體中「祕密的可見性」，物件在人的肉身、內在之中顯現。空間與感知的關係極爲密切，感知經驗促使人得以抓住世

30　Yasuo Yuasa, *The Body: Toward an Eastern Mind-body Theory*, ed. Thomas P. Kasulis, trans. Nagatomo Shigenori and Thomas P. Kasulis (Albany: State U of New York P, 1987) 37-41.

31　Joseph Chiari, *Twentieth-century French Thought: From Bergson to Lévi-Strauss* (London: Elek, 1975) 71；中譯參祈雅理，《二十世紀法國思潮：從柏格森到萊維-施特勞斯》，吳永泉、陳京璇、尹大貽譯（北京：商務，1987）66。

32　Merleau-Ponty, "The Primacy of Perception and Its Philosophical Consequences" 13.

界，使之成爲我們日常的生活環境，是人與世界的重要溝通手段。[33]

身體與空間的辯證關係，可借施密茨（Hermann Schmitz, 1928- ）的界定進一步分析。施密茨強調肉體與身體知覺的不同，肉體知覺倚重感覺器官，身體知覺則並不一定依賴感官，它沒有特別指明的位置或方向，因此可以超越肉體部位而存在，身體空間在沒有感官的情況下也能直接感受。當人焦慮或憤怒，身體的緊張感使空間「變得」狹窄，歡樂時則「變得」寬廣；另一方面，環境是有情感力量的，黃昏的悲哀氣氛能影響人的身體，情感不一定按人的心靈狀態，而可能按身體處於不同的天氣或氣候所產生的氣氛而改變。這種情感附在身體以外，同時亦超越具體的身體部分，空間與身體均擴散一種整體的氣氛。通過以上空間性現象的分析，情感是內在於主體的傳統觀念得以改變。[34]前文「空間呼應人物心理」的說法，通常將空間置於心理之下，作映襯的功能。據上述梅洛-龐蒂以至施密茨諸家觀點，空間與身體應該是互相制約和影響的，此處進一步剖析這種辯證關係，兩者構成一種「身體無意識」。梅洛-龐蒂強調身體與自我（self）融合一體，無意識（unconscious）這一術語仍保留在他的哲學思想當中，「無意識不是在我們行爲之下，而是就在我們前面，與經驗中的世界互

---

33 Merleau-Ponty, "Eye and Mind," trans. Carleton Dallery, *The Primacy of Perception* 163-166; Merleau-Ponty, *The Phenomenology of Perception* 52-53.

34 龐學銓（1948- ），譯序，《新現象學》（*New Phenomenology*），施密茨著，龐學銓、李張林（1954- ）譯（上海：上海譯文，1997）xvi-xx。

相關聯」。[35]狄倫（M.C. Dillon, 1938- ）即指出，梅洛-龐蒂在《可見與不可見》（*The Visible and the Invisible*）中寫道「知覺是無意識的」，並認為「如果無意識是像語言那樣構成，無疑是因為語言像世界那樣構成」。[36]參施密特（James Schmidt）的觀點，梅洛-龐蒂一直認為意識與主體性同一，卻忽略了無意識在創造主體過程中的重要地位，[37]狄倫則謂梅洛-龐蒂早已描述「意識不是全然透明，無意識不是絕對缺席」的，[38]這些討論導引出一個觀點：被知覺的世界混合著意識與無意識，除心理方面的無意識外，身體的感知和知覺特性亦賦予人某種無意識的、產生意識以前的觀念，身體的重要性是不能忽視的。

　　綜合梅洛-龐蒂等人意見，空間呼應心理、創造情境，同時各式各樣不同的身體亦必影響對空間的把握。陳原（1918-2004）認

35　David E. Pettigrew, "Merleau-Ponty and the Unconscious: A Poetic Vision," *Merleau-Ponty, Interiority and Exteriority, Psychic Life, and the World*, eds. Dorothea Olkowski and James Morley (Albany: State U of New York P, 1999) 59-64.

36　M.C. Dillon, "The Unconscious: Language and World," *Merleau-Ponty in Contemporary Perspective*, eds. Patrick Burke and Jan van der Veken (Dordrecht: Kluwer, 1993) 69-83; Merleau-Ponty, *The Visible and the Invisible*, ed. Claude Lefort, trans. Alphonso Lingis (Evanston: Northwestern UP, 1968) 189.

37　James Schmidt, *Maurice Merleau-Ponty: Between Phenomenology and Structuralism* (Basingstoke: Macmillan, 1985) 76-77; 中譯參施密特，《梅洛龐蒂：現象學與結構主義之間》，尚新建、杜麗燕譯（臺北：桂冠，1992）108-109。

38　Dillon, "The Unconscious" 74-75.

爲當人感覺外在事物，由感官傳達到腦部之後事物將轉換成表象，表象和感覺通過普遍化後就成爲概念。[39]信息須透過身體傳達，讀者對小說的理解必然依附某（幾）具身體。一般來說，「我」和「他」是小說家最常運用的敘述觀點，在這兩種情況下，主人公（敘述者）身體是在小說裏對話、行動、感知的基礎，在「同時」觀察的聚焦點中，根據梅洛-龐蒂的看法，身體既可見亦能被見，[40]而在完全不同的學術領域裏，邏輯哲學家卡納普（Rudolf Carnap, 1891-1970）亦認爲每個人的身體常在自己眼睛的附近，是「最重要的視覺事物」，不但能夠讓我們得到各種感覺的資訊，同時也能藉由自己的身軀完成自我心理學的範疇。[41]「從後面」觀察主人公的聚焦方式，無論敘述者態度如何，敘述也仍有待於一個或多個人物的身體知覺，經由小說人物身體不同的知覺能力，建立獨特的空間體驗。身體形象不但具有性格特徵和預示人物命運等主要作用，敘述者以至讀者，隨著主人公的身體形象及相關描述，建立與小說中各式景象的知覺關係。

除了一般常見的聚焦類型，第二人稱「你」也是近年小說愈來愈常見的敘述角度，驟看起來感知焦點移到讀者。然而據巴爾所云，「你」實際上只是「我」的轉換，是第一人稱敘述者的自言自

39　陳原，《社會語言學——關於若干理論問題的初步探索》（香港：商務〔香港〕，1984）40-41。

40　Merleau-Ponty, "Eye and Mind" 162.

41　Rudolf Carnap, *The Logical Structure of the World*, trans. Rolf A. George, 2nd ed. (London: Routledge & Kegan Paul, 1967) 191, 199-200; 中譯參卡納普，《世界的邏輯結構》，蔡坤鴻譯（臺北：桂冠，1992）219、229-230。

語，這種變換模式並不影響整個敘述情境。[42]例如駱以軍的〈降生十二星座〉，小說「你」與「我」兩種角度交替使用，以自言自語的形式豐富作品的抒情性質。小說借「快打旋風二代」的通關之路、「道路十六」電玩、都市的道路，以及命運的重複與不可逆轉，連繫整篇作品的抒情指向，堪稱世紀末臺灣文學的壓卷之作。從「你」的角度展開敘述，〈降生十二星座〉尚有不少地方借助身體進行回憶，比如：

> 第二次出現，你已是國中二年級的男生了。小精靈電動的熱潮已全面淹過了之前的小蜜蜂和三合一星際大戰。你冒出喉結，每一定期便假裝大便坐在馬桶上，偷用父親的刮鬍刀把細細冒出的恥毛剃掉。[43]

朱天心近年的第二人稱小說，幾乎全都可以視為說話者的囈語。最重要的中篇作〈古都〉有甚多身體敘述，為營造小說的今昔對比主題，「你」的身體也是重點描寫之物。小說的「你」和「A」兩人曾有近於同性愛戀的姊妹情誼，然而經過多年的分別，「你」不禁感嘆因時間推移而日漸衰弱的身體，顯然今昔身體（十多歲的年輕身體與中年的衰敗身體）與空間（京都與今昔臺北）的對比，是小說著重描寫的重點。《漫遊者》與前作〈古都〉比較，直接的身體

42　Bal, "Second-Person Narrative: David Reed," *Looking in: The Art of Viewing* (Amsterdam: G+B Arts, 2001) 216.

43　駱以軍，〈降生十二星座〉，《降生十二星座》（中和：INK 印刻，2005）43。

敘述較少，空間描寫則成爲小說主題。沒有身體，空間是無法被觸知的，書中的首篇〈夢一途〉，敘述空間中的聖馬可廣場、咖啡館、木屋等夢中建築物，不但是人的想像慣性，這些物質的特性，均顯示某具身體的感官描寫，在在可見這個進行感知活動的身體極其重要，不能抽離於敘述之中。可以設想，即使是毫無身體描寫的短篇，讀者也必然補足聚焦者的身體形象；從身體知覺的角度看，《嫉妒》所極力營造的「客觀性」，不在於人物思想，而僅在於鋪陳丈夫接收到的信息，是「身體感知」的另一種極端表現手法，以圖達到寫作的新鮮感。或者可以說，《嫉妒》提供讀者的是「無身體的身體」。

　　布魯克斯（Peter Brooks, 1938- ）指出，身體必然是意義的來源，沒有身體，故事就無從表達出來。身體在十八世紀現實主義小說裏得到充分發展，在這時期文學開始重視外在世界、個體與「個性」，重新認識身體作爲一種新的重要寫作物件。[44]進一步而論，小說中的身體並不只是物件，不僅屬於文學創作的描寫對象，身體更居於表達內容的中心地位。

　　潘迪（Daniel Punday）的《敘述身體：朝向一門肉體敘事學》（*Narrative Bodies: Toward a Corporeal Narratology*）爲近年出版的小說身體著作，當中觀點與本書有相近之處。據作者分析，身體提供意義，有說明故事和指出閱讀經驗的功能。巴爾、查特曼、馬丁等人幾乎沒有提及身體，只有查特曼將身體視爲故事「設定的元素」，與其他普通物件無異。潘迪強調，小說身體具有特殊地

44　Peter Brooks, *Body Work: Objects of Desire in Modern Narrative* (Cambridge, MA: Harvard UP, 1993) xii, 3.

位，身體影響與世界的感知，也創造情節。他將小說裏的人物身體分類，並在人物行動與環境之間發展一種「運動空間」（"kinetic space"）的觀點，在這「運動空間」模型裏，小說的空間是由「身體進入」分類，即不可進入的空間、可由身體占用的空間、經由替代手段進入的空間及感官與人工進入的空間。顧名思義，「運動空間」自然與行動關係密切，後面三種「身體連接」的空間，分別對應物理進入的（身體占用的）、想像進入的及知覺進入的空間，在敘述中行動經常涉及設定之間，有助表現主題的重要性。[45]

潘迪的「敘述身體」與空間關係要點可歸納如上。該書主要考慮身體是否與空間連接、進入的因素，然後申論三種進入方式：物理的、感知的與想像的進入模式。本書的側重點則不同，嘗試結合巴爾等人的經典敘述學，集中感知與行動兩方面，注意身體在主題、情節、氣氛等的作用，用以反映「聚焦」這一概念的整體。

本章擬將上述討論的感知身體暫名爲「聚焦身體」（英文可作 "the focal body"）。[46]設計此概念的原因有四：第一，熱奈特的「感知焦點」觀點很有啓發性，但僅止於「觀看」或「感知」無法強調

---

[45] Daniel Punday, *Narrative Bodies: Toward a Corporeal Narratology* (New York: Palgrave Macmillan, 2003) viii-ix, 3, 63-64, 121, 127, 140, 142. 另外「進入框架」的問題可參 Ruth Ronen, "Space in Fiction," *Poetics Today* 7.3 (1986): 425-428.

[46] 普林斯編寫的《敘事學辭典》（*A Dictionary of Narratology*），收「聚焦人物」（focal character）一詞，即作爲聚焦點的人物。見 *A Dictionary of Narratology*, rev. ed. (Lincoln: U of Nebraska P, 2003) 31.

聚焦身體的行動與交談的功能，小說聚焦者的活動與對話能力都
受其身體影響，未必都與心理有關；第二，以前研究多集中小說
人物心理或形象，人物身體的注意明顯較少。六、七十年代以
降，有關身體的哲學研究愈來愈多，漸成各門學科的研究重點。
例如布魯克斯有關身體與欲望的研究，或上面提到的《敘述身
體》，甚至有學者建議提出「軀體美學」（somaesthetics）的學
科，[47]身體研究仍有補充空間；第三，「人物」是小說研究的經典
概念，但在部分小說裏，如《漫遊者》中的「人物」並不重要（沒
有一般小說人物的成長、性格改變等，[48]甚至應該說沒有人物），
反之，空間的感知書寫則成為中心；第四，「聚焦身體」從屬於巴
爾的聚焦者觀點之下，用以補足「聚焦就是視覺與被『看見』被感
知的東西之間的關係」的局限。「聚焦身體」考慮身體與其他小說
素材的關係，特別是與空間的關係。小說依賴聚焦身體以表現主
題，人物心理未必是最重要的因素，甚至身體亦屬人物性格的表
徵。身體既為對話、行動、感知的基礎，小說情節發展不免與之
相關。舉白先勇小說〈思舊賦〉為例，小說開篇就已描寫順恩嫂的
外表：「老婦人的背脊完全佝僂了，兩片崚嶒的肩胛，高高聳起，
把她那顆瘦小的頭顱夾在中間；她前額上的毛髮差不多脫落殆
盡，只剩下腦後掛著一撮斑白的髮髻。」[49]這段文字固然具有性格
刻畫的作用，身體在小說中是行動、空間以及心理的中介點（外界

47　Richard Shusterman, *Pragmatist Aesthetics: Living Beauty, Rethinking Art*,
　　2nd ed. (Lanham: Rowman & Littlefield, 2000) 262-283.

48　參托馬舍夫斯基 135-140；Tomashevsky 87-92.

49　白先勇，〈思舊賦〉，《臺北人》111。

→身體→心理），亦意味老人身體對四周的投射。讀者通過老人身體（知覺）的衰退以把握空間和場景，如果沒有老人的衰弱身體，〈思舊賦〉中衰老肉體與多日黃昏、破落大戶（空間）所製造出的悲劇氣氛就無從揭示出來（身體→外界），沒有老人身軀，亦難以營造年老傭人無法挽救此刻局面的故事內容。

以現實生活為主題的小說裏，身體行動力雖然沒有受到特別重視，然而敘述空間的揭示不可能脫離聚焦身體，或者說，沒有身體的敘述空間是沒有意義的，賀淑瑋談及的〈青春〉，正因為畫家的情緒緊張、身體衰老，相比在日光下曬得舒服透了的孩子，自然營造出內外交迫的窘境，不只與心理有關，沒有身體的作用，是不可能達到這種對比效果的。黃凡小說中即多有身體瘦弱及中老年者，行動能力不足，自然投射出無可奈何的空間感，至於朱天文的〈炎夏之都〉，與白先勇〈青春〉裏的炎熱空間描寫就更為相似。

比較有特色的「聚焦身體」，應該以老人、兒童，以及科幻小說中的異常身體為最常見。敘述者常描述自身，不但為了建構「自己」的形象，同時也在建構小說發展。在第三人稱聚焦點的情況中，主人公外表描述則更多。老人與兒童的身體描述，在讀者或作者的想像中，他們的感知、認知能力是敘述的關鍵。以老人為主人公，借其身體繪畫出獨有的小說世界，海明威的《老人與海》（*The Old Man and the Sea*）堪稱其中典範，小說顯然要以老漁夫聖地牙哥的身體為作品的主要意義來源，一開始就不斷鋪敘主人翁的外表飽歷風霜，雙手則因為繩索而留下許多傷痕，體無完膚的老漁夫，卻有著愉快、永不言敗的雙眸。故事內容非常簡單，

老人與大魚之間的搏鬥，正在於渺小與強大的對峙，作品依賴老人的衰弱身體，巨大的藝術效果就得以完美的發揮出來。[50]以兒童爲主人公的作品，有的則表現特有的知覺現象。朱天心的〈綠竹引〉恰當地描寫出幼童知覺零碎的特徵，[51]這篇小說僅只鋪陳人物的日常生活、家庭瑣事，沒有什麼起承轉合，通過混亂欠因果性的敘述，小說也準確地傳達給讀者零碎敘述的新鮮感。

回應第一章的討論，敘述空間每每與人物行動有邏輯關係，人物的身體描寫具備賦予人物行動能力的作用，可以給作者與讀者雙方豐富的想像力。比較起來，貼近現實的文學作品較不需要，或者說不甚突出身體的行動想像力。幻想成分較重的小說如奇幻小說、科幻小說則有鮮明的行動想像。這些小說中的人物，經由某種途徑獲得特殊能力，整個世界觀變得和先前不再一樣。奇幻作品裏頭的主人公，或進入小人國，或能翱翔於天地之間，也都運用身體與空間的辯證關係，發生各種滑稽情節，滿足人類不能實現的夢想。

在一般敘事學的著作中，身體是相對地受到忽略的，許多小說身體的研究多傾向女性主義方面，[52]「聚焦身體」的提出，當補充了熱奈特、巴爾等人關於感知焦點與空間關係的觀點。它有助建構情節、理解主題，如黃凡〈賴索〉前半部分，與及林燿德《一

50　Hemingway, *The Old Man and the Sea* (New York: Bantam, 1976).

51　兒童通常對事物作局部而不是全面的描述，大約七至九歲，開始能說明圖畫各個部分的組成關係，並可以過濾無關的內容，見 Margaret W. Matlin, *Perception* (Boston: Allyn and Bacon, 1983) 321-325.

52　參 Punday, *Narrative Bodies* 4-11.

九四七高砂百合》的空間形式手法，對人物身體作不同角度的描寫，讀者藉此獲得政治鬥爭中的受害者、深受外物壓迫的人物、以及大時代芸芸眾生的形象。

三、衰弱身體與都市空間

在拉伯雷及中世紀文化的著作中，巴赫金特別開闢一章，專門講述拉伯雷筆下的古怪身體形象（grotesque image of the body），強調拉伯雷的文學創作，人物形象多有吃喝拉撒和性、生育、排泄等人體下身特徵。[53]承巴赫金醜怪肉體的看法，描寫不正常聚焦身體的小說，似乎要較普通身體的文學創作為多，從臺灣都市文學來看，當代小說的身體描寫，包括衰弱的中老年人、病人、殘疾人士等等，數量多而且重要。朱天文、朱天心早期小說的主人公多屬青少年，而立之年以後，衰弱身體成為兩人的主要書寫對象，張大春（1957-）所說的「老靈魂」人物形象，[54]正是依賴衰弱身體呈現出來。

里克爾（Paul Ricoeur, 1913-2005）指出，有一類神話視靈魂與自我同為一體，身體則為他者所有。最初，古希臘人並未視身體為一個有特殊意義的概念，然而當它與靈魂對比開始，身體慢慢成為一個完整的實體，被賦予相對於靈魂的另一種命運。身體並

---

[53] 參閱第一章引巴赫金《拉伯雷研究》的看法。Bakhtin, *Rabelais and His World* 18-21; 中譯參巴赫金，《拉伯雷研究》23-26。

[54] 張大春，〈一則老靈魂──朱天心小說裏的時間角力〉，序，《想我眷村的兄弟們》，朱天心 5-15。

不是惡的起源，相反，前世靈魂是罪惡的源頭，靈魂就像囚牢於身體之中，爲前生贖罪。然而，身體亦成爲流放的場所——一個陌生的、相異的、敵對的場所，靈魂在身體牢獄之中贖罪，最後的結果卻不是淨化罪孽，而只可以在日常生活中受著煎熬，慢慢墮落，在人群中承受永無休止的懲罰。身體與靈魂的對照，自然引起後來人渴望從身體解放的想法。[55]

　　據此引申，身體成爲罪惡根源的象徵，作家傾向描寫衰弱、醜惡的身體，也就不無道理。著名作家伍爾芙（Virginia Woolf, 1882-1941）的論文〈論生病〉（"On Being Ill"），認爲過往文學作品關注心靈、忽略身體，多寫愛情、戰爭、嫉妒心理等等，甚少涉及疾病主題，[56]但事實上有關疾病的敘述極其常見，[57]衰弱身體已然成爲愛情、戰爭以外的重要書寫對象。史蓋瑞（Elaine Scarry, 1946-）指出，身體與外界息息相關，物件是人的狀況之延伸與表達，可是痛楚卻是自身的，具備不指涉任何物件的無物件性（objectlessness）。[58]斯拉特里（Dennis Patrick Slattery, 1944-）則將「受傷身體」（the wounded body）看作亞里士多德悲劇理論中

55　Paul Ricoeur, *The Symbolism of Evil*, trans. Emerson Buchanan (Boston: Beacon P, 1969) 278-289; 中譯參里克爾，《惡的象徵》，公車譯（上海：上海人民，2003）288-299。

56　Virginia Woolf, "On Being Ill," *The Moment: And Other Essays* (New York: Harcourt, Brace and Company, 1948) 9-10.

57　Rimmon-Kenan, "The Story of 'I': Illness and Narrative Identity," *Narrative* 10.1 (2002): 11.

58　Elaine Scarry, *The Body in Pain: The Making and Unmaking of the World* (New York: Oxford UP, 1985) 161-162.

的一部分，悲劇的情節與人物均需要身體表現——悲劇需要受傷的身體，在未知的世界中震顫、徬徨，因此「受傷就是向世界敞開」。[59]伍爾芙謂疾病軀體改變世界的形狀，[60]小說的衰弱身體當然亦表現出與正常、年輕身體不同的世界。

　　本節嘗試回應上述「聚焦身體」概念，將之應用在四位臺灣都市小說家的作品，比較異同。都市文學研究自然著重都市空間的分析，多注意環境的變遷，臺灣都市人的心理變化，以至於都市與人的互動關係。[61]然而，正如上一節所論述的，都市空間的形成，無法與身體割裂；從讀者的角度看，沒有聚焦身體，都市環境對人及其心理的影響也不明顯。因此，討論小說的人物心理／身體／空間如何相互影響，將有助更好詮釋臺灣都市文學。若按黃凡等四位作家的例子考察，衰弱醜惡的身體在人群和樓房之海中顫抖，可謂一以貫之的傾向。上述作家均致力於「衰弱身體」的描寫，然目的有別：黃凡多寫主人公受外界壓迫，並試圖通過身體表現出來；林燿德在小說中寫出異於鄉土文學的陰暗都市感覺；朱天文筆下的情色身體顯示生命枯盡的情感；朱天文與朱天心都寫情色、衰老身軀，後者由中期開始，將身體設計為發現、轉折的表象，以及空間刻印記憶的誘因。

　　由〈賴索〉到近年出版的《大學之賊》，從賴索到丁可凡，黃

59　Dennis Patrick Slattery, *The Wounded Body: Remembering the Markings of Flesh* (Albany: State U of New York P, 2000) 13.

60　Woolf 12.

61　例如朱立立，〈臺灣都市文學研究理路辨析〉，《東南學術》5（2001）：91-97。

凡一直專注於衰弱身體的描寫，主人公絕大部分均身體孱弱或年紀漸長。以病人、中老年人作主人公的小說，較重要的有〈賴索〉、〈人人需要秦德夫〉、〈紅燈焦慮狂〉及〈曼娜舞蹈教室〉等諸篇。除部分少數外，〈房地產銷售史〉、〈鳥人〉堪稱黃凡本人重要的都市書寫，這些短篇故事均有明顯的身體描寫，而且多屬負面形象。主人公無法擺脫弱者角色，即如《零》、《大學之賊》等，主人公雖然具有一定智慧和地位，但前者的主人公最後發現自己由始至終僅爲傀儡，丁可凡則驚覺一切皆屬虛妄，只有《上帝的耳目》、《反對者》等少數幾篇的主人公成就英雄傳奇。

黃凡小說清楚顯示作者塑造主人公的一貫風格。首本小說集共五篇作品，當中四篇由衰弱、不強壯的主人公構成：〈雨中之鷹〉的主人公柯理民爲一介富家子弟，毫無理想，最喜歡依戀妻子。小說不斷寫主人公嗜煙，妻子死後完全失去人生目標。在〈賴索〉中，主角賴索早年加入臺獨組織因而入獄，出獄後依靠哥哥維持生計，後來重遇臺獨組織領導，領導卻謂兩人並不相識。賴索經歷許多挫折，黃凡描述他頭髮半禿、骨瘦如柴，患有慢性胃病，眼角則全是皺紋。〈人人需要秦德夫〉的老何雖然是一名律師，曾經擁有美好的事業與愛情，及後卻被一個頭髮骯髒的年輕人奪去所愛。自此老何認爲自己步入更年期，失去女友麗梅以後變得消極，外表變得非常憔悴，滿布皺紋、兩頰深陷，眼睛充滿血絲。而在〈青州車站〉裏，鍾士達身處文革時期的中國大陸，黃凡除借寒冷天氣襯托故事氣氛外，也運用四十八歲的衰老身軀爲主幹，可說是黃凡小說的一項特徵。

第二本小說集《大時代》，與首作《賴索》相去不遠。評論者

經常引述的〈雨夜〉，故事旨趣在於冷漠的都市人際關係。主人公詹布麥年逾三十，有一張沮喪發楞的臉，眼角也一樣滿是皺紋。他在雨夜中協助小孩阿興到醫院探望父親，卻得不到任何人的諒解，連妻子也早就離家出走。〈紅燈焦慮狂〉裏的莫景明和賴索形象相似，這名製糖廠辦事員五十四歲，「戴深度眼鏡、瘦、微駝、前額禿了一塊」。[62]小說的結尾敘述主角身處經常因交通問題遲到的都市，引起他對紅燈的恐懼，最後更將街上所有交通燈全部打破。

　　衰弱身體不但是黃凡早期小說的重心，也同樣是後期的主要寫作素材。此後諸作如《天國之門》、〈自由鬥士〉、〈往事〉等，均重視衰弱身體的作用，大都以寫都市人冷漠、或城市裏受壓迫的小人物爲主。例如《天國之門》的中年胖漢柯立，是個曾坐擁電器行的老闆，因爲中美人計而被騙去財產；經歷一場大病以後，柯立期望與情婦重修舊好，被回絕以後受到刺激而暴卒。《自由鬥士》所收的作品亦一如上述，〈夢斷亞美利加〉的留學富家子弟魏紀南，與〈雨中之鷹〉的主題和情節一致，最後染病歸國。〈自由鬥士〉裏的俞新田，在中國大陸被囚多年，小說開始就寫主角是個駝著背，左腳微跛的老人。爲理想奮鬥半生，卻是以回到臺灣在孤獨中去世終場。最後一篇〈往事〉中，落泊畫家秦書培曾經獲得全國美術獎，但在第一次畫展的徹底失敗後被妻子拋棄，只能當小學教師糊口。主人公少年時代曾染大病，在故事裏面瘦骨嶙峋，形象和賴索、莫景明等也非常接近。

62　黃凡，〈紅燈焦慮狂〉，《大時代》（臺北：時報文化，1981）209。

　　黃凡的都市文學，營造一副副衰老的身軀，既是為了映襯主
角的打擊，也使都市空間成為讀者可以捕捉，加以評說的對象。
讀者設想主人公深受環境的傷害，投入冷漠無情的都市空間。衰
弱身體無法掌握空間（都市）的一切，作為一名都市小說家，黃凡
藉著各衰老肉身發展作品主軸，建立一種閱讀都市的角度。

　　〈賴索〉以降，黃凡小說即建立起主人公衰弱身體的鮮明特
色，如果配合都市空間一併閱讀，將可進一步發現黃凡小說的基
調。一般對小說人物外表的研究，多重視反映心理的功能，黃凡
作品廣為人知的「反叛的受害者」形象，[63]幾乎無一例外地屬於病
人或身體瘦弱者。〈賴索〉裏面黃凡將賴索設定為自小已身材瘦
小、相貌醜陋，由監獄出來後已經三十歲，「骨瘦如柴（患了慢性
胃病），眼角堆滿了皺紋」。[64]《賴索》集中所收小說，〈人人需
要秦德夫〉、〈雨中之鷹〉、〈青州車站〉等都涉及衰老、瘦弱身
體，使用「聚焦身體」的角度分析這些弱者的身體形象，可以看見
黃凡意在表現被城市壓迫的「反叛的受害者」，賴索不堪外界折
磨，小說中賴索身處客運的場景，可以充分解釋黃凡小說的特
點：

　　　　這時候，他正坐在回家的客運上。司機對待他的車子有如
　　　　玩具一般，同時把車內收音機開到最大聲，音箱就在他的
　　　　頭上。在綠色塑膠椅上瑟縮成一團的賴索，身旁坐上來一

63　施淑，〈反叛的受害者〉9-12。

64　黃凡，〈賴索〉144。

位碩大的中年女人，滿臉橫肉，兩個乳房像瀑布似的傾瀉
而下，身上飄散著廉價化妝品的刺鼻氣味〔……〕[65]

賴索瘦弱的身體確實有人物心理的暗示，借以說明都市人的精神狀
態異常，而在這場景中，聚焦身體與場景相互構築的空間，也非常
值得探討。賴索受外界壓迫，即使在擠擁的客運中亦復如此：從空
間看身體的角度來說，除瑟縮成一團（觸覺）、滿臉橫肉（視覺）
以外，連收音機的聲音（聽覺）、廉價化妝品（嗅覺）也向身體壓
迫（空間→身體），反之，賴索的瘦弱病軀亦設定為無法承受都市
空間的擠壓，形象化地描畫出賴索窘態（身體→空間）。

　　類似例子尚有〈紅燈焦慮狂〉和《天國之門》。黃凡借以上小
說的主人公身體，營造與〈賴索〉相若的情節與人物命運，〈紅燈
焦慮狂〉主人公莫景明日漸衰老，討厭的辦公室、骯髒的都市（臭
水溝）及令他遲到的紅燈是小說主體。這些場景擠壓莫景明的身
體，反過來莫景明的衰弱身體又界定了都市空間的醜惡一面（空間
←→身體）。公車是聚焦者討厭的都市空間，無論是學生、孕婦、
殘疾者、年輕司機等等，都是他批評的對象。學生「不是不肯讓
座，就是讓座得很勉強」，而小孩則「狠狠地踩了我一腳」，[66]表
現出來的都市感覺異常壓抑。《天國之門》裏，柯立本是事業小成
的電器行老闆，自從妻子奪去他的所有財產後一蹶不振，外表前
後對比鮮明：

65　黃凡，〈賴索〉151。

66　黃凡，〈紅燈焦慮狂〉214。

> 他紅光滿面、小腹平坦,鞋跟墊高(這樣正好跟美儀一般身
> 高)。[67]
>
> 他的模樣怪異極了,鬍鬚也不刮,穿著一雙破舊的布鞋
> 〔……〕他的腦袋又開始痛了起來,像一把把針刺進太陽穴
> 裏。[68]

外界對柯立的壓迫、打擊表現在其身體之上,主人公病癒後房間凌亂不堪,可見到破舊居所、疾病身體和消極心理是一連串有機的聯繫,沒有身體,空間與心理難以呼應。這本小說和上面的分析一致,正因為主人公身體的前後對比,才能解釋小說的冷漠、由身體知覺與空間構築的壓迫感覺,而且這是黃凡作品中頗為常見的現象。

黃凡小說的敘述空間多由老人、病人或是身體異常的主人公所觀察和感知,藉此傳達給讀者小說的空間描寫。就如剛才提及的〈人人需要秦德夫〉,小說中的一個段落,老何敘述鏡子中的自己怎樣憔悴:「突然間,我忍不住放聲哭了出來,鏡子裏壓根兒就不是什麼大情人,只有一張滿布皺紋,兩頰深陷,眼露血絲,一張倒了八輩子楣的臉。」[69]主人公的身體設定,意在對比衰敗的老何和充滿男子氣概的秦德夫,後者作為小說的真正重心,正需要老何的衰弱身體表現。對老何來說,秦德夫的強悍正是自己的對立面,「我」不斷以同情語調敘述秦德夫的種種,例如:

---

67 黃凡,《天國之門》(臺北:時報文化,1983)62。

68 黃凡,《天國之門》60。

69 黃凡,〈人人需要秦德夫〉,《賴索》120。

那晚他興致極好，乃一手解開襯衫的第二個鈕扣。這是個四月的涼爽夜晚，有一點寒意，秦德夫把車窗打開，然後朝著窗外的馬路狠狠地吐了一口痰。[70]

小說後面老何再一次自嘲過了東山再起的年齡，有感現在已不是老年可以掌握的時代，只能安於現狀。聚焦身體的局限，對照秦德夫粗獷兇狠，令小說的主題得以充分呈現。至於〈曼娜舞蹈教室〉的退休教師宋瑞德，在失去家庭以後變得自暴自棄。小說不斷寫主人公衰弱的特點，包括強烈神經痛和暮氣沉沉的身軀。宋一直希望復仇，可是疼痛過後的空虛感使他極其失意。在全篇作品裏，他只是爾虞我詐的社會中的弱者。

中期代表作〈房地產銷售史〉的敘述者卓耀宗，則多番強調自己身高一百五十公分，反覆說明自己的身高與人生的關聯，更描述敘述者因性器短小而自卑。身高既與小說主線發展有莫大影響，因爲身高問題沒有自信的敘述者最後建成一幢「自助式家居」，妻子萬料不到丈夫竟把房子設計成幼稚園般的尺寸，卓耀宗卻因此發出自負的大笑。無可置疑的，這篇作品的幽默感需要聚焦身體與空間兩方面的配合，同時也揭示臺灣都市的社會轉變。

近作《躁鬱的國家》也重複衰弱身體的寫作慣例。主角黎耀南曾當上總統身邊官員，未料遭同伴出賣，落泊之時其友莫泰裕建議黎耀南重出江湖；後來主角揭發前妻與莫有染，因爲襲擊對方而身陷囹圄。被同伴背棄，深愛的妻子移情別戀，失去曾經建立起

---

[70] 黃凡，〈人人需要秦德夫〉118。

來的事業自此一蹶不振，這都是黃凡小說的主要情節。黃凡封筆多年後的復出力作，顯然再次利用衰弱身體形象構成整部小說的基礎：「頭髮業已半白，身上的卡其上衣及棕色長褲多日未洗，加上微駝的瘦弱身軀，使他五十出頭的年紀，看來倒像六十多歲。總之，他的整體形象比車站前的流浪漢好不了多少。」[71]

像〈房地產銷售史〉一般的作品，雖然人物較少受壓迫者的色彩，卻也伴隨著揮之不去的悲哀或黑色幽默。這些小說，也可以說明身體對人物心理與小說空間的影響。以臺灣社會現實為背景的〈麗雪〉，聚焦者的身體似乎賦予人物消極心理：思想不是凌駕於身體之上，他們的身體倒是在影響人物思想，並定義對外界的感知和看法。小說寫主人公天賜已經三十多歲，也較父親矮半個頭，同名主角麗雪對天賜說，同學覺得他長得像青蛙。小說主線放在天賜沉悶重複的生活和麗雪的成長與墮落之上，天賜對都市、世界漠不關心，與他的衰弱身體實不無關係。

相對於批判都市的作品，黃凡的科幻小說，則有較多黑色幽默的把戲。[72]在黃凡的想像中，科幻創作常常借助身體變形以發展吸引讀者的奇特情節，其中值得探討的有〈鳥人〉、〈冰淇淋〉、

71　黃凡，《躁鬱的國家》35。

72　朱雙一提到〈鳥人〉時，認為黃凡後來對「享樂策略」愈來愈注重，孤獨、焦慮的小說人物開始退席，知足常樂的角色漸次上場。見〈臺灣社會運作形式的省思──黃凡作品論〉，黃凡著，高天生編 282。黃凡自 1979 年始即連載報章專欄，《黃凡的頻道》（臺北：時報文化，1980）、《黃凡專欄》（臺北：蘭亭，1983）、《東區連環泡》（臺北：希代，1989）均收錄不少充滿幽默感及諷刺性的小小說，卻多是調子灰暗的黑色幽默。

〈處女島之戀〉和〈千層大樓〉。這四篇小說的主人公俱有異常身體，〈鳥人〉的馬穎奇身帶強烈狐臭，想方設法除去讓他不能建立人際關係的根源，未料腋毛不斷生長，長滿雙臂。在他尋死之際，卻發現腋毛已長成一對翅膀，不但救回自己一命，也因此獲得飛行的能力，既解決了自己的生活問題，同時為警方破解不少案子。按巴赫金的看法，在拉伯雷的思想中，人的身體是一個小宇宙，「靈魂與肉體是不可分離的，肉體創造了靈魂，使靈魂個體化、讓它活動、提供內容，沒有肉體，靈魂便會成為完全的空殼」，[73]就如梅洛-龐蒂多番強調的，「物件與世界被給予我，緊隨我身體的各部分」，「我的身體不僅只是空間的片段，沒有身體，也就沒有空間」。[74]馬赫（Ernst Mach, 1838-1916）認為空間感知與人體運動深有聯繫，[75]〈鳥人〉前部分中馬穎奇狹窄壓抑的行動空間（不能出外），過渡到後半學懂飛翔後截然不同的景觀與氣氛，由此可見人物身體的行動能力創造小說獨有的空間感覺。

在〈冰淇淋〉裏面，黃凡的人物刻畫技巧，也同樣受益於怪異身體。小說主人公卜記的體型龐大，自從「新殖民銀河」的先祖發明「合金消化系統」後，他們除易燃物外一切能吃，使得身形不斷膨脹，最後淪為只顧吃食的生物。卜記一方面不滿同胞只顧吃的文化，另一方面為了尋找生活的意義，與同伴搜索冰淇淋星——「新殖民銀河」傳說中美味之物；相對於這個吃的民族，地球人則

---

73 Bakhtin, *Rabelais and His World* 362; 中譯參巴赫金，《拉伯雷研究》421。

74 Merleau-Ponty, *The Phenomenology of Perception* 205, 102.

75 Ernst Mach, *The Analysis of Sensations* (London: Routledge/Thoemmes P, 1996) 127.

以爲「冰淇淋」是一種宗教，是他們心目中的神。在小說中，「新
殖民銀河」的人物身型巨大，足可吃掉星球：「把星球內部的有機
液體吸光後，這傢伙隨手抓了一把林木，往嘴巴揩拭，枝葉飛
舞，隨伴著一些小動物的殘骸。」[76]藉著巨大的奇特軀體，黃凡具
體地抒發對欲望至上的批判。

　　〈處女島之戀〉則是一個頗不尋常的愛情故事。男主人公邂逅
了一位動人的女孩，在互相猜測和追逐中，男女主人公最終得以
走在一起，卻就在這個關頭兩人向對方透露自己其實是變性人。
相對以上三篇，〈千層大樓〉也許是黃凡科幻小說中最具有都市批
判色彩的，主角可謂黃凡衰弱身體描寫的代表。關士林爲「千層大
樓」安全部主管，家人卻因爲千層大樓違反人性，無法忍受而出
走。千層大樓的種種，讓關士林感到無比厭倦，於是走到外頭尋
找妻兒。主人公到達充滿罪惡的街頭不久就被流氓襲擊，健碩的
保安主管竟無法應付兩個流氓，他的肌肉只是在健身房閉門造車
練出來的，卻沒有實際的作用。強壯、無用是一個有趣的對比，
這對比建基於千層大樓與醉酒街的空間呼應之上，健碩的關士林
進入陌生空間不久被揍，表現出人在城市空間的無助與無法掌握
（身體→空間）。黃凡上引小說的主人公形象，腋毛翅膀、合金消
化系統、性別倒錯和外強中乾等實屬狂歡化身體，無疑是這幾篇
小說最主要的設定，以異常的、古怪的、也即狂歡化的身體獲得
獨特的空間觀。因此，黃凡絕大部分小說的衰弱身體須與空間一
併對照閱讀，從中理解失敗者、受壓迫者、城市陰暗一面等的

76 黃凡，〈冰淇淋〉，《冰淇淋》（臺北：希代，1991）25。

主旨。

　　林燿德的都市文學主張「都市本身即是正文」、「一種觀察的、經驗的角度」，[77]於林氏而言，都市文學與鄉土文學的不同，正在於「都市」是主旋律，而不僅只是襯音：「都市是我開始寫作時第一個傾心致力面對的客體。我將『都市』視為一個主題而不是一個背景；換句話說，我在觀念和創作雙方面所呈現的『都市』是一種精神產物而不是一個物理的地點。」[78]那麼，在林燿德的小說中，「都市」產生了哪些精神面貌？

　　劉紀蕙認為，林燿德《時間龍》極多暴力、血腥與性愛場景，他的寫作路數，與薩德（Marquis de Sade, 1740-1814）、巴代耶（Georges Bataille, 1887-1962）等著名情色作家屬於同類。[79]在林燿德的小說中，都市和暴力色情是有相連關係的，主要人物的奇異、醜陋身體敘述即占了絕大部分，例如〈氫氧化鋁〉裏，「我」是個有長期胃病，常吃胃藥，從事保險業的窮畫家，與女攝影師D相識。本來似乎是一對情侶的兩人，「我」卻竟然被D利用，為了舉辦一場有關自殺的攝影展，D誘使「我」服毒，最後死亡成為事實。而在〈賴雷先生的日常〉（原題為〈賴雷一日〉）中，主人公賴雷雖然骨架高大，卻因為習慣了都市的壞伙食，造出太多贅肉。賴雷曾經當過色情電影演員，爾後不但因為自己的高大身軀，更因為時刻使他尷尬的小腹，成功在多個無業遊民中突圍而

77　林燿德，〈八零年代臺灣都市文學〉207、232。

78　林燿德，〈城市・迷宮・沉默〉290-291。

79　劉紀蕙，〈林燿德與臺灣文學的後現代轉向〉，《孤兒・女神・負面書寫：文化符號的徵狀式閱讀》（新店：立緒文化，2000）369。

出，獲得百貨公司聖誕老人的兼職。色情電影女演員阿眞和賴雷的一段話，很能說明都市之中肥瘦與往昔的貧富觀念大不一樣，林燿德確實有意將角色的身體，創作爲人長期身處都市空間的表徵：

> 他看到鏡子裏的男人，一七八公分，骨架高大〔……〕但是太多的贅肉卻令他深深感到自卑，圓潤的小腹鼓出皮帶上緣，將紅色襯衫繃得飽脹。脫下長褲，肚臍以下就會浮現一圈被皮帶箍勒出來的「蛇腰」，粉紅色的痕跡彷彿扯不下腰的紋身，「在這個社會裏，窮人都是胖子，被壞伙食製造出來的胖子，……」他耳際響起阿真的嘲謔。[80]

跟黃凡的衰弱身體比較，兩人的差異是顯而易見的：舉《躁鬱的國家》爲例，「比車站前的流浪漢好不了多少」的黎耀南，黃凡利用這個衰弱的聚焦身體，營造人物所受的壓迫，藉此批判都市環境和臺灣政治，充滿憤世嫉俗的犬儒態度。[81]林燿德小說雖然偶有批評，然而成分似乎極少，或者說，後者剖析都市的方法，與前者不很一樣。

　　林燿德有關衰弱身體的描寫，第一個特色是借以呈現都市人整體的「衝突與矛盾」的無意識。儘管二次大戰（〈戰胎〉、〈霧

80　林燿德，〈賴雷先生的日常〉，《非常的日常》（臺北：聯合文學，1999）106。

81　王德威，序，《躁鬱的國家》，黃凡著　7-8。

季〉）、歷史（《一九四七高砂百合》）、科幻（〈方舟〉、《時間龍》）都屬林燿德擅長題材，不過最受重視的當然是林氏都市文學的旗手身分。以歷史、未來為素材的作品，也與〈賴雷先生的日常〉等作有相通的地方。林燿德曾指出，鄉土文學的城鄉空間，呈現出「截然二分的兩種世界觀」，充滿「侵略者」與「被壓迫者」的誇張對立。不少鄉土文學作家，面對都市化的轉變，自覺地發展現實主義的批判角度，然而，按林燿德的看法，這些作家將都市文學理解為「舊有文學框架的再包裝」，僅只「為某一行政區域的都市外觀進行表面的報導、描述」。林燿德更主張，「進入詮釋整個社會發展中的衝突與矛盾的層面，甚至瓦解都市意象而釋放出隱埋其深層的、沉默的集體潛意識」。[82]

因此，與其說林燿德借小說裏頭的衰弱身體批判都市的各種問題，不如說是鬆動、削減鄉土文學（現實主義）的批判意味，表現「精神病院」裏頭局部的「矛盾層面」和「沉默的集體潛意識」。上面提及的〈氫氧化鋁〉，主人公是長期服藥的都市人物，因胃痛遲到、經常服食胃藥，屬現代人的常見病狀，大抵林燿德是有意為之的。[83]小說開端寫主人公和 D 一起走在街頭，街上都是布置了霓彩的建築物，可是擦身而過的行人讓敘述者感到不很真實，就像是電動遊戲中的虛擬世界。在人群中主人公有被淹沒的強烈感覺，疏離感與胃痛令「我」完全不能投入煙火的表演。故事發展

82　林燿德，〈都市：文學變遷的新坐標〉198-200。

83　〈史坦答併發症〉有載「臺北本來就是一個用藥過度、奇形怪狀的都市」，見《非常的日常》125。

下去，原本只是僞裝的自殺攝影展，卻反而成爲事實。主人公甚至說，「在華美的陌生中，眞正陌生的是我自己」；[84]服下的不是氫氧化鋁凝膠而是氰化物，身邊的 D 也是疑幻疑眞的人物。身體與空間的虛實交錯，營造出社會與個體中深層的衝突一面。小說提及 D 曾開辦「都市紋身」攝影展，在揭露主人公的下場之前，都市與衰弱身體的緊密聯繫就已得到暗示：「D 的世界是一種人工的荒漠，去除了所有的裝飾技巧，在安靜的構圖中布滿著凍結的怒吼。我摸摸自己的胃，隱隱約約感覺到，所謂死亡的氣息。」[85]

此外，〈杜沙的女人〉、〈遊行〉的聚焦身體，也有相似的落墨方式。〈杜沙的女人〉敍述名攝影師杜沙慣性吞服膠囊，卻沒有說明原因；到了〈遊行〉，杜沙與表弟易新居因爲群眾遊行偶然在一間咖啡館相遇，杜沙解釋，每個人的自我將會被集體意識所吞噬，像白色的沙糖顆粒，「人類的憤怒不過是這樣遇水即溶的白色結晶」。一顆接一顆的膠囊，讓他得以擺脫（進入？）幻覺，可以尋回自己，他「希望不變成那些顆粒，一模一樣的顆粒」。病態肥胖、都市病、依賴藥物的衰弱身體，林燿德沒有單純地歸結爲貧富懸殊或否定臺北都市的意圖，反而借杜沙道出一條眞理：「有沒有遊行都無所謂，全世界的城市都是不同招牌的精神病院。」[86]故事最後，杜沙和易新居的片刻寧靜遭遊行人士打斷，都市的集體

84　林燿德，〈氫氧化鋁〉，《非常的日常》85。

85　林燿德，〈氫氧化鋁〉88。

86　林燿德，〈遊行〉，《大東區》（臺北：聯合文學，1995）125。

意志，通過以正義為名的暴力湧進黑暗幽雅的咖啡館空間之中，侵入兩名主人公身體的四周：

> 匡啷巨響打斷了兩人的對話。
>
> 易新居看見玻璃的稜角飛散在杜沙的身後，一塊磚頭跌進室內的紅色地毯上，街道上的聲音瞬間瓦解了室內韋瓦第的《四季》，憤怒而亢奮的遊行隊伍大聲朗誦著政治口號，那龐大的音量猶如決堤的洪水般，從粉碎的落地窗湧進黑暗的室內。[87]

衰弱身體的第二個特色是異乎尋常的性欲書寫。林燿德擅長描寫異常的、變態的性愛，朱雙一認為林燿德的暴力與性的場面描寫，揭示「社會從工業文明下的井然有序到後工業文明下的雜亂脫序的轉變，正是暴力頻現的原因之一；而色情氾濫也與後現代社會的消費膨脹、理想泯滅、世風頹靡有很大的關係」。[88]從文學史和文學成規的角度看，劉紀蕙的研究指出，林燿德一方面有意重寫文學史，擺脫固有的文學體制，另一方面又與波特萊爾（Charles Baudelaire, 1821-1867）接軌。在林燿德的詮釋下，中國現代都市文學大致由新感覺派開端，爾後在臺由紀弦（路逾，1913-）等人進一步發展現代派，林燿德則上承新感覺派和臺灣現代派的路數，試圖整合出

---

87 林燿德，〈遊行〉126。

88 朱雙一，〈資訊文明的審視焦點和深度觀照——林燿德小說論〉，《聯合文學》12.5（1996）：45。

新世代的文學風潮，拒斥充滿暴力意識形態的文壇機制。林燿德筆下如《時間龍》的施虐敘述，隱藏「法西斯式的排他性暴力」，以圖揭示現實主義思想中壁壘分明的局限。[89]

　　無論是史詩式的《一九四七高砂百合》或是科幻作品《時間龍》，林燿德小說充斥各種性欲和暴力描述，朱雙一、劉紀蕙的解讀，說明了社會形態和文學思潮兩種方向。除此之外，林燿德為了發展異於過往的都市感覺，在異常的性愛之中，小說人物的身體經常帶有充滿都市特色的奇異身體。頗有通俗小說味道的《大日如來》，其中一名聚焦者汪欣心為恐怖組織「血盟」幹部，在百貨公司開幕當日，與杜群英一起展開恐怖襲擊，作者用了不少篇幅，寫汪不喜歡穿著內衣，這個小說角色的死期，也同樣交織血腥和色情的負面描寫。〈大東區〉中的人物，頗多異於尋常的性交，可以看見異常性愛與都市感覺有一定聯繫。

　　這類身體形象可見於〈一線二星〉、〈粉紅色男孩〉、〈杜沙的女人〉、〈三零三號房〉和〈慢跑的男人〉。半仙在〈一線二星〉裏是個再普通不過的小警員，他與布滿雀斑的線民阿玉發生關係，卻因為線民本是高級警員巫敏的情婦，羞恥心作祟而殺了兩人。〈粉紅色男孩〉的小嘉因為養魚認識了水族館老闆娘阿幼，年輕的男主人公與之發生關係，之後阿幼不知所終。一如林燿德的其他作品，人物不斷在敘述之中變形，原來在小嘉眼中老闆娘擁有「一副飽實的胸圍」，床笫間卻露出「鬆弛的、乳汁消褪後喪失

89　劉紀蕙，〈林燿德與臺灣文學的後現代轉向〉368-388。

張力的胸膛」。[90]不斷變化、重塑聚焦者或所感知對象的身體，既愚弄讀者對小說的理解，也重新定義都市空間的內涵：這是一個普通少年所感受的空間，還是惡充斥在每個角落的都市？〈三零三號房〉的符充德爲私家偵探，駕車與曾里美到臺北的途中，講述自己一次辦案經過。省議員大金牛聘用符調查其妻，打算找尋藉口與她離婚。符發現其妻常獨坐於旅館房間，不料年近四十的金牛妻子意識到符之所在，並將自己身體裸露在他眼前：

> 一件件將身上昂貴的配件脫卸下來，在昏黃的室燈下，裸裎她的肉體，裸裎她垂落的乳房。
> 那是一件藝術品、一件被頑童當做足球踢的藝術品。
> 無數的傷痕就像是塗鴉一般，布滿在她抖動的乳房和鬆弛的小腹上。[91]

符充德偷瞥這樣的衰敗肉身，竟進入半催眠狀態，與她歡好。我們還可以注意，房間、壓抑與偷窺同樣是都市空間的特質，相似的敘述可見於他的散文。〈慢跑的男人〉中，精神病醫師黎醫生爲同性戀者，年輕時引誘小安成爲同志。黎想像自己的工作是聆聽病人的夢，將病人的「嘔吐物」全部吞下，小安則覺得被黎引誘後，一生都將沉淪於同性的欲望之中。更有代表性的自是〈杜沙的女人〉的結尾，童年杜沙在垃圾堆的深處，窺視工人模樣的男人姦殺女孩，

---

90 林燿德，〈粉紅色男孩〉，《非常的日常》74、82。
91 林燿德，〈三零三號房〉，《大東區》165。

感到興奮莫名，以至姦屍。

　　林燿德描寫衰弱的性欲身軀，大抵可以從波特萊爾《惡之花》（*The Flowers of Evil*）卷首的〈致讀者〉（"To the Reader"）理解企圖所在：「是『惡魔』握住操縱我們的牽線！／在可厭事物中我們發現魅力；／每天我們步步墮落向著『地獄』，一無畏懼地橫過發臭的陰間。／／像身無分文的蕩子嚙咬吻撫／老娼婦殉教般被虐待的乳房；／我們一路上盜取祕密的歡蕩，／將它用力擠出像乾癟的橘子。」[92]林燿德曾解說自己的創作企圖：「如何進入他者的內在或者穿越集體的幻相，如何表達卑鄙與崇高並存的自我。」[93]據此可知，林燿德將衰弱身體寫進小說，與都市、時代一起對照，呈現城鄉對立時期不盡相同的，個人與集體、卑鄙與崇高並存、破碎和惡的都市感覺。除了〈杜沙的女人〉，其他四篇小說，對於主人公身體的描述十分有限，然而從（聚焦者所觀察的）這些身體形象的描述來看，可以推想聚焦身體的感知角度。林燿德不遺餘力描繪各式醜陋肉身，既因為都市的墮落意識，也映射其他角色怎樣閱讀聚焦身體：一具具腐朽衰敗的身體，苟活於都市的人潮之中。〈粉紅色男孩〉的結尾，小嘉為了探知水族館關門的原因，偷偷走進阿幼的店裏，等待他的卻是無以窮盡的死亡：

92　Charles Baudelaire, "To the Reader," *Les Fleurs du mal*, trans. Richard Howard (Brighton: Harvester P, 1982) 5-6; 中譯參波特萊爾，〈致讀者〉，《惡之華》，杜國清（1941-）譯（臺北：純文學，1977）2。

93　林燿德，自序，《大東區》5。

> 沒有氣泡聲，沒有馬達聲。沒有，什麼都沒有，只聽到室
> 外斷斷續續傳來的車聲。
>
> 每一個缸子都浮滿翻肚的魚身，包括那隻「過背金龍」。
>
> 小嘉一生首度面臨這麼多的死亡。[94]

敘述一連串死亡、吸毒等的情節後，〈大東區〉的結尾頗有波特萊爾的色彩，都市其實是一個矗立起一座座墓碑的空間：

> 他們渺小的身影，沉默地步行在一具具巨大的墓碑間。
>
> 整座奇妙的東區迷宮，凌晨過後便拔出都市的表面；不到
> 天明，它的意志絕不會悄悄潛藏進幽冥的地底。[95]

《荒人手記》的開篇，敘述者馬上說明自己「已來到四十歲人界的盛年期，可是何以我已歷經了生老病死一個人類命定必須經過的全部行程，形同槁木」。[96]這種「形同槁木」的生存狀態，萎靡至極的枯盡心境，朱天文最享譽文壇的長篇小說，利用四十年時間釀造最成熟、最貼近作者性情的世紀末經典。

回顧朱天文的小說創作，歲月流逝無疑是一生幾許重複的終極命題，例如〈怎一個愁字了得〉，學生謝慧蘭喜歡自己的中文科老師，自老師家生孩子後感到老師變了，不復當年循循善誘、高

---

94 林燿德，〈粉紅色男孩〉，《非常的日常》84。

95 林燿德，〈大東區〉，《大東區》52。

96 朱天文，《荒人手記》9。

風亮節的師表形象，主人公感到萬分灰心，想著不如死掉算了，活著使她感到異常疲憊。這篇小說未必盡是少年說愁的滋味，事實上，朱天文此後多次寫到人生虛度的主題，小說主人公仍然非常年輕，卻早已萌起沒有生存希望的念頭。〈仍然在殷勤地閃耀著〉的「我」喜歡同性女同學李，得悉李將到日本留學，悵然若失；〈儷人行〉中，尤可玉與明丹鳳友好，同校頗有風頭的男生陳國儒追求丹鳳，丹鳳都將書信給可玉讀，可玉覺得自己比丹鳳更了解國儒，如果和他早點認識，或許能夠成為戀人。[97]第二本小說集《傳說》中，作者最喜歡的短篇〈某年某月某一天〉，講述餐廳歌手袁寶麒與敘述者的朋友李婕好像有過一天的感情，當然，在朱天文的處理下，這段感情是無疾而終的。

　　一直以來，朱天文小說集中寫生活瑣事與身心疲憊，早期幾篇作品的故事梗概相當雷同，均以一對男女相逢恨晚為主線，很有點張愛玲（1920-1995）《半生緣》的況味。例如〈五月晴〉中，洲洲與小霓喜歡對方，但小霓已經名花有主，洲洲因為不能與她一起，或到英國跟隨親友工作。在朱天文的小說中，人生經常是沒有希望的，反覆吟誦諸般無奈。〈椰子結在棕櫚上〉大約是衰弱身體的先例，年輕充滿活力的梁轍結婚不久當兵，未幾在車禍中斷腳，截肢之後又發現骨癌，人生即將結束。前述疾病身體的觀點，躺在病床上的軀體改變了世界的形狀；梁轍可以活動的場景，與本來年輕的特質產生矛盾的效果。同樣收錄在《傳說》的〈臘梅三弄〉，主人公梅儀雖然只有二十多歲，卻因為丈夫到國外留

---

[97]　朱天文，《喬太守新記》，3版（臺北：皇冠，1988）。

學，孩子又在婆家生活，覺得自己虛度光陰。小說的一些文字，頗能說明身體與空間的詩學關係：

> 廊柱下一張帆布小凳，梅儀不知坐了多久，疑心自己是不是凍成了透明人，很像一種透明熱帶魚，乍看之下，彷彿架著一葉魚骨遊遊，好不駭人。她大概也只剩一縷魂魄，薄明微藍的，幽幽的從心底升上來，呵口氣，變做一團白霧，淡了、散了。[98]

反映在身體之上，小說以「霧化」比喻梅儀的內心與天氣一樣寒冷，回應本章的開端，身體感知的意義，不但在於顯示人物心理，也建立起心理與空間的橋樑，進而使小說內容得以具體化。

《炎夏之都》以前，較有代表性的是拍成電影的〈風櫃來的人〉。自從父親被棒球打中受傷開始，主人公阿清就感到人生沒有希望，經常惹事生非。後來阿清出走到高雄找工作，卻因種種原因無法和自己愛慕的對象走在一起。顏煥清雖然有健康青春的軀體，風櫃的一切只會令他「感到生命一點點，一涓涓，都流走了，從他攤成一個大字的手臂，像一條泥黃的河，流流流，都流過去了，他終會耗竭而死」。[99]風櫃的環境，引起阿清生命消盡的感受，高雄與主人公的映照，是朱天文都市時期的過渡。

---

98 朱天文，〈臘梅三弄〉，《傳說》，再版（臺北：三三，1986）173。

99 朱天文，〈風櫃來的人〉，《最想念的季節》，2版（臺北：遠流，1998）111。

　　早期朱天文、朱天心的小說，較少經營人物角色的身體形象，或者說，身體形象並非小說修辭的重心。但自《炎夏之都》、《我記得……》開始，兩人「一頭栽進對衰老的描寫。在《世紀末的華麗》的各篇小說裏，朱天文以華麗熟豔的技法筆調寫人生腐壞前的一瞬，充滿著對人生苦短的感嘆，對蜉蝣眾生的同情，以及對一切青春的傷逝」。[100]事實上，朱天文首部小說集中的〈陌上花〉，敘述如星與大何原是一對戀人，大約大何與嘉寶奉子成婚，感情淡薄，喜歡實驗電影的大何不能一展所長，跟「有身體好好」的〈炎夏之都〉有著許多相同之處。[101]若果〈陌上花〉、〈風櫃來的人〉等作反映出朱天文小說的基本命題，那麼〈椰子結在棕櫚上〉、〈炎夏之都〉則可謂奠定主要風格及表現模式，即「衰弱身體+物是（非）人非+歲月消逝」，組成其「枯盡」的美學。

　　人物的衰弱身體點出「枯盡」的蒼涼意境，〈炎夏之都〉裏面，呂聰智因妻子家中巨變趕赴嘉義，往返臺北的途中，因為天氣酷熱觸發主人翁煩悶情緒，憶起年輕時「有身體好好」的燕怡。對照現在奉子成婚的太太德美，以至現在搞婚外情，德美也不甚過問，跟張愛玲名作〈紅玫瑰與白玫瑰〉實在頗有共通之處。小說的開端，呂聰智覺得城市愈來愈熱，這個物非人非的故事空間，確實具有歲月流逝的內涵：

---

[100]　詹宏志（1956-），〈一種老去的聲音——讀朱天文的《世紀末的華麗》〉，序，《世紀末的華麗》，朱天文 10。

[101]　朱天文，〈炎夏之都〉，《炎夏之都》144。

這個城市愈來愈熱了。呂聰智開車打三重上高速公路時，
這樣想著。

大漢溪浮積著城市吐拉出來的各種穢物，沉滯不動的，從
車窗左邊看去，是它，右邊看去，也是它。以前每次聽見
電視氣象報告，報導新加坡三十七度的時候，老爸老媽那
副不可置信的痛苦樣子，如果他們還活著的話，也就是活
在這個經常也是三十七度的城市了。*102*

都市的炎熱天氣，既映照爸媽不在，呂聰智不再年輕的事實，而酷
熱、焦躁與人物情欲也有異常緊密的關聯（空間←→身體），例如
白先勇的《孽子》，就運用了空間、人物身體和欲望的配搭，從而
揭開七十年代臺灣同志社群的一面。〈炎夏之都〉亦復如此，小說
不斷強調呂聰智年輕與中年危機的對比，現在的他被家中瑣事、死
亡、工作壓力牢牢占據，引發慣性的胃痛和情緒性的腹瀉。

　　呂聰智身體老去的哀愁，下啟以後《世紀末的華麗》、《荒人
手記》兩書，衰弱身體的注目描寫，自是臺灣文學的經典示範。如
果以前面兩位作家筆下情欲作對照，在〈大時代〉裏面，黃凡把愛
與性視為都市人的救贖，沒有什麼理想的希波，雖然有一份叫人
欽羨的工作，但他以為，只要朱莉一直在他身邊就不再感到孤
獨，故事以兩人的作愛場景結束。其他作品如《傷心城》、《天國
之門》、《反對者》等，都大致與〈大時代〉雷同。林燿德的〈粉
紅色男孩〉，形容不再年輕的阿幼擁有美麗的身軀，〈一線二星〉、

---

102 朱天文，〈炎夏之都〉115。

〈三零三號房〉的主人公，屢屢受到各種醜怪肉身所吸引，和朱天文為了創作強烈消逝感覺的用意截然不同。

〈炎夏之都〉確實為朱天文創作生涯的轉捩點，後來〈紅玫瑰呼叫你〉的主線也相當接近。在電視臺工作的翔哥，跟結婚十年的妻子已經沒有夫妻之實，開始感到年華老去，與家人的隔閡日深。身處五光十色的行業，翔哥察覺年屆不惑的無力感，面對年輕的肉體和璀璨的霓虹燈，翔哥想到將來年老，「面對著一座座KTV 玻璃屋裏無數閃跳如星辰的螢光幕，和舞池池壁上奔騰湧現的 MTV 牆，他這樣預言了自己將來。」[103]毋庸贅述，作者自是刻意採用霓虹燈和 MTV 的意象，藉此映射翔哥中年危機的身體。極其燦爛卻又稍縱即逝的光影，與黃凡、林燿德的都市空間有很大不同。

《世紀末的華麗》的其他篇章一樣極為強調年華老去，主人公的衰弱身體是敘述者的描寫重心，並多伴隨與之對比的年輕身軀。〈柴師父〉中，柴明儀是已經七十多歲，居住臺灣多年的外省人，在小說中顯然與世界、家人、女孩格格不入。有論者就〈柴師父〉，指出《世紀末的華麗》的小說人物在城市中生活，因為新建築物和年輕世代不斷淘汰舊景、舊物和舊人，自然更能感受時間流逝，在城市生活，身體腐爛自是第一個發生的結果。[104]而〈肉身菩薩〉裏的小佟，在十五歲時被同村籃球打得很好的賈霸引誘，慢

---

103 朱天文，〈紅玫瑰呼叫你〉，《世紀末的華麗》169。

104 Hwei-cheng Cho, "Chu T'ien-wen: Writing 'Decadent' Fiction in Contemporary Taiwan" (Diss. U of London, 1998) 151.

慢成為一個晚上用肉體普渡眾生的同性戀者。年過三十的小佟對
自己身體極感厭惡，即使與雙性戀者鍾霖認識而燃起生命的意
義，也已失去當年骨銷形喪的欲火。曾經渴望性欲、放浪的主人
公，身體既已無復青春，欲念於今不再，想要從此擺脫情欲，不
知道是快樂還是可悲。上述林燿德的一篇同志小說〈慢跑的男
人〉，情節和〈肉身菩薩〉有點相似。然而兩者的分野清晰，前者
欲描寫精神分析與同性戀的關係，黎醫生的挫折和失敗，都是壓
抑同性戀傾向的結果；後者的中心，則放在「都三十啷噹歲，這個
圈子裏，三十已經是很老，很老了」。**105**

　　以上兩篇的差異，可以說概括了朱天文的一貫風格。極受重
視的同名短篇〈世紀末的華麗〉，寫模特兒米亞覺得二十五歲已經
太老，由揮霍青春轉變到年老色衰的恐懼。又如終篇〈恍如昨日〉
的成名作家，回憶曾經愛慕的許素吟以後，也感到下半生的意義
在於維持上半生的名聲，小說並寫作家與妻子同床異夢。在《荒人
手記》裏，男同志主人公先後與幾名同性戀者相戀，四十歲已經覺
得自己枯槁。敘述者提到男同性戀者中年的脫髮危機，一切（過
早）衰老都是因為「年輕時的過度預支體力和精神付出代價」。**106**
循此，可以發現朱天文寫情欲，寫衰弱身體，以至寫同性戀者，
故意利用對身體敏感的同志、模特兒等角色，以表現其枯盡之
美。

　　有關朱天文小說中景物和衰弱身體的對照，第二個特點為空

---

105 朱天文，〈肉身菩薩〉，《世紀末的華麗》50。
106 朱天文，《荒人手記》51。

洞的空間描寫。王德威曾經談及朱天文、天心姊妹的「新狎邪體小說」，認為〈世紀末的華麗〉「對臺北浮華世界的白描，絢麗繽紛卻又空洞異常」，[107]「空洞」恰正是朱天文〈炎夏之都〉以後的空間描寫風格。早期〈仍然在殷勤地閃耀著〉的結尾回應小說題目，注重空間物是人非的反射，後來〈臘梅三弄〉也一再使用霓虹燈「仍然在殷勤的閃耀著」為空間象徵物，[108]透視人物的枯竭心靈。普通的空間景色，在衰弱的聚焦者眼中有著空洞無比的象徵，〈炎夏之都〉裏，呂聰智到情婦家中休息，看到空無一人的小宅，「窗簾沒拉上，西曬透進玻璃窗，滿室的昏黃，和滿室的疏影縱橫，叫人頓生寂寞」。[109]中年的衰老身體，得以強化空間寂寥氣氛的修辭效果（身體→空間）。

同書〈世夢〉也再次寫到寂寞空間，花樣年華已逝的必嘉，回到收拾乾淨的家，覺得孤獨異常：

> 有時必嘉外面很晚回來，母親一邊看電視在等她，客廳兩盞燈，留下一盞，屋裏敞暗，收拾得塵埃不染，像修仙的洞窟，令人寂寞，畢竟，母親也只能陪她半輩子。[110]

107　王德威，〈世紀末的中文小說：預言四則〉，《想像中國的方法：歷史・小說・敘事》（北京：生活・讀書・新知三聯，1998）390。

108　朱天文，〈臘梅三弄〉176。

109　朱天文，〈炎夏之都〉124。

110　朱天文，〈世夢〉，《炎夏之都》169。

《世紀末的華麗》、《荒人手記》裏生生滅滅、轉瞬即逝的都市景觀，更有助表現衰弱身體與枯盡美學的主題。〈世紀末的華麗〉較少直接的都市空間描寫，反而利用不斷更迭的服裝潮流，象徵都市空間的迅速變化，和上面的霓虹燈非常相似。第一章提及《荒人手記》抄錄了長長的「紅綠色素周期表」，敘述者「唸著自個的經」，不禁暗生疑竇，顏色與眼睛之間的關係為何：「自然界的色，是本來就有著的呢？抑或透過我們眼睛看見的才是呢？又或者是莫內晚年患白內障而至須賴顏料簽條來選色，畫了二十多年的睡蓮，最後畫出是視覺消失之後的記憶之色，是無視覺無光無色彩裏所見之色？」這段長長的「色素周期表」，在《荒人手記》中並無詳細說明它的意圖，只因為聲調鏗鏘之音而吸引。倒是在〈肉身菩薩〉裏，則有更為明顯的敘述，解釋「水底紅，初日圓圓水底紅。蠻錦紅，窄衣短袖蠻錦紅」等字句的用意。[111]《業經》（*Kama Sutra*）的「朱砂紅」、「芥末黃」、「孔雀藍」、「宮粉紅」、「蛇膽綠」，發酵出「最精妙的性技」和「最早夭的生命」，「那是一個熟爛透了的官能世界」。[112]因此，「紅綠色素周期表」、〈世紀末的華麗〉冗長的服飾潮流和細節的篇幅，目的也不外映射明滅間逝如風燭的生命，官能（欲望）、身體、今昔和空間的跳接（心理←→身體←→空間），欲望與今昔通過三者表呈，是作者匠心所在。

　　朱天心小說大致可分三期。第一期與朱天文相似，一樣關注時間消逝的無奈。「枯盡」幾可謂貫徹朱天文的寫作風格，朱天心

111　朱天文，《荒人手記》89-92。

112　朱天文，〈肉身菩薩〉63-64。

在第一本散文集《擊壤歌》裏，詠嘆「我只打算活到三十歲」，原因是害怕「熱鬧過後的冷清」，「富貴榮華原一夢，我是連過程都不想要了」。[113]《方舟上的日子》、《昨日當我年輕時》、《未了》、《時移事往》等名字，已可大約反映作品的關懷之處。[114]

這幾本集子，收進的多數是少年小說，但也有以老人為聚焦者的作品，自是借其身體表達作品主題。這些作品以年老主人公回憶往事，例如〈春愁〉，寫一個瘦得像風乾的薑的老婦，在兒子長生結婚後，靠在自己的棺木旁邊，回憶與丈夫一起的第一夜。〈餘香〉的主角龍，想起身在大陸的妻子阿青，忍受肉欲的折磨；而〈無事〉的老人和兩個女兒同住，小女兒彥彥給他離世老伴的感覺，然而彥彥就要離他而去。〈春愁〉或會讓讀者聯想到白先勇的〈月夢〉和〈夜曲〉，其中老人回顧過去戀情的筆調，頗有異曲同工的味道。〈餘香〉的部分情節，跟〈花橋榮記〉的主線接近，後一篇作品裏盧先生無法忘記身在大陸的羅家姑娘，半生積蓄被騙去後，只能沉淪於肉欲之中。[115]

---

[113] 朱天心，〈聞夢遠　南國正芳春〉，《擊壤歌》（臺北：聯合文學，2001）22。

[114] 評論者多指出，單是朱天心的小說篇目，就已宣示作者本人對時間的焦慮，參張大春，〈一則老靈魂〉7；王德威，〈老靈魂前世今生——朱天心的小說〉，序，《古都》，朱天心 10。

[115] 朱天心兒時鍾愛白先勇作品，見〈球·青春行〉，《方舟上的日子》（臺北：聯合文學，2001）126；〈文學的童年〉，《下午茶話題》，朱天文、朱天心、朱天衣（1960-）著（臺北：麥田，1998）195。

　　由《我記得……》開始，朱天心風格突變，跟往昔有極大分別，[116]其中一個特點就是身體不再年輕，衰弱身體的描寫得到廣泛利用。朱天心運用「衰弱身體」的同時，也有不少地方和都市空間配搭，例如《我記得……》的同名短篇。小說的「他」本來追求政治改革，可是爲了家人終於選擇做一個普通的上班族。幾年以後，大學時代曾經充滿政治熱情的林桑也感慨萬分，臺灣的改變是他們所意料不到的。事實上，「他」的「公司大樓對面就是一家麥當勞，不分晴雨假日的總是充塞著各式愉悅、進食的人們，整片透明玻璃牆使得整個建築看似像某種巨獸的縱剖面」，在其中都是異常陌生的年輕人，壓根兒根本不需要呼籲改革的前世代。[117]王德威認爲朱天文、天心兩人現今的創作方向愈來愈不同，[118]兩位作家的小說人物走進都市以後，這種不同之處更加明顯。朱天心的第二個創作階段，較多利用衰弱身體作爲發現過程中的樞紐，〈新黨十九日〉和〈從前從前有個浦島太郎〉爲箇中的表表者。

　　〈新黨十九日〉的聚焦者是步入中年的家庭主婦，早已失去生命的熱情，卻因爲表姊介紹嘗試投資股票，偶然獲得豐厚利潤，自覺重新煥發青春期間慢慢長大的喜悅，慢慢習慣本來異常陌生的速食店。然而未幾股市動盪，一干小股東上街示威，敘述者形容主婦欲翻越分隔島上面的欄杆，「好高好難著力並差點摔下來，但其實仍三兩下就爬過它了，好像到處都是警察，盾牌敲得她心

116　參詹宏志，〈時不移事不往──讀朱天心的《我記得……》〉，序，《我記得……》，朱天心著（臺北：聯合文學，2001）7。

117　朱天心，〈我記得……〉，《我記得……》66。

118　王德威，〈世紀末的中文小說〉390。

慌意亂，她好恨他們這麼殘酷冰冷使她變得跟隻躲死的蟑螂一樣慌張可憐」。主婦遮遮掩掩的街頭運動被雜誌拍下，頗具興味的是，小說寫家人遞給她的雜誌相片形容爲「她今生從未看過的自己的背影」：「她才知道自己的臀部從背後望去竟如此龐大滯重〔……〕蟑螂逃生的可憐樣子」，[119]故事到此聚焦者才發現，自己的衰弱身體全然不是自己青春期慢慢成長的模樣，如此可笑可悲，殘酷眞相與（第一次看見自己的）衰弱身體是一起發生的。主婦本來開始習慣年輕人的都市生活，然而到了最後主婦原形畢露，都市是一個不可企及的空間。

〈從前從前有個浦島太郎〉的主人公李家正是一名政治犯，雖然久經囹圄，「可是他的身體狀況又很好，雖然瘦，但他從少年起就一直是瘦高的，長年在那島上的勞動生涯和爲了年度運動大賽所日日鍛鍊的長泳長跑，他自覺在生理狀況上，只會比一身現代病的兒子好。」[120]原來身體雖然瘦弱，但仍可算廉頗未老。被囚多年獲釋後回到顯得陌生的家中，一天發現獄中家書被棄於一角，有些甚至從未拆封閱讀，癡人說夢的聚焦者瞬間變成白髮老公公，和〈新黨十九日〉有異曲同工之妙。兩篇小說的主人公，第一次驚覺自己的衰弱身體，時間原來不知不覺的過去了；或者說，聚焦者自以爲年輕的心靈和青春猶在的肉體，卻被外來的殘酷眞相打破。在這兩個故事裏，人物對外界的認知不符內心預期，陌生的家庭空間對人物的打擊，體現在似乎健康的身體到衰弱身體

119　朱天心，〈新黨十九日〉，《我記得……》162、166-167。
120　朱天心，〈從前從前有個浦島太郎〉，《想我眷村的兄弟們》90-91。

的改變（空間←→身體←→心理），身體擔當了非常重要的修辭任務。

〈去年在馬倫巴〉則似乎借用卡夫卡（Franz Kafka, 1883-1924）〈變形記〉（"Metamorphosis"）的情節，一個喜歡收集垃圾資訊的變童老頭突然褪化為一隻爬蟲類，「他」驟然覺得資訊於他再無意義，真實世界似乎是不可觸及的，其後變化成的「爬蟲類」身體當然象徵他與世界分隔的轉變。小說中的商品廣告、巧克力糖的包裝紙、日本漫畫等各式垃圾資訊，跟朱天文的都市「碎片」有點相近，都市空間通過零碎的物件組織出來，映襯變成爬蟲的衰弱身體。

由〈想我眷村的兄弟們〉開始，朱天心集中寫預期死亡來臨的各樣情況，如果說朱天文不斷抒發枯盡的心境，朱天心則經營枯盡以後的哀痛，回憶過往。如第一章所述，朱天心的「論文體」小說深有空間形式的特徵，《想我眷村的兄弟們》是朱天心敘述語言的轉變時期，書中較接近《我記得……》的作品只有〈從前從前有個浦島太郎〉和〈袋鼠族物語〉，其他諸篇都以文本空間的散文式敘述為主體，小說的故事性放到次要地位。故作滄桑的小說語調，確實使讀者感到敘述者不再年輕，這些作品以〈春風蝴蝶之事〉為箇中身體作為小說手法的顯例。這篇小說的前半，敘述者並無透露自己的性別，對於同性與異性戀愛的問題上故弄玄虛。敘述者不斷強調「請你先不要猜測我的性別，是男男？或女男？女女？或是男女？」「我快洩露了我的身分了？！那末，讓我盡可能

持平的也給異性戀者一個身分吧」。[121]這具「聚焦身體」的性別不明，和前引《嫉妒》的情形接近，是一種異常的小說技藝。直到作品盡頭，敘述者才揭露原委，妻子愛慕同性友人，使自己痛苦不堪。

在《古都》中，文本空間既是重要的敘述手段，歷史、背景、場景也同樣得到加強。〈威尼斯之死〉解釋創作與創作地點有密切關係，不厭其煩地描述各式各樣的咖啡館，述說咖啡館影響了「我」的小說內容，以嬉戲筆調探索空間對寫作、思維的影響。〈拉曼查志士〉的作家敘述者反覆解釋自己要爲突然死亡作好準備，躺在尷尬的空間將使自己死得不明不白，而〈匈牙利之水〉講述年過四十的「我」在某個朋友聚會中因衣服的香茅油而認識 A，A 教導「我」借氣味重拾回憶的方法，借刻印在身體的、無意識的氣味記憶，喚醒已不存在腦海的往日空間及瑣事的回憶。這三篇的核心皆在於空間與自我的關係，也極爲強調中年身體在情節發展方面的作用。〈匈牙利之水〉利用身體感官發掘過去，尋找回憶的部分與日本電影《情書》可謂殊途同歸。

朱天心本人最重要的著作〈古都〉，由空間今與昔、京都與臺北、年輕與衰老的身體一系列對照組成全篇命題。如上所述，黃凡小說中的空間是壓迫衰弱者身體的環境，林燿德作品中的都市象徵惡的精神，朱天文、天心相似的是空間作爲映照身體、時間消逝而存在，朱天文小說的空間較多製造枯盡、疲憊、落寞的氣

121　朱天心，〈春風蝴蝶之事〉，《想我眷村的兄弟們》166、173。

氛，而朱天心的近作《古都》、《漫遊者》，空間則超越情節、人物、故事等既有小說元素，成為最重要的內容。

〈古都〉寫中年已婚婦人曾在少年時期有過類似同性戀的關係，多年以後她的密友來信，於是動身到京都會晤昔日友人。留日期間婦人買了一本臺灣旅遊手冊，佯裝日本旅客遊臺。多篇研究論文已指出空間與記憶的關係，此處不贅；[122]值得留意〈古都〉的臺北都市「多重身世」（《古都》封底語）的敘述策略，中年聚焦者想要捕捉以前十六歲身軀的感覺，並構成故事基調；在多番書寫空間記憶的同時，聚焦者並未忘記年輕時與友人一起的舊事，誘發臺北都市的身世。例如，「你」提及「再也不願走過這些陌生的街巷道，如此，你能走的路愈來愈少了」後，[123]緊接一段長長關於羅斯福路、長安東路的空間描述，沒有「你」日漸衰老的聚焦身體，臺北的歷史變遷是無法成立的。小說後半，「你」不斷想

---

[122] 賴奕倫，〈古都新城——朱天心《古都》的空間結構之研究〉，《文訊》206（2002）：44-45；劉亮雅，〈九零年代女性創傷記憶小說中的重新記憶政治——以陳燁《泥河》、李昂《迷園》與朱天心《古都》為例〉，《中外文學》31.6（2002）：133-157；清水賢一郎（SHIMIZU Kenichiro），〈「記憶」之書——導讀朱天心《古都》日文版〉，《中國文哲研究通訊》12.1（2002）：173-179；張小虹，〈女兒的憂鬱——朱天心《漫遊者》中的創傷與斷離空間〉，《聯合文學》17.3（2001）：108-110；彭小妍（1952-），〈朱天心的臺北——地理空間與歷史意識〉，《空間、地域與文化——中國文化空間的書寫與闡釋》，李豐楙、劉苑如主編（臺北：中央研究院中國文哲研究所，2002）413-444；桑梓蘭，〈《古都》的都市空間論述〉，李豐楙、劉苑如 445-480。

[123] 朱天心，〈古都〉195。

像十六歲時岩里政男（李登輝，1923-）的心境，「你」自己也「幾乎要捕捉到十六歲時的官能感覺」，[124]卻感到四周景色面目全非，不禁嚎啕大哭。沒有年輕與中年身體的對比，朱天心〈古都〉確實無法顯示城市與身體兩者都已不再美好的對照關係。

《漫遊者》則是一本悼念父親的文集，各篇小說都是年華老去、恐懼死亡的聚焦者喃喃自語，依次寫「你」不滿意現實中的家居，夢中新市鎮、家居稱心；想像文明毀滅後的世界、靈魂離開肉體後的目的地；沒有先後次序、空間錯亂的朝聖之旅，以及借空間回憶童年父親、友人瑣事。這些「漫遊空間」載負恐懼死亡的心境、亡父和兒時的回憶，「一切便是關於懸浮存在的書寫」。[125]

可以說，書中懸浮、漫遊是由衰弱身體引發的，首篇〈夢一途〉，一開始就寫某具身體想像下的夢境，又例如〈出航〉，一開始就提到「你」看過兩次人的臨終景象，然後是離開肉體後靈魂的歸宿，「日漸衰頹」的肉體折射出小說飄浮、沒有坐標的空間。〈銀河鐵道〉的起始先說明聚焦身體老過卡夫卡、格瓦拉（Ernesto Che Guevara, 1928-1967）等等好多少年時代崇拜的英雄，然後年華老去的聚焦者回憶昨日當「你」（我）年輕時在臺灣的朝聖之路。當時的空間因「六歲前不被任何知識、神話所干擾吸引的不識字狀態，你因為聽不懂周遭人們說什麼、看不懂他們的文字，你的視覺、嗅覺、味覺等純官能變得異常發達」。[126]就如〈古都〉一樣，〈銀

124　朱天心，〈古都〉240。

125　黃錦樹，〈悼祭之書〉7。

126　朱天心，〈銀河鐵道〉，《漫遊者》114。

河鐵道〉並排兩條線索，一方面寫兒時按官能感覺走一條朝聖之路，對比已屆中年的「你」身在異邦，利用衰弱與年輕身體的對照，揭示幸福時光都已經過去的事實。

終章〈遠方的雷聲〉，寫永遠離開臺灣以後，最懷念的會是什麼。敘述者不斷猜想「你」的選擇，會是花梨木的氣味，是遷居之前的夏日，還是替友人同學的父親看管宿舍的點滴。「你」當然懷念全篇作品提及的所有細節，這些細節，皆是以中年身體回憶年輕身體的空間感受，或者說，敘述者的中年身體與聚焦者的年輕身體，恰正對照出今昔迴異的哀傷。概略說來，「衰弱身體＋發現真相」是朱天心中期小說的技巧，到了《古都》、《漫遊者》裏，「空間＋身體對比＝回憶」則是後期作品的主要模式。

身體知覺在當代藝術中有極重要的意義。回應本章開端，借景抒情的研究角度，將重點放在人物心理的概念之上，採用「聚焦身體」的觀點研究黃凡等人小說的衰弱身體，將可有更豐富的解讀空間。如果「衰弱身體」是文學創作和設計主人公的一種典型形象，都市小說的特色在於，都市空間大多是衰弱身體的比較對象。小說空間需要身體感知來表達，不同作家筆下，身體與空間有相異的對照模式：黃凡小說的主人公，無可避免地成為都市裏的受害者，〈紅燈焦慮狂〉的莫景明就是因為街道紅燈等問題而引發他的焦慮症狀。林燿德小說肥胖和濫用藥物的身體，寫出都市中人面對的問題和陰暗面。朱天文由〈炎夏之都〉以降，都市的急速發展（和惡化）誘發衰弱者的枯盡心境。朱天心的衰老身體，是發現都市空間原來如斯陌生的道具，也搭載都市空間的記憶。

本章第二節只集中闡述較重要的衰弱身體，除此之外尚有各

式聚焦身體值得分析。例如林燿德《一九四七高砂百合》、《大日如來》和《時間龍》裏面，多元的聚焦身體建構出小說的立體感覺，可以理解爲以分裂的個體知覺，以延長閱讀速度。下一章的討論，也將再次回應身體與都市的關聯。

第三章 城鄉空間

一、城鄉對立,與敘述空間的參照性

　　城鄉對立問題一直是小說空間的研究重點。王德威指出,城市、鄉村的對立是中國現代文學的主要題材,由魯迅首開鄉土文學的濫觴,此時施蟄存(施青萍,1905-2003)、劉吶鷗(劉燦波,1905-1940)等新感覺派作家於上海漸露頭角,發生京派與海派的文學爭論,開啓城鄉對立的問題。現代文人於城市崛起,關注的對象卻是鄉村,在城中的經歷引起鄉愁和往事的記憶,既使他們創作讚美鄉土的作品,也嘗試揭露農村封閉和落後的一面。五四以降,作家普遍視城市爲「疏離頹廢、機詐剝削」的場所,多帶貶義,文學中原鄉的美好世界,則大多以鄉村形象描繪出來,代表人文關懷的溫暖一面。由五四文學過渡到共產文學、臺灣鄉土文學論戰、大陸尋根文學等文學思潮,鄉村的文學形象一直遠優於城市所象徵的種種爾虞我詐。[1]向陽(林淇瀁,1955-)強調,鄉土

1　王德威,〈百年來中國文學的鉅變與不變——被壓抑的現代性〉,《中國現代文學理論》9(1998):100-102;〈想像中國的方法:海外學者看現、當代中國小說與電影〉,《想像中國的方法》364。

文學論戰之後，臺灣文學有商品化、寫作人數日益單薄的趨勢，此時出現後現代的「臺北的」文學，質量上不能跟七零年代的鄉土文學相比；相對的，現實主義風潮繼續發展，鄉土文學慢慢轉變為重視本土意識的「臺灣的」文學。「臺北的」和「臺灣的」文學風格各走極端，呈現出兩種極為不同的「城鄉差距」。[2]向陽較為偏重鄉土文學，事實上，沒有城市，也就沒有鄉土，「鄉土意象的浮現離不開都會的對應存在。兩者相生相剋的關係，是許多現代政治、經濟研究的起點」。[3]

　　林燿德嘗試改變上述鄉土文學的「城鄉對立」模式。作為「文明／自然」二元對立的隱喻，「披上『寫實主義』外衣的浪漫主義作家則採取了置身事外的敵對態度，他們對於都市的控訴瞬即誇張為城鄉對立。〔……〕『都市』的牆，如鋼琴上的黑鍵與白鍵，醒目地隔間了截然二分的兩種世界觀，來自牆內的『侵略者』與牆外的『被壓迫者』，以戲劇化的姿態化身為罪惡的都市買辦與純樸的田園老圃這兩種彼此憎惡的角色」。林燿德主張，「都市文學」不是鄉土文學的對立面，而是「都市正文」的實踐。[4]張啓疆（1961-）論文〈當代臺灣小說裏的都市現象〉進一步引申，指稱臺灣鄉土文學作家如陳映真、王禎和（1940-1990），筆下城鄉常隱含「文明的、外來的、入侵的」與「傳統的、田園的、淳樸美好的」對立，新一代作家如張大春、黃凡，一直在都市生活，沒有農村的體

2　向陽，〈「臺北的」與「臺灣的」——初論臺灣文學的城鄉差距〉，《當代臺灣都市文學論》，鄭明娳主編 41-51。

3　王德威，〈想像中國的方法〉364。

4　林燿德，〈都市：文學變遷的新坐標〉198-200。

驗，作家筆下沒有與城市相對立的鄉村襯景。文章並援引黃凡《都市生活》、《曼娜舞蹈教室》、朱天文〈炎夏之都〉，說明「城市生活的內容、細節」是「不可省略的血肉、肌理」。[5]

　　都市誠然是八十年代開始臺灣小說的基本背景和主題，在黃凡、朱天文的作品中，鄉村描寫卻絕非罕見，黃凡由〈雨中之鷹〉、《反對者》到《財閥》，對鄉土的讚美溢於言表，朱天文的作品中，最有城鄉對照色彩的是〈風櫃來的人〉，就是在都市文學代表作《炎夏之都》裏，〈外婆家的暑假〉、〈童年往事〉也有相對都市的、近於鄉村的空間描寫。巴爾指出，小說空間基本上是對立的框架，內外空間可以構成敘述空間的結構。若內在空間被理解為限制人物的場所，外在空間則每每有自由、安全、解放等含義。[6]需要考慮的是，「對立框架」意味著空間的對立，是一種「甲優於乙」的假設，跟上述城鄉對立概念幾無差別。誠如王德威所述，沒有城市，鄉村不會存在，敘述空間經常由兩個或更多的空間組成，小說裏面「文明／自然」、「室內／室外」的對比較為常見，卻未必處於緊張的對立狀態。朱天文的〈風櫃來的人〉，寫少年阿清住在窮鄉風櫃，因為父親受傷癱瘓和生活枯燥無聊，激起他的反叛心理，四處惹事生非。一天他決定出走，與朋友一起到高雄碰運氣，自此性格有極大的改變。在這個例子中，城鄉空間固然存在優劣之分，然而不是鄉土文學時期的城鄉對立。小說

5　張啟疆，〈當代臺灣小說裏的都市現象〉，《臺灣文學中的社會》，封德屏（1953-）主編（臺北：行政院文化建設委員會，1996）209-213。

6　Bal, *Narratology* 44-45; 中譯參巴爾，《敘述學》49-50。

的繁華城市稍優於貧困鄉村，阿清慢慢成長為想要照顧別人的男子漢，結尾的風景描寫倒是沒有將城市放到鄉土文學作品中鄉村的高度，只暗示「看得見遠空中一疊兩疊暗雲，與沙灘上三隻灰條條浮移的小人。潮岸不知伸向何方。他們亦將是、其去未知」。[7]延續這個主題，下文將再細述黃凡、朱天心作品中的城鄉，可以發現都市文學並非沒有城鄉對照，相較過往倒是有不同的價值觀。

　　小說空間確實需要二元（或多元）的結構，用以營造主題、設計情節，人物在其中行動，展開故事。城鄉、內外空間是較為典型的二元結構，由於衝突是小說情節的來源，[8]所以對立模式例子俯拾皆是。然而，巴爾所闡述的空間對立性質，放在某些作品中，可能不甚吻合。舉例來說，朱天心的〈梁小琪的一天〉和林燿德的〈對話〉，空間僅只單純地設定成內外兩部分的場景，並無強調空間互相排斥的特性。進一步而言，有的小說只有一個場景，朱天心〈想我眷村的兄弟們〉集中寫眷村往事，基本上是單一的敘述空間。前言提及小說空間的分類，有一類空間在文本中可能出現或不曾出現。即使沒有明言，在閱讀過程中讀者也自然而然嘗試補足，在眷村空間以外建構某個「參照空間」。

　　敘述空間的參照特性，也可說是語言本質的一種體現。索緒爾（Ferdinand de Saussure, 1857-1913）提出語言的差異性，認為語言符號系統有賴於音節和概念的差別建立起來，甚至強調差別是

7　朱天文，〈風櫃來的人〉139。

8　參閱第一章引述托馬舍夫斯基的見解。

語言系統中最基礎的一個因素。⁹與之呼應，延異（différance）是德希達（Jacques Derrida, 1930-2004）語言觀最爲著名的概念，從空間的角度看它意指相異（"to differ"）：「語言差異系統裏的符號，在系統中迷失」；從時間的觀念來看意謂延遲（"to defer"）：「能指的呈現過程，必然是無限的延宕」。若語言建基於差異性之上，那麼雙方的符號必然附帶對立面的意義。意義亦即差別，是由痕跡網絡（network of traces）組成的差別。¹⁰

因此，城市空間必然附帶鄉村（或其他）空間的痕跡，表面看來單一的敘述空間，也必然附帶某些不在眼前的印記，這是敘述空間的「參照性」。朱天心在《小說家的政治週記》書中爲父親朱西甯（朱青海，1927-1998）解說，指出其父盛年時以齊魯故土爲

---

9 Ferdinand de Saussure, *Course in General Linguistics*, eds. Charles Bally and Albert Sechehaye, trans. Roy Harris (London: Duckworth, 1983) 118-119; 中譯參索緒爾，《普通語言學教程》，高名凱（1911-1965）譯（北京：商務，1999）167-168。

10 Jacques Derrida, *Of Grammatology*, trans. Gayatri Chakravorty Spivak (Baltimore: Johns Hopkins UP, 1976) 47-70; Derrida, "Différance," *Speech and Phenomena, and Other Essays on Husserl's Theory of Signs*, trans. David B. Allison (Evanston: Northwestern UP, 1973) 156; Raman Selden and Peter Widdowson, *A Reader's Guide to Contemporary Literary Theory*, 3rd ed. (Lexington: UP of Kentucky, 1993) 145; Arthur Asa Berger, *The Portable Postmodernist* (Walnut Creek, CA: Altamira P, 2003) 32-35; Christina Howells, *Derrida: Deconstruction from Phenomenology to Ethics* (Cambridge, Eng.: Polity P, 1998) 49-51. 中文著作可參楊大春（1965- ），《德希達》（臺北：生智文化，1999）42-45。

主題的小說,是在探尋年輕時的原鄉。[11]眷村既為朱天心的成長原鄉,也是著力描寫的主題,自是對照都市環境的「痕跡」空間。《未了》及〈想我眷村的兄弟們〉應該是朱天心最可堪參照的一組作品,可從中驗證敘述空間的參照性。《未了》泰半內容為夏綃雲一家的眷村生活,接近結局時夏家搬離眷村。小說最後寫眷村準備改建為國民住宅,於是綃雲跟父母回到老家一逛,多年以後眷村居民早已搬離此地,沒有人煙。在這篇作品中,眷村和新家互相映照是最基本的構造,沒有這一對空間,「未了」亦不復呈現。〈想我眷村的兄弟們〉雖然沒有像前作一樣有明確的對稱關係,但是敘述者顯然身處某個與眷村迥異的話語空間(discourse space),[12]追憶童年的點滴。這篇小說的開頭,利用「她」正在成長的身體,導入對眷村人事的懷念之情。在一些回憶為主軸的小說裏,敘述者並無現身於故事空間之中,話語空間與故事空間的對照,加強作品的抒情特質,更容易表達出追憶逝水的傷痛和懺悔。

　　本章第一部分嘗試分析臺灣都市小說的城鄉形象、街道與建築物,研究當代小說城鄉空間的敘述模式,第二部分考察其他異地、海洋、夢境空間,論證上述敘述空間的對照特性。

11　朱天心,〈夏日煙雲〉,《小說家的政治週記》(臺北:聯合文學,2001)
　　179。
12　參閱前言小說空間層次表。

二、都市小說的城市與鄉村

　　黃凡、林燿德等人的都市小說裏，實在不乏城市醜惡、混亂一面的描寫。馬森（1932-）引述現代作家郁達夫（郁文，1895-1945）、茅盾（沈德鴻，1896-1981）和老舍（舒慶春，1899-1966）的作品，說明都市惡劣的生活環境，不友善的人際關係，和商人的剝削行為是「城市之罪」。而在當代臺灣小說中，商人得到自由經濟和民主政治之助成為社會上流人士，擺脫過往賤商與罪惡的形象。臺灣新生代作家未曾在農村生活，作品缺少與城市可資比較的鄉村襯景，城市是他們無法迴避的生活空間。新生代作家的態度較過去正面，不再以鄙夷目光看待商人和資本家，這些作家顯示出對城市「愛恨交織、模稜兩可」。[13]本書打算探討的臺灣作家大致具有這種「愛恨交織」的態度，他們的作品非但沒有鄉村襯景，而且數量極其可觀。和前代鄉土文學作家比較，新生代作家「愛恨交織」的態度，使都市文學跳出鄉土文學的固有風格，營造出救贖主題以外的創新氣息。

　　都市小說的城鄉空間，主要建基於心理空間的對照關係上。著名社會學家西美爾（或譯齊美爾，Georg Simmel, 1858-1918）認為，人習慣將外在一切分開之物連接，又將種種連接之物分隔。在建築物而言，橋與門是這兩種狀況的代表。[14]另一篇論文〈空間

13　馬森，〈城市之罪——論現當代小說的書寫心態〉，《當代臺灣都市文學論》，鄭明娳主編 184-199。

14　Georg Simmel, "Bridge and Door," *Simmel on Culture: Selected Writings*, eds. David Frisby and Mike Featherstone (London: Sage, 1997) 170-172; 中譯參

社會學〉（"The Sociology of Space"）則說明自然邊界、心理邊界
與政治邊界的分別，以及空間狀況和社會現象的相互影響。[15]在
心理邊界、政治邊界的意義上，臺灣／臺北、臺北縣／市、西門
町／東區是一系列互相參照的空間。

回顧臺北市的歷史，1960 年代西門町成為市內的消費重鎮，
臺北市的角色與地位日漸得到強化。臺北市與臺北縣的分野和分
工逐漸明顯，前者屬於行政、金融、消費中心，後者則是生產和
製造中心，不適合都市中央區域的公共設施均移至臺北縣，形成
它的邊緣特性。臺北市日後升格為直屬中央的院轄市，凌駕省級
政府所管轄的臺北縣，臺北縣市都會區的兩極發展顯得極不平
衡，縣市之間的差距更加明顯。[16]與之相比，臺灣南北兩地的發
展落差更大，這種不對稱的發展，造成詹宏志所謂「都市臺灣」與
「鄉村臺灣」區隔的「兩個臺灣」現象：兩者地理位置相當接近，
卻有非常不同的空間感覺和概念。[17]

第二章論及身體感知的重要性，指出肉身是主體觀察的出發
點，允許主體接觸和理解空間。梅洛-龐蒂強調，我們能夠在心中

西美爾，〈橋與門〉，《時尚的哲學》，費勇、吳蕾譯（北京：文化藝術，
2001）219-224。

15 Simmel, "The Sociology of Space," Frisby and Featherstone 141-146; 中譯參
齊美爾，〈空間社會學〉，《社會是如何可能的：齊美爾社會學文選》，
林榮遠編譯（桂林：廣西師範大學，2002）297-301。

16 臺北縣政府擬定，《臺北縣綜合發展計劃・總體發展計劃》（臺北：臺北
縣政府，1993）19、50-52。

17 詹宏志，《城市人──城市空間的感覺、符號和解釋》（臺北：麥田，1996）
18。

鳥瞰建築物，但人卻不可能在欠缺身體經驗的情況下捕捉物件的整體。[18]建築學者參考梅洛-龐蒂見解，重視身體中心的空間感覺。[19]所謂空間感覺，詹宏志解釋為人對四周環境的認知、掌握能力、使用方式等等，與身體關係極為密切。都市的空間感覺，由於高層建築與地下空間（地下鐵路、商場）的不斷拓展，都市人的空間概念變得立體，對內部細節更為敏銳，但同時也因各種限制難以窺探空間全貌，空間知覺較鄉村封閉和狹窄。相對的，因為較多低層建築、空地和農地，鄉村空間較具有水平延伸的空間感覺。[20]臺北都市的空間感覺由各種各樣的對應物產生，鄉村空間作為都市的參照物，也賦予都市空間感覺特性。

從身體與城市互相影響的角度分析，身體提供主體一種「身體無意識」的空間經驗，葛洛茲（Elizabeth Grosz）主張身體是主體的物質一面，使主體性和經驗得以落實。城市給予市民秩序及組織，是交錯、多元和互動的網絡，使各具不相屬的身體自然地連接一起。城市和身體之間不是因果或再現而是雙向的關係，城市其實為各具身體暫時組成連結或「瞬間的副群體」。城市的運作模式、組織結構和標準逐漸侵入並影響身體以至主體性，引起主體的變化，改變觀察他人的角度。城市與人的關係是雙向的：城市影響主體認識空間，也是重塑每具身體的力量，為城市人的感知

---

18 Merleau-Ponty, *The Phenomenology of Perception* 203.

19 Peter Aspinall, "Aspects of Spatial Experience and Structure," *Companion to Contemporary Architectural Thought*, eds. Ben Farmer and Hentie Louw (London: Routledge, 1993) 335.

20 詹宏志，《城市人》19-23。

定位並製造特殊的空間概念。相對的，身體因應人口、經濟和心理方面等的不同需求，重新描劃都市景觀。[21]

　　桑內特（Richard Sennett, 1943-）對於現代都市抱持批判的立場。若城市既如葛洛茲所言是一個「複雜、互動的網絡」，現代都市則未能達到這個目標。城市是一個既講求整體又重視差異的生活空間，雖然提供了各式人物交往的場地，卻也令人的相處仿如陌路。桑內特指出，一方面居民在身處的城市中互相接觸，另一方面它又講求秩序井然，這種秩序卻是由剝奪接觸機會而引起的。居民由擁擠的市中心慢慢搬到其他地區，因為他人的身體只為自己帶來壓迫和威脅感。[22]這種由身體引致疏離感的「瞬間的副群體」自是都市小說的基本命題，黃凡的〈賴索〉就有不少篇幅描寫孤立的人際關係，賴索坐在公車中，身體受到各方的壓迫，〈雨夜〉則表現出都市人互不信任的感覺。林燿德的〈氫氧化鋁〉，敘述者走在華美然而並不真實的街道上，好像是電動遊戲裏面閃躲怪物的行走著。朱天文的〈帶我去吧，月光〉，寫佳瑋在悶臭的公車裏被陌生男子猥褻，她卻毫不發覺。朱天心〈銀河鐵道〉描述捷運通車不久，乘客就已像通車多年的國家一樣，冰冷臉孔上的視

21　Elizabeth Grosz, "Bodies-Cities," *Space, Time, and Perversion: Essays on the Politics of Bodies* (London: Routledge, 1995) 103-110; 中譯參葛洛茲，〈身體——城市〉，《空間與社會理論譯文選》，王志弘編譯（臺北：自印，1995）210-222。

22　Richard Sennett, *Flesh and Stone: The Body and the City in Western Civilization* (New York: W.W. Norton, 1994) 21, 25-26; 中譯參桑內特，《肉體與石頭：西方文明中的人類身體與城市》，黃煜文（1974-）譯（臺北：麥田，2003）24、26、33。

線與他人沒有任何接觸。

城鄉空間的書寫模式，還可參考顏忠賢（1965-）論八十年代以後都市小說「不在場」的空間書寫。他指出「不在場」的寫作手法主要有兩類，第一類是他處（elsewhere）：他處是某處（somewhere）的對立面，某處意指有定位的或有特殊地點的空間，他處則作為某處的相反一面而設計。在現代主義時期，他處或是因國共對立而回首的故土，例如白先勇《臺北人》諸篇對失落故土的懷緬，又或是自鄉土文學論戰以來農村／城市、臺灣／臺北等城鄉差異的小說主題，他處呈現為一個完美的、渴望農村原鄉的不在場意象。八十年代以後臺灣都市小說出現了新的寫作策略，他處來自城市「內部快速成長墮落的身世」，這些故事多講述已發展的地點慢慢成為失去活力的舊區，或鋪陳城鎮發展的今昔對照，可舉例者有黃凡的〈梧州街〉和〈命運之竹〉。最後一種他處的空間模式為國外／臺灣的對照，事實上旅行書寫已是都市文學的重要題材，例如朱天心的〈我的朋友阿里薩〉，整個作品是由「他處」與「某處」、「青春」與「衰老」等相對關係組成其基調的。[23]

---

23 顏忠賢，〈不在場□臺北：八零年代以後臺灣都市小說的書寫空間策略〉，《不在場：顏忠賢空間學論文集》（臺北：田園城市文化，1998）23-26。張啟疆同樣提到城市內部的疏離、斷裂與兩極化發展，見〈當代臺灣小說裏的都市現象〉218-219。類似見解亦可參考夏鑄九論文〈全球經濟再結構過程中的臺灣區域空間結構變遷〉，《空間，歷史與社會：論文選，1987-1992》（臺北：臺灣社會研究，1993）296-297。黃凡小說不只一次描寫梧州街，尚可見於《傷心城》（臺北：自立晚報，1983）49-52、86；《反對者》（臺北：自立晚報，1985）49-50。

　　第二類「不在場」空間是福柯的差異地點（heterotopia）：福柯將差異地點定義爲一種介乎眞實與虛構之間的空間，例如博物館和圖書館，這些地方以差異時間（heterochronies）展開，常常有與別不同的時間觀。[24]顏忠賢引申福柯觀點，以無地點（nowhere，如烏托邦）、迷宮、迷津（文體界域模糊）爲臺灣都市小説的差異地點類型。據顏忠賢所述，爲了抗衡現實世界的空間，與及揭示眞實空間實乃幻覺的現象，都市小説裏面滿布迷宮或迷津的空間書寫。[25]「在場」的臺北多以迷宮形象呈現，如黃凡小小説〈到東區的 500 種方法〉中，自地下鐵、捷運系統藍線、桔線、紅線、東西向快速道路相繼施工後，臺北成爲世界有名的迷宮，敘述者由鄉下到臺北參加「改善生活品質座談會」，竟然攀山涉水、費盡力氣，諷刺臺北交通系統。[26]林燿德最重視地圖和迷宮兩個意象，謂：「如果説迷宮意象是反（界外的）秩序和反（表象的）現實的象徵，並不意味著它所涵蓋的領域排斥了現實和歷史。〔……〕走入迷宮，是爲了走出迷宮。」[27]黃凡、朱天文、朱天心的城市書

24　Michel Foucault, "Of Other Spaces," trans. Jay Miskowiec, *Diacritics* 16.1 (1986): 22-27; Edward W. Soja, *Thirdspace: Journeys to Los Angeles and Other Real-and-Imagined Places* (Cambridge, MA: Blackwell, 1996) 154-163.

25　顏忠賢 27-30。後現代小説中虛實難分的特色，可參 Paul Smethurst, "There is no Place Like Home: Belonging and Placelessness in the Postmodern Novel," *Space and Place: The Geographies of Literature*, eds. Glenda Norquay and Gerry Smyth (Liverpool: Liverpool John Moores UP, 1997) 373-384.

26　黃凡，〈到東區的 500 種方法〉，《東區連環泡》54-61。

27　林燿德，〈城市・迷宮・沉默〉293-294。

寫，也基本上可以納入這些空間分類模式中。顏忠賢的他處／某處、現實／迷宮等「不在場」空間理論模型，與「在場」空間互相參照，迷宮書寫實不離現實的對照（「並不意味著它所涵蓋的領域排斥了現實和歷史」），依存於互相比較的語言本質之中。

　　一方面城市是流通有無的網絡，容許差異，於是造成林燿德等人筆下城市網絡或迷宮的形象，〈如何測量水溝的寬度〉即為一例。[28]另一方面它又講求秩序和舒適，有時城市人反倒希望脫離城市，棲居邊緣。按以上城市研究的說法，都市和身體互相影響，第二章的衰弱身體正是和空間呼應，愈發顯露肉身的衰敗，又表現出都市的陰暗。概括而言，臺灣都市小說的城市空間模式大致有三類，即臺北／臺灣（鄉村）、臺北自身的今昔和臺北／國外（他處），產生各種對照的空間感覺。黃凡《反對者》、朱天心〈古都〉、朱天文〈世夢〉可分別代表這三類空間模式。

　　在深入探討都市小說的城鄉模式之前，地圖、迷宮的城市意象是必須考察的主題。如果剝削的商業行為是中國現代文學的「城市之罪」，以黃凡四人為例，臺灣當代作品充分表達對都市環境的不耐和不安，為當代的城市之罪。都市是以網絡的形式向外發展，和林燿德重視的地圖和迷宮意象一樣，街道屬於城市空間裏最重要的書寫對象。地圖綜合道路、河川、城市、政府等等，顯

28　「在這座城市，蛛網一樣遍布著各式各樣的水溝，有圳、大排水溝、下水道，以及終年發散著臭味的小陰溝。〔……〕水溝是城市的淮泄管，〔……〕」小說中多年以前的水溝，則「水流清澈見底，水面彷彿是面鏡子」。見黃凡，〈如何測量水溝的寬度〉194、209。

示各種空間物件的組織狀態，²⁹再現了道路與建築物的連接，特
別是容許讀者搜索如何經由道路及交通工具到達某地，道路當然
是城市居民最常接觸的戶外空間。林治（Kevin Lynch, 1918-1984）
的城市研究經典《都市意象》（*The Image of the City*）將都市影響
居民的意象分爲五類，包括道路（paths）、邊界（edges）、地區
（districts）、交點（nodes）和地標（landmarks），³⁰也強調道路
是城市中最重要的空間元素。巴赫金時空體理論的空間部分，道
路作爲邂逅的場景有其獨特作用。³¹都市小說中的道路意象與城
市發展的關係更爲密切，然而道路在城市發展之時形成種種邊
界，割斷城市的環境，破碎的邊界防礙了居民隨意進出。³²

　　黃凡、林燿德、朱天文、朱天心筆下有許多「城市發展吊詭」
的都市書寫。李歐塔（Jean-François Lyotard, 1924-1998）認爲，後
現代社會中，權力的合理性建基於性能最佳化，也就是效率的提

29　Denis Wood with John Fels, *The Power of Maps* (New York: Guilford P,
　　1992) 139.

30　Kevin Lynch, *The Image of the City* (Cambridge, MA: MIT P, 1960) 46-48.
　　卡斯特（Manuel Castells, 1942- ）提到林治的觀點時，也指出人是有某種
　　「都市無意識」（"the urban unconscious"）的。見 *The Urban Question: A
　　Marxist Approach*, trans. Alan Sheridan (London: Edward Arnold, 1977) 227.
　　李建民〈八零年代臺灣小說中的都市意象——以臺北為例〉（臺北市立師
　　範學院碩士論文，2000）亦採用林治的研究，為其都市空間意象的主要理
　　論框架（30-32、77-99）。

31　Bakhtin, "Forms of Time and of the Chronotope in the Novel" 243-245; 中譯
　　參巴赫金，〈小說的時間形式和時空體形式〉444-447。

32　Lynch 49, 63-64, 84, 95.

升。「這標準使人將要面臨一定程度的、或多或少的恐怖：成為可操作的（亦即可用同一標準測量的），或者消失」。[33]道路不斷延長，似乎方便居民來往各地，然而現實總是事與願違。海德格爾（Martin Heidegger, 1889-1976）指出，在世界中存在的人，從空間看有追求「去遠而使之近」的傾向，走進現代化的社會，為了克服距離，人似乎是被強制的一起加速。[34]李歐塔的效率觀自然是道路交通的最基本要素，莫爾（Thomas More, 1478-1535）的經典名著《烏托邦》（Utopia），讚美烏何有之鄉的街道設計優良，寬敞而且可以防止風災。[35]恰恰諷刺的是，黃凡等人的小說裏常見有關城市車行道路的負面描述，便利市民的道路網絡反成為阻礙市民的迷宮地圖。

黃凡小說有非常多馬路或堵車經驗的描寫，這些道路堵塞城市交通，使四周景致欠佳並割裂人際溝通，完全背離優良城市本質。例如較具寫實味道的〈慈悲的滋味〉，頗有一些段落敘述下班時分的車行道路。主人公身處的忠孝東路擠滿下班車輛，一場車禍造成交通擠塞；他騎著自行車，自滿地穿過車陣。八十年代的

33　Jean-François Lyotard, *The Postmodern Condition: A Report on Knowledge*, trans. Geoff Bennington and Brian Massumi (Minneapolis: U of Minnesota P, 1997) xxiv.

34　Martin Heidegger, *Being and Time*, trans. Joan Stambaugh (Albany: State U of New York P, 1996) 98; 中譯參海德格爾，《存在與時間》，陳嘉映、王慶節譯，2版（北京：生活‧讀書‧新知三聯，1999）123。

35　Thomas More, *Utopia*, eds. George M. Logan and Robert M. Adams, rev. ed. (Cambridge: Cambridge UP, 2002) 46; 中譯參莫爾，《烏托邦》，戴鎦齡譯（北京：商務，1997）53。

〈紅燈焦慮狂〉，則以更為極端的方式說明都市人對道路的恐懼。
主人公莫景明害怕臺北的道路系統，提升交通效率的紅燈竟然成
為遲到的元兇，正是由於道路速度的吊詭現象，才更能顯示小說
的張力：

> 莫：（把手上的小筆記簿搖了搖）我記下一路上所有我碰到
> 的紅燈數目。
> 莫：（假笑）我每天按時出門，按時搭公共汽車……直到有
> 一天（稍停）……我發現……毫無理由的……我遲到
> 了……。
> 莫：（不理吳的自言自語）我就開始注意一路上所碰到的紅
> 燈……
> 莫：最後，我得到了一個結果（聲音愈來愈小）……要是我
> 碰到了三十五個以上的紅燈……我就會遲到。[36]

林燿德的短篇小說也有不少段落諷刺交通系統和都市發展的問
題，如〈白蘭氏雞精〉，寫捷運系統的施工影響都市環境，小說質
疑捷運系統似乎是無法完成的，因為設施完工的一刻，就剛好趕及
交通工具飽和的時候，充分展示作品荒誕以外黑色幽默的諷刺意
味。〈三零三號房〉則寫男主人公符充德駕車北上，南下車子擠滿
於公路，無法動彈絲毫。至於另外兩位作家，朱天文在都市時期創
作的小說，對城市環境的否定也是其中非常重要的部分。收在多種

36　黃凡，〈紅燈焦慮狂〉，《大時代》217-218。

小說選集的〈炎夏之都〉，朱天文一開始便設定故事發生的場景。
這個故事背景設定角色身處的炎熱天氣，既對照「有身體好好」的
年青主人公和現在的中年主人公，同時又批判城市景象日漸遭到破
壞的現象：

> 大漢溪浮積著城市吐拉出來的各種穢物，沉滯不動的，從
> 車窗左邊看去，是它，右邊看去，也是它。以前每次聽見
> 電視氣象報告，報導新加坡三十七度的時候，老爸老媽那
> 副不可置信的痛苦樣子，如果他們還活著的話，也就是活
> 在這個經常也是三十七度的城市了。[37]

都市環境的描寫無疑是朱天文八十年代的重心之一，上面引述的短
篇〈帶我去吧，月光〉，小說中的佳瑋初涉世面，對外界似乎漠不
關心。這位女主人公不斷構思漫畫中的想像世界，卻渾然不覺擠滿
乘客的公共汽車裏，身邊竟然有一名男子意圖猥褻自己。這些厭惡
的公車經驗是都市小說常見的負面描述：

> 佳瑋是如此在另外一個世界裏，以至這個世界，擠得不能
> 動彈悶臭的公共汽車裏，貼在她身後的一名男子正在大膽
> 而小心的猥褻她，她卻渾然不覺。[38]

37　朱天文，〈炎夏之都〉115。
38　朱天文，〈帶我去吧，月光〉，《世紀末的華麗》74。

跟姊姊相似，朱天心早期多寫鄉村、眷村類型的創作，直至《我記得……》開始城市的負面書寫日漸成爲重心。城市的發展與都市人的幸福生活沒有必然關係，相反來說，城市愈是得到發展，這個地方愈是不適宜人居住。例如在〈十日談〉中，朱天心筆下的城市景觀頗與「輕快明亮的旋律」不太相符：

> 「我是個新窮階級……」許敏輝信口唱著，原歌詞應該是諸
> 如「我是個城市英雄」之類的。車內充塞的輕快明亮的旋律
> 與車外的景觀大不相干，前面路口正因一群拿標語的男女
> 而塞車。[39]

城市的持續發展，不但破壞自然環境，而且也使道路網絡更加混亂，令都市自身愈來愈偏離人理想中的生活環境。臺北都市屬於「多核心城市」，一條人煙稠密的商業大街，可能背靠著住宅爲主的小巷，這種生活和交通的都市模式，要較「單核心」城市複雜。[40]在這些不斷發展的都市空間生活，交通網絡必將造成居民極大的困擾。車行道路的鋪設，確實有助都市人來往各地，但是持續發展道路網，其實未必眞正有助改善都市人的生活，更多的道路和高速公路，也似乎永遠無法滿足以車輛代步的欲望。與汽車相關的配套設施，例如停車場和公路不但變相鼓勵使用車輛，這些建設也在破壞城市的組織和結構。舊城市的交通設施未能應付快速增長的汽車數

39　朱天心，〈十日談〉，《我記得……》70。

40　詹宏志，《城市人》154-157。

量，公路也將商業區、住宅、購物中心、醫院等各式建築物的連結切斷。城市本來就是讓人得以溝通的地方，然而汽車道路只為都市造成失落空間（lost space），使都市土地失去原有的社交功能。[41]桑內特指出，都市為了拉近各處的距離，同時也為了路人的安全，道路不容許駕駛者以外的人留在街道之上。挪除生命的道路滿布城市四周，最後城市只會成為所有人匆匆走過而不願逗留片刻的空間。[42]

迷宮意象是都市小說著力的重要主題，根據阿達利（Jacques Attali, 1943-）的看法，古時因為城防的需要，都市多數以迷宮的形式設計出來。爾後為了提高生活空間的透明度，規劃部門製作地圖和標誌等索引系統，城市各處好像已經具備清楚的標記，不復是過去的都市迷宮。然而，現代城市由地下鐵路、公路、樓層、摩天大廈、金錢、資訊等堆積成地下與空中層層疊疊的網絡，城市不可能擺脫成為複雜網絡的命運，它們的結構必然走向愈來愈

---

41 以上觀點參 Moshe Safdie with Wendy Kohn, *The City after the Automobile: An Architect's Vision* (New York: Basic, 1997) 4-7; 胡寶林，《都市生活的希望——人性都市與永續都市的未來》（臺北：臺灣書店，1998）45、239-258。失落空間指廢置的場所、行人不會經過的地點，或公路旁邊欠缺管理的土地等。沒有社會意義的馬路占用愈來愈多土地，隔離、包圍了各處具有社會功能的地區，城市原本溝通和互動的基本用途，因為馬路用地無止境的擴大而失去了。見特蘭西克（Roger Trancik, 1943-），《找尋失落的空間——都市設計理論》（*Finding Lost Space: Theories of Urban Design*），謝慶達譯（臺北：田園城市文化，1996）3-7。

42 Sennett 18; 中譯參桑內特 22。

迷宮化的一途。[43]

　　街道與建築物共同構成都市小說的都會空間。宏偉的大樓、違章建築和住宅都是都市小說裏出現較多的空間物件，這些建築物的外觀細節描寫是作品主體的一部分。在黃凡小說中，〈守衛者〉的范氏辦公大樓、〈電梯〉開端高聳入雲的「天昇大樓」、〈置之死地而後生〉開端廿七層的花臣大樓等，為作品裏面臺灣都市最重要的地標。[44]李建民也認為黃凡擅用大樓、建築以為都市空間的核心意象，接近現代人的都市生活形式與感覺。[45]《財閥》描寫金融權力和物欲橫流的臺灣社會，是黃凡較有批判意味的作品，小說裏主人公來往於都市與鄉村，兩種極不相同的空間觀，可以從辦公大樓和古屋的詳細描寫中相互參照：

　　　　任何一個晴朗的下午，不管開那種廠牌的汽車，你只要從高速公路下來，並且一不小心把視線偏離了灰灰的單調的路面，你的眼睛便會被來自東北方某個閃閃發光的物體刺

43 Jacques Attali, *Labyrinth in Culture and Society: Pathways to Wisdom*, trans. Joseph Rowe (Berkeley: North Atlantic, 1999) 56-61；中譯參阿達利，《智慧之路——論迷宮》，邱海嬰譯（北京：商務，1999）88-94。小說家常常借用迷宮，作為小說主題或人物行動的場景，參 W.H. Matthews, *Mazes and Labyrinths: Their History and Development* (New York: Dover, 1970) 193; Attali 66-70；中譯參阿達利 100-105。空間形式是現當代小說在敘事和結構上迷宮化的一種典型手段。

44 參 Lynch 78-83；田銀生、劉韶軍編著，《建築設計與城市空間》（天津：天津大學，2000）103-104。

45 李建民 93。

了一下，於是你用力眨眨眼皮，第一眼那個物體看起來像是枚剛從熔爐裏取出的銀幣。〔……〕這就是我工作的地方，這就是賴樸恩先生沾沾自喜同時遭人非議的小朝廷。

它的表面由一萬兩千片銀色不銹鋼片構成，精巧的焊接技術消除了接縫的痕跡，〔……〕你會覺得它像極了一只可笑的、天字第一號的刮鬍刀片。

是的，我也有這種好笑的感覺，不過我的感覺是嚴肅的，甚至帶點毛骨悚然的。我想換個方式說，這只不銹鋼刮鬍刀片並不可笑，一點也不，因為它絕對可以切割這整座城市，再不然它也可以輕易地切下一角，就像切生日蛋糕一樣。⁴⁶

那是一棟小巧的、兩層樓的透天別墅，有一扇紅色的木門。

蔡明耀取出鑰匙開門的當兒，我注意到門上的對聯。〔……〕

「鄉下人的玩意，您老見笑了。」蔡明耀回頭說。

「我很喜歡。」我說：「這是租的嗎？」⁴⁷

以上兩段文字的對照非常鮮明：賴樸恩小朝廷的所在地，就像一把可以將一座城市割開的刮鬍刀，這段敘述和陳映真的「華盛頓大樓」甚為相似。規模宏大的企業，透過本部的建築物，樹立本身獨有的

---

46 黃凡，《財閥》5-7。
47 黃凡，《財閥》285。

企業文化。[48]亞伯克隆比（Stanley Abercrombie）云，建築是極為強調大小效果的藝術，建築物給予人崇高和宏偉的感覺，既因為矗立著的雄偉建築映照出人體的渺小，也由於大型建築極耗力氣，因此有強烈的感染力。[49]小說借賴模恩一座典型的都市大樓，一個「小朝廷」的宏大意象，從它由上至下的空間特點，暗指倫理道德、創造萬物的主宰和天堂等卓越的意涵。[50]在後段的鄉村情節中，幽雅的古屋和門上的對聯引起主人公興趣，對城市和鄉村的兩種不同態度明顯，讀者自可從這兩種建築物空間的敘述中，閱讀作品裏城鄉對照的意圖。

上一章論述黃凡的科幻短篇〈千層大樓〉，強壯卻禁不起考驗的身體，是小說空間的主要對照意象。小說的高潮，在於主人公關士林離開大樓，被流氓折騰得體無完膚的當兒，關士林終於走回千層大樓的居所。科幻小說常有大量對未來世界空間的描寫，在〈千層大樓〉裏面，大樓的建築後遺症造成眾多貧民窟和治安死角，到處都是昏暗的街燈和堆滿垃圾的道路。通過宏偉大樓和街道敘述的對比，科幻小說的批判意圖也就更鮮明的呈現出來。

林燿德《大日如來》亦以長長篇幅寫出世紀末臺北的雄偉建築：

> 偉大的都市不需要身世。

48　特蘭西克 15-17。

49　亞伯克隆比，《建築的藝術觀》（*Architecture as Art*），吳玉成（1961-）譯（天津：天津大學，2001）19-39。

50　John Fiske, *Reading the Popular* (Boston: Unwin Hyman, 1989) 199-200.

偉大的都市只需要偉大的建築。

〔……〕

大西洋百貨公司，一棟三十層樓的超級百貨公司燈火通明，矗立在敦化南路上。

整棟大廈一片靜寂，只有各專櫃前的工作人員正在擺布他們的貨品。

這是一座明晨十時即將正式剪彩開幕的超級百貨大樓。

這棟百貨大廈並不算高，三十層樓在九零年代末期的臺北市，以高度而言排名在九十九名以外，但是它占地之廣，在精華區中首屈一指，豪華程度更創下驚人紀錄。[51]

一部介乎通俗科幻和嚴肅都市文學的空間形式小說，《大日如來》的主體與大眾玄幻文學無異。作品開首極力鋪張故事舞臺浮華豪侈的一面，場景的細緻描述與後面情節並讀，可以看出林燿德一以貫之的都市旨趣。主要人物金翅、黃祓、章藥師在大樓中消滅妖魔，在情節發展的途中，小說揭示黃祓竟然就是邪惡根源——黑黯大日如來，黃祓雖然自毀了結，故事仍以全球陷入自然災害和政變之中終場。可以說，《大日如來》裏「偉大的建築」，林燿德或多或少借以暗喻爲破壞人類生存環境的一組符號。

道路和建築物所組織的都市意象幾乎總是負面的。在朱天文的小說中，〈炎夏之都〉是其中寫最多「都市之罪」的作品。呂聰智從岳母處辦理喪事後回到臺北，返家前打算到情婦住處休息，

51　林燿德，《大日如來》13-14。

在這裏的一小段描述，作者也不曾忽略臺北都市的批判：「葉的住處有十二層樓，雜在高低起落的樓叢之間，相互投疊著大塊大塊的斜影，影子之間夕暉錯置，裸露出層疊的、泥金色的建築物。他在這現代叢林底下繞了兩圈，才勉強擠進一個位子泊車。」[52]

　　都市小說的城市書寫，最負盛名的自是〈古都〉。這篇作品以空間對照爲主體，比對今昔臺灣的都市景觀，多年以前還未開始發展的地點，卻因爲無序的城市化和商業化，四周風景被破壞得面目全非：

> 向左望向右望，無一例外被各種醜怪市招包裹著、住商不分的五層七層十三層樓幢、騎樓人行道擠滿了摩托車檳榔攤消防栓垃圾桶，天啊老年癡呆提早病發這是哪裏？！三重？中永和？新莊？臺中重劃區？臺南重劃區？……[53]

自《我記得……》始朱天心開展都市文學的轉向，小說的敘述空間大多以惡劣的居住環境爲基調，無疑屬於臺灣都市小說的一種重要屬性。朱天心的〈夢一途〉，將夢中美好家園與現實陋宅對照，也有相同的特色：「直到有一年，你們周遭鄰人同時得了瘟疫似的一齊搶蓋違建，爲互爭停車位大吵大打出手，住了有二十幾年的藏身之地環境大壞，你與父親開始有遷新居的打算，〔……〕」[54]爲了

52　朱天文，〈炎夏之都〉124。

53　朱天心，〈古都〉207-208。

54　朱天心，〈夢一途〉，《漫遊者》32。

表現資本主義的剝削本質，都市小說中的辦公大樓和購物中心描寫得極為宏偉豪奢，相對的，主人公的住宅是林林總總的陋室。在朱天心〈第凡內早餐〉中，已經工作多年的敘述者自嘲「女奴」，一直獨居於貧民窟般的地下室；她感慨於自己工資接近三分之一要繳納房租，而房東又須以房租補貼房貸，最後其實都是那三至五個財團的成果而已。**55**

　　從上述的空間描寫來看，黃凡等人的都市小說中，城市環境雖然得到永不休止的發展，同時卻也產生明顯的反烏托邦（dystopia）形象。這種形象，在黃凡和林燿德的科幻小說裏，有一定程度的反映。科幻小說的反烏托邦系列分支，描寫人所希冀的烏托邦（utopia）仙境，其實是極權統治和科技進步得反過來傷害人類的可怕世界。張系國（1944-）、姚一葦評論黃凡第一部科幻小說《零》，認為該部作品深受名著如《一九八四》的影響。**56**1982年，黃凡曾說：

> 我對於整個未來非常的不樂觀。像《第三波》的作者對未來非常樂觀，他是以西歐的文明來看未來世界。可是未來地球上人口愈來愈多，許多能源都快消耗光了，會產生很大的副作用，地球環境可能無法負荷我們的人口發展。現在又開始所謂電腦文明，取代人的地位。這也可能是我的小

55　朱天心，〈第凡內早餐〉，《古都》88-114。

56　丘彥明紀錄，〈聯合報七十年度中、長篇小說獎總評會議紀實〉，《零》，
　　黃凡著（臺北：聯經，1982）12、15。

> 說《零》所要表達的，應該怎麼辦？是不是再恢復到人文精
> 神？這種漫無限制的發展下去，如果我們的科技沒有辦法
> 突破，資源可以用外太空的資源，我們的前景可能不很樂
> 觀。[57]

黃凡的科幻作品，一直重視揭露科技發展有著違反人性的本質，例
如〈沒有貨幣的年代〉，小說寫到政府決定放棄鈔票制度，在全國
人民的手臂烙上金屬片，以記載他們的身分和財產。主人公因為私
藏鈔票而被囚禁，後來終於移民到全球唯一實行共產主義及鈔票制
度的國家。堅持共產主義卻又使用鈔票，這自然是深具諷刺性的。
在其他的小說裏，黃凡多年以前這樣想像 2001 年的臺北敦化南
路：「這是一條兩旁蓋滿卅層以上大樓的街道。天空晴朗，但只能
看到藍天的一角，街道口盡頭也是一排樓房。」[58]顯然，這些建築
物的外型，隱指烏托邦極其整齊劃一，卻欠缺個人特色的住宅建
築。[59]分析已見前述的科幻短篇〈千層大樓〉，則明顯隱含巴比倫
塔隱喻，主人公的妻子意欲搬離似乎是最適宜人類居住的「千層大
樓」，最後卻發現自己已經無法適應地上生活。

　　除了黃凡，林燿德也有不少反烏托邦的敘述，例如上述《大日
如來》中的超級百貨公司，一個設計得極盡完美的購物國度，卻造

57　丘彥明記錄，〈德先生・賽先生・幻小姐：1982 年文藝節聯副科幻小說
　　座談會〉，《當代科幻小說選》，張系國編，下冊（臺北：知識系統，1985）
　　242。

58　黃凡，〈二零零一年臺北行〉，《東區連環泡》（臺北：希代，1989）43。

59　More 46-47；中譯參莫爾 53-54。

成開幕日人群瘋狂搶奪及恐怖組織四處屠殺；科幻短篇〈方舟〉的意圖更加清晰，一座在緊急關頭保護政要的建築物「方舟」，竟然因為主電腦故障而徹底毀滅，「方舟的本身就是一個瘋狂的構想」。[60]

如果說，將城市建設為美好烏托邦是現代建築的終極目標，這個目標最後卻使城市恰如反烏托邦的世界一般不合人居。在莫爾筆下，美好的烏托邦城市到處都有附設寬闊花園的房屋，又特別提到住宅都沒有上鎖，任何人都可自由出入城市裏的所有住屋。在這個仙境中所有住所都是公有財產，每隔一段時間市民就要抽籤交換居所。[61]上面引述的各篇作品，或多或少批判了這種扼殺人類生活空間的現象，黃凡的都市名篇〈房地產銷售史〉，也有諷刺烏托邦家居形象的一面。卓耀宗有感於都市裏的居所毫無個性，通過他的不懈努力，一棟「自助建築」終於得以誕生。雖然那只是一棟五樓雙拼建築，但因為居住者形形式式的個人化設計，奇特的外型吸引了無數民眾和記者前來參觀。都市裏的建築是一則則當代寓言。

黃凡、林燿德、朱天文、朱天心，以至臺灣都市小說的重要作家實在不缺城市負面形象的書寫。都市文學固然強調城市空間的刻畫，而另一方面，這些作品裏的鄉村描述因為不是讀者關注的中心，則更有待進一步的探討。威廉斯（Raymond Williams, 1921-1988）指出，鄉村和城市一直並存，鄉村好像象徵美好的過

60　林燿德，〈方舟〉，《惡地形》（臺北：希代，1988）252。

61　More 46; 中譯參莫爾 53。

去，而城市則是未來的形象。在當代英國，大部分土地都是荒野和鄉村，鄉村和城市其實是互相補足的。[62]若以黃凡四位作家作取樣分析，這些小說裏面不僅只是包含一點鄉村、鄉鎮的襯景，在個別作品中具有連篇描述的同時，讀者可以窺見小說的題旨和空間設計的手法。[63]

四位作家中黃凡有最多鄉村景色的描寫，由處女集《賴索》裏的〈雨中之鷹〉，到近年長篇《躁鬱的國家》均可見到各種城鄉形象。鄉野景色比較注目的有中期作品《反對者》，主人公羅秋南是一名中年經濟學教授，妻子死後又遭女友拋棄，並捲進非禮醜聞之中。小說敘述羅秋南爲逃離這個城市、這個可怕的漩渦，決定飛往澎湖散心：

> 他穿著一身運動服，頭戴防晒用的斗笠，和他的同學坐在船頭，看漁船破浪前進。這一天，氣候晴朗，視野遼闊〔……〕[64]
>
> 眼前是我見過最漂亮的海灘，數百公尺長的潔白沙灘，白得純粹，白得光亮耀眼。〔……〕逐漸地，這片潔白耀眼的

62　Raymond Williams, *The Country and the City* (London: Chatto and Windus, 1973) 289-306; 中譯參威廉斯，《鄉村與城市》，韓子滿、劉戈、徐珊珊譯（北京：商務，2013）393-412。

63　張啟疆以古廟、夜市、舊區等爲都市空間中的「城鄉差距」（〈當代臺灣小說裏的都市現象〉217-219）。大陸的城市文學研究指出，不少作品兼有城市空間與鄉村空間場景，參蔣述卓、王斌 246-247。

64　黃凡，《反對者》180。

砂把他包圍住了，他呻吟一聲，脫掉鞋子，提起褲管，走
進水裏。海水漫到膝頭，從腿部傳上一波一波的壓力，以
及足心柔軟細砂造成的快感，使他屏息靜氣，波濤上跳動
的陽光，映入他的眼簾，海從來沒有如此接近過他。[65]

另一部重要的都市小說《財閥》，敘述者何瑞卿渴望到不知名的小
鎮生活，就在這時私生父賴樸恩要他到大溪旅遊，其實是為了將大
溪三百甲山坡地全買下來，規劃成一個龐大的休閒活動區，藉此洗
刷賴樸恩、何瑞卿母親珍珠二人被鎮民趕走的屈辱。相比「那座虛
無與榮耀之城」，何瑞卿更喜歡「幻想到個不知名的小鎮，在那裏
租個小房間，從窗口看街上樸實的路人」。[66]小說後半有許多文字，
敘述者沉醉於眼前鄉村景色，無論是清澈的小溪、老舊的建築、綠
油油的稻田還是嚼檳榔的習慣，都讓他感到萬分喜悅：

> 橋下的河床裸露著黃色的砂石，水很淺，但是很乾淨，聽
> 我母親說過大漢溪的這一段以前還可以行船呢！[67]
> 我把車子開進舊市區，這裏都是些低矮的老式建築物，街
> 道狹小得僅容一輛汽車進入，〔……〕[68]
> 真是好一片鄉村風景，視野內一條大河，以及一望無際綠
> 油油的稻田。

65　黃凡，《反對者》181。
66　黃凡，《財閥》279、277。
67　黃凡，《財閥》280。
68　黃凡，《財閥》285。

> 田野上點綴著幾處小農家,可惜不是收割季節,看不到耕
> 作的農人。[69]
>
> 我坐上他的賓士車後,又吃了粒檳榔,然後學著他朝馬路
> 吐檳榔汁。
>
> 那是一種十分「鄉土」的感覺。[70]

《財閥》亦借蔡明耀之口,說明大溪治安較別的地方好得多。相比附近的幼獅工業區,大溪因為有一條通往總統墓園的道路,滿朝文武不絕於途,因此治安很好。小說繼續寫蔡明耀執行賴樸恩的「大溪計劃」,從而進一步批判財團土地兼併的剝削行為。在《躁鬱的國家》裏,黎耀南原是總統身邊的一名官員,自從被同伴小高出賣後他離開臺北,開始南下追尋自我的旅程。遠離混亂的臺北政治中心後,南部的鄉土空間使黎耀南得以重新振作。然而,結尾之時黎耀南回到臺北,原來打算和前妻重修舊好,卻竟發現一直幫助自己的莫景明和妻子有染。[71]

絕大部分的黃凡作品,鄉村是和諧、美好的解放空間,常常與污濁混亂的城市空間比較,通過鄉村的經歷及與當地人的交往,人物得以成長或淨化都市生活。小說的鄉村人物,如〈房地產銷售史〉的山地人「泰康」、《財閥》中的大溪居民全都是善良美

69　黃凡,《財閥》286。
70　黃凡,《財閥》300。
71　黃凡,《躁鬱的國家》。

好的，與城市人相比有截然不同的評價。舉前者的相關描述為例，鄉村人對都市人而言印象非常正面：

> 同伴中給我印象最深刻的是一位叫「泰康」的山地人，他每一餐吃五碗飯，能用一隻胳臂把我吊起來。他是個心地極端善良的小伙子。泰康還養了一頭小老鼠（普通的家鼠），是他從家鄉「羅娜村」帶來的。他邀請我日後有機會到羅娜村一遊，他說那裏風景優美、空氣乾淨、人人都很勤奮工作。日後有機會——我好喜歡這句話。[72]

描寫小鎮、城市兩地俱有腐敗、灰暗景色的〈東埔街〉，只屬箇中的少數。就如第一章所述，黃凡將各種負面的符號堆積於作品之中，最後「我」一家搬離東埔街，住在城裏。敘述者描述，他們的住所附近有「一個狹小骯髒的花園，附近的人把垃圾倒在原本打算作噴水池的地方」。[73]在一個冬夜，「我」因為一種似乎曾經聽過的叫聲驚醒，城市和小鎮都是讓敘述者發抖的地點。

　　林氏小說的鄉村描寫較黃凡少，都市的場景，如〈大東區〉、〈氫氧化鋁〉裏的各種城市空間，無疑是作者著力表現的寫作對象。有一些作品可以看到林燿德筆下的鄉村空間，在〈三零三號房〉裏面，小說稍有提及北上公路、窗外梯田的風景，營造出與其他作品不同的開闊空間感覺。規模較大的鄉土描寫可見於史詩式

72　黃凡，〈房地產銷售史〉，《曼娜舞蹈教室》93。

73　黃凡，〈東埔街〉，《自由鬥士》195。

的《一九四七高砂百合》，瓦濤‧拜揚家族面臨基督教和現代化的
洗禮，以及拜揚孫兒古威‧洛羅根流浪到城市之情節，美麗的大
自然，與略顯污濁的基隆碼頭有著對照性質。古威‧洛羅根的相
關情節，揭示原住民面臨城市化的命運。洛羅根了解在山地生活
已再無任何前景，雖然到了漢人的小鄉鎮後受盡嫌惡和鄙視，但
是他也受到「漢人建構起來的龐大市鎮」而感到震驚。[74]尤有甚
者，洛羅根曾經深愛的「一朵無瑕的高砂百合」──璐伊，[75]小說
暗示或想像她成為基隆碼頭最下賤的醜陋娼婦。故事的最後，拜
揚的魂魄與洛羅根對話，祖父將代表全族的熊皮袋授與洛羅根，
要他承傳三萬年以來的神話。如果忽略其中的對照特質，《一九四
七高砂百合》的核心是不可能充分體現出來的。

　　朱天文〈炎夏之都〉是都市小說研究的經典範例，醜陋的臺北
都會背後，我們應該留意觀察都市的角度。小說一開頭就寫「大漢
溪浮積著城市吐拉出來的各種穢物」，後面敘述呂聰智駕車進入臺
中縣界，到岳母家辦理喪事，看見「右窗綿延著荒石枯溪」、「西
斜將落的太陽，在發了一整天的高燒之後，囈語而疲倦的，繼續
蒸散著橙炎炎的熱氣，田野一片焦煙」。[76]往返都市與鄉村的零碎
敘述，不但顯出臺北的惡劣環境，相對城市的躁動不安，臺中的
田野也是一片焦煙。無論小說人物身處何地，空間也是壓抑和壓
榨的背景。

74　林燿德，《一九四七高砂百合》209。
75　林燿德，《一九四七高砂百合》223。
76　朱天文，〈炎夏之都〉117-118。

〈風櫃來的人〉和〈世紀末的華麗〉兩篇，朱天文更爲明確地寫出城鄉兩者的對照。前者已經在本章開頭論及，其中的城鄉對照不像鄉土作品中的兩極對立，更沒有將鄉村（風櫃）視爲終極原鄉的意圖。後者敘述模特兒米亞因爲不想像傻瓜一樣等待情人電話，隨便搭上一列火車出外走走，誰料異國般的臺中，於徹頭徹尾的城市人米亞來說，實在不堪言狀。回到臺北如魚得水的米亞，這個經歷是該篇小說的轉折點：

> 票是臺中，下車。逛到黃昏跳上一部公路局，滿廂乘客鑽進來她一名外星人。車往一個叫太平鄉的方向，愈走天愈暗，颼來奇香，好荒涼的異國。她跑下車過馬路找到站牌，等回程車，已等不及要回去那個聲色犬馬的家城。離城獨處，她會失根而萎。
>
> 〔……〕
>
> 這才是她的鄉土。臺北米蘭巴黎倫敦東京紐約結成的城市邦聯，她生活之中，習其禮俗，游其藝技，潤其風華，成其大器。[77]

回顧朱天文的少作，城鄉空間書寫早已是重要的組成部分，例如在〈青青子衿〉內，主人公碧娟曾有過美好的田園生活，在山窪養父的家，和弟弟清旺有過一陣愉快的光陰。碧娟打算繼續升學，出來打工讀商科夜校，離開鄉村以後，卻變成爲了活著苦苦掙扎的車掌

---

77 朱天文，〈世紀末的華麗〉188-189。

小姐。本來純樸善良的清旺，國中畢業後出來社會工作，為碧娟製造許多麻煩，形象有點像風櫃的阿清。故事接近結尾，碧娟在病中回憶與清旺一起上學的日子，一層層的梯田、清朗的天空、雨後的陽光，田園與城鎮的對照可謂後來的先聲。〈臘梅三弄〉則寫虛度光陰的梅儀，生活不甚如意，到南部看望孩子的途中，在火車看見嘉南平原的甘蔗田和檳榔樹，又會無故的感到快樂，連胃口也都好了起來。

至於〈安安的假期〉和〈外婆家的暑假〉，同樣以不諳世事的兒童作感知焦點，敘述他們到遠離臺北的外婆家度暑假。兩篇小說模式類似，同是從城市來的小孩到達相對臺北來說不一樣的鄉郊，經歷不一樣的生活和外婆家中變化，開始有了啟悟。在這幾篇小說裏，朱天文從不同角度發掘城市／鄉村的經驗，城市雖然是主要的敘述空間，卻也需要鄉野景色襯托負面的都市。

朱天心的城市描述是從〈主耶穌降生是日〉開始逐漸發展的。小說寫一對父母在百貨公司開設照相機櫃臺，平常工作忙碌沒有時間照顧自己的五歲女孩，聖誕節當日女孩慘遭姦殺。字裏行間作者對缺乏照顧子女的家長略帶微言，造成這些現象的，也許就是繁華然而脆弱的都市空間。曾引起廣泛討論的〈佛滅〉，開端就寫了主人公無法通過臺北東區街道上的紅燈，「懊惱得痛敲擊方向盤一下，簡直無法度過眼下必須等待的兩三分鐘」。[78]「我」是著名的環保分子和傳媒工作者，其中一段情節是他和女友阿雲招待日本環保人士長谷川到恆春半島旅遊，享用當地的海鮮。日本人

---

78 朱天心，〈佛滅〉，《我記得⋯⋯》170。

卻疑惑，為什麼臺灣「做環保的人都與常人無異的人手一車，也不解為何龍蝦或紅新娘的命與伯勞灰面鷲的有何不同」。[79]〈佛滅〉是一篇諷刺臺灣政治事件的小說，[80]作者既以長谷川的說話揶揄表裏不一的偽君子，也隱約浮現朱天心對鄉村空間的正面看法。相對的，小說集《古都》談寫作的〈威尼斯之死〉，在解釋什麼是「威尼斯」之前，敘述者說明自己在北迴鐵路某小站旁的「海邊廢墟」住了兩年，因為「無法消磨時光」而回到都市，[81]城鄉空間模式的嬉戲成分較重。而在〈古都〉裏，主人公追憶舊日還沒過度發展的美好家鄉，有迥然不同的沉痛態度。「漫遊者」年幼時目睹出城後的景色，這段文字主要提及舊日臺北開闊的空間感覺，屬於顏忠賢的今昔對照城鄉模型：

> 那時的北門尚未被任何高架路凌虐，你們輕鬆行經它旁邊，便像百年前的先民一般有出城的感覺，〔……〕車過竹圍，若值黃昏，落日從觀音山那頭連著江面波光直射照眼，那長滿了黃槿和紅樹林的沙洲，以及棲於其間的小白鷺牛背鷺夜鷺，便就讓人想起晴川歷歷漢陽樹，芳草萋萋鸚鵡洲。[82]

---

79 朱天心，〈佛滅〉183-184。

80 王德威，〈我記得什麼？——評朱天心著《我記得……》〉，《閱讀當代小說——臺灣・大陸・香港・海外》（臺北：遠流，1991）68-69。

81 朱天心，〈威尼斯之死〉，《古都》50。

82 朱天心，〈古都〉162。

〈遠方的雷聲〉有更多的段落，追述昔日的鄉野景色：

> 會是小學一年級放學的某個中午，你覺得自己夠大了，不
> 跟隨路隊走，岔出中山國小前植著兩行木麻黃的通學路，
> 走田埂，〔……〕你擇房子與圳溝間鋪滿著厚厚軟軟的穀糠
> 的隙地走〔……〕小徑盡頭是養豬和幾株蓮霧樹的農人家，
> 是你與童年夥伴漫長午後的探險終點；[83]

從以上例子來看，都市自身的「城鄉差距」（張啓疆語）是常見的，
黃凡、朱天文、朱天心筆下有大量相關描述，眷村是其中最有代表
性的例子之一。然而，許多評論只提出都市空間或「都市城鄉」，
而較少留意小說非常常見的鄉村或鄉野空間。在《財閥》、〈遠方
的雷聲〉裏，鄉村不只是襯托城市的背景，《財閥》中的賴樸恩將
大溪變成龐大的休閒活動區，洗刷自己所經歷過的屈辱；私生子何
瑞卿發現賴樸恩控制了自己的一切，在錯愕之中出走美國，縱使作
者對此頗有微言，卻不無城市取代鄉村的暗喻。〈遠方的雷聲〉的
「你」緬懷昔日眷村、昔日島國，美好原鄉不能重現，不少都市小
說，城鄉主題可說是不可或缺的中心。較之其餘，朱天心的空間小
說更重視城市本身的記憶，挖掘都市景觀中蘊藏的情感。朱天心的
書寫策略，和法國思想家德塞都（Michel de Certeau, 1925-1986）的
空間理論暗合。德塞都提出，以前居住的地點殘留在語言當中，是

83　朱天心，〈遠方的雷聲〉，《漫遊者》134-136。並參林秀姿，〈重讀1970
　　以後的臺北：文學再現與臺北東區〉（國立臺灣大學博士論文，2002）181。

「不存在的存在」，有著「可見之物的不可見特徵」。地點是各種碎片般的過去，經由敘述這種空間實踐的形式，那些舊日的空間從而得以開啓。[84]

就上述例子而言，顏忠賢的他處空間模式可稍作修訂，發展兩種都市小說的城鄉模型。第一種城鄉空間爲美好的鄉土和田野，對比城市的醜陋與人的墮落。第二種爲老舊落後的鄉土，對比悲喜交雜，卻又生活其中的城市。海德格爾認爲，人的空間特性是由互相連接而加以定義的，「地點永遠不是一個自足的孤立點，一個地點意即關係到其他地點，無論是遠離、定向、或參照其他位置的方位，都始終以相關區域作前提」。[85]第一章所介紹的「對照空間」，是讀者從閱讀過程中自我建構的、與文本世界互相對照的空間。在鄉土文學裏，城市固非「自足的孤立點」，即使沒有明確的鄉土空間，城市仍然需要隱匿的鄉村痕跡。城市之罪正是鄉村之美的反面，因此，鄉村可能以對照空間的形式出現，這點可以解釋爲閱讀的必然性。

上面談及林燿德批評鄉土文學式的城鄉對立，這種小說空間模式是黑白分明的誇張手法。林燿德並不反對鄉土描寫，參見〈臺

---

84 Michel de Certeau, *The Practice of Everyday Life*, trans. Steven Rendall (Berkeley: U of California P, 1984) 108; 中譯參德塞都，《日常生活實踐：1.實踐的藝術》，方琳琳、黃春柳譯（南京：南京大學，2009）186-187。

85 Heidegger 95-96; 中譯參海德格爾 119-121；引文見 Joseph J. Kockelmans, *Heidegger's "Being and Time": The Analytic of Dasein as Fundamental Ontology* (Washington, DC: Centre for Advanced Research in Phenomenology, 1989) 133.

灣新世代小說家〉及《新世代小說大系・鄉野卷》的相關討論，林
燿德認爲新世代小說家與過去的作家群有明確分野，鄉土文學中
的城鄉是「中生代所鋪設的意識形態陷阱」，甚至指稱那是一種「臺
灣本土爲中心的本位沙文主義」。新世代作家超越了這種「臺灣本
土沙文主義」的局限，試圖於「田園懷舊」、「城鄉對立」以外找
尋新的答案。[86]

　　要說明都市小說如何超越「城鄉對立」的局限，我們可以從桃
花源與生活空間的角度分析。彭小妍（1952-）認爲：「鄉土小說
經常以都市的惡質化爲主題，並不限於描寫鄉下或農村；相對
的，在都市日益國際化（也就是日益敗壞）之際，鄉下或農村被建
構爲一個救贖自我的烏托邦，因此這一類小說多半有政治寓言的
傾向。」[87]陳建忠（1971-）指沈從文、張文環（1909-1978）的小
說「鄉土即救贖」，沈從文設計完美的水鄉世界，而張文環的山鄉
「有努力不懈的勞動身影」，「不曾辜負臺灣人的辛勤耕耘」。[88]
完美的鄉土，充滿救贖意義的烏托邦，在在見於鄉土小說的敘述
空間，例如陳映眞的〈夜行貨車〉，作者的創作意圖明顯不過，美
國人摩根索對臺灣人的種種惡行，以及下屬林榮平對摩根索敢怒
不敢言的態度，借以批評臺灣仰賴美國鼻息。他們工作的大樓位

86　林燿德，〈臺灣新世代小說家〉88-89；黃凡、林燿德主編，前言，《新
　　世代小說大系・鄉野卷》（臺北：希代，1989）12。

87　彭小妍，〈何謂鄉土？——論鄉土文學之建構〉，《中外文學》27.6（1998）：
　　50。

88　陳建忠，〈鄉土即救贖：沈從文與張文環鄉土小說中的烏托邦寓意〉（下），
　　《文學臺灣》44（2002）：313。

於臺北東區，摩根索形容，這座「華盛頓大樓」其實是「華盛頓特區」。相比林榮平，男主人公詹奕宏面對美國人的羞辱，他選擇辭職抗議，並與懷有身孕的女主角劉小玲回到鄉下，小說的政治寓言傾向極為明顯。[89]

都市小說則不然。按唐小兵的看法，「因為都市的意義恰恰是對桃花源的否定，所以都市文學必然是擺脫了桃花源情結的，屬於『桃花源外』空間。」[90]城市是現代社會的基本生存空間，故而它必然是世俗空間。回應第二章里克爾的看法，靈魂在日常生活的牢獄中不斷受折磨，日常的世俗空間多數是痛苦的。因此城市多數具備惡的形象，造成城市描寫的總體傾向。本章開頭提及的〈風櫃來的人〉，即使顏煥清得到重生，他與朋友三人在西子灣灘頭面對未知的將來，在看不到任何東西的黑暗中，感覺到「沙礫很粗，垃圾很多」。[91]趙園（1945-）謂黃凡《反對者》的主人公走到南部小鎮尋找自由，最後卻空手而歸，永遠的慰藉和拯救不再是鄉村背後象徵的價值，得以擺脫城鄉對立的陳規。[92]《財閥》中的何瑞卿雖然鍾愛鄉村的環境和生活，卻無法藉此得到解放，後來更自我放逐到美國，以酒和女人相伴，並聲言日後必定重回權力

---

89 陳映真，〈夜行貨車〉，《華盛頓大樓第一部：雲》（臺北：遠景，1983）1-57。

90 唐小兵 399。

91 朱天文，〈風櫃來的人〉138。

92 趙園，〈黃凡作品印象〉，《當代作家評論》4（1990）：119。藍建春亦認為黃凡不同於一般眷戀田園的鄉土文學作家，對臺北有一種愛而責之的態度。參〈黃凡小說研究——社會變遷與文學史的視角〉（國立清華大學碩士論文，1997）392；林燿德，〈空間剪貼簿〉290。

中心。上述林燿德《一九四七高砂百合》、朱天文〈世紀末的華麗〉和朱天心的〈佛滅〉等作,同樣脫離鄉土的救贖主題。[93]有研究指出,現當代文學作品不再描寫主人公逃脫城市的牢籠,讚頌歸園田居的生活,相反,它們更爲肯定受困於城市和語言構築出來的迷宮。[94]誠如維利里奧(Paul Virilio, 1932-)所謂,十九世紀「走到市鎮」(to go to town)爲「走進市鎮裏」(to go into town)所取代,這一片語「顯示我們不再站在城市之外,而是永遠滯留在城市之內」,以往典型城鄉對立亦不復存在。[95]上述小說中美好鄉村與鄉土小說裡的頗有不同,不屬於鄉土小說形式的城鄉對立,亦不再是「回到鄉村(烏托邦)等於解放」的典型模式:[96]城鄉空間既在對立又在互補的狀態,「重新拾回中產階級的自我批判」,[97]並跳出鄉土文學的固有印象。

---

93 大陸學者概括臺灣都市文學有三種態度,即「排拒都市、懷念田園」、「對都市加以直接批判」和「既批判又擁抱都市」。見黃重添(1941-1992)等著,《臺灣新文學概觀》,下冊(廈門:鷺江,1991)295-301。從以上分析來看,都市文學的主流接近黃重添提出的第三類態度。

94 Wendy B. Faris, "The Labyrinth as Sign," *City Images: Perspectives from Literature, Philosophy, and Film*, ed. Mary Ann Caws (New York: Gordon and Breach, 1991) 38.

95 Paul Virilio, "The Overexposed City," *Lost Dimension*, trans. Daniel Moshenberg (New York: Semiotext[e], 1991) 12.

96 詹明遜(Fredric Jameson, 1934-)認為後現代建築令人不再有產生烏托邦的寄望,參 Fredric Jameson, "The Cultural Logic of Late Capitalism," *Postmodernism, or, the Cultural Logic of Late Capitalism* (London: Verso, 1991) 41-42.

97 林燿德,〈臺灣新世代小說家〉90。

三、他處空間

　　顏忠賢說明了臺灣小說的「不在場」書寫策略，作為「某處」對照面的「他處」空間，國外／臺灣是其中一種較常見的都市小說敘述空間框架。閱讀黃凡和朱天文的作品，與臺灣／北堪相比照的，有中國大陸、香港、美國等地，有關異域的人物、風景和情節描寫映照臺灣都市的精神層面。林燿德則重視海洋空間的探索，朱天心發揮夢境空間的敘述，是為了擴充城鄉對立以外的領域，它們主要是城市的補充，與鄉村同樣有著類近的參照意義。

　　臺北和大陸經常存在某處與他處的對照關係。除中國大陸外，美國、香港於都市小說裏亦占不少篇幅，它們既有助故事發展，也在補充臺灣與臺北的自身形象。黃凡小說有一些詳細的外地描寫，在情節功能來說，當中的異地場景常作故事背景或主人公散心的旅遊地點，以中國大陸和美國兩地形象較多。朱天文不少作品利用他處空間製造兩地分隔的感情情節，如寫美國的〈臘梅三弄〉和〈炎夏之都〉，以及中港兩地的〈世夢〉和〈帶我去吧，月光〉，都涉及臺灣外省人的故親或男女之事。

　　這裏擬引用形象學（imagology）以輔助分析都市文學的異地。形象學是有關「『異國』形象的塑造或描述」的研究，[98]目的在於檢視異國形象如何滲入文化、情感、客觀與及主觀的種種成分，

98　孟華（1944-），〈比較文學形象學論文翻譯、研究札記〉，序，《比較文學形象學》，孟華主編（北京：北京大學，2001）2。

這些形象屬於個人的還是集體的表現方式。[99]形象學研究者巴柔
（Daniel-Henri Pageaux, 1939-）提出，異國形象是某一位作家，某
一個集體對「某個缺席原型」（異國）的敘述，感知焦點觀察被注
視者（他者），建構他們與異國形象的同時，也傳遞感知者本身的
某種形象。據巴柔歸納，注視者（主體）對異國大致有狂熱、憎
惡、親善或更複雜（如兩者同屬負面）的第四種態度。此外，巴柔
又特別提到異國情調的幾種固定書寫策略，包括：「空間的斷
裂」，這種手法傾向寫他者視為優美景色的自然，從而享受異地的
景色；「戲劇化」，將他者本身的特點和文化差異演變成場景，他
者則作主體的配角，藉此突現注視者和被注視者的距離；「性感
化」，他者經常處於被支配的位置，和主體的關係含糊、複雜，並
多談及閨房和肉體之樂等。[100]

　　黃凡小說有一些中國故土的描寫。主體和他者同屬負面形
象，為這些作品的主要態度。早期黃凡小說中的中國大陸主要被
看作極權和共產的世界，如〈自由鬥士〉俞新田囚於中共多年，一
生美好時間業已流走，或〈青州車站〉中鮮明的反烏托邦世界，均
與臺灣本土形成空間上的斷裂。[101]〈自由鬥士〉突顯當時中臺兩地
政治的對立，俞新田經香港回到臺灣的過程中，大陸報道俞一行
人「帶著祖國人民的祝福和期望，前往臺灣，傳播中國統一的信

99 布呂奈爾（Pierre Brunel）等，〈形象與人民心理學〉，張聯奎譯，孟華
　　主編 113。
100 巴柔，〈形象〉（"Image"），孟華譯，孟華主編 156-157、175-178、180。
101 參詹宏志，〈晦暗的、飄搖的希望──評析黃凡的《青州車站》〉，《兩
　　種文學心靈》（臺北：皇冠，1987）135-152。

息」，而臺灣方面的新聞，則報道他們「終於踏上自由土地，準備前往復興基地」。[102]和〈賴索〉的創作意圖相近，〈自由鬥士〉揭示政治對人的傷害，有一些把大陸空間描寫戲劇化的傾向。後一篇小說著力描寫鍾士達在共產社會下的商品買賣行為，在黃凡的想像中，社會主義國家不僅不是完美無瑕的生活場所，裏面不但充滿冰冷無希望的氣氛，甚至吊詭地展現市場經濟的特點：

「這個給你，」鍾士達掏出一張「永恆的人民英雄」。

「不夠。」公安人員搖搖頭說。

「但是上個星期？」

「那是上個星期的價格，市場每天都在變動，」他開始不耐煩起來，「你懂不懂？這個星期要一張『都市的工人模範』，不然就是四毛錢。」

「這一張再給你。」

「找你一張『金沙江之戀』。」公安人員從口袋裏掏出一大堆電影票。

「我不要那個，你找我三毛錢好了。」

「不行，我沒有拿錢出來的道理。」

「還我，」鍾士達在心裏咒罵了一聲，「我給你一毛錢。」

「兩毛，」公安人員陰險地笑了一聲。

「你這是什麼算法？一張『永恆的人民英雄』還要兩毛，你這是什麼算法？」

---

[102] 黃凡，〈自由鬥士〉，《自由鬥士》64。

「社會主義的算法，笨蛋！你到底想不想進去。」[103]

以上的場景，將社會主義的異地戲劇化，它的黑色幽默成分源自注視者（臺灣）和被注視者（大陸）的距離。主人公鍾士達完成交涉後走進寺廟嫖妓，和妓女間的對話流露身處社會的懷疑，也屬於性感化的書寫策略。

巴柔所提及的注視者態度和寫作傾向，同樣可見於《傷心城》、〈夢斷亞美利加〉和《財閥》等作之中。《傷心城》以約百頁篇幅，敘述主人公到東南亞各國旅遊，由葉欣與蘇依莉的霧水情緣構成主軸（性感化），亦將曼谷和新加坡比較（空間的斷裂），思考曼谷的落後形象。〈大時代〉的希波成為基金會執行祕書後，有一天跟辛甫遜會面，希波眼中的美國人「顯然要比東方人來得乾脆、不囉嗦」、「辛甫遜跑這麼一趟，就賺到了我半年的薪水」，[104]製造場景化的差異。〈夢斷亞美利加〉和《財閥》中的美國場景，包含各種關於性欲的，特別是異國女性身體及紐約色情街的描寫。參考觀光社會學著作，旅行的主要價值在於人或社會群體之間的交流，只是大部分的觀光客並非如此，他們大都採取遊賞享樂的立場，而不是積極融入當地的活動，於是常常引致觀光景點的各種社會病態，如娼妓、黑市買賣等問題。由於觀光客大都擁有較高的消費能力，接待者或當地居民經常處於劣勢，

103　黃凡，〈青州車站——鍾士達的一天〉，《賴索》103-104。
104　黃凡，〈大時代〉，《大時代》9-10。

因此形象常屬負面。[105]比較有象徵意義的一個小節，財閥之子何瑞卿、賴東昇兩人於美國會面，彼此作樂談笑，與他們一起的「美國婊子」只能「莫名奇妙地陪笑」，[106]恰正是史碧維克（Gayatri Chakravorty Spivak, 1942-）所論，他者沒有討論的權利，即「下級不能言說」（the subaltern cannot speak）。[107]

就如臺灣與中國大陸的對照一樣，黃凡既暴露注視者的醜陋一面，也突顯了他們對異地的複雜態度。特別在知識霸權方面，臺灣無庸置疑處於美國的影響之下，例如〈大時代〉的蔣穎超，標誌著西方學術凌駕一切的地位。在〈大時代〉中，黃凡設定的主人公希波，原本是一名學院助教，在工作的地方，他不屬於洋派教授的圈子，沒有資格和他們平起平坐，甚至北上與蔣穎超會面時，他覺得自己是一名鄉村教師，有著強烈的自卑感。

---

105 朗加爾（Robert Lanquar），《觀光旅遊社會學》（*Sociologie du tourisme et des voyages*），黃發典譯（臺北：遠流，1993）67、98。有關旅客（traveller）與觀光客（tourist）的差異、觀光客的形象等等，可參 James Buzard, *The Beaten Track: European Tourism, Literature, and the Ways to Culture, 1800-1918* (Oxford: Clarendon P, 1993) 1-4; Dean MacCannell, *The Tourist: A New Theory of the Leisure Class* (New York: Schocken, 1976) 9-10; Jonathan Culler, "Semiotics of Tourism," *Framing the Sign: Criticism and Its Institutions* (Oxford: Blackwell, 1988) 153.

106 黃凡，《財閥》141。類似的人物形象尚可見於〈臺北最後的美國人〉，《東區連環泡》94-98。

107 Gayatri Chakravorty Spivak, "Can the Subaltern Speak?" *Marxism and the Interpretation of Culture*, eds. Cary Nelson and Lawrence Grossberg (Urbana: Illinois UP, 1988) 271-313.

在黃凡的所有作品中，〈夢斷亞美利加〉所表現的異國形象值得探究。該篇小說與白先勇〈思舊賦〉、〈芝加哥之死〉的情節有點相近，小說的主人公是一介名門公子，遠赴重洋到美國留學，然而他只是就讀一所野雞大學，而且唸的是中國文學。故事內容與臺美斷交扣連，魏紀南的父親對他有很高期望，想他日後出人頭地，可是魏紀南自己十分清楚，他只是個被動不知所措的小人物。小說的故事細節甚有象徵意義，主角在美國密西根公路上邂逅一名阿哥哥女郎，歡愉以後竟從女郎那裏得了淋病。魏紀南的一段內心獨白，顯示他對於自我身分的掙扎：「哇──我是一個零蛋，一個 La Charogno、一個名門公子、一個中國人、一個臺灣人……但更重要的是，我的淋病斷根了沒有？聽說這種病會遺傳給後代，這句話的意思是，他們也會生成一些零蛋……」[108]誠如桑坦（Susan Sontag, 1933-2004）所論，疾病常帶有某種暗喻，梅毒是其中一種最有鮮明的醜陋象徵的病症。這種使患者羞於啓齒的性病，對大眾而言隱含著某些道德判斷的意義，例如性禁忌和賣淫，梅毒是對行為不檢點者的懲罰，在他們身上烙下污染源頭的醜陋記號。[109]〈夢斷亞美利加〉似乎將淋病轉化為像梅毒一般的性病隱喻：魏紀南感染「異國的」性病並遺傳後代，將主人公扮演成像是無法擺脫命運的普通人。

黃凡小說一直瀰漫陰暗悲觀的色調，這種氣氛在《大時代》、

108　黃凡，〈夢斷亞美利加〉，《自由門士》24。

109　Susan Sontag, *Illness as Metaphor and AIDS and Its Metaphors* (New York: Picador USA, 2001) 39, 105, 133-136.

《傷心城》、《自由鬥士》及《財閥》等作最為強烈。在這種氛圍的籠罩下,異地與臺灣的優劣對立並不明顯,上述《財閥》共有巴柔論述的三種異國情調（空間斷裂、戲劇化和性感化）模式,當何瑞卿得悉自己身世的真相後,將自己放逐到紐約,暫歇臺灣的權力鬥爭,紐約看來就像是讓心靈歇息的理想之地。〈自由鬥士〉的俞新田從中共回到號稱自由的臺灣,感到孤獨和虛耗人生,以服藥自盡告終。在這個故事裏,中國大陸和臺灣都不是俞的理想居所,即使小說中的臺灣人如何強調資本主義與自由的可貴,於俞新田來說其實沒有任何意義。科幻小說〈沒有貨幣的年代〉也可用以發掘異地的敘述空間特點。小說主角莫泰裕是一名帶點市儈氣的超級市場老闆,平生最喜歡把玩鈔票。一天政府在其手背烙上身分證,並取消紙幣制度,莫泰裕無法忍受而移居地球上最後的共產國家。莫泰裕從烏托邦逃到落後異國,由此可見繁華與落後未必是截然不同的對立,在黃凡的想像中,他處與此處和城鄉空間一樣,屬於一組互相補充的空間。

外省第二代朱天文的異地場景有兩種固定模式。源於作者本人的生活背景,大陸故土主要是感嘆骨肉分離的空間,而外國如英美等地有關的情節,則幾乎以愛情為主。

早期朱天文多寫異地感情,首本小說集《喬太守新記》的開篇,〈仍然在殷勤地閃耀著〉帶點同性戀的色彩,「我」所喜歡的女同學李將到日本留學,悵然若失。而在〈臘梅三弄〉,梅儀的丈夫到國外留學,她覺得人生像是白走一遭似的。〈五月晴〉和〈炎夏之都〉較能顯示朱天文小說情節設計與異地空間的密切關係,一對似乎喜歡對方的朋友,和曾經不厭其煩整天做愛的男女,都因

著各種原由而分開。〈五月晴〉的洲洲與小霓面對成長，感到原來
的世界慢慢地崩潰。洲洲負氣說要到英國工作，事實上這件事還
十分遙遠，只是當他對小霓提到遠赴重洋，就已覺得自己痛快地
破壞了一切。和〈五月晴〉相似，朱天文同樣在〈炎夏之都〉裏寫
主人公慢慢走進自己挖掘的深淵，呂聰智和燕怡兩人的青春，隨
著燕怡一家移民美國，德美懷有呂聰智的骨肉而告終。

　　〈世夢〉和〈帶我去吧，月光〉兩篇，主人公陪同父母或取道
香港，或在香港會合，跟大陸的親人見面。〈世夢〉花費不少篇
幅，寫姑姑、表哥和必嘉等人生活的差異，在大陸生活遠較臺灣
居民艱苦。例如，必嘉表哥解釋，「國內一般吃酒席，桌子也沒有
這樣鋪布，吃過換乾淨的。都用塑膠布，吃髒了擦一擦。地上絕
沒有給你鋪地毯，湯水瓜子兒骨頭什麼都吐在地上。」[110]〈帶我去
吧，月光〉也利用了相似的題材，故事講述程太太六年前獲悉舊情
人孫育銘的太太已逝，決定回到南京訪尋過去甜蜜的回憶。然而
程太太在大陸的所見所聞，只能發現人事已非的無奈，過去美好
的情人，現在卻「比她所能想像的老態還更老，腰給打斜了，兩肩
高低不齊」，「像一張紙人在野風中撲撲飛打」。[111]同時，程太太
在堂姐家、到夫子廟遭遇的事情，大多反映富裕臺灣和貧窮大陸
的不同。堂姐家的媳婦不願花費瓦斯燉湯招待程太太母子二人，
孫育銘姐姐和妻子妹妹，也都期待從程太太那裏得到好處。這些
故事內容創造了情節衝突，屬於上述異國情調的戲劇化特色。

110　朱天文，〈世夢〉，《炎夏之都》186。
111　朱天文，〈帶我去吧，月光〉144-145。

其次，朱天文筆下的異國情調，也實在頗具性感化的特徵。〈帶我去吧，月光〉的主線是程佳瑋和香港人夏杰甫的異地感情，程佳瑋是工作不久的新手，因為工作的緣故和夏杰甫認識，被他吸引。程佳瑋到香港和他聯絡，夏杰甫的反應是典型的性感化形象，兩者的差距產生異國的霧水情緣：

> 女孩是好女孩，然而那是在臺灣的時候，異域情調，他十分願意與之同步。現在，回到他的頻道裏，女孩的過分認真變得極不賞心悅目，出狀況要他來解決。他回電話給她，女孩仍然那種慢半拍的節奏，臺灣的節奏。[112]

但是，即使香港、大陸具備以上異國情調的描述，香港／臺灣或大陸／臺灣也並非處於對立的關係。張誦聖（1951-）認為，朱天文承襲了眷村文化的愛國情感，早期小說如〈思想起〉、〈春風吹又生〉對「官方說法」全盤接受，質疑學運領袖的行為和道德。後期朱天文的風格有重大轉變，改為抒發都市在政治層面、科技過度發展、都市化、資本主義、國際企業下的種種不安。[113]夏杰甫以他者形象道出「女孩仍然那種慢半拍的節奏，臺灣的節奏」，作者似是利用他者，反過來建構注視者（主體）的形象。〈世夢〉裏兩地人的戲劇化情節，也不無自省意味。趁表哥忙著選家電的當兒，必嘉

112　朱天文，〈帶我去吧，月光〉122。

113　張誦聖，〈朱天文與臺灣文化及文學的新動向〉（"Chu T'ien-wen and Taiwan's Recent Cultural and Literary Trends"），高志仁、黃素卿譯，《文學場域的變遷——當代臺灣小說論》（臺北：聯合文學，2001）89-110。

挑了一副聖羅蘭的太陽眼鏡，卻不敢讓表哥看到自己購買了奢侈品。在對話中，必嘉發現大陸有嚴格的外幣兌換限制，連一副太陽眼鏡也付不起。表哥坦誠地告知必嘉大陸人的薪水，讓她覺得「表哥老實的講話，令她漸漸起一種親近之意，原本也是素昧平生的人」。[114]

〈世紀末的華麗〉有載世紀末的臺北，跟「米蘭巴黎倫敦東京紐約結成的城市邦聯」，米亞生活其中，「習其禮俗，游其藝技，潤其風華，成其大器」。米亞情人老段「屬於臺灣社會新興的菁英階層，有一次在西德看完桌球錦標賽後正好趕上巴黎的畫展，說明了這個世界對某些特殊階級來講已經戲劇性地縮小」。[115]臺北是一座和紐約倫敦足堪相比的都會，如果說〈世紀末的華麗〉表現了上述當代都市面臨的危機，那麼朱天文和黃凡兩人寫出的異地形象，是和臺北互相對照的敘述空間，並不存在絕對的優劣關係。

完成臺灣都會的一系列探索，《荒人手記》延伸世界的城市邦聯，以更隨意的筆觸抒發都市人的生活。小說原定題為「寂寞之鄉」，後更名「航向色情烏托邦」，[116]借一名同性戀者透視都市人的寂寞。與前作如出一轍，這部長篇多番強調臺灣城市教人不忍卒睹的面貌，例如捷運系統，「幾年後開腸剖肚，鐵路地下化和捷運，翻起沙暴遮蔽了天空」。與臺北相比，聚焦者也有對其他都市喧鬧一面的描寫，如：「我們行經新宿西口超高層。連綿成團，成

114　朱天文，〈世夢〉181。

115　張誦聖，〈朱天文與臺灣文化及文學的新動向〉106。

116　朱天文，〈奢靡的實踐〉，《荒人手記》237。

塊，成城，一片千佛洞般的窗格子，使我們恍如行經尼羅河左岸帝王谷，遙望山腰上遍布無數墓窟窿。」聚焦者真正想要航向的，是那些「彼岸」：在那個性沒有邊際，沒有界限的彼岸，性純粹是美學的，感官的國土。[117]這些他處空間自是一種想像，反襯城市人的心境和都市空間的局限。

林燿德〈龍泉街〉的主體，是兩名少年為爭奪女孩，相約在龍泉街決鬥。深夜時分春仔等待小克，發現市場的攤販休息後，晚上的龍泉街「就像是一條荒廢的防空洞。靜得連⋯⋯，不，我聽到一種奇異的旋律，浪一般，緩緩起伏，升降」。夜間都市街道似乎荒涼死寂，其實它暗藏都市人熟睡的呼吸聲，讓走在裏頭的春仔感到「透不過氣的壓迫感」。[118]這篇小說似暗示海洋與都市的勾連，海洋與都市息息相關，藉此展示都市深沉的一面。

除了都市空間外，林燿德也著重其他場域的發揮，當中尤以海洋為主要的描寫對象。論文〈臺灣新世代小說家〉批評鄉土文學時期城鄉對立模式無以為繼的困境，並介紹八十年代臺灣小說概況和鄉土文學以外的新發展，特別是有關金融界、上班族、辦公室等的題材，開創了都市文學的新格局。另一些作家則開啓海洋和鄉土的「新次元」，透過對海洋空間的鋪排和描述，嘗試借以揭示「當代世界弔詭的精神危機」。[119]林燿德不但發展海洋文學的論

117　朱天文，《荒人手記》165、188、64-65。
118　林燿德，〈龍泉街〉，《非常的日常》55-56。
119　林燿德，〈臺灣新世代小說家〉88-89。

述，並編有「中國現代海洋文學」叢書；[120]在他的小說中，海洋是
都市人潛意識的投射，借以對照都市空間。

　　林燿德小說中的海洋，如王溢嘉（1950-）解釋，湖泊、海域
等空間是「母親子宮」的意象，《非常的日常》（《惡地形》）的
多篇作品，例如〈一束光投擲在被遺忘的磯岩上〉和〈黑海域〉，
海洋是小說的重心。作者在創作海意象的同時，小說經常附帶有
母親影子的女性角色，包括〈粉紅色男孩〉，中年離婚的水族館老
闆娘；〈惡地形〉中跟「我」繾綣的眞實女子，肚臍有一道因爲剖
腹生產而留下的疤痕；〈一線二星〉的阿玉，也是三十出頭被上司
拋棄的女人；至於〈一束光投擲在被遺忘的磯岩上〉的阿媚，則是
一位帶著孩子，和「我」有染的女性。這些女性「在塵世發出腐敗
的氣味」，若以〈惡地形〉的 B 爲一理想投影，則「想望中具有『不
變母性』的女子，在現實世界裏原也是不堪窺探的『假面』」。[121]

　　王溢嘉指出海與母親子宮的共通點，閱讀林燿德的小說，海
洋總是伴隨著各種母性的形象。參考巴歇拉爾（或譯巴什拉，
Gaston Bachelard, 1882-1964）的「元素詩學」，在風、火、水、土
四種物質之中，水是最具有容納他物特性的元素，有著非常強烈
的女性特質，是「存在和母性之源」。[122]然而，巴歇拉爾的詩學理
論強調每一種元素兼有正負兩面，文學作品中的同一類物質，可

120　林燿德編，《中國現代海洋文學》，3 卷（臺北：號角，1987）。

121　王溢嘉，〈被告白的假面〉，附錄，《非常的日常》，林燿德著 197-200。

122　Joanne H. Stroud, Foreword, *Water and Dreams: An Essay on the
Imagination of Matter*, by Gaston Bachelard, trans. Edith R. Farrell (Dallas:
Pegasus Foundation, 1983) ix.

能兼有善惡、正負兩面的描寫。[123]因此，充滿溫暖的感覺，掌管生育是水正面的母親形象，相反，積水、溺水的意象，則構成水的負面性格：[124]

> 黑夜時的水與同光線戲耍的白天時的水不同，簡直就像投下了黑墨汁一樣地漆黑，給靠近它的人以強烈的恐怖感。不論多麼精巧的游泳者，可能也不會毫不躊躇地跳進黑夜時的大海中去游泳。水既是慈祥的母親，也是恐怖的對象。[125]

巴歇拉爾特別開闢一章專論愛倫‧坡（Edgar Allan Poe, 1809-1849）的死亡之水。坡將水想像為死亡之物，對坡自己來說有著「重要的心理功能」：水是一種吸收陰影，不斷提供我們葬身之地的元素，水邀請我們走向死亡，或者說，水邀請我們回到原初的庇護所。[126]在林燿德的多篇作品中，「海洋+女性」的意象組合全都屬於負面的恐怖形象，不離有關死亡的情節。榮格心理學認為，在人類無意識的世界中有一個大母（the Great Mother）的原型形象，掌管人的

---

123 Bachelard, *The Psychoanalysis of Fire*, trans. Alan C.M. Ross (London: Routledge & Kegan Paul, 1964) 7.

124 金森修（KANAMORI Osamu, 1954- ），《巴什拉——科學與詩》，武青艷（1973- ）、包國光（1965- ）譯（石家莊：河北教育，2002）154-163。

125 金森修 162。

126 Bachelard, *Water and Dreams* 47, 55, 61, 66.

生育與死亡。[127]從恐怖的母親形象來看，《非常的日常》書裏最突出的，當數〈粉紅色男孩〉。小嘉和較自己年長的老闆娘發生關係，當他再次回到水族館，發現魚群都已死去，而「自己也不過是，另一隻粉紅色的魚」。[128]恐怖女性也見於〈大東區〉，暴走族小七和葛大爭奪女孩白音，兩人卻在對決中受傷，先後意外身亡。在重傷中小七載著白音到海邊去，死後白音卻對屍體說，從來沒有喜歡過他。

　　林燿德筆下的海，不是平靜充滿母愛的，而是死亡氣息濃烈的海。〈黑海域〉的故事背景設定在出航的軍艦，軍官孟波被瘋掉的同性戀者唐明達殺死，另一人則因為自己的陰謀得逞，激起了性興奮。在壓抑的軍艦上，所有角色都沒有報效國家的志願，而僅只有著仇殺、性與陰謀的邪惡一面。題目「黑海域」回應上述的引文，黑暗海洋總是恐怖的。

　　〈一束光投擲在被遺忘的磯岩上〉和〈大東區〉的海域，基本上與林燿德作品的總體風格一脈相承，和都市、迷宮等敘述空間相似，力圖表現「現實中找到無數通往夢幻和惡魔的通道」、「現實和歷史被扭曲的倒影」和「卑鄙與崇高並存的自我」：[129]

127　恐怖女性形象參紐曼（Erich Neumann, 1905-1960）, *The Great Mother: An Analysis of the Archetype*, trans. Ralph Manheim (Princeton: Princeton UP, 1972)一書研究。

128　林燿德，〈粉紅色男孩〉84。

129　林燿德，自序，《大東區》5。

我不會遺忘那刻骨銘心的記憶，瞬間世界化為黑暗，瞬間死亡。

我的童年從此凍結。凍結在大腦裏某一個區域中，皮蛋心大小，藏青色的，不輕易流動的半凝固狀態。

直到現在，我仍然在追憶那一次溺水的所有細節。[130]

更多的鬥爭，在黑闇的深海中進行。那些迴繞的魚群，為生存而詩意地攻擊著自己以外的生物。[131]

　　林燿德發揮海洋的陰暗面，致力開啓除城鄉對立以外的主題場域，從敘述空間的對照特性可以得知，是為了構成海洋／城市的參照組合。〈一束光投擲在被遺忘的磯岩上〉的「我」尋覓自身最底層的潛意識，云「缺席的事物總是在缺席中顯現它的力量」。[132] 林燿德將海理解為有強大力量的缺席空間，在〈一束光投擲在被遺忘的磯岩上〉和〈大東區〉的片段中，海洋取代鄉村，成為某些角色的心靈原鄉。原鄉並不是和平而是充滿鬥爭的（「白音漸漸聽出關於海洋的豐富樂章，一切有機物與無機物爭奪空間和歷史的遊戲。神奇的砂，神奇的海，神奇的生物命運」），[133]〈大東區〉裏繁華詭異的東區和陰暗鬥爭的海洋，互相對照，進一步突現都市人複雜黑暗的無意識。

130　林燿德，〈一束光投擲在被遺忘的磯岩上〉，《非常的日常》14-15。

131　林燿德，〈大東區〉48。

132　林燿德，〈一束光投擲在被遺忘的磯岩上〉13。

133　林燿德，〈大東區〉48。

　　夢境是朱天心小說最重要的對照空間。早年朱天心有較多的
眷村描寫,〈預知死亡紀事〉以來,相對現實世界的夢想空間漸受
重視,某個死後的彼岸,或幻想成分濃烈的世界,和《未了》比較
頗為不同。〈夢一途〉是其中一篇傾力書寫夢境空間之作,開頭甚
有自省的意味。作者懷疑自己寫夢,是否意味著面臨創作瓶頸:
「小說家開始寫夢,一定是江郎才盡、日暮途窮之時。一直你這
麼相信。」[134]縱觀全文,〈夢一途〉的主線正是夢與現實的對照:
夢中清涼地有著種種好處,現實中的生活場所,卻慢慢地腐朽變
質。小說首先仔細描述夢中新居的美好形狀,「你」難熬突然醒來
「口乾舌燥,沮喪莫名」、「被一種巨大難喻的力量給拋到這世界
上」的感覺。和夢中清涼地比較,現實裏「住了有二十幾年的藏身
之地環境大壞」,遂有「開始頻頻造訪新家」的習慣。[135]

　　夢境和現實本有密切關係,夢中主街由幾條聚焦者鍾愛的真
實街道構成,已死多年的同學再次出現在夢鄉裏;小說人物在這
處無何有之地尋找一家消逝中的咖啡店。〈夢一途〉有相當典型的
參照性質敘述空間,聚焦者身處不甚滿意的現實環境,懷念過去
親友,夢想是在這狀況下被描畫出來的。《漫遊者》的前言說明,
因為父親才知道自己的存在,「不致『無意志、無重力』的漂移
著」。[136]夢想雖然較現實美好,漂浮的、不曾發生的夢境,因為現
實的街道、住所和人而不致失去重力,不知所往,所以小說的聚

134　朱天心,〈夢一途〉30。

135　朱天心,〈夢一途〉31-33。

136　朱天心,說明,《漫遊者》27。

焦者幾番從夢中醒來，形構夢境的參證空間。同時，〈夢一途〉裏幾乎沒有眞實生活的敘述，現實世界是由讀者自己構築的形上空間。《漫遊者》的前三個短篇類似，將重點放在一個未曾有過的空間。此前朱天心的作品〈古都〉，是一篇有著重大轉折意義的代表作，引起討論不計其數；城市的二元對照（臺北／日本、新城／古城、年輕／衰老）大抵已發揮殆盡，開闢新的主題場域也相當自然。

　　《古都》全書的小說極端忽略情節，研究者也「無一倖免」的以空間爲解讀《古都》和《漫遊者》的鑰匙。[137]朱天心實有意寫空間而非情節，建構新穎的小說藝術。[138]彼岸是夢境的一種，恐懼死亡的「老靈魂」始於〈預知死亡紀事〉，〈拉曼查志士〉的敘述者則有走在街上突然暴斃的憂慮。〈五月的藍色月亮〉延續這兩篇作品的主線，描寫世界破滅後的彼岸空間。小說裏面「你」想像一切文明毀滅，自己與現實（目前的）世界告別的情景：

> 又假想自己是隻擅飛的海冬青，展翼於萬呎高空的上升氣流中，任憑海洋、沙漠、落日緩緩靜靜從你爪縫下飄移而去……
>
> 太遠了，你害怕全球性的核戰爆發，關於現代文明的所有一切全都毀去〔……〕那時候，不再有東方、西方，你得學

137　例如吳雅慧〈朱天心小說的時空座標〉（國立中興大學碩士論文，2001），以及第二章注引論文。

138　《漫遊者》書中不只一次提到「時空」，如頁 62、79、80、143 等。

習以日出日落或那朔風吹起處辨認方向。你的計時器終將
電力耗盡，你必須牢牢記住日落幾次或候鳥如鶴已幾度南
飛，因為鳶、燕是經年留在南方哪兒都不去的，如果你擇
地中海北岸走的話。*139*

從地中海北岸走去，在這空間裏「你」「回不到有你親愛渴望重聚
的親人的時空」，*140*篇末更沉重地引述一首古埃及詩歌，將死亡視
為期待多時的親人。同書的〈出航〉亦寫與現實相對的死後世界。
小說的「你」想像死後靈魂離開肉體後的去向，一開始即寫某個臨
終的人的景象，逝者不再理會活著親人，逕自上路去了。聚焦者「無
可避免的以你〔聚焦者自己〕所處的時空想像」，*141*再一次以現實
世界對應和想像死後世界的各種情況。

　　對夢想空間的抒發，作品其實是為了強調現實的重要性。小
說提到，「世界是一著火的房子，逃離它是絕對必要的。——你無
法和很多人一樣接受這個說法，你且發現與其說你徘徊在出生與
死亡的中點難以抉擇〔……〕」，*142*也就是說，夢境必然與現實聯
繫。〈銀河鐵道〉和〈遠方的雷聲〉兩篇，雖然不屬於夢境／現實
的組合，讀者倒是可以留意兩篇的主題，同屬黃錦樹（1967-）所

139　朱天心，〈五月的藍色月亮〉，《漫遊者》55。
140　朱天心，〈五月的藍色月亮〉62。
141　朱天心，〈出航〉，《漫遊者》80。
142　朱天心，〈出航〉87。

謂，「出走，到遠方去」。[143]〈遠方的雷聲〉的起首，即寫若要離開島國的一剎那「你」的所思所想：

> 假想，必須永遠離開這島國的那一刻，最叫你懷念的，會是什麼？[144]

朱天心以此鋪敘下文兒時的生活片段。這篇小說體現作者《未了》、〈古都〉以降的自然轉變，由城鄉過渡到自身對照的城市，以至游離的他處空間，意欲擺脫小說的空間書寫局限。這個「游離的他處空間」，卻是為了映襯現實而存在的。王德威建議在城鄉空間以外進一步思考網絡空間的發展，[145]想像空間和網絡空間相若，都是現實世界的映照空間。顏忠賢認為〈古都〉開啟了旅行文學的「自我放逐」一面，揭示了「他處旅行」的可能性，[146]都市小說的空間模式於焉得到創新。

　　城鄉對照是現當代小說的主要構成空間，藉由上述他處空間的討論，敘述空間並不局限於二元場景的對立，許多文學作品均有二元空間以外的地點。這些地點如異地一節的分析，黃凡和朱天文的小說裏，中國大陸、美國和香港等地有著參照臺灣（北）的意義，夏杰甫對程佳瑋的反應，不啻是臺灣人的自我評價。林燿

143　黃錦樹，〈悼祭之書〉19。

144　朱天心，〈遠方的雷聲〉132。

145　王德威，〈百年來中國文學的鉅變與不變〉102。

146　顏忠賢 26。　陳培文謂《漫遊者》屬於一種「當代時尚的旅行文學」（109）。

德、朱天心的海洋與夢境空間,改變城鄉空間的典型書寫模式,顯然與現實有互相補充的意味。

　　鄉土文學時期城鄉對立的標準形式,引起部分小說家如林燿德的不滿,朱天心也曾經提及,一位鄉土文學作家的小說「屢被用來做爲方興未艾鄉土文學的上好範例。〔……〕父親趁南下演講去看在中油上班的他,他主動告訴父親,他彼時最被稱道有關勞資鬥爭題材的作品很多地方並不符實況」。[147]黃凡、林燿德主張都市文學,抗拒鄉土的烏托邦暗喻,嘗試創新主題場域,由此可見都市小說具備一種自覺地創新文學空間的特色,試圖以辦公室政治、海洋、鄉土的「新次元」跨越空間書寫的局限。雖然都市小說重心不在鄉村,我們卻可從以上例子看見鄉村描寫極爲豐富,城鄉沒有截然優劣的對立。城市和鄉村應該是互爲主體的,第一章「開端定位」解釋讀者需要定點位置展開閱讀,敘述空間的參照性可算是定位的一種方式。空間的書寫不斷創造對照與痕跡,本章延伸顏忠賢的看法,提出都市小說的三種空間模式,即城鄉、城市內部的新舊比較和城市與他處(異地、海洋、夢境)的對照,這三種基本結構將都市表現爲不及舊日美好卻又無法擺脫的負面生存空間,均屬都市小說呈現城市面貌的普遍形式。

---

[147]　朱天心,〈《華太平家傳》的作者與我〉,《漫遊者》161。

第四章　室內空間

一、建築空間的情節編碼

　　每一幢建築物都有它的特定用途，每一個由人建造的室內空間，都是已經被配置獨有功能的場所。上一章引述西美爾的說法，指出人經常定義空間的作用。小說裏的室內空間可以推動劇情，製造場景，某些情節多由個別場景或室內空間所帶動。

　　室內空間有固定的情節代號或提供場景上的襯托作用，[1]譬如說，醫院可以製造傷痛或關愛的情節，可舉者有海明威的〈在異國〉（"In Another Country"）。這篇小說描寫一名士兵就醫時遇到失去妻子的殘廢少校，士兵提起傷心往事，少校情緒幾乎失控。[2]林燿德〈戰胎〉同時具有前述的兩種情節，臨時護士小黃看見失去四肢和視聽能力的「徹底殘廢」的傷兵，為償還侵略者的債務，與這名「戰胎」發生關係，最後傷兵自殺身亡。[3]

1　類似見解可參考 Lutwack 62-69.

2　Hemingway, "In Another Country," *The Complete Short Stories of Ernest Hemingway* 206-210.

3　林燿德，〈戰胎〉，《惡地形》219-238。

　　休閒空間如 KTV、咖啡館、餐室等地點，可以借以象徵人物的逃避心理或對資本主義的諷刺。夏鑄九關於臺灣 KTV 的看法頗有參考價值，他認為這些休閒空間似乎容許人暫時逸出臺北市紛擾混亂的一面，可是這些地點不曾計劃改變外在的生活環境。遺世獨立的都市桃花源，提供特殊的空間感受，這些感受超出人的自我取向能力，沒有使我們有能力和意圖去改造外在的世界。[4] 參閱陣內秀信（JINNAI Hidenobu, 1947- ）對日本喫茶室的分析，戰後日本城市愈趨枯燥乏味，為了逃避街道的喧擾，在都市中半死不活的人嘗試在喫茶室內找尋一絲童話的感覺，以圖切斷跟外界的連結。城市日漸繁華，相應地喫茶室也更為普及，愈來愈多人到喫茶室享受休閒的時刻。然而日本的生活空間規劃未如理想，並沒有合適的地方供都市人聊天、接待和洽談生意。舒適的廣場或大街付之闕如，住宅和辦公室空間狹小，最後都市人只能選擇到喫茶室去。喫茶室蓬勃發展，其實正正反映了都市的不足。[5] 朱天心〈新黨十九日〉中的速食店，這個室內空間說明都市文學的批判一面，對主人公而言，它們是可以讓人「完全忘了外面夏熱多涼的現實而相信自己置身的果真是一個美麗的城市」的地點。速食店販賣的不是食物本身，因為「桌上的咖啡好香但好難喝但那無關緊

4　夏鑄九，〈休閒的政治經濟學──對臺灣的 KTV 之初步分析〉，《空間，歷史與社會》159；又參林燿德，〈空間剪貼簿〉308。

5　陣內秀信，〈喫茶店の空間人類學：街の舞臺裝置〉，《ユリイカ》19.4（1987）：74-81。

要，總之是氣氛裏不可少的一部分」。[6]朱天文的〈尼羅河女兒〉、
〈紅玫瑰呼叫你〉等，則有不少酒吧、KTV 等娛樂場所的描寫。
主人公林曉陽和翔哥過著空洞枯竭的人生，欲望與消費充斥於這
些場景，然而主人公卻感到無比寂寞，作者對這些休閒空間與伴
隨而來的人生，質疑態度非常鮮明。

　都市和各式建築物，將空間割裂和分類，並爲這些空間設置
某些特徵。描寫空間的各種功能和場景構成，使之成爲小說的有
機正文，爲都市文學的一個主要傾向。本章分析都市小說中最常
見和最有特色的五類室內空間，作者有意無意利用這些空間，藉
其固有符碼構築小說情節。家是人重要的生活場所，小說的室內
空間，可能以家爲最常見的一種。家應該是溫暖的，但在小說裏
則以陌生、冷酷的家爲多數。參考第三章的分析，戶內通常與戶
外組成敘述的參照空間，當城市表現爲醜陋、危險的空間，家有
時是溫暖的象徵，兩者卻並非總是對立的。其次，學校和辦公室
屬於生活中典型的權力空間，在其中必然涉及鬥爭與壓迫的情
節。下文並嘗試發掘其他小說室內空間的特點，提出浴室及電梯
在小說中的所指。一般來說這兩種空間沒有特別意義，是純粹的
功能性空間，然而在文學作品中，人物的行動、對話以至評述都
總與空間的設置組成關係，因浴室本身的私密性，人物進入其
中，得以窺探祕密或省察自身；根據黃凡、林燿德、朱天文的小

6　朱天心，〈新黨十九日〉136。黃錦樹認爲咖啡館在朱天心小說中有特殊
　　意義，是一個觀察都市的特殊角度。見〈從大觀園到咖啡館〉222-227。

說，可以發現電梯是「等待的空間」：一個「期待」發生事件、召喚奇特想像的空間。

二、家：溫暖與不安

在各種意義上，家都是人最重要的生活空間，是每天營役過後的休憩地點，是代表天倫庭闈的場所，當然也是精神的歸宿。絕大部分都市人甘願付上畢生積蓄，換取一個可以安居的家園。[7]巴歇拉爾的空間研究指出，房屋常被視作有防衛功能的、像母親懷抱裏面一般的溫暖巢穴，能夠防避天然災害的侵襲。[8]巴歇拉爾又認為內在空間（inside space）以住所最有特殊的親密價值（the intimate values）。家是我們的第一個小宇宙，即使是最破舊的家，在許多文學家眼中，也仍然有一種難以言喻之美。家園為我們帶來強大的幻想力，家結合想像、回憶與夢，只有擁有家，才可以做夢，才有回憶。[9]或謂出自劉禹錫（772-842）的〈陋室銘〉，裏面的家屋描述可說是中國文學史上最廣為人知的一種原型。家屋

7　畢恆達視住宅為自我的符號，是人內心的延伸。藉居所與自己的親密關係，我們的心靈得以成長。見〈何處是我家？──記民生別墅與林肯大郡〉，《空間就是權力》（臺北：心靈工坊文化，2001）177。

8　Bachelard, *The Poetics of Space*, trans. Maria Jolas (Boston: Beacon P, 1969) 43-45; 黎活仁（1950-）師，〈散文詩與網的象徵〉，《現代中國文學的時間觀與空間觀》（臺北：業強，1993）13。

9　Bachelard, *The Poetics of Space* 3-8.

的意義不在於大小，主人的品德自可爲簡陋的住所帶來生氣；[10]
〈陋室銘〉可爲巴歇拉爾的看法作一注腳。巴歇拉爾的家園意象總
是美好的，但是，現當代文學中，恐怖、壓迫的家絕非罕見，家
既有依戀和安全，然而亦有限制的意味。[11]都市小說對城市空間抱
著愛恨交織的態度，這種傾向同樣反映在家的描述之中。

居所和身體有著無與倫比的相關性。許焯權指出，建築師非
常著重樓宇和人體「小宇宙」兩者達到觀念和比例的一致性，即使
現代主義建築主張功能和效用，設計師也無法忽視身體與建築的
搭配關係。在中國古代建築裏頭，「神」（祖）與天共融是設計的
基本要求，而在印度神話中則有建築物來自人身的記述，廟宇的
整體比例和打坐的姿勢是相通的，表現出天人合一的宇宙觀。[12]

埃利亞代（Mircea Eliade, 1907-1986）也嘗試論述身體、居所
和宇宙三者的呼應。人渴望住在與神溝通的中心點；我們的居所
和身體都是小宇宙。埃利亞代認爲印度宗教思想將身體看成是像
宇宙一般的系統，脊柱、呼吸、肚臍或心臟分別比附爲宇宙支
柱、風和世界中心，廟宇和房子的屋頂也多設「圓屋頂眼」（the
"eye" of the dome），與人體有其對應聯繫。以上提及的都有向上
開放的意義，容許人面向另一個世界。埃氏特別提到現代住宅已

---

10 劉禹錫，〈陋室銘〉，《全唐文》，董誥（1740-1818）等編（北京：中華，1983）6145。

11 Mike Crang, *Cultural Geography* (London: Routledge, 1998) 47.

12 許焯權，〈「現代如何古典」？──建築歷史學家約瑟‧域維特的理論〉、〈人、神與天相通〉，《空間的文化──建築評論文集》（香港：青文，1999）6、9-10。

經沒有「宇宙論的價值」，現代人的宇宙是「朦朧、無生命和緘默」的。*13*借用海德格爾的說法，現代住宅失去了存在主義論的「四位一體」（fourfold）：天、地、神、人。*14*

　　現代人的居所如何喪失這些宇宙論和宗教的精神意義？詹明遜（Fredric Jameson, 1934-）曾著文研究楊德昌（1947-2007）電影《恐怖分子》，認為它是一部有關都市空間的電影。劇中的後現代臺北是「一組組堆疊的生存盒子空間」，身處其中的人物全被限制在各式封閉居所和孤立的房間內，這些空間使臺北居民失去自然景觀，反映出都市的發展不如人意。*15*

　　詹明遜又認為，現今都市的高速公路已跨過古老的田地，並將海德格爾的「存在之屋」（"house of being"）替換為公寓大廈。*16*詹明遜論文中的「堆疊的盒子」（superimposed boxes），與巴歇拉爾的家屋描述相同。在《空間詩學》裏，作者指出城市中的居所沒有家屋，只剩下一個個堆疊的盒子，已失去自然與宇宙性。巴歇拉爾認為現代都市的房屋與空間僅僅有著人工關係，即使街道和樓層提供我們的洞穴某個特定位置，但摩天大樓中的家居沒有地

13　Mircea Eliade, *The Sacred and the Profane: The Nature of Religion*, trans. Willard R. Trask (San Diego: Harcourt Brace Jovanovich, 1959) 172-178.

14　Martin Heidegger, "Building Dwelling Thinking," *Poetry, Language, Thought*, trans. and ed. Albert Hofstadter (New York: Harper & Row, 1971) 158.

15　Fredric Jameson, *The Geopolitical Aesthetic: Cinema and Space in the World System* (Bloomington: Indiana UP, 1992) 153-155.

16　Jameson, "The Cultural Logic of Late Capitalism" 35.

窘，乘搭電梯也沒有上樓梯的英雄氣概，失去與自然及天空聯繫的意義，不再有夢想的存在。[17]

林燿德散文集《迷宮零件》的公寓房間，正正刻畫了這種現代住所的典型：

> 那麼，房間的標示呢？走在大理石壁板嵌鑲的長廊間，每間套房標示的只是銅製的三位數號碼，在渙發淡金色的廊燈下，迴轉著流利的光澤。
>
> 一排排房間連繫在一起，卻是一個個孤立的時空單位，令我想到潛水艇中的狹小隔艙。
>
> 當靴聲橐橐地經過長廊，那些成單成雙跳號的門板都用窺視孔上的凹凸鏡窺視著我的側影。有許多不同的祕密被堆砌在門板後的房間，然而此刻，我卻被那些祕密的擁有者悄悄觀測，在進入自己房間之前必須容忍的磨難。[18]

像第二章所指出的，林燿德的都市文學，展示了現代人的深沉一面，上述作品中躲在房間背後窺視的眼睛，焦慮不安的陰暗心理，在林燿德的筆下是一種城市人的「集體潛意識」。並排然而沉默、孤獨的寓所可見於林燿德的其他小說，〈氫氧化鋁〉和〈惡地形〉的故事，發生在「狹小隔艙」的公寓之中。主人公或獨居於某棟公寓的房間，全然沒有鄰居的描述。故事人物沒有和鄰居接觸的途

17　Bachelard, *The Poetics of Space* 26-28.

18　林燿德，〈房間〉，《迷宮零件》（臺北：聯合文學，1993）16。

徑，或與他人展開對話，以顯示出狹小空間與無法溝通的對照。如〈氫氧化鋁〉，隔鄰目睹窮畫家服毒後的瀕死狀態，卻墮進 D 的圈套，認定畫家生無可戀，選擇自殺。充滿壓抑氣氛的〈惡地形〉，借兩個人物的說話發展（或隨意引申）出有關心理異常者的討論。「我」有感而發：「很難想像他們平常竟然混在群眾裏頭，像一般人一樣生存著。」對方則說：「殺妻的傢伙和半夜爬起來窺視鄰居臥室的男人，恐怕是生下來就注定變成這個樣子吧？」[19]由於生活形態的改變，都市人活在堆疊的盒中，已不再擁有過去親密的鄰里關係，只餘下一雙雙窺視的眼睛。活在孤獨蜂巢的寂寞和異常心理，是林燿德一再重複的主旨。

　　相近的描述也可見於朱天文的〈世夢〉，小說寫到臺北人必嘉陪老父到香港探親，在異地人的眼光來看，大浦（埔）的公共屋邨慘不忍睹：

> 她按阿燦教的，領父親到火車總站搭車去大浦。出了市區，鐵道兩側的公寓樓房比市區還險峻，一律從蜂洞般的窗口伸出竿子晾著衣物，千仞萬丈披掛而下，像絕壁上濫開藤蘭。〔……〕一叢一叢漆新公寓，卻像荒漠裏巨生的仙人掌。都令人驚心，怎麼生得出這麼多人，群居蟻穴。[20]

配合第三章的城市空間並讀，都市沙漠的形象十分鮮明。至於朱天

19　林燿德，〈惡地形〉165。

20　朱天文，〈世夢〉166。

心的〈第凡內早餐〉，自稱女奴的敘述者居於陋室，對住所的百般不耐煩，確乎是都市小說空間描寫的基本風貌。在小說的開頭，敘述者不無諧謔地指出，獲得了一筆意外之財，想要「搬遷到我喜歡的區段巷子裏的頂樓違建套房」，之後卻又感嘆自己正住在「冷風長驅來去的公寓頂樓」，陰濕一如地下密室。可是，這些一切都是敘述者通過辛勤勞動所換取的。**21**

回應第三章黃凡〈房地產銷售史〉的住宅形象，在主人公卓耀宗主持下，一幢自助公寓在臺北誕生。卓耀宗批評臺灣房地產建築粗製濫造，沒有創造力和想像力，決定要建完全為人而造的，能夠投射自我的住所。黃凡借卓耀宗和建築公司老闆丁太乙的對話，說明丁家豪宅得到「室內設計獎」，只不過是因為企業間互相吹噓罷了。黃凡小說如《東區連環泡》、《黃凡的頻道》等極短篇作品，有著強烈的反烏托邦意指，抗拒像〈千層大樓〉中表面美好實際違反人性的家居，諷刺這些蟻穴般的住所。〈二零零一年臺北行〉中，從中國大陸來臺的黎雪探訪姑姑黎芬齡，小說也同樣利用異地人的視角，製造戲劇情節和作品主旨：

> 這是一條兩旁蓋滿卅層以上大樓的街道。天空晴朗，但只能看到藍天的一角，街道口盡頭也是一排樓房。
>
> 黎芬齡指著前方說：「這一條是敦化南路，我就住在那棟大樓。」
>
> 他們走了三十公尺，進入一棟銀白色塑鋼帷幕大廈。

---

21 朱天心，〈第凡內早餐〉，《古都》89、103。

〔……〕

這個晚上，黎雪躺在「多功能電子床」上，兩眼瞪著具有「催眠效果」的天花板，卻怎麼樣也睡不著。[22]

「只能看到藍天的一角」、「銀白色塑鋼帷幕大廈」、「多功能電子床」等，現代住宅的負面形象，於上述例子中可見一斑。

但是，人必然依附家的空間，當都市不再是自身熟悉的迷宮，家應是都市人的最後依靠。阿達利書中的迷宮都市是安全的藏身之所，無論貧富，都需要在浩瀚的城市迷宮中尋找保護，防止外來者入侵。從最基本的角度看，都市的設置是爲了抵擋自然災害，然而都市邊緣的居民，也把市中心看作是不得擅進的聖域。[23]於現代人而言迷宮城市也許還有保護作用，可是它的負面形象與影響亦相當鮮明。城市中的人與宇宙再無對應關係，反之，爲了與喧囂煩擾的都會對抗，於躁動不安的大海中存活，我們只有更進一步依附居所。面對都市惡劣和陌生的環境，許多人只能在家中獲得一點安全的感覺。巴歇拉爾運用詩歌一樣的文字，描述深夜城市的噪音使人無法入睡，就像一片躁動的大海。他建議一個在城市居所內感受宇宙的方法：將城市當成是擾攘的大海，將深夜噪音和聲浪視作洪水和潮汐，想像床鋪在汪洋中保護自己，像一艘顛沛流離的小舟，在這噪音的催眠下沉沉睡去。[24]

22　黃凡，〈二零零一年臺北行〉，《東區連環泡》43-44。

23　Attali 60-61；中譯參阿達利 94。

24　Bachelard, *The Poetics of Space* 28-29.

上一章林燿德的海洋書寫,其實也與這種心理相當接近。

人與居所(床鋪)組成城市中的「孤舟」意象,說明人脫不掉依靠居室的傾向,誠如巴氏所言,波特萊爾是一個不折不扣的城市人,但卻感到寒冬圍困下的家屋,有著無與倫比的親密感(intimacy)。[25]黃凡的〈總統的販賣機〉顯示強烈依戀陋室的心理,沒有工作,賴在同居女友家中的羅思,表現了黃凡作品一貫的家居空間描寫:

> 從三月開始失業後,我窩在巷裏的一個小房間已經整整四個月。這房間是我女朋友素素租的〔……〕這四個月間,我把自己關在房間裏,除了偶爾出去「餵餵」販賣機,大部分時間,我都趴在窗口,一面茫然地俯視「名人巷」,一面反省自己為什麼又失業了。[26]
>
> 我又回復男子氣概以及懶蟲的姿態,素素的脾氣則愈來愈好,同時更加努力工作。[27]

故事發展途中羅父病故,回到高雄老家的羅思得到母親的一筆款子,於是開始販賣機的生意,擺脫無所事事的人生。事實上,黃凡出道以來,不少作品的主人公都十分依戀居室,有關小房子的敘述

---

25 Bachelard, *The Poetics of Space* 38.

26 黃凡,〈總統的販賣機〉,《黃凡小說精選集》(臺北:聯合文學,1998)170-171。

27 黃凡,〈總統的販賣機〉183。

更見明顯。例如〈雨中之鷹〉的富家子弟柯理民，與莉蓮私奔後住在一個小房間裏，柯在小說中多次強調自己喜歡窩在家中：

> 我需要找一個工作，可是又缺乏經驗，心裏也害怕。為什麼會害怕？我說不上來，我老認為自己可以做很多事情，做人家的祕書，貿易公司的職員，送貨員都可以。但我真正想做的，只是窩在這裏。對的，窩在這裏，我還要把從前狠狠一腳踢開；〔……〕 **28**
>
> 房間，我們都需要溫暖的房間，甚而將大半生的時光花費在這裏（愛迪生只肯出四個鐘頭，因此他比別人孤獨）我們休息、睡覺、做愛、哭泣、死亡，假如還有時間剩下的話，我們甚至可以跪在床頭祈禱。**29**

兩人出走到臺北定居，打算踢開過去的種種，然而柯理民自己非常清楚，心裏其實害怕面對都市和社會的一切，最希望依附溫暖的巢穴。主人公的最後依靠遭受無情打擊，妻子莉蓮因車禍喪生，柯理民失去一切對未來的希望。長篇小說《天國之門》的柯立重病剛癒，又和妻子離婚，被她騙去一切。柯立在都市中遭遇各種挫折，只能足不出戶留在破落的家度日，回到自己的洞穴裏去。〈人人需要秦德夫〉與《天國之門》相當類似，兩名主角同樣失去工作和妻子，身體衰弱的中年男子獨居於寂靜無聲的家園。第二章已闡述黃凡小

28　黃凡，〈雨中之鷹〉，《賴索》53-54。

29　黃凡，〈雨中之鷹〉62-63。

說主人公的瘦弱身體，此一特徵將主人公滯留家屋的情節合理化，類似的尚有〈往事〉和《反對者》。受到外界的打擊，感情遭到挫敗後，中年男性逃回自己的孤舟。[30]上面引述的〈房地產銷售史〉，敘述者卓耀宗身材矮小，卻自負地展示幼稚園大班尺寸的「自助家居」，更可反映黃凡小說主人公依戀家屋，是都市文學的一個主要傾向。

按心理學家的說法，依戀房屋的心態或與原初戀愛（primary love）有關。房屋象徵提供庇護的母親，空的空間則代表母親缺席。有些人依賴熟悉和可靠的物件，以避開不能預測的危險，將房屋看得比人際關係更為重要。[31]馬克（Olivier Marc, 1930-）則更明確地認為，房屋顯示人類心理中宇宙之母（the mother of the universe）的形象。[32]黃凡小說主人公依附家園的心態，和他作品中充滿母愛的女主人公有明顯聯繫。男性角色的迷戀對象常常附帶母性氣質，例如〈大時代〉的朱莉、《傷心城》的顏若梅、《天國之門》的阿錦、〈上帝們——人類浩劫後〉的陸心怡、〈慈悲的滋味〉的馬幼華、〈你只能活兩次〉的劉慕梅和《財閥》的傅雅萍等，對主要人物多有類似母親般的憐愛。〈大時代〉的敘述者希波無甚

---

30 黎湘萍（1958-）同樣指出，黃凡小說的人物在外界受到傷害時，多數撤回自己細小卻又安全的世界裏去，在鏡前重新審視自身。見《文學臺灣——臺灣知識者的文學敘事與理論想像》（北京：人民文學，2003）255。

31 Clare Cooper Marcus, *House as a Mirror of Self: Exploring the Deeper Meaning of Home* (Berkeley: Conari P, 1995) 91.

32 Olivier Marc, *Psychology of the House*, trans. Jessie Wood (London: Thames and Hudson, 1977) 135-137.

野心，而他的女友朱莉甚有母性色彩，小說則以希波對朱莉的「告解」作結。《傷心城》的故事則是〈大時代〉的擴充，朱莉與顏若梅兩個角色的設定相同，更清楚地說明作者筆下的戀母形象。

　　黃凡小說的男角色，極爲恐懼對自己產生威脅的女性。〈人人需要秦德夫〉的主體是秦德夫與「我」兩名中年的對比，兩人對於女性的態度有很大差異。秦德夫爲企業家，充滿男性氣魄和行動力，身邊的女伴是年輕的可愛女孩；老何則因爲麗梅捨他而去，曾經擁有律師事務所的「我」驚覺自己步入更年期的事實。《天國之門》、〈上帝們〉和《財閥》三篇小說，主要女角則沒有給予母愛救贖，主人公不約而同顯示焦慮、失常與無奈。有關女性的敘述下面還會再次提及。

　　相對的，林燿德小說可謂絕無溫柔美好的女性形象，舉如〈對話〉中「勾引男人」的「聲名狼藉的女記者兼羅曼史作者」，[33] 或〈氫氧化鋁〉中誘使畫家自殺的女攝影師 D，和他的海洋書寫同出一轍。大海、女性、房間與無意識的聯想經常見諸林燿德的敘述之中，小說裏恐怖女性沒有什麼性格方面的發展，某程度上說，這些女性形象深化都市人無枝可依的心理。林燿德作品沒有黃凡小說般強烈的母性人物，在他的散文〈房間〉裏，反映既不耐又依附蟻穴的想法，調子較黃凡更爲灰暗。

　　朱天文當然不乏人與家屋的心理描寫。朱氏的小說人物常常覺得人生沒有希望，反倒是跟家居空間有不可分割的感受。譬如〈柯那一班〉，即將孤獨終老的國中教師康懷萱，戀愛和工作方面

33　林燿德，〈對話〉，《非常的日常》59。

都不很如意，此刻康的唯一願望，也許只是一所明亮適意的房子：

> 她正在找房子，計劃搬出大哥家租居。她真渴望能有一個自己居住的空間，她將擺很少很少的家具，留出最大的空地可以隨意走來走去。她的桌上，絕不要堆放東西，要清清爽爽的一大張桌面，只擺一盆鮮碧的鐵線蕨。〔……〕[34]

極簡的室內布置，可以映襯家居主人心境；相反來說，布置也可為主人帶來平靜的心靈。過渡到其後的作品，就如第二、三章所指出一樣，朱天文傾向運用物與人的對照，發掘主要角色的心理矛盾。這篇作品不是以五光十色的環境反襯主人公，而是借極其簡單（陋）的物件，刻畫康懷萱將會面臨的人生。

人與房間的親密關係，在〈帶我去吧，月光〉中可以窺豹一斑。年輕的女主人公佳瑋和家人頗感疏離，父母和兄長對她不甚了解，為這篇小說集中描寫的主題之一。佳瑋的新居設計得不到家人欣賞，心灰意冷之下只有大肆發揮想像力布置房間。程宅「呈現著轉型期的割據局面」，佳瑋「回家把房門一關，塗鴉，聽音樂，一窩幾小時不出。程先生夫婦不敢隨便闖進她房間，對他們而言，裏面這個世界的確太陌生了。程先生總是謙遜的叩著門，喊她妹妹吃飯嘍，妹妹該睡嘍，妹妹電話……」[35]〈世紀末的華麗〉

---

34 朱天文，〈柯那一班〉，《炎夏之都》80。
35 朱天文，〈帶我去吧，月光〉77。

更具有現代人棲身蟻穴的色彩，自覺年老色衰的米亞開始嘗試各種手工藝，滿屋花草像藥坊的室內景象與外界截然不同，甚有遺世獨立的氣氛。可是，都市小說所營造的溫暖感，似乎只適用於獨居小室。小說中與家有關的情節，幾乎全以家庭成員的衝突為主線。

朱天文〈炎夏之都〉、〈紅玫瑰呼叫你〉和朱天心〈我記得……〉、〈鶴妻〉等一系列都市小說，內容相當類似，都是男主人公覺得無法和家人溝通，產生隔膜，家庭既是自己珍惜的，又是陌生的空間。借鏡社會學的研究，杜格拉斯（Mary Douglas, 1921-2007）認為家庭是「胚胎群體」（embryonic community），它雖然不是專制的空間，但卻有權力存在其中，是一個「原初等級制」（protohierarchy）的空間。杜氏引藍格（Susanne K. Langer, 1895-1985）的解釋，建築被賦予社會和宗教意義的隱喻。從藍格觀點引申，家是記憶、合作和獨裁的空間。[36]自創作生涯開始，朱氏姊妹幾乎所有作品都不缺家庭生活的情節，而且是最重要的故事內容，〈小畢的故事〉主軸正是小畢之母因家人無心快語而自殺。小畢把父親為他準備的學費揮霍掉，畢父盛怒之下狠手打他，小畢卻道出自己並非畢父親兒的事實。小說若提及家，不外產生家庭暴力或矛盾，和諧的天倫之樂有時只在結局出現。第一章引述托馬舍夫斯基的看法，敘事作品利用矛盾發展故事，情節經常始於人物衝突，在中國文學史上，有不少重要創作倚賴家庭

36　Mary Douglas, "The Idea of a Home: A Kind of Space," *Social Research* 58.1 (1991): 287-307.

空間發展故事，例如《紅樓夢》，大家族崩潰的情節讓無數讀者印象深刻，感嘆舊式家庭各人不可挽回的命運。因此，家是寫作之時已具備特定符號的空間。

朱天文無疑喜歡採用人生瑣事為小說素材，《傳說》的〈子夜歌〉和〈扶桑一枝〉，或《最想念的季節》的外省人故事林傳麗三篇（〈這一天〉、〈荷葉·蓮花·藕〉、〈敘前塵〉），都沒有強烈起伏。〈子夜歌〉的主人公小薇敘述眷村鄰居小金家父母不和，而〈扶桑一枝〉中心境年輕的蕭太太有個小康之家，故事主要寫其中一隻小狗病死，為這個和諧家庭添上一點波瀾。在〈這一天〉的三個系列短篇裏，即使小說的戲劇性已然淡化，林傳麗和方海成私奔，方拜把兄弟與未婚妻格格不入等細節，也仍然需要家庭衝突而呈現出來，以表達時間飛逝的感覺。〈這一天〉敘述者的說話裏，作者就揭示了自己的寫作傾向：「誰不是，都曾經想要不平凡、不尋常，結果是平凡的結婚生子，時光流轉從風華到平素，怎麼也難以承認。」[37]

四位作家中，林燿德最少描寫家庭，或者說他的作品裏根本沒有家。小說主要人物幾乎獨居斗室，稍有描述家庭空間的，當數〈粉紅色男孩〉及收在散文集《鋼鐵蝴蝶》的〈母親〉和〈家門〉。其他如〈惡地形〉的獨居敘述者，他有一位偶爾一起過夜的女友G，這個最接近自己家庭成員的人物，敘述者卻覺得她「比明信片中的B還要不真實」；[38]同時，小說暗示G或許是離婚婦人，經常

---

37 朱天文，〈這一天〉，《最想念的季節》62。
38 林燿德，〈惡地形〉，《非常的日常》166。

因為夢見孩子而哭泣。上一章論及林燿德的海洋與恐怖女性（母親）頗有關聯，我們可見林燿德雖然甚少提及家庭空間，家人的衝突情節也絕不罕見。〈母親〉描寫哄騙孩子入睡後借酒消愁的母親，她「輕嘆一聲，離開孩子，走進幽暗的廚房，她倒了一大杯的威士忌，狠狠地灌入喉管」。[39]〈家門〉敘述事業有成但與妻子頻生齟齬的男子，割傷妻的臉龐後決定離婚，打開家門的一刻，赫然發現深愛的兒子被母親虐打致死。《解謎人》係黃林二人合著作品，其中人物如孫姿、莉莉等出賣主人公的恐怖女性，在黃凡的其他小說裏也屢見不鮮。

　　比較黃凡和林燿德筆下的女性形象，不同之處在於後者的離婚婦人同主人公一起之前就已失去家庭，前者的失婚女性則和主人公各走各路，和主角有切身關係。黃凡的家庭崩潰以夫妻感情破裂為主，如〈人人需要秦德夫〉、〈往事〉、《天國之門》等等多篇，美貌妻子變心並奪去丈夫一切是黃凡反覆演奏的主旋律，久休復出的《躁鬱的國家》，仍然重述相似舊作的故事。該書諷刺近年的臺灣政治自不待言，然而真正令黎耀南失去理智的，是其妻莉莉與唯一摯友莫景明有染，黎耀南圓鏡夢碎而再沒有人生意義。2004 年黃凡出版《大學之賊》，已有家室的大學教師丁可凡，最後還是和髮妻分離；在〈雨夜〉中，做了一件好事的詹布麥，被所有人懷疑、責罵，當他回到家中，其妻早已離家出走。小說暗指妻子是個像《天國之門》美儀般的女性，《反對者》中羅瑞琪的意見，大致說明黃凡想像中的恐怖女性是怎樣的：「我只想警告

---

[39] 林燿德，〈母親〉，《鋼鐵蝴蝶》78。

你,聽不聽由你。不要陷得太深,她會吃掉你,我碰過這種女人,她們喜歡扮演小母親的角色,她沒有常常摸你的頭,叫你小寶貝?」[40]

朱雙一認為〈雨夜〉點出資本主義的社會裏都市人互不信任和漠不關心的冷漠氣氛,人道主義和關愛精神根本沒有任何價值可言。[41]也有另一種解釋,對故事結尾讀解為主人公「不在於向太太解釋,而是在於肯定自己個人的尊嚴」。[42]除了這兩種觀點以外,我們或可注意到小說也表現黃凡對恐怖女性有著特殊情結,〈大時代〉的朱莉和《躁鬱的國家》的莉莉就是作者筆下典型女性的正反兩面的形象。黃凡的恐怖女性全都擁有致命的美貌,又擅長扮演母親的角色,最後卻出賣主人公,使他陷入萬劫不復的結局。林燿德作品的女性,則有強烈的破壞性及異常(或醜陋)的身體,較少與主人公發生家庭破裂的情節。黃凡一再重複妻子實為蛇蠍美人的故事,對他來說,家庭亦然是一個不安與矛盾的空間。

如前所論,朱天文喜歡創作家庭爭執的故事,多寫丈夫外遇、婚姻危機以至子女關係等題材。〈安安的假期〉、〈外婆家的暑假〉是關於成長期中的小孩,經歷親友離合而慢慢啟悟的作品。前者的故事裏,安安的舅舅昌民和碧霞發生關係,碧霞母親要兩人結婚,昌民父親卻不同意;後一篇寫何怡寶父母在故事的開始鬧離婚,小說發展下去,母親告訴何怡寶,夫婦二人決定復合。

40 黃凡,《反對者》(臺北:自立晚報,1985)64。

41 朱雙一,〈廣角鏡對準臺灣都市叢林──黃凡論〉,《聯合文學》11.4(1995):155。

42 高天生,〈曖昧的戰鬥──論黃凡的小說〉,黃凡著,高天生編 289。

可是在小說結尾外婆於平靜中過世，家庭始終無法完整。朱天文的其他作品，少年主人公與父母不睦而產生各種悲劇。〈女之甦〉是朱天文的早期創作，故事中的小藍似乎受到家人縱容，可以橫不講理，其實在家裏她沒有地位，不受重視。主人公和死黨的感情，使她找到生存的感受，後來卻因爲和阿欽產生感情，死黨和她有了隔膜，在糊塗間發生關係，更疑心懷了阿欽的孩子。〈風櫃來的人〉中，阿清懷念兒時美滿的家庭生活，父親因爲被棒球擊中太陽穴變成癡呆，少年的他過著漫無目的的日子。〈伊甸不再〉的甄素蘭，自小活在父親外遇，母親患上精神病的家中。雖然成爲一位頗有前途的影星，卻逃不掉自殺的結局。本應溫暖的家沒法提供安全與保障，小說人物被推至死胡同，不能自救。

　　〈炎夏之都〉往後，作者較多寫男戶主肉體衰退與家中權力不再的悲傷，參考上引杜氏論文，如果家庭繫於戶主的權力，那麼朱天文的許多作品是從此發展其戲劇性的。除本書多次提及的〈炎夏之都〉外，另一篇相當類似的〈紅玫瑰呼叫你〉，翔哥「預言自己將來」，家裏太太、兒子用他完全不懂的日語和英語交談，他將會「不斷猜測，疑忌，自慚，漸漸枯萎而死」。[43]〈桃樹人家有事〉則以略帶諷刺的女主人公角度，描寫年邁的孟先生一家生活雜事。頗有文人酸氣，不會持家的孟先生和年輕得多的黃淑簪結婚，兩人之間自此發生許多事故，每爲日常瑣事頻起爭執，但是小說的結尾謂，有一半是孟太太自己做出來的。在《荒人手記》裏面，比聚焦者年輕得多的費多，因爲父母感情不睦，家中經常空

43　朱天文，〈紅玫瑰呼叫你〉，《世紀末的華麗》169。

無一人，寧可到賓館也不願意回家。聚焦者這名訪客，注意到「這個家，沒有生活痕跡的家，好像電視劇搭出的布景」。[44]家庭生活種種是作者喜歡觸及的題材，[45]由《喬太守新記》到《荒人手記》，幾乎遍及整個創作歷程。

　　朱天文的故事倚重生活的小波瀾，朱天心作品則較有戲劇性。[46]早期的〈當那斑斕的旗幟飄揚時〉，敘述者趙朗偶然認識了幾乎失明的周向德，此後趙周兩人時常一起談天、唱歌，某天趙朗到宿舍找周向德，發現周與家人不和，堅決不見母親。《時移事往》、《我記得……》、《想我眷村的兄弟們》三書中，多個短篇均以父母、子女和夫婦關係為主題，〈主耶穌降生是日〉利用芥川龍之介（AKUTAGAWA Ryunosuke, 1892-1927）名作〈竹林中〉的結構，並非意在借證供表現莫衷一是的主旨，而是著重父母工作忙碌，沒法照顧幼童，釀成慘劇。慧芬父母在百貨公司地下室賣攝影器材，證人留意到女孩有點早熟，幾乎每天都在公司裏度日，眾多敘述者的口供，不約而同提及女童未有得到日常照顧。

44　朱天文，《荒人手記》111。

45　散文集《下午茶話題》前言云：「所以我們會大言不慚的，在譬如波灣戰爭最緊張時談丈夫外遇，在獨臺案時談喝咖啡，並且差點在老國代修憲臺大學生絕食抗議時，談減肥。那麼你知道了，我們不是激進派，不是保守派，我們只是，存活派。」見朱天文，〈說明一下〉，序，《下午茶話題》，朱天文、朱天心、朱天衣　8。

46　朱天文、朱天心風格迥異，前者「較溫和，是改良派」，後者的「東西火熱」，「多數採用革命的手段」。見袁瓊瓊（1950-），〈天文種種〉，序，《最想念的季節》，朱天文　9；朱天文，〈孤寂、偏執、堅持──朱天文談她的文字修行〉，《讀書人月刊》6／7（1995）：46。

父母兩人的證詞，也指出年終聖誕的零售旺季，爲了盡快清還房貸，兩人根本沒有讓慧芬擁有過天倫之樂。同書的〈有人怕鬼〉，則寫一對父母未有理會兒子王東民怕黑的心理，因一件小事而影響一生。王氏夫婦以西洋作風培養兒子獨立的個性，打從斷奶開始就沒有跟父母同睡，使他從小怕鬼，長大以後始終無法擺脫心魔的纏擾。他不斷閱讀艱澀的哲學著作，希望不用再做惡夢，可是在故事的結尾，王東民竟然受到片商邀請執導重拍聊齋的電影。這篇小說的空間設計頗有特色，王東民小時身處小洋房式的家庭空間，父親去世賣掉房子後，東民跟母親和別人分租屋子生活，卻正是因爲和母親同擠在一張床上，所以他青少年的夜裏不太怕鬼。另一篇〈淡水最後列車〉則著重揭示父子之間的隔膜，故事中的施老父，自從老伴過世，開始退休生活後性情大變，不斷到處順手牽羊。通過敘述者黃湍的口，施德輝爲了照顧父親，雇人專門爲他付帳，卻被父親誤會兒子想要殺害自己。朱天心小說的情節衝突，借助各式人物的矛盾關係以表現主題，製造戲劇性和小說趣味，和朱天文「林傳麗三篇」的淡化處理有極爲不同的面貌。

有關家庭空間的敘述，朱天心也有不少作品探討夫婦關係。例如〈袋鼠族物語〉，上班族與教育母親的生活模式完全不同，那些「袋鼠族」必須在他們下班前就回到自己的「洞穴」。打從結婚以後，丈夫和過去與自己熱戀的那個情人似乎是兩個人，到了現在袋鼠族的夫婦相敬如賓，洞穴裏除了電視的聲音，就只剩下小孩哭鬧的叫聲，以及兩人之間的沉默。爲了家庭的生計，丈夫的心思全都放在工作之上，下班回家後根本不想說話，妻子要學著

不要用貧乏的談話打擾對方。即使有些袋鼠族丈夫對妻子還有一點愛情，卻絕對不會懂得教育母親的悲哀。家庭空間不是溫暖的「巢穴」，而是空洞的「洞穴」。

較諸其姊，朱天心較少反映人物衰老的心態，也沒有婚外情的故事內容，作者顯然重視人物慢慢年長衰老中，發現身邊至親竟是自己最不瞭解的人。〈鶴妻〉中的鰥夫在悼念亡妻之同時，家中囤積的雜物，使他驚覺原來從未真正認識過她。〈新黨十九日〉和〈從前從前有個浦島太郎〉的主人公，都是被家人誤解的中老年人，兩篇小說不約而同以主人公自尊受損，像個小孩般號啕大哭作結。誠如張大春指出，〈從前從前有個浦島太郎〉裏真正辜負社會主義者李家正的是自己妻兒，他們並非一般所認為的「政治受難家屬」。[47]李家正離家多年，和妻子完全是陌生的路人：

> 凌晨四點多，循例廚房內起了似宵小似老鼠的摸索聲，那是他的妻起床的時間，妻通常看完八點檔連續劇就與君君一道入睡，四點多，至遲不會晚過天亮時刻，他與妻像衛兵一樣的換班，不點燈，不發一言，錯身經過餐廳旁窄窄的甬道，從沒碰撞過彼此一下。
>
> 他從來不知道在他入睡後的妻，在做什麼，離清晨市場還有一段時間，他甚至不知道這段時間她在不在家，他只覺不方便探究，如同不便探究他的妻、子這三十年來是如何過的。

47　張大春，〈一則老靈魂〉12。

> 兩年多來，他無時無刻不小心翼翼，他不希望因為自己的闖
> 入，帶給任何人任何的不便與改變。[48]

家中的甬道充滿陌生的緊張感，夫婦兩人的相遇是小心翼翼的對
峙，沒有進入對方內心的餘地。從另一個角度看，對妻兒來說，主
人公在過去三十年並未盡丈夫和父親的職責，他只是一名闖入者，
不容給別人帶來任何威脅。家庭實際上是陌生、充滿危機的空間。

　　本節以張大春〈公寓導遊〉收結。這篇小說可謂家庭空間的當
代經典，敘述者首先以「導遊」身分介紹「一幢極其普通的十二層
樓公寓」的外觀，[49]然後透過各名住客貫穿全篇。文中角色全都處
於躁動不安的狀態，因小事而心臟病發的齊老太太、猜忌的情
侶、自尋短見的大廈女主人等，作者借以建構出疏離荒謬的都市
場景。黃凡〈慈悲的滋味〉與〈公寓導遊〉的主線有點相似，大學
生葉立群租住在辛老太太的公寓中，和其他十多名住客相處融
洽。辛老太太立下遺囑，將公寓分配給所有租客，誰料各人為了
自身的利益針鋒相對，本來溫暖的公寓場景，一變為充滿陰謀詭
計的空間。從中可見家庭的衝突情節，已然是當代小說的常見內
容。

　　威伯（Richard Wilbur, 1921- ）分析愛倫‧坡小說裏如〈阿瑟房
子的崩壞〉（"The Fall of the House of Usher"）的房子，發現愛倫‧
坡作品中的人物經常被隔離或限制，象徵排除了真實世界的意

48　朱天心，〈從前從前有個浦島太郎〉86。

49　張大春，〈公寓導遊〉，《公寓導遊》（臺北：時報文化，1986）172。

識。在成長的過程中，心靈被腐朽的現實世界侵蝕，小說人物身
處偏僻的山谷或幽閉的房間，代表他正在想像走出世界。[50]居所
有時是陌生、危險的城市中的綠洲，與此同時，大量例子亦顯示
住宅是被編定了衝突、不安情節的空間，與本身的日常功能並不
一樣。究其原因，除小說需要矛盾情節外，寫作本身就是一種質
疑現實和超越在場的行動。

三、辦公室、學校：權力的網絡

辦公室和學校都是由權力維繫的生活空間，自不缺少鬥爭的
內容。這兩種場景和街道構成城市裏的迷宮，是臺灣當代小說著
意描述的室內空間。本章開頭已指出，建築的室內空間必然有某
個功能，這功能賦予小說中該室內敘述空間的固定情節。

本雅明（Walter Benjamin, 1892-1940）謂辦公室是十九世紀以
降現代社會的真正生活重心，[51]不免充滿陰謀詭計和權力鬥爭。
黃凡、林燿德等人的都市文學面世前，已有大量鄉土文學作品抨
擊當前臺灣都市的經濟狀況，其中主將陳映真的「華盛頓大樓」系
列，被認為承載著臺灣七十年代經濟起飛的時代意義。從五十年
代起，臺灣邁開迅速發展的步伐，逐漸廁身第二世界的行列，也
成為跨國企業在亞洲地區的一個主要據點。在這種背景下，陳映

---

50 Richard Wilbur, "The House of Poe," *Poe: A Collection of Critical Essays*, ed.
Robert Regan (Englewood Cliffs: Prentice-Hall, 1967) 104-107.

51 Walter Benjamin, *Charles Baudelaire: A Lyric Poet in the Era of High Capitalism*, trans. Harry Zohn (London: NLB, 1973) 168.

真意欲借文學創作，揭櫫跨國公司的內在本質，以及由這些公司所引起的各種社會問題。[52]前一章引述林燿德的說法，不少鄉土文學作家雖然強調寫實，但事實上浪漫主義才是他們的真正風格。林氏在另一篇論文〈當代臺灣小說中的上班族／企業文化〉中，認為陳映真發掘「華盛頓大樓」中「企業的醜惡內幕」，不是為了記錄商業人士的日常生活，或描述臺灣經濟起飛時代裏的「企業商戰形態」，而是試圖進行「（中國的）民族主義和（青年馬克思的）人性的異化批判」。陳映真以「華盛頓」作為「美帝」（西方）張牙舞爪的負面意象，又以「大樓」看成是概括了都市文化的喻體，否定臺灣從屬於美國的經濟體制。〈夜行貨車〉的主人翁詹奕宏面對美國人的侮辱，選擇憤而辭職，回到南部，林燿德認為這種抵抗方式只是「浪漫的逃避」，不能帶來解決方法和實踐方向。[53]呂正惠（1948-）曾說明〈夜行貨車〉太過注重渲染主人公的浪漫戀情，〈萬商帝君〉則又太像學術論文而非文學創作。陳映真小說的基本問題，就在於他一方面想要追求一種小說的客觀性，但另一方面本身又有鮮明的浪漫色彩，使他的作品未能進一步提升水平。[54]呂正惠觀點雖與林燿德有異，兩人倒是不約而同指出陳映真作品游移於浪漫與客觀之間的困窘。通過對陳映真小說的重新評價，林燿德得以確立都市文學在臺灣文學的位置。

52　洪銘水（1938-），〈陳映真小說的寫實與浪漫——從《將軍族》到《山路》〉，《文學的思考者》，陳映真著（臺北：人間，1988）15-28。

53　林燿德，〈當代臺灣小說中的上班族／企業文化〉，封德屏 186-187。

54　呂正惠，〈從山村小鎮到華盛頓大樓——論陳映真的歷程及其矛盾〉，《文學的思考者》，陳映真 190-195。

　　延伸都市文學的思路，林燿德續稱，八、九十年代上班族小說的主要旨趣，並非爲了批評資本主義的種種缺點，而在於從上班族的角度，理解日常生活的平凡和無奈，認知自己只是一部龐大機器中運作的小零件。羊恕（夏家浦，1956-2007）〈俟〉、張啓疆〈竊位者〉、林燿德自己的〈巨蛋商業設計股份有限公司〉和黃凡的《財閥》，都力圖刻畫臺灣踏入高速資本主義發展下各種企業的面貌。[55]張啓疆指出，〈系統的多重關係〉的辦公室流露與陳映眞作品完全不同的趣味，[56]黃凡更希望發掘社會各階層之間互相糾結的現象。事實上，黃凡早在〈麗雪〉裏便借敘述者天賜之口，謂自己並無陳映眞作品〈上班族的一日〉般悲觀。[57]張啓疆本人的小說〈竊位者〉，借報社副總編輯的失敗揭示辦公室扭曲的人事關係。主人公被發現收受黑錢而必須辭職，心有不甘的他竟盜去總編輯的座位，渲染辦公室空間的人事鬥爭：

　　直到此刻，我輸掉了一切，終於明白即使到我手中，這串美麗的符徵依舊是我解不開的密碼，塗滿反諷的蠟。如果說椅輪、基座和女人都是總編輯的配件，我算什麼？配件的配件嗎？[58]

55　林燿德，〈當代臺灣小說中的上班族／企業文化〉187-194。
56　張啓疆，〈當代臺灣小說裏的都市現象〉214-215。
57　黃凡，〈麗雪〉，《大時代》121。
58　張啓疆，〈竊位者〉，《導盲者》（臺北：聯合文學，1997）82。

黃凡、林燿德大力發展都市小說的新穎內容，其中辦公室是一個主要場景和情節來源。黃凡描寫都市的商戰一隅，創作了許多都市強者的形象，如〈人人需要秦德夫〉的秦德夫、〈往事〉的華琳、《財閥》的賴樸恩等都是箇中代表，受到評論家的重視。[59]黃凡小說的商界人物遍及小職員、主管和公司總裁，其中描寫格外深刻的英雄角色，通常由主人公以外的角色擔任。在〈戰爭最高指導原則〉、〈范樞銘的正直〉、《零》等作裏，主角雖然具有一定智慧和地位，但前兩篇寫主人公被上司訓斥，後一篇主要人物經過重重障礙，最後發現自己由始至終僅屬傀儡。

　　黃凡創作不在少數，卻只有《上帝的耳目》、《反對者》、〈慈悲的滋味〉、〈聰明人〉等幾篇得以成就個人傳奇。《上帝的耳目》的葉雲喬，最後回到地球成為神，後更當上宇宙仲裁者，使宇宙進入新的紀元。《反對者》的羅秋南雖然是留美博士、經濟學教授，但小說的一開始就寫他失去妻子，又身陷性醜聞的危機之中。最終他擺脫了醜聞的指控，決意對大學和雜誌提出訴訟，不再逃避任何障礙。〈慈悲的滋味〉的主人公葉立群，從一名年輕不諳世事的大學生，慢慢成長為成熟的都市人。而在〈聰明人〉裏，楊臺生一家移民美國，卻歪打正著開了臺灣家具的進口生意，又在各座城市發展業務，更結識了多名女性。

　　然而，這些篇章只屬黃凡作品的少數，對照都市財閥賴樸恩，主人公何瑞卿雖然是他的私生子，始終無法企及父親的成就。在敘述者的眼中，賴樸恩既強悍又霸道，於故事結尾部分，何

59　朱雙一，〈廣角鏡對準臺灣都市叢林〉154。

瑞卿更發現自己的人生早就由生父安排妥當。不但妻子，以至於洗刷生父母兩人在大溪的屈辱，也是早被註定的命運。《財閥》中的大量辦公室場景，描寫上層社會利益輸送的密室交易，何瑞卿涉足其中，道出既藉生父權勢掌控一切的能耐卻又身不由己的現實。

　　黃凡後期作品雖然較少前期濃烈的孤獨、冷漠氣氛，而且常常在誤打誤撞之中成就些許事業（〈示威〉、〈鳥人〉、〈房地產銷售史〉），不過主人公似乎安於現狀，無意建功立業。秦德夫、羅瑞琪（《反對者》）、董事長（〈范樞銘的正直〉）、賴樸恩等都市強人多屬他者，面對這些出類拔萃、位高權重的雄豪，主人公的態度且恭且敬，但更多時候是畏懼與厭惡。男主角老何面對舊朋友秦德夫，充分感到對方強烈的男性氣質，對比自己失敗的愛情，秦德夫身邊從來不乏女伴。《反對者》中的羅瑞琪是主人公的兄長，同樣極有魄力而舉止粗野，和秦德夫有著相似的性格設定。朱雙一指出，〈守衛者〉、〈紅燈焦慮狂〉、〈憤怒的葉子〉等篇以小人物為主體，深受壓迫的角色是上面都市財閥的主要對照。至於一般的上班族，在黃凡筆下都是行屍走肉的零件，在日常重複無聊的工作中沉淪，然而他們卻也需要應付各種社會關係糾纏不清的精神壓力。**60**

　　較之都市強人和低下階層，任職主管或經理的主人公更多，占了相當重要的位置。舉如〈麗雪〉、《天國之門》、〈娛樂界的損失〉、〈范樞銘的正直〉、〈系統的多重關係〉、〈房地產銷售

60　朱雙一，〈臺灣社會運作形式的省思〉274。

史〉、〈梧州街〉、〈聰明人〉、《財閥》、〈千層大樓〉、〈沒有貨幣的年代〉和《躁鬱的國家》等等，數量十分可觀。處於中產階級的主人公包括范樞銘（〈范樞銘的正直〉）、卓耀宗（〈房地產銷售史〉）和黎耀南（《躁鬱的國家》），是這些作品中有代表性的角色。擔任「漢服飾」總經理的范樞銘掌握公司生殺大權，但當董事長的女友趙小姐到來，范只能卑躬屈膝，當一名服務生討好對方；凝視辦公室中的雕塑，曾渴望成為藝術家的他不無感慨，為了生活不得不作出改變。〈娛樂界的損失〉的馬上秦和范樞銘形象有點類似，雖然是凱歌唱片公司的股東卻沒有什麼地位。另一篇小說的角色卓耀宗在建築公司擔任中層，在〈房地產銷售史〉中，他不斷以既輕鬆又調侃的語調說明自己的生存哲學，自己所提案的自助公寓企劃，甚至連任職的公司老闆也成為客戶。至於《躁鬱的國家》的黎耀南，雖然曾經擔任總統身邊的官員，卻還是被朋友出賣，失去一切。黃凡創作這許許多多的夾縫階層，不但道出臺灣都市的新面貌，也更能突現「多重關係」的一面。

　　誠如林燿德所言，他自己的作品〈巨蛋商業設計股份有限公司〉刻畫臺灣工作空間中的人事鬥爭，故事寫設計部的六名副主任互相監視和牽制，這種「矛盾管理法」使所有「副主任」都實際降級為基層職員。[61]「林老大」在「巨蛋公司」工作多年，與同事一同覬覦主任空缺，引發的猜忌、鬥爭是這篇小說的主要內容。描寫眾多主管、經理的角力也是黃凡的「權力書寫」策略，正因為主管、總經理等角色在一（眾）人之下、眾人之上，更能表現出相互

61　林燿德，〈當代臺灣小說中的上班族／企業文化〉189。

制約、多重的權力與網絡的關係。林燿德又指出，嫉妒及其所引起的傲慢情緒，使我們無法解讀辦公室大樓內裏的精神核心，若要了解權力的運作方式，則必須以「拜訪者」、「迷路者」、「漂流者」、「支配者」爲閱讀辦公大廈內部意象的四種角度。[62]黃凡、林燿德、張啓疆便採用主管、拜訪者、警衛等不同身分，遊走於辦公大樓內以描述權力空間。

　　小說的辦公室描述自然具有福柯著作所謂的「控制」（discipline）運作手段。福柯從邊沁（Jeremy Bentham, 1748-1832）的監獄研究中獲得「展示全景主義」（panopticism）的概念：在邊沁的理想監獄設計中，囚犯身處一個被全面監視的空間，監管當局從而得到絕對的控制。在這完美的監視制度裏，權力得以更容易、更有效率及更迅速地運作。福柯指出，邊沁夢想這種極權的空間設計，可以轉變爲在社會中全面執行的，無所不在的監視機關網絡。[63]黃凡小說中的工作空間，〈大時代〉、《反對者》、《躁鬱的國家》的蔣穎超、羅秋南和黎耀南，幾乎無一例外地被身邊同事偵察，面臨去職的下場。又如〈憤怒的葉子〉中的辦公室，小人物李福林被人注意到他散漫的工作態度，在辦公室中流傳的裁員傳聞似乎與他有關：

62　林燿德，〈空間剪貼簿〉291-301。

63　Michel Foucault, *Discipline and Punish: The Birth of the Prison*, trans. Alan Sheridan (London: Allen Lane, 1977) 209, 214; Keith A. Robinson, *Michel Foucault and the Freedom of Thought* (Lewiston: E. Mellen P, 2001) 165-168.

「剛剛總經理來過，他問我你去了那裏，我指指那個方向，
你是不是身體不舒服？」〔……〕

「你該小心點，總經理好像很注意你……」主任縮回他的手
慢慢地退開。〔……〕

「老李，」余小姐假裝請教他文件上的一個問題，「聽說公
司計劃裁員，名單上有你。」

莫德凱今天加班，李福林只得一個人離開辦公室。他垂著頭
直入電梯，隱隱約約覺得那塊羞辱他的銅牌自背後窺伺著
他。*64*

互相窺伺，傳聞四起的辦公空間，說明監視網絡加強效率，在各處
行使權力監察的特徵，改變過去局限於資本主義批評的創作方向。

　　黃凡、林燿德等都市小說家著重表現陳映真所未道的「企業商
戰形態」，〈麗雪〉、《零》、〈憤怒的葉子〉、〈范樞銘的正直〉、
《財閥》、〈電梯〉諸篇，皆表現資本主義和反烏托邦下多重的權
力系統。*65*城市既屬複雜、互動的網絡，都市的道路和人際關係
構成電路板般的迷宮組織。張大春的〈公寓導遊〉，目的就在於表
達都市人聯繫網絡的複雜性。李歐塔認為，後現代狀況下的社會
關係異於過往，所有人都跟其他人身處在交叉複雜的溝通線路，
「自我雖然不代表什麼，但沒有人是一座孤島；他們存在於比以

64　黃凡，〈憤怒的葉子〉，《慈悲的滋味》（臺北：聯經，1984）168-174。
65　參王德威，〈學校「空間」、權威、與權宜──論黃凡《系統的多重關係》〉，
　　《都市生活》，黃凡著 14。

前更複雜、更動態的關係網絡之中，無論是年青人或老人、男人或女人、富有的還是貧窮的，人總處在特定的交流線路的『節點』，縱使這些節點極其微小。」[66]葛洛茲、桑內特的城市研究，也說明城市、網絡與都市人的有機聯繫。在李歐塔的語言網絡中，即使是最低下階層的人物，都總處於各種性質的信息經過的位置上，哪怕是最卑微的人，都總有權力擔當一定角色，成為發送者，受送者，或指示物。[67]〈范樞銘的正直〉和〈系統的多重關係〉裏的辦公室描寫，一方面強調辦公空間中「支配者」的地位，另一方面也借以勾勒上司反而成為被注視的對象：

> 控制室警衛茫然注視著面前的十二個螢光幕，發明閉路電視的那個傢伙絕對是混蛋，他想還有八個鐘頭才能離開這些鬼機器就不免覺得洩氣，不過他也有娛樂自己的方法。他的目標此刻出現在左下方的螢光幕上，那是總經理，他正在第三區——皮飾部門，他拿起一隻菱形的皮包，然後放下。
>
> 〔……〕
>
> 「他去那裏？」組長問。
>
> 「洗手間，」年輕的警衛說：「我們應該在洗手間裝架攝影機。」

66　Lyotard, *The Postmodern Condition* 15. 黃凡的科幻小說《零》有一段非常相似的敘述：「每個人都是這部永遠不停運轉著的機器裏的螺絲釘，而一個螺絲釘除了想到自己是個螺絲釘外，絕不能有其他的想法。」見《零》（臺北：聯經，1982）64。

67　Lyotard 15.

> 「去你的！」組長說，兩人相視一笑。[68]
>
> 由是，他想起了需要為這次會議準備的一些資料，以及培養適合這次會議性質的情緒（假如是業務檢討會，便得使自己處於情緒激昂狀態。）便快步走回自己辦公室。
>
> 他的突兀舉動（在公司裏是用不著快步的。）震驚了辦公室的同仁，他們用眼光跟隨著董事長的背影。[69]

不論是「迷路者」還是「拜訪者」、「漂流者」或「支配者」，這些辦公室空間的解讀角度，其實都在強調小說空間的迷宮化。相對於先前的世代，都市小說家並不滿足於資本主義和統治階層的批判，更力圖表呈權力／語言複雜交錯的一面。多元的敘述、室內空間的迷陣和上一章的街道空間共構出都市的交叉網絡。

　　循著權力關係的思考，都市小說也有其他空間描寫，意在揭露社會問題。在都市小說家眼中，學校雖然聲稱培養人才和追求學問是它的本質，實際上卻和辦公室相似，也是通過權力而得以維繫的場所。

　　學校真的是啓蒙的教育機構嗎？黃凡〈系統的多重關係〉揭露學校權力問題，描寫校長與主人公父親談判，最後主角賴仲達屈服回校。王德威謂黃凡用意並不僅在批判學校教育的失誤，同時亦期望將學校從似乎單純得很的教化組織，還原為社會上權威系

68　黃凡，〈范樞銘的正直〉，《都市生活》21-22。
69　黃凡，〈系統的多重關係〉，《都市生活》174。

統的一個主要符號，是批判教育問題的猛烈之作。[70]賴仲達本爲頑劣學生，但最終馴服於現代化的教育（權力）機構，意識到自己「踏入了生命中另一個時期。同時我的身體因羞慚與恐懼而微微發起抖來」。[71]黃凡受到注目的《反對者》和久休復出的《大學之賊》，都是從教師的角度展開。《反對者》主人公羅秋南是個在大學裏不重要的人物，曾著文批評當權教授，故事開始時即敘述羅被捲入性騷擾的醜聞之中，也牽涉到學術界的政治鬥爭。《大學之賊》的丁可凡和余耀程，爲院長之位鬥爭激烈。將這兩篇小說和〈系統的多重關係〉並讀，小說中的學校形象絕不是完善的教育機構，傳道授業解惑的神聖塑像受到質疑，逐漸被顛覆和瓦解。在李歐塔的後現代狀況專著中，強調偉大的英雄、偉大的厄難、偉大的旅程、偉大的目標都不再具備什麼意義，固有的教育體制亦面臨極大危機。後現代社會的大學機構不再視思辨爲終極意義，效率才是決策者最重視的一環。[72]

收在《炎夏之都》集中的〈柯那一班〉，亦可借以閱讀都市小說的學校形象。小說主線放在漸入中年的國中教師不如意的生活，側面揭示校園的一些黑暗面：第一天教書的康懷萱，在師大習得的教學法完全不管用，一起實習的準教師面對水平較低的學生，感到自己正逐漸退步，打算選擇另外的人生道路。壞學生柯文雄請求康幫助考上高中，卻因爲康不是班導師，被同事警告不

70　王德威，〈學校「空間」、權威、與權宜〉9-10。

71　黃凡，〈系統的多重關係〉189。

72　Lyotard xxiv.

要撈過界，即使只是早點回校陪學生溫習功課般的小事，也招來他人冷言冷語，在校長面前無法不跟她一樣，弄得同事都辛苦。[73]

〈柯那一班〉的學校教師只是一堆不停運轉的齒輪，沒有崇高的教育理念，林燿德的〈私房錄影帶〉，更寫一名曾當學者的現任政要鄒如，利用學業成績要脅女學生與之發生關係，敘述者的初戀對象最後成為一名永遠休學的修女。小說裏面的「杏壇中的清流」、「模範母親，標準人師」黃芳，[74]跟鄒如有長達二十年的婚外情，是學術圈中的公開祕密。鄒如提出分手的時候，要求拍下兩人最後一次歡好的片段，還要用三部攝錄機同步拍攝，親自剪接一卷兩人的私房錄影帶。徵信社的符充德，利用滿口學問的退休教師施老頭盜去影帶，敲詐鄒如，並將自己所得捐給修女所在的修道院。[75]〈系統的多重關係〉裏，校長和賴仲達父親達成商業協議，導師和學生同流合污，相比〈私房錄影帶〉，黃凡較重視揭露學校與社會的權力糾葛。〈柯那一班〉觸及教育理想與現實之間的鴻溝，而〈私房錄影帶〉表達「各種價值並陳」，「善惡並非單純二分的價值觀」。[76]〈系統的多重關係〉和〈私房錄影帶〉的批判色彩強烈，否定當代教育事業的啟蒙價值：學業幾乎是評價學生的唯一方法，學生只是有待訓戒的社會角色，學科則是具有合法地位的知識，被老師要脅的女生是箇中的受害者。誠如李歐塔所說，學校教授的知識，或者說，後現代社會的知識離不開

73　朱天文，〈柯那一班〉63-81。

74　林燿德，〈私房錄影帶〉，《大東區》176。

75　林燿德，〈私房錄影帶〉169-184。

76　林秀姿 130。

合法、合理性問題。「決定什麼是眞實的權利，是無法和決定什麼是公正的權利這點中獨立出來」，「知識和權力只不過是同一問題的兩面：誰決定什麼是知識，和誰知道什麼需被決定？在電腦時代，知識問題更屬於管轄問題。」[77]教師經由知識的合法性獲得統治權力，縱然是強調自由、思想的大學社群，學生和講師之間的關係毫不平等，前者只是小孩，從屬，或反叛者。[78]這種以壓迫學生爲主體的權威組織，[79]逐漸構成學校——社會的人際網絡系統。

　　在〈系統的多重關係〉裏面，校長掌握學生留校與否的生殺大權，育有一子的超級市場經理目睹校長偕同女兒購物，忙不迭上前奉承，以博青睞。校長「假裝的驚訝」、經理爲兒子極力討好校長，[80]完全否定了教師的神聖形象。及後校長又和賴仲達父親達成協議，交換其子免被開除的條件。小說結尾是饒富深意的：正在逃學的賴仲達，本以爲自己重獲自由，卻在大馬路發現「自由世界的盡頭」，「車和行人」「就像學校上下學的情形」。沮喪至極的主人公回到學校附近，赫然聽到校長的麥克風公布：「賴仲

77　Lyotard 8-9.

78　Barbara Grant, "Disciplining Students: The Construction of Student Subjectivities," *Foucault: The Legacy*, ed. Clare O'Farrell (Kelvin Grove, Qld. : Queensland U of Technology, 1997) 675-676.

79　弗雷勒（Paulo Freire, 1921-1997）謂填鴨式教育是「受壓迫者的教育學」，學生是被高高在上的教師不斷「填塞」的角色。參 Paulo Freire, *Pedagogy of the Oppressed*, trans. Myra Bergman Ramos (London: Penguin, 1972).

80　黃凡，〈系統的多重關係〉164。

達，馬上到校長室來！」[81]於此校長的威權達到頂點，賴仲達則被一股奇異力量召喚，越過學校圍牆：

> 我的勇氣消失了。這最後的聲音有一種神奇的魔力，尤其是「校長室」這三個字，它超越了平常我所能理解字面上的意義。就像魚被魚餌、風被山谷，我被這三個字的奇異力量所召喚！我翻上了圍牆。
>
> 當我半蹲在牆頭的那一剎那，我的夢醒了，我發現那個夢就是我的少年期不過是一些等待、幻想、童年回憶的混合體罷了，我不可能辦到其他事情的，我也不可能改變我尚一知半解的成人世界。[82]

校長的說話實為宣示權力的公開手段，懲罰的權利亦即「最高權力」的象徵。[83]蘇峰山論文對福柯的「最高權力」有詳細介紹，文中指出，最高權力是可以斷定其他人生或死的權力。古羅馬時代，家長掌握了孩子和奴隸的性命，最高權力明顯的體現方式，則是「拷問」的儀式。公開拷問必須是一場群眾可以圍觀和參與的演示，最高權力的掌握者得以宣示其「侵奪性」和「可見性」。[84]雖然學校公布沒有涉及肉體痛苦，卻有著公開評價學生的儀式功能，與拷問十分

---

81 黃凡，〈系統的多重關係〉185、189。
82 黃凡，〈系統的多重關係〉189。
83 Foucault 47-48.
84 蘇峰山，〈傅柯對於權力之分析〉，《歐洲社會理論》，黃瑞祺（1954-）主編（臺北：中央研究院歐美研究所，1996）114-116。

接近，呈現出校長、教師的最高權力。〈私房錄影帶〉的符充德，在小說開頭強調自己沒有道德心，故事結尾卻又回應濫用權力的鄒如，將勒索所得捐給修道院，自是為了反諷道貌岸然的小說人物。

　　概言之，在〈系統的多重關係〉、〈私房錄影帶〉幾篇小說裏，「學校」原是解放平民、增長民智的機構，已漸次變成「社會權威系統的符號」，和壓迫學童的「系統中的『節點』」。《大學之賊》以面臨失業的哲學教師丁可凡為主線，因為臺灣大專院校過分擴充，引致收生不足，學校即將停辦的困境。為了保住教席，哲學系主任余耀程開辦「實用哲學課程」，授意丁可凡設「大學神壇」。丁和民間宗教團體合作，漸見規模的同時，卻也惹來金錢、權力、女色的爭逐，小說中的大學教師幾乎全都庸俗不堪。丁可凡後來和祕書、學生有染，作者更大書特書一眾大學高層享用俄羅斯美女的「生魚片宴會」。小說的序寫大學教授「體內積存了過多的廢氣，嘴唇發紫，那是講了太多謊話的緣故」，學生則「塞入了太多不易消化、或是過期的、或是速食的知識」。[85]一方面小說剝下教師的神聖面具，另一方面教育工作者為了敲詐家長、增加入學率無所不用其極，卻又說明兩者的依存關係。

　　辦公室和學校是社會組織必不可少的權力空間，比較起來，朱天文、朱天心作品較少相關描述，黃凡、林燿德則有頗多篇幅涉及這兩種室內空間。黃、林二人以辦公室為主的小說，主人公通常屬於企業裏的中上階層，用以揭示職場中交錯的權力網絡。

85　黃凡，前言，《大學之賊》（臺北：聯合文學，2004）11。

有關教育問題的敘述，在「現代中國諷刺小說傳統」時有所見，[86]
臺灣當代小說中不乏負面描寫。和第三章的城鄉主題相似，辦公
室與學校的書寫均顯示作者對權力空間的質疑，小說人物卻無法
擺脫權威的操控，充分表現都市人的複雜生活處境，爲都市文學
的一個鮮明特點。

四、浴室、電梯：私密與等待

　　浴室和電梯是現實生活中的次要空間，現當代文學中雖然不
缺這兩種場景，卻還沒有相關研究注意其特色。它們是主要場景
的輔助，作家可能在不自覺的情況下運用了這兩種環境設定，因
特殊的情節功能和壓抑的空間感覺，一再展現兩者的獨有性質。
浴室的空間布置有兩個特徵，鏡子與私密間隔，營造出小說習見
尋覓自我和窺知祕密的情節。電梯則是過渡的、封閉的空間，令
置身其中的搭客充滿性或死亡的想像。

　　〈范樞銘的正直〉裏，正在公司巡察的總經理范樞銘被下屬用
閉路電視監視，當警衛得悉范進入洗手間時，戲稱想要「在洗手間
裝架攝影機」。洗手間和家庭、辦公室等室內空間比較，它不是重
要的場景，然而我們可從這個無關宏旨的細節，看見它的基本特
質。如廁是極端個人的行爲，洗手間自是祕密的、非常個人的空
間。鏡子和分隔的便器是現代洗手間最起碼的設備，它們帶給洗
手間原初用途的同時，亦設定其敘述上的功能。張愛玲的〈紅玫瑰

86　王德威，〈學校「空間」、權威、與權宜〉9。

與白玫瑰〉，白玫瑰孟煙鸝和丈夫佟振保關係欠佳，白玫瑰自得了便祕症以後喜歡躲在廁所，「可以名正言順的不做事，不說話，不思想，〔……〕只有在白天的浴室裏她是定了心，生了根。」[87]孟煙鸝的住處是危險的家，沒有任何人干涉自己的洗手間成為她的依附對象，逃避丈夫的眼光。

簡單來說，敘事文中的洗手間常被賦予兩種情節上的作用：自我認知（鏡子）和竊取／洩漏祕密（間隔）。朱天心小說的家庭空間頗具特色，早期作品〈念奴嬌〉的女主人公對眼下生活不感滿意，在浴室戴上隱形眼鏡的她看到自己的樣子，雖然身穿與丈夫一式一樣的衣服，卻覺得和身旁至親同床異夢：

> 她那時候怎麼會有這個傻念頭，要跟那樣一個人守一輩子，天，她甩甩頭，到浴室洗把臉去。
>
> 戴好眼睛，鏡子裏的人忽然清楚了，一張怔忡茫然的臉，眼睛汪著的也不知是藥水還是淚水，她拂拂好一頭的短髮，鏡中的自己也是一身一式樣的紅運動衫，短褲是他的牛仔褲舊了剪成的，她的丈夫，她的丈夫。丈夫。然而她太曉得自己是哪樣的人了。[88]

在黃凡小說中，家裏浴室提供主人公目睹真實自我一面的機會，〈賴

87　張愛玲，〈紅玫瑰與白玫瑰〉，《傾城之戀──張愛玲短篇小說集之一》（香港：皇冠，1999）91。

88　朱天心，〈念奴嬌〉，《昨日當我年輕時》（臺北：聯合文學，2001）116。

索〉、〈人人需要秦德夫〉、〈千層大樓〉均有敘述主人公走到洗
手間中檢視自身。[89]賴索獲知自己曾追其左右的韓先生回到臺灣，
想要和他見面，卻被他狠狠搶白後萬分沮喪：「他從床上爬下來，
進入浴室梳洗一番。浴室裏一向整理得非常乾淨，被水沖得閃閃發
亮的馬賽克瓷磚，映出了一張張扭曲的臉」。[90]〈人人需要秦德夫〉
的老何，則因失去情人而自暴自棄，準備梳洗重拾自信的一刻，「突
然間，我忍不住放聲哭了出來，鏡子裏壓根兒就不是什麼大情人，
只有一張滿布皺紋，兩頰深陷，眼露血絲，一張倒了八輩子楣的
臉。」[91]第二章引述過的科幻小說〈千層大樓〉，主角關士林無可
奈何回到千層大樓的家中，對妻子撒謊後打算梳洗上班，「關士
林進入浴室，一瞬不瞬地注視著鏡中的自己，然後無聲地大笑起
來。」[92]

　　〈念奴嬌〉的主人公發現鏡中自己與真實自我並不一樣，〈賴
索〉、〈人人需要秦德夫〉、〈千層大樓〉的賴索、老何和關士林，
反倒是從鏡中重獲對於自我的認知，真正的自己不是想像中般美
好。臨鏡自省是這些作品的共通點，兩者的差異在於，朱天心以
鏡中人為虛幻之象，黃凡卻視鏡子為帶給主人公事實的物件。回
應第二章所論，人物身體在敘事文中具有多種意義，鏡中影像可
提供讀者有關人物的身體描述。一般來說，鏡子有收集資訊和自

89　參黎湘萍 255-256。

90　黃凡，〈賴索〉146。

91　黃凡，〈人人需要秦德夫〉，《賴索》120。

92　黃凡，〈千層大樓〉，《冰淇淋》94。

我認識的功能，[93]拉康（Jacques Lacan, 1901-1981）著名的「鏡像期」（the mirror stage）理論，亦從鏡子的自我認知功能出發。拉康指出嬰兒出生後六至十八個月間，首次看到自己完整的外貌，從而得以區分自己和他人。嬰兒根據鏡的倒影分辨自己的模樣，在鏡子前的各種行動和表現，使他們認識和確立自我，「我」的概念更為具體，一反過往對於自我與他者的片段與零碎的認識。一旦嬰兒發現鏡中的我只是幻影，自我與鏡像的對立，即「自我的異化」將會產生。[94]文學作品不缺鏡子和鏡像的描寫，李瑞騰（1952- ）論文即引錄古典文獻與現代詩作，說明鏡子主要表現「對鏡——見影——反應」的「顧影自憐」之情境。鏡中的自我影像是「第二個自我」，自我影像象徵各種投射出來的感受，例如「肯定、變形或毀滅」。詩歌中的鏡子原型多是時間、生死與自我的意象，詩人或因發現自己容顏已經改變和憔悴而畏懼，能夠正視鏡像而肯定自我，就像是獲得重生的結局。相反，不能接受的則猶如死亡。[95]

93　Karl E. Scheibe, *Mirrors, Masks, Lies, and Secrets: The Limits of Human Predictability* (New York: Praeger, 1979) 55-65.

94　Jacques Lacan, "The Mirror Stage as Formative of the Function of the I as Revealed in Psychoanalytic Experience," *Écrits: A Selection*, trans. Alan Sheridan (London: Tavistock, 1977) 1-7; 並參 Elizabeth Grosz, *Jacques Lacan: A Feminist Introduction* (London: Routledge, 1990) 48; 方漢文（1950- ），《後現代主義文化心理：拉康研究》（上海：上海三聯，2000）29-32；陸揚（1953- ），《精神分析文論》（濟南：山東教育，1998）151-152。

95　李瑞騰，〈說鏡——現代詩中一個原型意象的試探〉，《新詩批評》，孟樊（陳俊榮，1959- ）主編（臺北：正中，1993）124-149；並參水晶（1935- ），

在作家的想像中,小說人物身處較起居室更具私隱的場景,
是一個容許角色自省的空間;部分小說的浴室沒有鏡子意象,牽
涉的情節則多與祕密有關,事實上,祕密與自我認知有頗多共通
之處。朱天文〈帶我去吧,月光〉寫主人公程佳瑋戀上香港的花花
公子夏杰甫,對他的思念幻化成筆下的漫畫人物 JJ 王子。程原計
劃隨母抵港相會,卻被夏避開不見。小說末尾交代程佳瑋不欲他
人知道漫畫的事,將自己鎖在浴室,燒掉漫畫。垃圾箱中燃燒的
畫冊突然爆燃開來,漫畫人物從這世上消失,程佳瑋亦失去記
憶。朱天心〈鶴妻〉以主人公辦完妻子的喪禮回家開始,一直依賴
妻子小薰打理家務的主角身心疲憊,想要找替換衣物洗澡,卻發
現許多還沒有開封的內衣,「好冷靜的把它們一一疊好放回抽屜。
寂寥的泡在浴缸裏,第一次對認識四年結婚五年的小薰生出陌生
之感,這種奇異的感覺竟像鎮定劑似的讓我在小薰死後第一次度
過一個不再哭泣的安睡夜晚。」[96]一個似乎不太重要的有關衣物的
細節,揭開小薰不爲主人公所知的一面,溫柔外表底下實爲有強
烈購物癖好的女人。〈帶我去吧,月光〉和〈鶴妻〉都將浴室描寫
爲發生不欲公開的私密或窺見祕密的空間,使主人公面對與認識
自我。

　　黃凡、林燿德的作品裏亦有公共廁所的場景,〈范樞銘的正
直〉、〈憤怒的葉子〉、〈噴罐男孩〉,以及同代作家張啓疆的〈如

〈象憂亦憂、象喜亦喜——泛論張愛玲短篇小說中的鏡子意象〉,《張愛
玲的小說藝術》,3 版(臺北:大地,2000)169-192。
96 朱天心,〈鶴妻〉,《我記得……》118。

廁者〉，均能顯示上述洗手間與祕密情節的關係。公共洗手間是一個功能極其明確的場所，它既是公共的又是私隱性極強的，可以說是一個公私之間的空間。辦公室和廁所經常是一組搭配，〈范樞銘的正直〉、〈憤怒的葉子〉和〈如廁者〉的主人公，由充滿權力鬥爭、備受監視的辦公室走到密封的、祕密的空間，自然容易發生「宣洩」、「發現」相關的事件；又由於如廁的不潔本質，「發現」多與危機有關。〈憤怒的葉子〉的小職員李福林先後兩次走到洗手間中，第一次對著鏡子抽煙，「鏡中人也作出一副同樣不屑的表情，但很快便洩了氣。〔……〕他覺得窩囊透了，自己竟只能躲到這麼個地方吸潮溼的煙，然後顧影自憐一番。」[97]得悉總經理對自己很有意見後，李福林再次躲到洗手間中：

> 洗手間裏有一股樟腦丸和香煙混合的氣味，自從總經理宣布不准在辦公室抽煙之後，此地和餐廳便成為癮君子們聚會的場所，在這裏，不同部門的職員互相遞煙，交換當日的情報。或者——或者跟那個姓蔡的小子一樣，在背後搬弄是非。[98]

緊接著，小說寫李福林在小隔間抽煙的當兒，竊聽到企劃部較高級別職員的對話，獲知公司即將裁員，陷入失業危機。「他凝視著鏡中的自己，那是一張不知所措的臉，眼神空洞，頰上的殘餘水珠使

---

97 黃凡，〈憤怒的葉子〉168。
98 黃凡，〈憤怒的葉子〉170。

得整張臉像被刀子劃過一般。」[99]洗手間中竊聽的故事內容實屬小說和電影等敘事作品的典型情節，張啓疆的〈如廁者〉就以躲在女廁的「董事長特別助理」陳帶金偷聽女性員工對話開始。張啓疆寫一個在便器公司工作的高層，建立了無處不在的監視器、監聽系統和眼線的網絡，以及完善的官僚系統。陳因酒醉誤闖女廁，卻發現女下屬背地裏批評自己。性喜調查他人私隱的陳帶金自此「以『業務考察』的理由說服自己，明察暗訪這座城市所有值得冒險一探的女廁空間」。[100]

有關洗手間的小說情節，通常不離骯髒、陰暗、性與死亡。貫徹林燿德的文學創作，死亡和性欲布滿都市人心靈的每個角落。爲了爭奪心儀的對象，〈龍泉街〉的「我」決定和小克決鬥。準備單挑之前，「我」先到溫州街的公共廁所，因爲想起小克和陳金蓮，到廁所中宣洩他膨漲的欲望。〈噴罐男孩〉的主人公，於故事時間的四年前和友人一起匿藏於「龍安國小教師專用廁所」內吃狗肉，血腥、不潔空間與吃的描寫造就小說一種非常詭異的氣氛：

> 但是黃狗的悲鳴就如同成了化石的海洋一般，凝固成我心中一道道無色的軌跡。
> 濺灑在白磁磚上的狗血，一滴一滴的細微顆粒，牢牢吸附在滑溜的白磁面上。血的霧氣，和鍋中酒精的微醺情調，剝剝

99　黃凡，〈憤怒的葉子〉171。
100　張啟疆，〈如廁者〉，《導盲者》35。

翻滾在氣泡間的鮮肉，這一切和我對哈雷彗星的憧憬疊合，
彗尾熠亮著黃狗頸項噴濺而出的赤色光焰。[101]

正是由於洗手間的不潔與間隔兩個特點，因此上述如〈念奴嬌〉、
〈千層大樓〉、〈帶我去吧，月光〉和〈鶴妻〉的浴室，主角發現
的眞實自我都屬於陰暗一面；而〈憤怒的葉子〉和〈如廁者〉的公
共廁所，也包含大量陰謀與性的刻畫。

　　電梯也是一個值得我們特別注意的敘述空間。敘事作品中常
見電梯場景的運用，雖然有時並非具備深刻用意，然而沉默、性
與死亡可謂電梯場景的固定情節，和洗手間一樣有強烈的陰暗色
調。陳大爲（1969-）的亞洲現代詩研究，說明都市的電梯空間裏
沒有任何人可以預知即將發生什麼事。搭客和相對無言的陌生人
一起身處狹窄的空間，有異常強烈的不安感，電梯的運作方式，
也逼使搭客接受公式化的重複。[102]在電梯中，最常遇到的情形就
是與其他搭客相對無言，林燿德的〈一線二星〉，敘述警員半仙和
上司巫敏到一棟老舊的大廈偵辦謀殺案，兩人擠進狹小的老爺電
梯，「面對面，盯著互相的皮鞋」。[103]

　　在都市小說中，有關電梯的常見情節，應該是故事人物摔死
的想像。〈炎夏之都〉寫呂聰智從岳母家返回臺北，歸家前到情婦

101　林燿德，〈噴罐男孩〉，《大東區》66。
102　陳大為，《亞洲中文現代詩的都市書寫，1980-1999》（臺北：萬卷樓，
　　　2001）204-213。
103　林燿德，〈一線二星〉，《非常的日常》46。

葉的公寓小休。小說有一段詳細描述，解釋呂聰智身處老舊電梯
的恐懼：

> 電梯很老舊，左搖右晃蹭蹬著送上九樓，頭頂一截日光燈，
> 慘澹的藍光永遠把人的氣色弄得極壞。壁上有塊玻璃鏡，在
> 這段上升或下沉的九樓旅程中，他經常無意識看著鏡中的自
> 己，以及映在鏡中電梯門頂那排明滅變換的數目字。旅程很
> 短，也很長。短時，他那副酒醉紅掙掙的大臉，一個怔忡，
> 就到了。長時，長得夠他把一生到現在，形形色色各種人與
> 事，都想完、過完了。這當兒他甚至想，如果電梯忽然解體
> 摔到地上，死了，怎麼辦？閃進腦中的，他沒想到，仍是孩
> 子和德美。還有，岳母的溫和而又苦辛的臉，亦霎時臨現。
> 他忽然害怕極了被電梯摔死，二弟不就是頃刻間再也不存在
> 了。但他看見 9 字亮了，空窿窿電梯門開了，他一腳踏出電
> 梯，剛才的一切，又都遺忘。[104]

又如朱天心〈預知死亡紀事〉：

> 電梯停在 4 或 6（撒旦的數字）或 13 樓、或屬於他私人不祥
> 的數字時，他已在心中招呼遍各路宗教的真主們；〔……〕[105]

---

[104]　朱天文，〈炎夏之都〉124。
[105]　朱天心，〈預知死亡紀事〉，《想我眷村的兄弟們》130。

林燿德的小小說〈電梯門〉有著相同旨趣。叔叔和堂弟都死在電梯的中年人獨自回到公司鎖好大門,「孤獨地置身穩穩下沉的電梯裏,涔涔的汗珠豆粒般滾出他額角上張開的毛孔,他忽然感覺到呼吸一緊,缺氧的壓迫感逼上中年的肩頭,他反射性地試圖把兩手伸向頭頂的通風口,卻搆不到」,[106]死在電梯裏面。黃凡的〈電梯〉與前者基調不一,主人公秦慧絲爲普通的學生和夜班總機小姐,生活並不如意,天昇大樓的電梯成爲她的傾訴對象。秦甚至可以電梯作空間跳躍,沉迷於電梯中的虛幻世界,最後還是死於發生故障的電梯之中。

臺灣當代小說的電梯空間,大約由林燿德首先提出它的重要性。他認爲電梯是「一種後設空間,它提醒搭乘者,他們所進出的大廈樓層和各個房間的封閉、孤立和破碎的性格。它是空間的產道,把人從另一個空間投擲出來;也是直腸,排洩出被廢棄的空間零件」;[107]張啓疆亦謂電梯是一般建築的「負空間」,亦即建築的輔助空間,「一種實際存在、隱藏於正空間背後或樓體夾層」的「隱匿空間」。[108]電梯作爲一種密封的輔助空間,間隔和公共洗手間類似,在還沒有裝上監視器前,孤獨地搭乘電梯容易令人感到恐懼。幽閉恐懼症(claustrophobia)是較多人患上的恐懼症之一,患者害怕密封空間如貯藏室、地道、隧道等,憂慮乘搭電梯時突

---

106 林燿德,〈電梯門〉,《鋼鐵蝴蝶》198。

107 林燿德,〈空間剪貼簿〉318。

108 張啟疆,〈當代臺灣小說中的都市「負負空間」〉,《當代臺灣都市文學論》,鄭明娳主編 334-335。

然停止運作，電梯門無法打開，他們強烈感到被坑及死亡已屆。[109]
即便是普通人，也不喜歡身處電梯中被圍困的感覺。[110]電梯中的
人被剝奪（哪怕是極短暫的）自由和感覺，自然顯得無助，產生被
害的妄想。引用巴歇拉爾的想法，電梯召喚人對上升與下沉的想
像，兩者比較起來，墜落隱喻的意味遠高於上升隱喻，前者有著
「不可否定的心理現實性」。墜落是人類原初的恐懼，下沉使人聯
想到黑暗的恐怖，是一種極其常見的無意識想像力。[111]

　　除此以外，林燿德也「剪貼」自己的小說作品〈賴雷先生的日
常〉，[112]將電梯解讀為「一個寬敞的子宮」：

> 每一次觸及電梯的零件，都令賴雷先生湧現不潔、不安的感
> 覺⋯⋯。嗡嗡的風扇吹亂他的頭髮，他抬頭，正上方的風口
> 在近距離的仰視中，簡直就是一隻特大號的胡蜂屁股，至於
> 那根自尾端挺挺勃起的刺，早已貫穿賴雷先生的神經。
> 電梯間像是一個寬敞的子宮。[113]

109　Ronald M. Doctor and Ada P. Kahn, *The Encyclopedia of Phobias, Fears, and Anxieties,* 2nd ed. (New York: Facts on File, 2000) 130-131, 213-214.

110　Joy Melville, *Phobias and Obsessions: Their Understanding and Treatment* (London: Allen & Unwin, 1977) 121.

111　Bachelard, *Air and Dreams: An Essay on the Imagination of Movement,* trans. Edith R. Farrell and C. Frederick Farrell (Dallas: Dallas Institute of Humanities and Culture, 1988) 91; 金森修　165。

112　林燿德，〈空間剪貼簿〉318-319。

113　林燿德，〈賴雷先生的日常〉107。

黃凡小說亦有電梯與性的相關情節，《反對者》羅秋南乘搭兄長公司的電梯時，和當時的女友蓓蘭親熱：

> 在電梯裏，他急促熱情地親了她一下，蓓蘭的反應也很迅速，鏡中映出她嬌小豐腴的軀體，她的美真是無懈可解，她的性感、芬芳的味道，這個小電梯怎容納得下？它快爆炸了。我好需要！我好需要！但時間緊迫，只有幾秒鐘，秋南將手伸進她的內衣，立刻又縮了回來，像電光石，雖短暫，但感覺多麼美妙。她的胸部柔軟、富彈性，雖已過卅歲。身材仍保持得很好，她作瑜珈術，會整套的高級動作，能把腰像紙一樣摺起來。「嗯！嗯！」她呻吟著，但電梯門在這時候打開，秋南挨了拳似地跳了起來，幸好四周無人，他把電梯按住，兩個人簡單地整理一下儀容，然後相視一笑，拉著手走進瑞琪的辦公室。*114*

這段情節，與其說是羅秋南對蓓蘭感情的描寫，刻畫知識分子的人性一面，不如說是因為電梯空間對人的影響，產生性欲的渴求。和〈賴雷先生的日常〉比較，《反對者》主人公的心理變化，某程度上說更為純粹，屬於一種自然流露的想像力。類似的小說創作，例如大陸作家李國文（1930-　）的〈電梯謀殺案〉，也有死亡與性的描述。小說的開頭就馬上敘述女記者伊斯看到受害者死在「黑洞洞的」電梯通道下面，又花篇幅描寫她喜歡無拘無束，不願勒住自己

114　黃凡，《反對者》63-64。

的美好身段。¹¹⁵電梯和浴室的本質相當接近：兩者同是密封的空間，也是公私之間的空間；¹¹⁶電梯不是一個安靜的子宮，或者說它是一個危險、不安的子宮：沒有其他乘客的情況下，人孤獨地處於電梯，可以暫時抽離當下的生活空間（如辦公室），故而容易有私密想像，或是性的聯想。

　　林燿德將電梯閱讀為不安的子宮；黃凡視電梯是可供逸出日常生活但奪去生命的奇異空間；〈小說實驗〉和〈千層大樓〉也以電梯為一種讓人有不祥預感的場所。黃凡的〈小說實驗〉中敘述者黃孝忠和小說家黃凡逃亡，作家打算找他的出版商朋友顏正光求助。到顏正光家的途中，小人物黃孝忠覺得電梯裏沒有人，有一個不太樂觀的預感。〈千層大樓〉以關士林乘搭超高速電梯開始，「在抵達目的地的一剎那，他會長長呼一口氣，猛力把紛雜的思緒集中到某一點上，好讓因高速上升而奔向腳跟的血往腦部回流」，¹¹⁷繼而描寫他煩惱、倒楣的一天。著名小說家庫佛（Robert Coover, 1932- ）早於六十年代的一篇小說〈電梯〉（"The Elevator"），差不多提及以上所有的空間幻想，包括乘搭電梯是日常無聊生活的一部分、像地獄的地下室、放屁、對電梯小姐的性欲聯想，和

115 李國文，〈電梯謀殺案〉，《電梯謀殺案》（北京：華藝，1991）1-3。

116 加芬卻克（Susan Garfinkel）同樣以「公眾但私人」、「密封但可通過」為電梯的空間特色。見"Elevator Stories: Vertical Imagination and the Spaces of Possibility," *Up, Down, Across: Elevators, Escalators and Moving Sidewalks*, ed. Alisa Goetz (London: Merrell, 2003) 175.

117 黃凡，〈千層大樓〉55。

最後電梯墜毀的死亡恐懼。[118]學者分析敘事作品的電梯想像，指出電影有時將電梯用作日常生活與奇異世界之間的通道，是一個「介乎兩者之間」（"betweenness"）的空間。許多日常生活中無可估量的事件和情節由電梯開啟，運送我們從平常至極的生活空間到對立面的奇異空間那邊去。電梯空間和乘搭的體驗是破碎、斷裂和並列的，因此電梯有著後現代的特色。[119]

　　加芬卻克的看法可以恰當解釋黃凡、林燿德的例子，這裏擬進一步提出對電梯空間另外的閱讀方式。參考上引〈炎夏之都〉的一段文字，呂聰智的恐怖想像只是在電梯之中的一刻發生：「但他看見 9 字亮了，空窿窿電梯門開了，他一腳踏出電梯，剛才的一切，又都遺忘。」電梯自是負責運輸的建築，是一個過程而非結果：從時間的角度來說，身處其中的人永遠處於等待到達目的地的狀態，如是觀之，乘搭電梯是一個預備過程，亦即將有事情發生；甚至可以說，乘搭電梯時或電梯門打開的一瞬，本來就應該有事情發生。有研究指出，乘搭電梯多於四十秒就足以令人煩躁，[120]呂聰智的一瞬感覺只在搭乘電梯之時引起。由於電梯與幽閉恐懼的關聯性，所以多有陰暗的事件想像。

　　敘事作品中的電梯可以有多方面的象徵。林燿德論文的電梯小節以「電梯・子宮・直腸」為標題，卻沒有「剪貼」「直腸」出

118　Robert Coover, "The Elevator," *Pricksongs & Descants: Fictions* (New York: Plume, 1969) 125-137.

119　Garfinkel 173-195.

120　Peter A. Hall, "Designing Non-Space: The Evolution of the Elevator Interior, " Goetz 69.

處和發揮電梯的封閉特質。將電梯解釋為直腸實源自劉吶鷗〈方程式〉，劉氏以此描摹現代都市生活的方程式：

> 他一戴上了帽子便徑往電梯去。在這兒，他碰到了幾個熟臉。然而機械的電梯有時卻也會不動的，那時密斯脫 Y 常覺味到了紅色清導丸一般地不愉快，因為這麼大的樓腹內的這條直腸忽然閉塞起來，簡直是比大便不通時更使人鬱悴的。[121]

浴室和電梯是公共場所中的私密空間，在這兩種空間中常常令都市人引發出私密而恐怖的意象。由於洗手間的空間設定，我們每每於小說內看到角色發現祕密的情節。高層建築的開闢是都市化的標誌，可以想見電梯是一種最能象徵都市化的室內場景。〈電梯〉開端寫主人公進入樓高廿二層的「天昇大樓」，「金字塔型屋頂由大片不銹鋼建成，高高地聳入天際」，「整座塔頂彷彿燃燒著」。[122]而在諷刺科技烏托邦的〈千層大樓〉中，電梯幾乎是最主要的空間意象，一望無際的電梯群和超高速的新型鐵盒，正構築了黃凡筆下的科技笑話。

　　本部分考察黃凡等人作品裏常見的五種室內空間，可以發現家是最常見的室內空間，主人公、甚至作者依戀家屋的同時，卻

121　劉吶鷗，〈方程式〉，《劉吶鷗全集——文學集》，康來新、許秦蓁合編（新營：臺南縣文化局，2001）161。

122　黃凡，〈電梯〉250。

無法擺脫和家庭成員的衝突；辦公室和學校是都市中的「生產空間」，它們揭露出都市的權力問題；電梯、浴室是現當代文學常常描寫的室內空間，它們均有敘述、情節上的作用，多表現人物的陰暗一面。本章分析室內空間的固定編碼，帶出室內空間是有某種特定性格的。

　　此外，這五種室內空間指向一個共同特性：它們全都不是與城市相對的烏托邦，即如最有溫暖象徵的家，也經常附帶衝突情節，辦公室、學校則有更多的矛盾故事內容。這點一方面說明都市小說摒棄烏托邦的想像，亦反映出衝突（無論是情節的、故事的還是思想上的）實在是小說發展情節的動力來源。

第五章　物件與空間

一、從手持道具、裝飾道具與大道具說起

「道具」（prop）或「物件」（object）的分析較多見於戲劇研究，被認爲是舞臺的一種必要技法。戲劇中的道具可分爲手持道具（手槍、書籍）、裝飾道具（牆上的鏡子）和大道具（家具、汽車），一般道具，特別是手持道具，多具有關鍵的作用和功效，舉《桃花扇》爲例，扇子是整齣戲劇的中心，它在帶動故事情節方面有十分重要的功能；手持道具和裝飾道具有象徵作用，呈現劇中人的心理。無論是哪一種象徵手法，道具都是爲塑造人物形象而創造的。[1]在電影或電視劇之中，環境是人物行動的必要組成部分，空間一方面是眞實場景，又具有象徵的意義，有賴道具的設置以完成舞臺效果。[2]蒲松齡（1640-1715）《聊齋誌異》及魯迅作品的研究論文意見大致相同，《聊齋誌異》有不少小道具，它們的作用包括：道具具備的象徵意義用以揭示主旨、

1　胡志毅，《神話與儀式：戲劇的原型解釋》（上海：學林，2001）129-132。

2　吳永庭，〈道具在影視藝術空間的作用〉，《文化時空》4（2002）：74。

烘托氣氛和傳達感情；在情節結構上，小道具常是作品中心，或
是貫串整篇的線索和精神；道具還可以設定角色形象，或改寫人
物的命運。[3]魯迅小說的小道具有幾種作用，作者借助這些物件突
顯角色的身分，或用以代表他們的個性，以及心理狀態和不幸的
遭遇。同時，小道具也有鋪設情節、顯示時代和地方特點等效
果。[4]

　　小說道具或物件的意義和分類，也許不僅於上面的說明。由
戲劇物件、托馬舍夫斯基的細節印證開始，本章分析小說物件的
象徵場所，探討物體的符號功能，通過各家說法的綜合，物件的
功能和意義可按「身體／空間」、「功能／外觀」、「現實／想
像」和「發展／破壞」四條軸線予以界定。第二部分擬以布希亞
的物件分類研究都市小說與科幻小說的道具，消費與功能性是這
兩種小說類別中物件的意義來源。第三部分抽取四位作家小說裏
最常見、最有代表意義的物件，借以佐證上述觀點。

二、物件的四條定義軸線

　　從文學形式的角度看，較有代表性的當屬托馬舍夫斯基的細
節印證（英譯作 motivation）論述。托氏指出，作品是由各種細節
組成的統一整體，如果各部分不能妥善地連接起來，作品就會四

3　陳公水（1959-）、徐文明（1962-），〈論道具在《聊齋誌異》中的美學
　　功能〉，《蒲松齡研究》3（2003）：39-49。

4　蕭新如，〈略談魯迅小說中的小道具〉，《東北師大學報》（哲學社會
　　科學版）5（1988）：81-83。

分五裂，所以各項細節都應使讀者感到有必須存在的理由或動機。細節印證可分類爲結構細節印證（compositional motivation）、求實細節印證（realistic motivation）和藝術細節印證（artistic motivation）三類，結構細節印證指映入讀者眼簾的物件或道具，應該對作品發展有所作用。契訶夫（Anton Chekhov, 1860-1904）認爲，「故事開頭說過有一個釘子釘到牆上，結尾時候主人公就應在這釘子上吊」，爲結局作準備，或者具有心理類比、襯托的說明性質，以及假細節印證的出現機會。在偵探小說之中，道具可以拉開讀者的關注，引領他們走入故事的歧路；求實細節印證闡釋小說應具備最低限度的「錯覺」，應該給予讀者眞有此事的印象，即使作品是虛構的，讀者也希望符合現實；藝術細節印證指文學形式自身，陌生化（defamiliarize）也許是這個概念最恰當的說明。[5]

按物件與空間的關係分析，小說世界（敘述空間）必定是由各種物件——手持道具、裝飾道具、大道具以及各式景物——建構出來，[6]據巴爾的敘事學著作，小說中的物件有其空間狀態，它們的形狀、顏色和尺寸均能影響空間效果，而且物件的安排方式也可影響對該空間的感知。[7]事實上，現當代小說已甚少單純利用物件爲情節發展的工具，物件更多時候是作爲象徵的、感知的、或是純粹的視覺功能，方丹（David Fontaine）闡述小說的空間描

5　Tomashevsky 78-87; 中譯參托馬舍夫斯基 124-135。

6　物件與地點的關係亦可參 Lutwack 48-53.

7　Bal, *Narratology* 95; 中譯參巴爾，《敘述學》107。

寫可能有「古典修辭裝飾作用」，或是現實主義小說裏有解釋、象徵的效果，譬如殘舊覆滿污垢的家具，爲故事設定了基調、象徵人物心理、甚或引起人物的心理變化。有些較短的文字沒有修辭或美學作用，只是現實主義作品用以呈現一個沒有特別含義的單純事實，讓讀者產生一種「眞實效果」的感覺。[8]米爾西亞（Claude Murcia）解釋法國新小說流派對空間有新的理解，以往作者賦予物件與人一種協調的共通性，新小說中的物件則已不再有解釋功能。喪失原來空間和人類的一致性以後，物件成爲一個「謎」。各種物件和某種「了解自己認識世界的局限的清晰意識」共同形成「遍布文本空間的語意網」，使物件具備全新的，「獨立於所指實物之外的意義」。新小說描繪「一種不完善的、有脫漏的、模稜兩可的捕捉」，使讀者失落閱讀作品的預期感受。[9]

在解釋西田幾多郎（NISHIDA Kitaro, 1870-1945）的「場所哲學」時，中村雄二郎（NAKAMURA Yūjirō, 1925- ）簡單回應了現代哲學中的場所問題。在他看來，除了作爲「存在根據」的「基體場所」外，還包括了「作爲身體性東西的場所」、「作爲象徵性空間的場所」和「作爲隱藏論點和議論之處的場所」，當中「身體性場所」和「象徵性場所」對小說空間的研究頗有參考

8　方丹，《詩學——文學形式通論》（*La Poétique: Introduction à la théorie générale des formes littéraires*），陳靜譯（天津：天津人民，2003）67-68。

9　米爾西亞（Claude Murcia），《新小說·新電影》（*Nouveau Roman-Nouveau cinema*），李華譯（天津：天津人民，2003）122-126。

價值。「身體性場所」的論點跟第二章梅洛-龐蒂的見解較接近，空間有待通過身體才能「被賦予意義、被分節化」。人不是擁有自己的身體，人自己就是生存的身體自身，是成爲我們向世界開放的基礎。「象徵性場所」則是指「具有深刻意義和有意指方向性的場所」，異於世俗空間的、宗教意義上的神聖空間有著象徵核心的特殊意義，最能體現這種場所的特點。[10]第二章的「聚焦身體」基本上可和「身體性場所」相符，「由物件建構出來的小說空間」則在某程度可與「象徵性場所」類比。回顧上述托馬舍夫斯基和方丹的意見，「求實細節印證」和「眞實效果」都在強調現實感覺是小說物件的主要作用之一。對作者來說，小說中的敘述空間需要各類物件形構，在讀者而言，物件（道具）應該不單具有現實的參照意義，也可能有象徵含義。例如在都市小說裏，撇開純屬「眞實效果」的物件不談，以眾多小說物件構築的敘述空間，多數有消費主義、頹廢色調的象徵。朱天文〈尼羅河女兒〉的主人公林曉陽，身邊圍繞的一切物件全是當代社會的消費符號，Walkman、麥當勞、歐米加、Reebok 等各式品牌、物件，描畫出一群消極沒有明天的年輕人在都市中的生活。〈尼羅河女兒〉的敘述空間，由年輕的林曉陽擔任聚焦身體，與歐米加、Reebok 等物件分別組成「身體性場所」和「象徵性場所」，由此顯示出作者對當代都市文明的見解。可以說，小說中的物件形成一個空間層次，這個空間層次不是純粹的現實，亦不是全然

10　中村雄二郎，《西田幾多郎》，卞崇道（1942-）、劉文桂譯（北京：生活‧讀書‧新知三聯，1993）52-55。

的虛構領域,而是處於現實與想像之間,必然有著象徵特性或某種「意指方向特性」。

　　只要小說存在敘述空間,物件仍然是編造人物行動環境的必要元素。小說裏面記述多項物件,由各自獨立的事物聯結成一個互相指涉的空間。由此引申,「物件的象徵場所」是由種種個別的符號所組合的,也就是說物件場所是一個符號層次。巴特嘗試分析當代社會物件的表徵,它們不但傳播和交流資訊,同時也組成「符號的結構化系統」:「相異、對立和對比的本質性系統」。巴特的觀點撮要如下:物件的意義來自它兩種主要的涵義,一是存在的涵義(existential connotations),一是「技術的」涵義("technological" connotations)。所謂存在的涵義,指物件在沙特(Jean-Paul Sartre, 1905-1980)等作家筆下是扼殺人物的客體,或如新小說中對物件的細緻描寫,以「表達物件對人類發展出一種荒謬性」。「技術的」涵義則是指「消費元素」,可以大量複製的物件。物件是「人與行動之間的中介物」,容許人影響和改變世界。有些無用的小裝飾經常有「美學上的決定性」,外表可能有其功能以外的意義,例如電話的外型可以產生奢侈或女性氣質的想法。只要物件進入人類社群,它就必定具有意義,因此,基本上沒有無謂的物件。[11]

　　其次,巴特認為,物件像其他符號一樣位於兩個定義、兩處座標之間。第一處是「象徵的座標」,像是燈表示黃昏、夜間一

---

[11] Barthes, "Semantics of the Object," *The Semiotic Challenge* 179-182; 中譯參巴爾特,〈物體語義學〉,《符號學歷險》188-190。

樣，任何物體都不可能沒有所指，它們最少有一個意義；第二處是「分類的座標」，透過區別來分辨事物本質（跟第三章引述的「語言的差異性」相若）。據巴特的研究，戲劇、廣告裏的物件，除表現眞實，「某程度上箇中意義也必須被排除於現實之外」；作爲一個符號，物件可能因爲它的歷史因素，或是局部特徵而成爲自身的所指，同時，物件符號的意義，非常依賴接收者（讀者）的所知所感，即使是沒有特別作用的符號，讀者亦需尋找其中的意義。[12]在〈眞實效果〉（"The Reality Effect"）裏（方丹觀點即引述這篇論文），巴特發現絕大部分小說的「無意義描述」是不可避免的。過往的描述主要有美學和修辭的作用，現實主義時期的作品，則由於必須表達眞實的印象，描述減少了其他成分，符號指向自身卻沒有所指，成爲空洞的敘述。[13]無論是〈物件語義學〉中重視物件符號的意義（不管作者或讀者所給予的），或是〈眞實效果〉裏對物件描寫的「無意義」分析，巴特都指出描述是小說不可或缺的部分，是構成一種眞實效果的要素，也就是說，可以將物件的組合解釋爲小說的象徵空間。

　　文學藝術裏的物件是有待解讀的符號，但卻不是絕對的，只有一個所指的符號。在整部作品中，同一物件不只有一個意指或作用，上述契訶夫的釘子範例，它一方面是空間物，最初呈現給讀者爲一件裝飾的意指；在結局中作爲殺人的物件，則轉而成爲

---

12 Barthes, "Semantics of the Object" 183-190; 中譯參巴爾特，〈物體語義學〉191-198。

13 Barthes, "The Reality Effect," *The Rustle of Language*, trans. Richard Howard (New York: Hill and Wang, 1986) 141-148.

與角色身體相關的道具。按照德勒茲（Gilles Deleuze, 1925-
1995）的《普魯斯特與符號》（*Proust and Signs*），學習就是要
面對符號：

> 學習本來就涉及符號。符號是現世學徒的，而不是抽象知
> 識的物體。學習首先要考慮某個實體、物體、生物，它們
> 像是散發有待破解和詮釋的符號。〔……〕只有對木材的
> 符號敏感的人才可成為木匠，只有對疾病的符號敏感的人
> 才可成為醫師。*14*
> 逼使我們思考的是符號。符號是遭遇的物體，但這種遭遇
> 的偶然性，卻恰恰保證了引導我們思考的必要性。
> 〔……〕思考總是詮釋——解釋、發展、破解、翻譯一個
> 符號。翻譯、破解、發展是純粹創造的形式。*15*

研究者指出，德勒茲的「符號」與他對「表現」（expression）的
理解是分不開的。「表現」不是指意象，而是指德勒茲所說的
「形成」（becoming），即永遠不會和它所表現之物相似。《普
魯斯特與符號》抽取《追憶逝水年華》的四種符號，包括社會符
號、愛情符號、感覺符號和藝術符號，以發掘「普魯斯特式的符
號學」。德勒茲的後來著作，定義符號的表現特性「將形象組

14　Gilles Deleuze, *Proust and Signs: The Complete Text*, trans. Richard Howard
　　(Minneapolis: U of Minnesota P, 2000) 4.

15　Deleuze, *Proust and Signs* 97.

織、結合並恆常重新創造形象」，而「每一個符號包裹一個正在形成的表現物之特定組合」。[16]博格（Ronald Bogue, 1948- ）詮釋德勒茲的觀念，指出「符號如果指定某一個物件，它必然意指其他東西」，「如果符號的秘密並非承載於它所指定的物體，他認為，可能存在於主觀的聯想之中」。[17]雖然德勒茲不像巴特般關注語言學的符號或代碼，[18]兩者的理論基礎有異，但從德勒茲符號的「形成」性質，可以引申出物件所表現的並非只有自身，它在小說中不斷轉化，與其他物件組成、結合，成為有象徵或特殊意義的符號。

對以上各家說法作一小結，小說物件的性質可以四條軸線定義。第一條軸線是身體（人物）與空間的座標，回應本章一開始介紹的戲劇理論，道具可分為空間裝飾與手持道具，手持道具一般有較空間裝飾重要的地位，空間裝飾通常只屬氣氛描寫物。蒲松齡及魯迅的研究論文，也認為小說中的小道具是顯示人物性格或發展故事的重要細節。然而，從小說中我們可以發現，像牆上釘子的物件十分常見，物件可能既是空間物又是手持物，影響讀者理解小說的人物與空間。不同人物（身體）對同一物件亦多有不同理解，旅行或陌生環境的場景，旅者面對異地物件，和當地人的相異態度是許多文學作品的主要題材。據研究指出，物件不單由它的性質確定其意義，它也不僅只是個人的心理投射。物件

---

16 André Pierre Colombat, "Deleuze and Signs," *Deleuze and Literature*, eds. Ian Buchanan and John Marks (Edinburgh: Edinburgh UP, 2000) 14-26.

17 Ronald Bogue, *Deleuze on Literature* (New York: Routledge, 2003) 35-36.

18 Colombat 20.

有助人習得經驗和發展自我，與此同時它的意義也隨著變化。*19* 物件在身體與空間的定義軸線轉移，一位病人躺在床上的自我描述可作參考：病人躺在床上，發現自己存在的範圍被局限了，一切熟悉的隨身物品不再是自己所擁有的，像是屬於遠處的世界。*20* 梅洛-龐蒂認為，身體、物件、空間有著緊密的存在關係：

> 物件與我的身體相關，或更籠統地說，與我存在相關，其中我的身體只是一個穩定結構。它由我的身體所掌握中構成；它首先不是一種理解上的意義，而是一種可由身體通過檢查的結構，〔……〕物件間或物件外觀間的關係總是有我們的身體作傳遞，整個自然是我們生命的背景，或者是在一連串的交談中的對話者。〔……〕物件不可從感知它的人那裏分離，也永遠不能成為「它自身」，因為它的連接就是我們存在的連接，亦因為它顯示為我們凝視的另一盡頭，或者是知覺探索的終點，被賦予了人性。如此說來，所有知覺都是一種交流或一種共享，〔……〕一切物件都是一個背景的具體化，任何關於物件的明確知覺，都仰賴和某種氣氛的先設交流。*21*

---

19 畢恆達，〈人與物的深情對話〉，《空間就是權力》39。

20 J.H. van den Berg, "The Meaning of Being-Ill," *Phenomenological Psychology: The Dutch School*, ed. Joseph J. Kockelmans (Dordrecht: Martinus Nijhoff, 1987) 231.

21 Merleau-Ponty, *The Phenomenology of Perception* 320.

承襲第二章身體與空間的分析，沒有身體的感知，空間、物件就不再具備意義，物件也無法從身體和空間抽離，「都仰賴和某種氣氛的先設交流」。下文關於黃凡小說香煙的考察，將再回到物件、身體與空間的問題。

第二條是物件功能及純粹外觀的軸線。參考上引巴特〈物體語義學〉，物的外表有獨立於功能之外的意義，一般來說，與人物身體較接近的物件或手持道具，它的功能將是物件的主要意義；反之，空間道具多屬於外觀符號，以作為一種純粹的、沒有特別意義之真實效果象徵物，或是透過物件外表描繪和象徵空間氛圍。

物件的第三條軸線以現實與想像為座標。回應巴特的兩篇論文，文學藝術裏的物件，許多時候是為了表現現實主義式的真實感覺。某些物件則擁有重要的象徵內涵，在現實以外另有一層想像意義，亦即現實與幻想的混合物。德勒茲也認為，過度的現實或想像都不符寫作本質。[22]黃凡、朱天文小說有不少物件寫出當代社會的消費現象，有著「真實效果」的同時，亦附帶作者本人的批判意見。相對的，黃凡、林燿德的科幻小說〈冰淇淋〉、〈處女島之戀〉和《時間龍》等作，載滿各式以幻想為主的道具，如「第十四類武器」、「創作型電腦」和「智慧次元槍」。由於科幻（幻想）小說類型的需要，這些物件既有反映現實的目的，亦有較真實豐富的想像成分。

---

22 Deleuze, "Literature and Life," *Essays Critical and Clinical*, trans. Daniel W. Smith and Michael A. Greco (Minneapolis: U of Minnesota P, 1997) 2.

前言引用了巴赫金時空體的論述，這個觀點說明小說是由時間與空間相互交織而組成的文學體裁。在開始到終點的過程中，小說是向前推進的一組敘述，故事、情節、人物等等，總是處於變動的狀態。一般來說，引入物件是為了發展情節，但在推理小說之中，殺人兇器、環境布置等元素是假細節印證的技巧，使讀者無法猜透真正結局（托馬舍夫斯基觀點）。物件符號的意指處於不斷變更的過程，物件的局部特徵也可能在故事的推進中修改，因此，第四條的定義軸線以發展與破壞為座標。亞里士多德的《詩學》說明「突轉」和「發現」是古典戲劇的重要情節成分，突轉指故事由本來的方向轉變到相反的方向發展，發現則指人物從不知到獲悉真相的變化。在編構情節的時候，發現與突轉同時展開，可以達到最好的戲劇效果。[23]黃凡〈皮哥的三號酒杯〉就是利用物件製造發現和突轉的情節，主人公皮哥本是曾經紅極一時的「酒杯表演者」，卻因酗酒被迫暫別舞臺。皮哥重新粉墨登場的契機，是以一隻新合金製造的「第三號酒杯」開始，可是後來慢慢發現酒杯的奇異力量吞噬他的朋友，皮哥終於將酒杯拋到大海深處。[24]相對而言，物件也可造成小說情節或結構的「散架」。法國新小說的敘述手法試圖打破既有的小說法則，利用「重複」、「碎片與混雜」、「結構模式」和「元推論」，營造「攻擊性結構」：讀者意料之外的敘述策略與原本的故事和情

---

23 Aristotle 31; 中譯參亞里士多德 89。
24 黃凡，〈皮哥的三號酒杯〉，《上帝們——人類浩劫後》（臺北：知識系統，1985）133-176。

節發展南轅北轍，干擾讀者，破壞敘述布局及鋪排，使小說的推進墮入窘境。[25]乃至強調小說虛構性、重視實驗手法的後設小說裏，道具有時不但誤導讀者，也為了顛覆小說常規，作品導入與全篇風格不一的物件，製造攻擊性的結構。這點將在下面林燿德小說的物件小節中再加解釋。

四條軸線有其相關性。透過前面的分析，我們可見身體性的物件基本上與功能、想像軸線有一定聯繫，同時也有重要的情節作用。如巴特所說，空間物有真實效果，大致因為外表而作為一種純粹的布置技巧。下一節將以布希亞消費與物件的論述，配合物件軸線的討論，解說都市小說物件的消費主題。

三、小說物件與消費場域

都市小說家以物件為象徵，營造一個個富含意義的場景與場域。就如前面幾章所提及的，都市小說與科幻小說是兩種血緣相近的類型，後者的許多意念和想像，其實都來自都市文化。[26]從寓言的角度看，科幻小說將詩與預言結合，表達小說文字意義以外的社會批評。寓言擁有源遠流長的歷史，它一直力圖表現不滿和相反的意見，揭示當代人的希望和焦慮。[27]都市小說之物，多為了表現現實，反映都市生活裏的消費問題。科幻小說的物件，

25　米爾西亞 102-120。

26　王建元 233。

27　Patrick Parrinder, *Science Fiction: Its Criticism and Teaching* (London: Methuen, 1980) 68-71.

特別是手持道具，它的象徵意義主要來自物的功能（失調）特性。奇特功能的道具是科幻小說的靈感源泉，經常成為小說人物的障礙物，映照反烏托邦、質疑科技的作品主題。

本節採用布希亞《物體系》（*The System of Objects*）的見解，研究都市小說與科幻小說的物件。布氏深受巴特的符號學影響並據之推展全書，[28]進一步深化科技與消費的問題，他的觀點有助詮釋臺灣都市小說。據季桂保（1966-）解釋，布希亞的著作將日常生活的各種物件分類，剖析現代社會中消費、物件與我們日常生活的關係。物件是生活中的必然要素，它又與其他物件有所關聯，消費物件成為社會結構和秩序的根本。當代社會以物件而設置的空間或氣氛成為一個「符號體系」，規範我們的行動和對群體的認同。只有當我們消費物件，也就是將物件的意義傳送給個別的消費者，物件才能產生作用。對布希亞而言，物件必然是各式各樣的符號，因為人絕非因為物件本身的特點，而是因為物件與物件之間的差別而消費。[29]

布氏把消費社會中「生命周期不斷加速的產品」分為四類，第一類是功能系統或客觀話語（the functional system, or objective discourse），主要論述各種家居物件（家具、布置、擺設等）的結構。布希亞指出，雖然功能系統並不局限於家庭物品，只是私人空間幾乎聚集了一切日常生活之物，是以該系統大體由布置和

28　Michael Gane, *Baudrillard's Bestiary: Baudrillard and Culture* (London: Routledge, 1991) 31.

29　季桂保，〈後現代境域中的鮑德里亞〉，《後現代性與地理學的政治》，包亞明（1965-）主編（上海：上海教育，2001）57-60。

氛圍構成。經由擺設的分析，布希亞解釋任何物品都需要與其他物件互相聯繫，達到強調整體的效果。這些物件必然具備種種功能，相對的，家居不再有深刻的傳統象徵或道德意義。所有物件都置身於系統之中，有著清晰的安排。物件的「功能」不是指「適應一個目標，而是適應一個體制或一個系統」，著重「被結合進總結構之內的能力」。**30**

第二類是非功能系統或主觀話語（the non-functional system, or subjective discourse），即以見證和懷舊為主，為人持有而不使用的物件，例如古董、收藏品等。一切物件都有使用和擁有兩種功能，舉古董為例，它沒有任何一點實用價值，僅扮演一個記號的角色。收藏品有時像夢一般有特殊作用，面對似乎是周而復始，實則不可逆轉的時間，這些物件超越了由生到死無法改變的命運，收集的行為容許已死的人倖存，生命的連續性得以確保。**31**

第三類為後設功能及功能失調系統（the metafunctional and dysfunctional system），布希亞提出兩種屬於這個系統之物，即沒有實際用途的小玩意兒，和代表「後設功能」的機器人。因為對功能的迷信，所有一切的活動或行為都必須有對應的物件，假使這些物件不存在，人就必然要創造出來。可是引進過多附屬功能的物件，卻生產出大量功能怪異的小發明，許多擁有極其特殊功

---

30 Jean Baudrillard, *The System of Objects*, trans. James Benedict (London: Verso, 1996) 3, 28-29, 53, 65; 中譯參布希亞，《物體系》，林志明（1965-）譯（臺北：時報文化，1997）1、30-31、71、73。

31 Baudrillard, *The System of Objects* 74, 86, 95-97; 中譯參布希亞，《物體系》81、96、107-111。

能的物件其實是絕對無用的。僞功能性的玩意，象徵現代社會的
「空白功能主義」，技術細節的擴增和概念的衰弱相對應。即使
它們未能符合大部分人的實際需要，亦滿足了「機械可以回答所
有需要」的心態，「如果物件失去其實際用途，它將被轉換到心
理用途之上」。至於機器人，則是「想像投射的最終表達」，也
是科幻小說夢寐以求的寫作對象：「玩意的純粹國土」。認爲機
器一定獲勝的「自動化主義」促使機器人的發明，自動啓動，自
動停止也許是物件僅有的命運。*32*

　　最後一類是物件及其消費的社會-意識形態系統（the socio-
ideological system of objects and their consumption），即模範與系
列物、貸款和廣告這些具有消費意識形態的物件。只有少數人可
以享有的模範物，和一整個系列的消費品，在個性化與整合之
間，所有人都可以在系列的差別中成就特殊的自我，兩者沒有矛
盾的連在一起。現代消費社會的另一個轉變是「優先消費」。信
貸允許消費者先行購物，然後再清還負債，這種生活形式已成爲
現在固定的制度。「消費先於生產」造成強制投資、加快消費和
不斷的通貨膨脹，可謂現代社會的消費倫理；廣告則是關於物件
的各類信息（話語），廣告說明我們經由物件消費什麼東西，它
既推銷某一特定品牌，亦將物件的隱含意義變得合理。*33*

---

32 Baudrillard, *The System of Objects* 113-119; 中譯參布希亞，《物體系》
128-137。

33 Baudrillard, *The System of Objects* 138, 144, 159-160, 164-166; 中譯參布希
亞，《物體系》152、159、173-174、179。

　　《物體系》的結論提出，工業文明的消費是「作爲滿足需要的機制」，「一種系統活動的模式和總體的回應，在此之上建立起我們文化系統的整體。」我們所消費的是符號而不是物件，作爲人與人之間的中介關係而被購買和使用。[34]葛迪拿（Mark Gottdiener）謂：「〔布希亞解釋，〕日常生活的商品化經由流行系統的普及化和分化趨勢的霸權而發生，商品化和科技革新在『進程』符號之下得以實體化。」[35]布希亞的四類物體系，前三類以「功能性」爲中心，物件體系的說明，慢慢轉移到消費概念的考察之上。[36]

　　布希亞的理論，與上述四條軸線中的前三項特別相關，第一類和第二類主要涉及小說的身體與空間、功能與外觀和現實與想像三項。就如上面提及的，室內空間的擺設有助說明人物的心理和營造空間氣氛，而小說裏的占物則有時具備超越現實的奇特作用。第三類多數見於科幻小說，以勾勒科技發展的矛盾，第四類大致是用以構築空間或製造現實感覺的道具，較著重批評資本主義和消費社會的生活空間。正如上面指出，對資本主義的質疑是布希亞的基本立場，透過物件體系和四條定義軸線的配合，都市

34　Baudrillard, *The System of Objects* 199-201; 中譯參布希亞，《物體系》211-213。

35　Mark Gottdiener, "The System of Objects and the Commodification of Everyday Life: The Early Work of Baudrillard," *Postmodern Semiotics: Material Culture and the Forms of Postmodern Life* (Oxford: Blackwell, 1995) 41.

36　林志明，〈譯後記：一個閱讀〉，跋，《物體系》，布希亞著 235。

小說中的消費社會主題可以更有效地加以閱讀和分析。「後設功能及功能失調系統」的一部分相當適合用以詮釋黃凡、林燿德科幻小說的奇特物件，其餘三類，特別是「物件及其消費的社會-意識形態系統」，和都市小說的關係當較密切無疑，朱天文、朱天心姊妹風格漸變的中後期作品，如〈世紀末的華麗〉、〈第凡內早餐〉，消費物件有極爲細緻的鋪排和描寫。

都市小說從不離消費社會的批判。以朱天文來說，〈炎夏之都〉自是其創作生涯的重要階段，有不少章節感慨臺北都市愈來愈不適合人居住。其後，《世紀末的華麗》將都市主題發揮得更爲淋漓盡致，首篇〈柴師父〉將臺北盆地描述爲「盆地大沙漠，可不是，一刻就雨過無痕，施工中的陸橋虎虎生灰，立時掩天鋪地又起了沙子」；柴明儀生活在這個沙漠中幾近半生，「四季如春的昆明」和「一塊綠洲」般的女孩，[37]則是這個不得不面對的沙漠的對照。〈紅玫瑰呼叫你〉的深夜都市，又盡是主人公翔哥陌生的 KTV 景觀和歌曲。簡略比較〈炎夏之都〉（以及〈風櫃來的人〉）和《世紀末的華麗》的不同，除了都市化的居住環境外，物件大量出現，覆蓋全篇小說是〈帶我去吧，月光〉、〈世紀末的華麗〉等作品的重要特色，《世紀末的華麗》一書，幾乎各篇都涉及這個主題。

至於八十年代的朱天心，亦以《我記得……》開啓寫作生涯的第一個主要轉向。〈去年在馬倫巴〉、〈鶴妻〉和〈新黨十九日〉，分別以收集城市垃圾資訊的變童老人、喪妻不久的鰥夫和

---

37 朱天文，〈柴師父〉，《世紀末的華麗》15-16。

重新適應社會的家庭主婦為聚焦身體，小說敘述他們面對陌生的都市或家庭物件符號，無一例外地從紜紜的消費物件中發現殘酷現實。後來的〈第凡內早餐〉亦充斥大量與故事無關的鑽石知識，轉變時期的朱天文、朱天心，小說物件扮演了創作上一個重要的角色。

　　朱天文和朱天心小說的都市物件，比較突出的應該是家居環境物品的強調。根據《物體系》的分析，現代社會的物件，被歸入製造、出售、購買，最終得以消費的生產體系，[38]第一類「功能系統」（家居物件）的功能，也就是物件的作用與外觀的定義軸線，並非指達到一個目標，而是適應一個系統（體制）：物件必須符合生產機器的需要。布希亞闡明家有著容器的功能，而住宅則象徵人體，「出自子宮」的創生原型，業已是詩學和隱喻的重要研究對象；第四章巴歇拉爾的見解，充分說明人和物件（家）的相連親密感覺。現代家庭則取消了維繫長幼的家居設計，刪除棲居者的根源。世界不再是從父祖輩那裏傳承過來，而是通過操作和支配等方式生產出來的。[39]葛迪拿表示，現代社會的家具和以往的並無太大差別，只是設計改變了：生產者主要考慮如何將家具收納到現代時尚的系統之中，家居物件的意義，由深層的傳統改變為自我指涉的外觀，意味著被控制和管理，不再代表過去。[40]

38　Baudrillard, *The System of Objects* 201；中譯參布希亞，《物體系》213。

39　Baudrillard, *The System of Objects* 27-29；中譯參布希亞，《物體系》28-30。

40　Gottdiener 42-44.

　　〈帶我去吧，月光〉的家居布置可說是新舊混雜的典型。小說寫美工出身的程佳瑋和家人搬到國宅，父母並不欣賞她的設計，她只有「把自己幾坪大房間弄成後現代感的空間漠漠，似乎在裏面講出來的話都會變成透明壓克力線條。她回家把房門一關，塗鴉，聽音樂，一窩幾小時不出。程先生夫婦不敢隨便闖進她房間，對他們而言，裏面這個世界的確太陌生了。〔……〕她房間裏的設計桌上絕對一白如洗，唯有一把鋼亮的美工刀，和一支漆著啞光礦灰色的 IXIZ 文具盒，側側並擱在桌上，形成簡寂的構圖」。[41]佳瑋房間和家裏的其他空間格格不入，不但說明現代家庭關係的轉化，若參考季桂保引述《物體系》的見解，我們還可發現，這種簡約主義的風格正正顯示物件已不是過去所強調的「表現性的、主觀性的、家族的、傳統的和裝飾性的」，而是注重「功能化、一體化、人工化和缺乏深度」。[42]在這篇小說裏，朱天文描述程佳瑋迷戀香港人夏杰甫，沉溺於漫畫人物 JJ 王子的愛情投射中。為了見夏杰甫，她跟母親一道到香港，可是她對母親的那些親友一點興趣也沒有，世界各地的城市，也比南京上海兩地更有感情。程佳瑋絲毫不願意了解母親的鄉愁，與上面家庭空間的斷裂是一致的。

　　本書多次引用的作品〈鶴妻〉，主角自妻子小薰過身以後，猛然驚覺家中囤積大量消費物件，就連非日常消耗品也儲藏甚多。丈夫猜測她瘋狂購物的心境，想要從家中擺設收集證據：

41　朱天文，〈帶我去吧，月光〉77、80。

42　季桂保 57。

……我打開好看的櫸木櫥，果真使我置身異國似的，形容
不出顏色的各種桌布餐巾，成套的咖啡杯碟有四組，還有
各種形態晶亮的玻璃杯酒杯及紅茶沖泡器，成套或不一的
西式餐盤……，好熟悉的好像在哪一家百貨公司見過一模
一樣的擺設方式，我隨意拿起一份咖啡杯碟，杯底的花體
英文說明著它們是英國骨磁，常識告訴我，這應當所費不
貲。[43]

丈夫發現妻子「進行某種儀式似的」布置想像中的美麗景象：有
最合適但不必要的餐巾、咖啡杯和化妝紙，在「一個明亮溫暖的
冬日午後」，聚焦者「好像在英國喝下午茶一樣」。看見妻子
「鞠躬盡瘁死而後已所經營的一切」，丈夫不能體會她的快樂，
了解到自己根本不曾認識這位妻子。[44]按物件的定義軸，餐巾、
餐盤和杯碟，在小說中由個別的手持物向整個系列轉移（身體→
空間），本來的實用價值並非重點，物與物組成的消費系統才是
中心（功能→外觀）。這種英國式的、閒適優雅的氣氛，恰正符
合布希亞的說法，家居的功能物件是爲了適應整個擺設系統，
「英國式的」、「優雅的」情調是純粹的符號，用以生產和消
費，卻沒有實在的象徵價值。〈鶴妻〉中的丈夫，與其說是敗在
一個根本不曾認識的妻子手上，不如說，敗在現代社會的消費體
系上。

---

43 朱天心，〈鶴妻〉130。
44 朱天心，〈鶴妻〉130-131。

　　同樣是朱天心的都市小說，速食店的午後場景是〈新黨十九日〉的開端。以往從不光顧速食店的家庭主婦，因無意間在股場獲利，像是開始第二春似的，煥發和以前不一樣的人生。小說寫主人公身處店中，「長年夏涼冬暖的室內空調總使愛坐臨窗位子的她長期下來快失去了現實感，尤其有好陽光的天氣，透過每一小時就有工讀生出來擦一次的白色木框方格玻璃窗望出去，她完全忘了外面夏熱冬涼的現實而相信自己置身的果真是一個美麗的城市」。[45]抽離現實的消費空間，和〈鶴妻〉的餐桌擺設一樣，所營造的氣氛跟過去與現在的空間割裂，這種失真的日常場所，卻已是都市生活的常態。

　　朱天文《世紀末的華麗》裏，〈柴師父〉和〈尼羅河女兒〉都有不少消費物件的符號，例如前面提及的 Walkman、麥當勞、歐米加、MTV、愛迪達休閒鞋等，其中又以〈世紀末的華麗〉的服飾和手藝最有代表性。衣服是功能性的物件，然而它亦是流行體系的必要部分，非本質的元素，也就是外在的視覺效果才是它的首要考慮。第二章解釋朱天文的「枯盡」美學，衰老身體面對每天譬如朝露的都市景物，猶如風燭的生命和周期短暫的物件，構成「人是（非）物非」的調子。《物體系》卷首即謂，「我們的都市文明見證一代又一代的產品、用具、玩意相互取代，反而顯得人是更為穩定的生物。」[46]〈世紀末的華麗〉的主人公米亞年僅二十五歲，從事多年模特兒工作，服飾卻已幾經改朝換代。

45　朱天心，〈新黨十九日〉136。

46　Baudrillard, *The System of Objects* 3；中譯參布希亞，《物體系》1。

詹宏志說道，「小說花費大量篇幅細細描述各種服裝時尚與身上飾物，相對地逐步揭露一個行屍走肉的身體。」[47]朱天文筆下的服裝描寫極盡繁瑣之能事，即意在顯示小說「人是（非）物非」的主題：

> 垂墜感代替了直線感，厭麻喜絲。水洗絲砂洗絲的生產使絲多樣而現代。嫘縈由木漿製成，具棉的吸濕性吸汗，以及棉的質感而比棉更具垂墜性。嫘縈雪紡更比絲質雪紡便宜三分之一多。那年聖誕節前夕寒流過境，米亞跟婉玉為次年出版的一本休閒雜誌拍春裝，燒花嫘縈系列幻造出飄逸的敦煌飛天。[48]
>
> 小凱穿上倫敦男孩的一些 heavy 一些叛逆，她搭合成皮多拉鍊夾克，高腰短窄裙，拉鍊剖過腹中央，兩邊雞眼四合釦一列到底，用金屬鍊穿鞋帶般交叉繫綁直上肋間，鐵騎錚響，宇宙發颻。[49]
>
> 九二年冬裝，帝政遺風仍興。上披披風斗篷，下配緊身褲或長襪，或搭長及膝上的靴子。臺灣沒有穿長靴的氣候，但可以修正腿與身體比例，鶴勢螂形。織上金線，格子，豹點圖案的長襪成為冬季主題。[50]

---

47 詹宏志，〈一種老去的聲音〉11。
48 朱天文，〈世紀末的華麗〉175。
49 朱天文，〈世紀末的華麗〉178。
50 朱天文，〈世紀末的華麗〉183。

作者用極富節奏感的文字,肆意鋪張有關衣飾的種種。過去的賞析角度,或會將這些描寫視為作品的瑣碎末節,但在這篇都市經典中,細節經營卻正是劃時代意義的所在。講求搭配的服飾,必須能被整合在流行體系之中,布料、剪裁、樣式、風格不斷的更迭改變,其實正如布希亞所說,這是消費社會中個性和系列的體現。服飾、品味追求獨特,追求超越群眾(「米亞已行之經年領先米蘭和巴黎」),但是,衣著又必須得以流行,才可以製造潮流(「面臨女性化,三宅一生改變他向來的立體剪裁,轉移在布料發揮」)。[51]個性和系列的關係是消費系統的一個策略:在個性化和生產體系的要求下,物件的使用價值受到傷害,追捧新穎物件和新潮時尚,令生活中的物件愈加貶值,壽命更為短暫。消費社會期望製造功能更完善的產品,又為各種產品設計一個給定的時限,先前的物件將無法繼續使用,同時也不斷鼓吹人的欲求心理,使超過流行限期的物品不再風行。物件不能躲過朝生夕死的命運,消費社會藉此維持生產機制的經濟基礎。[52]就像〈世紀末的華麗〉裏面一樣,米亞即使擺脫服裝的戀物癖,主人公卻仍然依附城市邦聯,耽美於另一層個性化(色彩和嗅覺)的物件世界之中。

朱天心的〈第凡內早餐〉以第二類「非功能系統」物品為主要描寫對象。小說主人公是職場打滾多年的女性,認為鑽石是

---

51 朱天文,〈世紀末的華麗〉184、189。

52 Baudrillard, *The System of Objects* 145-146; 中譯參布希亞,《物體系》159-160。

「最典型標準的商品拜物教的象徵」，她感慨德比爾斯（De Beers）所大力鼓吹的「愛情與鑽石的嚴重關係」，「男人好像也真以爲，沒有鑽石就得不到愛情」；此外，這位職場女性又和作家 A 交談，講及新人類女性，「保持無性生活無非潔癖罷了」。[53]然而，獨身的女主角卻無確切交代，爲何執意要在情人節那天買一只第凡內的單粒鑽戒。小說又大肆鋪陳引用馬克思、阿多諾（Theodor Adorno, 1903-1969）著作、德比爾斯公司的廣告文字以及著名鑽石的故事，據張小虹（1961-）的意見，這篇作品「明知資本主義商品對人的迫害，爲什麼主角要追求那樣一種寧靜的快樂？這裏頭有一種商品拜物的迷昧」，〈第凡內早餐〉的謎，「在於女人對物質消費的一種不可解情感」。[54]有研究指出，收藏有時顯示和他人關係欠佳，許多收藏家的家庭成員不願繼承和自己敵對的收藏物，收藏者也會將珍藏視爲性欲對象。[55]這篇小說所表現的商品拜物傾向，也揭示收藏物是「激情物件」，補償性欲發展的危險關頭。[56]

　　無論是功能或非功能的物體系，都可以歸結到消費系統之下：〈去年在馬倫巴〉裏，收集都市垃圾資訊的戀童老頭有感自己是「辦公室裏處理廢棄資料的碎紙機」，[57]腦海滿被政客的紫

53　朱天心，〈第凡內早餐〉，《古都》95、105。

54　張小虹，〈卿卿「物」忘我 —— 文學與性別〉，《聯合文學》16.2（1999）：183。

55　Marcus 73.

56　Baudrillard, *The System of Objects* 87; 中譯參布希亞，《物體系》97。

57　朱天心，〈去年在馬倫巴〉，《我記得⋯⋯》104。

微命盤、巧克力包裝紙的宣傳口號等毫無意義的知識所盤據。這
些無用的情報，自是消費社會的符號操控形式，物件就像老頭收
集的垃圾資訊，不斷的製造和花費，維持生產體系的良好運作。

　　科幻小說則更爲著重描寫第三類「後設功能及功能失調系
統」的物件。這種超現實和想像性質強烈的創作類型，以想像爲
主體的空間作其敘述背景。讀者自然而然的把高科技物件視作這
種小說的必需道具，很大程度上爲分別是否科幻小說的第一個依
據。科幻物件不只是「裝飾性的附件」，也多有著暗喻的效果。[58]
作家和評論者不約而同指出，科幻文學的場景和資本主義的生活
型態一脈相連，它不但反省現實的情況，也同時有強烈的批判色
彩。[59]就如林燿德本人所說，優秀的科幻作品務必符合邏輯，經
常呼應現實不使之脫節。雖然故事背景大多是未來世界，作家卻
要使讀者感到事件於眼前不遠之處發生，具有現實色彩。[60]

　　黃凡和林燿德的科幻（幻想）小說，都被認爲有深刻的現實
影射。黃凡的第一篇科幻《零》，「表現出黃凡對後現代資訊、
商業、科技時代即將來臨時的不信任感」，他的「反政治科幻傾
向基本上是對現實政治論述、運動或教條的抗拒或懷疑，因此事
實上也是政治科幻的一種形式。」《零》以後，黃凡「漸漸將創
作主軸從對未來社會的具體刻畫及現實社會的關照轉爲對抽象式

58　Adam Roberts, *Science Fiction* (London: Routledge, 2000) 146-147.

59　蘇恩文（Darko Suvin, 1930- ），〈《科幻》專號導論〉，蕭立君譯，
　　《中外文學》22.12（1994）：13、20。

60　林燿德，〈臺灣當代科幻文學〉（上），《幼獅文藝》475（1993）：
　　44。

哲學概念（特別是『上帝』此概念）的思考」。**61**《上帝們——
人類浩劫後》、《上帝的耳目》、《冰淇淋》這幾本長短篇科幻
小說，除了「上帝概念的思考」外，另一個引人注目的主題，就
是〈皮哥的三號酒杯〉、〈沒有貨幣的年代〉和〈冰淇淋〉裏所
涉及的，資本主義及科技過度發展的問題。張錦忠（1956-）論述
《上帝的耳目》，謂這部小說充滿「現在」的符號，無疑是當代
社會的延續，並沒有離開此刻的時空太遠。許多科幻作品直接指
涉日常生活，寫尋常人事或普遍發生的社會問題。黃凡對都市生
活的觀察十分細膩，他的科幻小說經常探索人類的未來發展，思
考潛伏在城市背後發生浩劫與災難的可能。**62**

　　《大日如來》和《時間龍》的作者林燿德，現實生活亦同樣
是他首要關注的議題。根據鄭明娳的意見，《時間龍》的「科幻
布景終究只算是他製作哈哈鏡的『手段』」，實際上那是一部
「懷疑論式的政治小說」。林燿德曾自述，《時間龍》中的基爾
星實為 1997 年的香港，小說裏面處於夾縫之中的轉口中心奧瑪
星、新麗姬亞帝國及地球聯邦，則可以分別比附臺灣、中國大陸
和美國。主人公盧卡斯流亡奧瑪星後，和王抗、賈鐵肩競爭，跟
臺灣三個政黨你死我活的鬥爭情形十分相似。**63**《大日如來》則

61 林建光，〈政治、反政治、後現代：論八零年代臺灣科幻小說〉，《中
　　外文學》31.9（2003）：147-149。

62 張錦忠，〈黃凡與未來：兼註臺灣科幻小說〉，《中外文學》22.12
　　（1994）：208-209、213。

63 鄭明娳，〈《時間龍》的科學、幻想與思想〉，《香港文學》216
　　（2002）：74-77。

設定 1998 年的臺北為小說開端，一座偉大的建築矗立在偉大的城市中間。在這豪華的百貨公司中主角金翅和同伴對付惡靈，到最後小說尚未交代金翅是否已經消滅黑闇大日如來，卻描述世界各地地震不斷，死傷無數，某程度上諷喻地球環境被人類自身過度發展的科技所破壞。

蘇恩文認為，科幻小說家從自身的「經驗環境」出發，描畫各種陌生的新奇異地。科幻小說是有教育意義的文學類型，激發讀者的好奇心、恐懼和盼望。[64]這個未來的、不存在的空間由物件所建構，或者可以說，經由物件傳遞作者的意念，展示對現實的不滿和批判，以及對未來的瞻望。在《物體系》一書中，布希亞指出「自動化主義」是「機械必勝」的基本觀念，被看作為科技進化的首要目標。我們期望物件能夠自動運作，但是極端的自動化，物件必然要放棄其他的可能性，只能為一種特定的功能運作。小發明正正顯示上述這種傾向，這些物件強迫注重細節，著重詭異的技術和無甚意義的形式。玩意也是沒有實際功能的物品，功能變得過度特定化，完全不能回應社會的要求。[65]

可以發現，黃凡的科幻小說裏充斥大量無用的物件，由第一篇科幻作品《零》開始，作者就已關注社會組織過度講求效率和

---

64 Darko Suvin, "On the Poetics of the Science Fiction Genre," *Science Fiction: A Collection of Critical Essays*, ed. Mark Rose (Englewood Cliffs: Prentice-Hall, 1976) 58-59, 71.

65 Baudrillard, *The System of Objects* 109-115; 中譯參布希亞，《物體系》123-130；並參 Richard J. Lane, *Jean Baudrillard* (London: Routledge, 2000) 33-35.

嚴密控制的問題，人的喜怒哀樂慢慢成爲罪惡根源，必須予以監管，利用先進的科技取代。稍後的〈皮哥的三號酒杯〉是一篇抨擊資本主義發展的小說，享負盛名的「酒杯表演者」皮哥接受「馬若奇異金屬公司」邀請，出任「奇異三號酒杯」系列廣告的代言人選。小說介紹馬若奇異金屬公司的一段敘述，公司的產品種類急速增長，和布希亞著作的開頭可謂異曲同工：

> 馬若奇異金屬公司，分支機構遍布全球每一角落，目錄上的產品多達一千三百種。在奇異金屬日受重視的今天，馬若推出新產品的速度也同樣令人驚異。套用董事長馬若的一句名言：「奇異金屬和我們永遠不會疲勞。」所以馬若公司行事曆上的每一天，都是重要的一天，都是效率的一天，都是推陳出新的一天。[66]

皮哥從公司實驗室主任楊程得悉「三號酒杯」的奇異金屬可以產生四度空間，董事長馬若卻只關心新產品上市。故事結尾寫皮哥在實況節目中控訴馬若公司，造成三號酒杯的退貨潮，馬若則打算召集律師控告皮哥。王德威評曰：「那只神秘莫測的酒杯掌握通篇人物的思維行動，儼然成爲全文的主角。人爲物役，寧不可驚！」[67]評論家的看法，恰正說明這篇小說中物件的重要性。三號

---

[66] 黃凡，〈皮哥的三號酒杯〉136。

[67] 王德威，〈尼采的迴聲？——評黃凡的《上帝們》〉，《閱讀當代小說》38。

酒杯其實是無用的東西，它的作用只是不必「擔心摔破酒杯」，以及「據說它能使杯中酒更為香醇」，雖然「一般人不可能讓杯中酒閒置一段長時間」。[68]借布希亞的話來說，酒杯是純粹屬於偽功能性的物件，它不具有實質作用，只是一件生產——銷售體系的玩意。

長篇科幻《時間龍》的末尾，林燿德花了許多筆墨描述「智慧次元槍」。原奧瑪星統領王抗到自由市途中被盧卡斯計算，身中仍在實驗的智慧次元槍，被封鎖在異次元空間，必須解答七十二道題目才能脫險。[69]王抗解題、賈鐵肩之死、假王抗演說和盧卡斯觀賞生死鬥的場景並列，就此鄭明娳認為「競技場上的慘烈搏擊正象徵政客們惡鬥之無所不用其極」；又指出，《時間龍》創造眾多的「科幻配件」，編造林林總總的未來科學，如「州際超高速地鐵」等不必要的內容是科幻小說的重要背景，這些不合科學邏輯的，天馬行空的科幻內容只是林燿德「製作哈哈鏡的『手段』」。[70]智慧次元槍和普通手槍比較，實在只是一件徒添蛇足的無意義發明，它卻在科幻小說《時間龍》中成為主要的科幻元素。林燿德的目的大致有三：製造角色間的矛盾，深化王抗的困窘；既利用科學營造未來世界，又顛覆科幻小說的科學本質；也許還顯示功能迷信的徵象：科幻小說是玩意的純粹國土。

按布希亞的解說，物件一方面是可靠的，另一方面也是理想

68　黃凡，〈皮哥的三號酒杯〉139。

69　林燿德，《時間龍》259、271。

70　鄭明娳，〈《時間龍》的科學、幻想與思想〉73-75。

破滅的原由。機器人是機械必勝主義的終極投射，它是「物件王國」中無意識的最終核心。較諸技術的未來發展，機器人更大程度上是因為「自動化主義」的心理影響而誕生，為「絕對功能性和絕對擬人主義的合成」。奴隸般的機器人反叛是許多科幻小說的主題，人就像面對自己最深處的力量，跟自己的化身戰鬥。和機器人戰鬥的故事結尾，不離解除它們的「邪惡」力量，或機器自我毀滅等情節，似乎表示「技術自作自受，人則回到自由的本質」。布希亞引申，「物件功能必勝主義」到了極點，自身就會進行「解體儀式」，技術不斷發展，同時人的道德則會相對地「落後不前」。[71]

　　林燿德編入首作《惡地形》，後來《非常的日常》未有收錄的〈方舟〉，以及黃凡〈冰淇淋〉、〈沒有貨幣的年代〉等作，正是表現機器人反叛、科技進步而人類道德倒退的作品。〈方舟〉裏的主電腦，「電子人杜德銘」由真實的杜將腦波和音波輸入電腦，創造另一個自己。電子人感到杜德銘和後繼者千坂健一是它的威脅，於是安排兩人意外死亡。它又訛稱世界遭受毀滅性破壞，製造杜德銘本人設計的避彈室「方舟」的內部變故，所有參與千坂婚禮酒會的嘉賓全數死於這幢「諾亞方舟」內。作者寫到首相和權貴目睹世界似乎正在滅亡，並沒有覺得倖免於難，而是精神瀕臨崩潰，性與死亡場面充斥方舟裏面，[72]和布希亞的觀

71　Baudrillard, *The System of Objects* 119-123; 中譯參布希亞，《物體系》134-139。

72　林燿德，〈方舟〉241-253。

點非常吻合。

　　黃凡〈冰淇淋〉、〈沒有貨幣的年代〉都具備半機械人的科幻色彩，仍然以「科技改善生活」的夢想破滅為故事主題。就如〈千層大樓〉，〈冰淇淋〉的「新殖民銀河」星人有著「合金消化系統」，主角卜記說，金屬的消化系統出現以後同胞胃口日漸擴張，生命的意義只剩下吃東西與下一個可以吃的東西之間，它「確實改變了文明，同時敲響了這個文明的『沒落之聲』」。[73]〈沒有貨幣的年代〉裏，莫泰裕身處的國家推行「新貨幣政策」，全國公民都要在手背烙上金屬片，取代一切流通貨幣，防止刺激犯罪的行為。自從推行「刷刷樂」以來，「整個社會頓時喪失了活力與創造力」，「日子在平淡和乏味中度過，這段期間全國經濟陷入不景氣中，不過學者專家都認為這是必然的過渡現象，一個無限美好的『均富社會』就等在前面。」[74]莫泰裕因私藏鈔票而被捕入獄，最後決定移民到唯一實行鈔票制度的國家。黃凡似乎有意指出，科技和文明的發展到達極限反而失去生命意義和違反人性，提出科技進步的同時，也在質疑所謂美好的將來。

　　無論是追求理想還是否定理想，科幻小說都一直在反映現實。黃凡和林燿德的科幻小說之物，尤以前者作品更鮮明的表示物件發展的未來：人在追求不應追求的，或者說是追求不必要的進步，思考科技如何前進正是這些物件象徵的意義。以上提及的

73　黃凡，〈冰淇淋〉21。

74　黃凡，〈沒有貨幣的年代〉，《冰淇淋》147。

科幻小說，花費更多筆墨於物件的功能和外觀，物件背後的現實批評和奇特想像，用以營造虛構空間是作品的真正意圖。借布希亞的《物體系》以分析黃凡等四位作家的小說，得以窺探都市文學和科幻文學的物件，作品多數表示消費社會的物品都有給定的期限，無用的假發明也愈來愈多。[75]承接第一節的討論，定義物件軸線的兩點不是絕對對立的，物件經常在這兩極間游移。科幻小說重視想像性也強調現實元素，書中各式奇異物件象徵一個功能過剩的世界；三號酒杯、智慧次元槍等功能（失調）物和身體關係較多，也有助發展小說情節。據此論斷，小說主旨得力於物件的描寫，都市小說較以往作品更重視物件的鋪陳堆砌，以表達主題和建構城市空間。

四、物件與作家想像：香煙、面具、服飾與舊物

　　作家通常有特別擅長描繪或作品中出現頻率特別高的物件，以配合作品風格或主題。黃凡、林燿德、朱天文、朱天心的小說各有格外重要的道具，分別是身體與空間之間的香煙、破壞情節的道具如面具、純粹外觀的服飾，以及想像與現實之間的舊物。通過四類物品的閱讀，這一節的討論將進一步印證上面提及的定義軸線。

75　Baudrillard, *The Consumer Society: Myths and Structures*, trans. Chris Turner (London: Sage, 1998) 40.

　　隨便翻閱一下黃凡的小說，可以注意到筆下的物件，當以超高速電梯（〈千層大樓〉）、創作型電腦（〈處女島之戀〉）、有神秘力量的酒杯（〈皮哥的三號酒杯〉）等各式科幻小說道具形象最為鮮明，現實性較強的小說並不著重借助物件發展情節。由〈雨中之鷹〉開始，一直到〈傷心城〉、〈總統的販賣機〉等作，黃凡描寫各式受城市壓迫，或生活無聊，或稍有成就的主人公，對世界抱著不信任的態度，未知何去何從。即使是〈大時代〉的希波，哪怕他已經身居要職，還是覺得自己不是做任何事的材料。

　　黃凡第一本小說集《賴索》裏的〈雨中之鷹〉，是一個敘述富家子弟柯理民喪妻，覺得生無可戀的故事，為黃凡首個創作。[76]這個中篇作品有著許多黃凡本人的小說細節，有相當的代表性。落泊的主人公回到故鄉，曾經反對婚事的父親病重，全篇小說彌漫濃烈的哀傷情緒。小說開始時有一段形容主人公「心境一片冰冷」的天氣描寫：「這是個十一月的陰鬱日子，冬天即將來臨。氣象局最近幾天老是在報告著壞消息；北部地區陰雨，東部地區陰雨、南部地區陰雨。全世界都陰雨。」柯理民其後「點起一根煙，視線投進模糊的雨霧裏。也許這是個傷感的城市。〔……〕把煙按熄，從車內反光鏡看到了一幅沮喪而疲倦的臉孔」。[77]作者多次寫主角取煙、抽煙，用許多文字描述主角嗜煙的原因，例如「寂寞時的良伴」、「『等待』『漫長的等待』成了絕佳的自

76　參黃凡編，方美芬增訂，〈黃凡寫作年表〉，黃凡著，高天生編 303。

77　黃凡，〈雨中之鷹〉15-16。

我諷刺。這當兒，為了緩和一下情緒和腿部積聚的血液，我抽完了盒裏所有的香煙，〔……〕」。[78]故事的結局是主角在醫院看見傷心的母親，瀕死的父親和妻子兩個形象交疊，最後柯理民趁母親回頭拿雨傘的時候不辭而別，走進雨中。香煙成為陰冷的下雨天氣和沒有理想的主人公這兩者之間的配搭。

香煙應該是黃凡小說中有特殊重要性的物件。香煙絕非推動小說發展的功能物，倒是因為符合黃凡的作品風格而出現頻率甚高。《傷心城》是根據〈大時代〉為底本，加以擴大填充的長篇小說。葉欣夢見曾經和他關係密切，下場卻異常悲慘的范錫華，因為一時間無法入睡，就「把枱燈打開，走進浴室，洗了把臉，然後，坐到窗口，點上煙，靜待清晨的來臨」。[79]兩篇小說的氣氛十分接近，既怨恨范錫華（蔣穎超）拋棄自己的姐姐，卻又婉惜一顆新星的殞落。對於范錫華（蔣穎超），聚焦者更多表示出無奈的態度，香煙似是愛恨交織，模稜兩可的象徵物，加強了渲染氣氛的效果。

香煙也與回憶密切聯繫。〈總統的販賣機〉裏，寄住女友素素小房間的無業遊民羅思，思考自己失業原因時點上香煙，憶述失業和認識素素的經過：「這四個月間，我把自己關在房間裏，除了偶爾出去『餵餵』販賣機，大部分時間，我都趴在窗口，一面茫然地俯視『名人巷』，一面反省自己為什麼又失業了。〔……〕於是我給自己點上一根菸，開始回想起那一段可資紀念

78 黃凡，〈雨中之鷹〉20、35。

79 黃凡，《傷心城》63。

的日子。」*80*《大學之賊》的主人公丁可凡，亦跟曾經提拔自己的哲學系主任余耀程一起抽煙，回憶小說開端的舊日子。對於黃凡來說，香煙是現在與回憶的橋梁，製造懷舊的氛圍。

克萊恩（Richard Klein, 1941-）的著作詳細解釋生活裏和敘事作品中的香煙形象。吸煙的象徵意義可以從電影《北非諜影》（*Casablanca*）中獲悉：咖啡館主人手中的香煙表現時間流走的情調，也是電影主題曲〈隨時光流逝〉（"As Time Goes by"）的視覺具體化。等待、時間推移是整部電影的調子，卡薩布蘭卡是個等候的城市。香煙的特點有三：煙霧繚繞、燃燒時間和對身體有害，造成香煙的獨有涵義。吸煙的片刻給予抽煙者「一種超越的感覺」，火焰和吞雲吐霧的一系列簡短儀式，有「一段短短的永恆一刻」。吸煙者常被認為無所事事，吸煙不能視為一個行動。沒有目的、為消閒而抽煙，僅僅只是一個姿勢。從根本上講，消費香煙等同於消費浪漫，香煙燃燒的是夢想和虛無的詞語，或者表現事物慢慢消去的黑暗美。香煙是有害的，卻擁有康德（Immanuel Kant, 1724-1804）所說的「崇高」感：他將崇高理解為「與痛苦相關的負面快樂」，香煙正因為它有毒和苦澀的味道，帶給人「痛苦的美學快感」，也創造了病態的陰暗美。作為身體與空間之間的香煙，吸入煙霧就像吸入周圍空間的一切，象徵擁有附近的所有，身體被煙包圍並擴展身體的限制。吸入和吐

80　黃凡，〈總統的販賣機〉171。

出煙霧，也是占有房間的一種方式，使空間變得更有詩意。[81]

　　《傷心城》、〈總統的販賣機〉和《大學之賊》的段落，就是因為香煙霧化和燃燒時間的特點，而故憶述過往。〈雨中之鷹〉的香煙敘述，明顯是主人公「等待的時間觀」和將自己投入陰冷氣氛的象徵。《躁鬱的國家》裏，黎耀南獨處斗室，因為堆積了各種剛買的小玩意，抽菸的主角終於有家的感覺：

> 黃昏很快降臨，他終於能坐在床頭抽枝菸。這房間在堆積了各式各樣的小東西後，竟然有了「家」的感覺；尤其那座方型裝水招財燈，小馬達揚起 S 形水柱，讓一粒粒燈內的七彩發光浮泡，滾動旋轉，顯得既炫目又神秘。〔……〕最後是這只正在使用的菸灰缸——天曉得竟然有人會設計出這樣的東西？——它的外型像一坨糞便，缸緣印了幾個觸目驚心的字「抽菸得癌症」。看來是件「菸毒勒戒器」。不要抽了，把它砸碎吧！老菸槍都知道，這類嚇人的話，只會使它更刺激。死亡的威脅隱藏在每一件事的背後！黎耀南繼續抽第二枝菸。

81　Richard Klein, *Cigarettes Are Sublime* (Durham: Duke UP, 1993) 16, 35, 38, 42, 62-64, 71, 105, 178-179; 中譯參克萊恩，《香煙：一個人類痼習的文化研究》，樂曉飛譯（北京：中國社會科學，1999）25、56、61-62、67、93、96-98、108、158、264。丹尼斯（Marcel Danesi, 1946- ）的著作則把香煙理解為性的符號，參 Marcel Danesi, *Of Cigarettes, High Heels, and Other Interesting Things: An Introduction to Semiotic* (New York: St Martin's P, 1999) 2-12.

> 在煙霧中，他想到了死亡。我會用什麼姿態跳自己的「死
> 亡之舞」？瀟灑、怯懦、還是憤怒？〔……〕
> 我下定決心從明天起戒菸，我還有偉大的作品尚待完成，
> 〔……〕黎耀南將菸按熄，他環目四顧，就在這一刻，一
> 個溫暖的「家」的感覺完全消失了。*82*

跟克萊恩的說法一致，黎耀南抽煙的當兒看見菸灰缸的文字，他
卻認為香煙本身蘊藏的死亡含義，正正吸引抽煙者「痛苦的快
感」；然而香煙又使黎耀南想到死亡，不能展開抱負，本來接近
建立起來的「家」的感覺一瞬間便失去了。

　　上述燃燒時間的哀傷與〈雨中之鷹〉一脈相承，貫徹作者整
個寫作生涯，事實上，煙霧、氣體對黃凡有著特殊意義，《零》
的結局寫席德發現自己只是外星人統治地球的實驗品，最後被
「汽化」處理：

> 「好了，」站著的人說，「你把裏面的氣體抽掉，把門打
> 開。」
> 門打開後，這個人走進空蕩蕩的汽化室裏，出來的時候，
> 手上拿著一塊方形的銀色金屬片。
> 「AH 五四八一，」他輕聲地唸著，「AH 五四八一；是個
> 中央官員呢。」*83*

---

82 黃凡，《躁鬱的國家》125-126。
83 黃凡，《零》138。

這段細節亦可說明煙消雲散是黃凡想像力的基本意象之一。黃凡筆下香煙和空間有不可分割的關係，不論是場景物件還是手持物，它都具備創造空間氣氛，營造憂傷美麗，與及描述人物性格的功能。

「科幻小說之物」一節研究〈皮哥的三號酒杯〉的酒杯、《時間龍》的智慧次元槍等道具，它們有助發展情節，對故事推進有不可或缺的作用。林燿德的後設小說（〈我的兔子們〉、〈白蘭氏雞精〉）和黃凡的不同，後者的〈小說實驗〉是一篇脈絡清晰的後設小說，平凡的小職員「黃孝忠」遭遇一宗殺人案件，正在進行「小說實驗」的作家「黃凡」被捲入這個旋渦之中。小說物件例如書籍和《家譜學》荒誕不經，黃孝忠在無意間回到「希雅書店」，偷偷走進員工區域。在緊急關頭，他抱起一堆書遮掩臉孔，偽裝成書店員工，藉此潛入希雅書店的貨倉，並發現破解兇案的一些頭緒；此外，小說開頭就已提及黃孝忠受老闆所託提交家譜，以證明自己和公司職員沒有親戚關係。在情節推進的過程中，黃凡和黃孝忠不斷發現命案和家譜的關係，兩人「證實」老闆就是殺人真兇。[84]這些物件皆是黃凡突顯後設小說遊戲性質的道具，但亦無疑有助故事發展，與一般小說物件沒有偏離太遠。

林燿德的小說道具則顯然不同。〈我的兔子們〉的主角自稱家中飼有許多兔子，然而在其後的敘述中，又說兔子是患上失眠症後才出現的。「我」駕車到凹陷的谷地，丟棄日前窒息的兔子

---

[84] 黃凡，〈小說實驗〉147-186。

Y，就在這瞬間所有兔子頓時消匿無跡。[85]兔子似乎更像是干擾讀者的物件，而不是一個意象，一個暗喻。比較起來，〈惡地形〉末尾的面具也有類似意圖：

> 几下有個紙盒子，我用左腳勾出來，唰地一聲滑出燈光中，是壁鐘的盒子，褪色的紅盒面上用黑色印刷出一個圓形的時鐘，上面死死地指著十二點。
>
> 蠶仍在編織著它們的未來。我找到一把鏽剪刀，將那紙盒上的鐘剪下來，如同小學生玩耍的紙面具一般。我在重疊的指針兩側挖了覘孔，然後在三點和九點的位置戳開小洞，穿上兩條紅色的橡皮圈，然後套進我的雙耳。
>
> 瓦楞紙板受潮了，有一股霉腐的氣息；鼻頭被壓得扁平。
>
> 我在鏡前，看著鏡中那戴著時鐘面具的自己。[86]

陳思和（1954-）認為〈惡地形〉是一篇意識流的創作，現實中的女人 G 和明信片中的女人 B 使「我」感到「對自己的生命存在也懷疑起來，他用時鐘做成了面具，把自己藏在背後」。[87]小說前面有提及時鐘上面是不可靠的數字，戴上時鐘做的面具，象徵懷疑時間、現實和自己的存在。這段關於時鐘面具的仔細敘述，就像黃凡的《惡地形》序文所說，「尤其在〈惡地形〉這一篇中，

85　林燿德，〈我的兔子們〉137-142。

86　林燿德，〈惡地形〉169-170。

87　陳思和，〈隔海賞奇葩──序林燿德小說選《大東區》〉，《馬蹄聲聲碎》（上海：學林，1992）168-170。

某些片段顯示出林燿德『讓文字自由發展』的功力正日趨成熟」，[88]許多無關痛癢（多餘）的面具描述，「鏽剪刀」、「瓦楞紙板」等字眼其實破壞了小說結構的完整性。用字簡潔，描寫渾然一體自是最基礎的創作信條，對讀者來說充滿枝蔓的敘述和描寫將會傷害作品的結構。論者多指出《惡地形》小說集的「可能性」，這種不著邊際的「可能性」應該是林燿德的寫作策略，例如，潘亞暾（1932-）就認為〈惡地形〉「寫法奇特，你若逐字讀下去而不加思索那你必定毫無所得。你必須大傷腦筋，『以意逆志』，發揮『讀者破譯作者的主題密碼』這種意識功能性，用自己的第二手加工，鑿璞獲玉，才能領會作者的用意，即創作意圖」。[89]

　　不論長篇還是短篇，林燿德一直擅長空間的快速切換，交叉對照人物行動的技巧。〈惡地形〉由「惡地形」轉入居所，「好像出現了地震所造成的斷層，小說急轉而躍入另一個層次」，[90]屬林氏的一貫手法。黃秋芳（1962-）的閱讀經驗相當接近，謂：「究竟，在他那高高的城牆外，會是一整片廣邈無際的什麼呢？我想，有足夠的理由讓我們大膽預測，可以填上任何。這種不能抑止的無限可能，像『原』，各色各樣的內涵正貼合著閱讀者的

88 黃凡，序，《惡地形》，林燿德著 5。

89 潘亞暾，〈曄曄的青春氣息——評林燿德的《惡地形》〉，《聯合文學》5.4（1989）：193。

90 潘亞暾 194。

詮釋，呈現了多元的角度。」[91]古遠清（1941-）、達流（1962-）的論文則取〈一束光投擲在被遺忘的磯岩上〉，說明林燿德的作品「似乎想讓人們知道，在常態之外，人類的意識領域是無限廣闊的，〔……〕只有在現實和夢幻之間，我們才能發現為前人所忘卻的巨大的意識空間」。[92]「斷層」、「多元角度」等見解，正好反映林燿德小說的物件不只是發展故事的道具，也可以是開放式的、引導讀者聯想之物，或破壞小說統一風格、誤導讀者的「攻擊性結構」。〈惡地形〉的空間描寫接近新小說的「泛濫描述」，它非但不能讓讀者獲得完整毫無保留的空間認識，反而干擾對現實的了解。[93]

　　舉其他作家小說為例，駱以軍的〈紅字團〉可以說明道具的破壞性質。「紅字團」應屬小說最重要的謎題，但〈紅字團〉的中段敘述四個「關於結尾」的字團，國中生程琳被殺事件始末共有四個不同版本，其中「第三個字團有些不知所云，大約作者已經瀕臨崩潰」，最後一個字團更寫著「去他媽的」。其餘兩處提及字團的文字，則明白表示「刻意伏下錯縱的情節，卻糾擾亂纏，無法發展下去了」；至於似乎純真的 J，準備和中年男子幽會

91 黃秋芳，〈荒謬的城──跋涉在林燿德的「惡地形」〉，《香港文學》56（1989）：94。

92 古遠清、達流，〈在真實與夢幻之間──評林燿德短篇小說集《惡地形》〉，《幼獅文藝》74.3（1991）：85。

93 米爾西亞 125。

前丟下用過的化妝紙，「塗滿酡紅胭脂的軀體慢慢張展開來」。[94]
到底「紅字團」或「紅紙團」要表達什麼，作品鋪排了極多伏
線，卻沒有嘗試將它們解開。

林燿德〈白蘭氏雞精〉和駱以軍這篇作品有點相似，開端引
述方倪葛（或譯馮內果，Kurt Vonnegut, 1922-2007）的說話：
「無聊就是力量」，通篇作品幾乎全屬言不及義的內容。第四節
開始，小說才回應標題「白蘭氏雞精」，又以「雖然還沒有結
論，談著談著，我們就把半打雞精都給喝光了」收結。[95]本書研
究後設小說動作與空間的章節，指出這種強調虛構性質的文學類
型多數將空間與人物行動的邏輯關係扭曲。對應標題的重要道
具，「白蘭氏雞精」似乎沒有確實發揮它的作用，事實上這個無
關痛癢的物件被引入到敘述空間，箇中目的也正是為了「攻擊性
結構」。並非因果或情節的需要，[96]「白蘭氏雞精」是嬉戲和誤
導讀者的策略，營造出一個個破碎，物件和空間不構成配搭的場
景。

前一節研究朱天文小說集《世紀末的華麗》的「消費系
統」，從屬於「功能系統」的許多物件沒有真正的迫切用途，它
們實際上是生產體系的消費品。朱天文的寫作重心是消費物構築
出來的都市空間，本來像《最想念的季節》書中的眷村情懷，逐
漸被濃烈的都市氣息所取代。比較都市小說家黃凡、林燿德和朱

94　駱以軍，〈紅字團〉，《紅字團》（臺北：聯合文學，1993）14-15、
　　19、22。
95　林燿德，〈白蘭氏雞精〉128、133-134。
96　參米爾西亞　102。

天文的手法，黃凡不太重視以繁複物件表現空間，林燿德的作品虛構和後設性質較強，朱天文的技法顯得和其餘兩家不很一樣。《世紀末的華麗》「以物言志」的特色，可謂獨步於臺灣文學之林。都市主題早在〈風櫃來的人〉已稍見端倪，由漁村風櫃跑到高雄港的三名青年，遇到城市的人與物產生變化，然而《最想念的季節》的朱天文，還沒有開始都市符號的連篇枚舉。

　　張誦聖指出，《傳說》和《最想念的季節》的結構並不嚴謹，有點接近琦君（潘希珍，1917-2006）和林海音（林子雯，1918-2001）等前輩作家的風格，異於現代主義的創作特色。早年朱天文的小說顯示出「老式的文藝風貌」，採用抒情的筆觸，緩緩道出尋常不過的生活瑣事，雖然擁有眾多的細節和獨特的美學手法，敘述卻稍嫌流於零碎，對素材的藝術性加工也並未足夠。[97]〈炎夏之都〉則是開始重視城市景象和物件象徵的力作，第三章引述小說開頭大漢溪充滿穢物的畫面，實乃朱天文展開都市系列的轉捩點。王德威評論《世紀末的華麗》，亦首先指出「藉文字符號（figure）的排比」鋪陳臺北空間是該書的一大亮點。最為著名的當屬同名短篇，「對服飾品牌、質料驚人的知識，重三疊四，排闥而來，成就如符讖偈語般的文字，自逕透露著秘教的玄妙與狎邪。」[98]這些服裝符號寫出模特兒生活的貧乏，不單是情節上的也是主題方面的空洞。小說的碎片式敘述顛覆了典型的敘

97　張誦聖，〈朱天文與臺灣文化及文學的新動向〉97-98。

98　王德威，〈從《狂人日記》到《荒人手記》——論朱天文，兼及胡蘭成與張愛玲〉，《現代中文文學評論》5（1996）：117-118。

事手法，構築起充滿個人風格的臺灣都市女性書寫策略。[99]敘述零碎，藝術加工不足本屬創作缺點，這一切卻成爲日後朱天文標誌性的空間形式。

朱天文的「文字堆砌」於〈世紀末的華麗〉有最個人化的表述，主角米亞的生活堆積著時裝、花草和香料等物，物質即米亞的存在。作者抄寫「既豔美又富異國情趣的字詞時的那種任情耽迷，有如米亞在搜集得奇花異草時的滿足與快樂。朱天文的戀物癖與自戀，竟與米亞不相上下」。[100]因此，朱天文密集地利用繁複的，幾乎像是〈肉身菩薩〉、《荒人手記》的色彩元素臚列物件的方式，實承襲自本人早期小說的特色，零碎瑣事成爲其作的基本內容。《炎夏之都》的短篇，例如〈外婆家的暑假〉、〈世夢〉等等，有許多外婆家和香港的細節。書中最後完成的作品〈世夢〉，寫臺灣外省人必嘉跟父親相約，與大陸居住的姑姑和表哥在香港會面。雖然這篇小說沒有像〈炎夏之都〉般受到重視，但它一如朱天文的過去風格，香港景色、商品和菜餚都有極爲豐富的陳述，可以視爲後來作品的先聲。

就像張誦聖所提出的，《世紀末的華麗》的極致，是對形式、符號、物件形象而不是物件本身的探求，充分反映後現代社

---

99 王德威，〈華麗的世紀末：臺灣・女作家・邊緣詩學〉，《想像中國的方法》274、278。另見 David Der-wei Wang, "*Fin-de-siècle* Splendor: Contemporary Women Writers' Vision of Taiwan," *Modern Chinese Literature* 6 (1992): 43, 47.

100 陳綺琪，〈世紀末的荒人美學：朱天文的《世紀末的華麗》與《荒人手記》〉，《中國現代文學理論》17（2000）：103-105。

會對物質的崇尚和對物件表面的固執不捨。[101]黃凡作品如〈國際
機場〉、〈一個乾淨的地方〉和〈范樞銘的正直〉等短篇都以人
物和事件為主體，以描寫都市的生活空間。綜觀他的創作，只有
〈東埔街〉和〈房地產銷售史〉少數有較多的物件符號。林燿德
小說有強烈的死亡意識，充斥使人毛骨悚然的意象和鬱悶不樂的
故事情節，[102]陰暗的都市感覺是他致力描寫的對象。朱天文的都
市書寫手段則是臨摹物件表面，表現世紀末情調的道具僅屬於外
觀符號，沒有物件的功能敘述。巴特的〈真實效果〉特別指出現
實主義文學裏的許多細節是沒有特殊內涵的符號，[103]王德威謂
〈世紀末的華麗〉僅有空洞的情節、主題和符號，實際上，它和
「真實效果」截然迥異。回顧之前物件軸線的分析，〈柴師父〉
和〈紅玫瑰呼叫你〉正是由物件點綴並布置出朱天文獨有的「枯
盡」空間。柴明儀有感自己不理解都市符碼，MTV、錄影機的
「正在前進的世界將他遠遠拋在後面」。[104]又如世俗不堪的翔
哥，縱使他在最多流行資訊的電視臺工作，卻也不禁感慨年紀漸
大，不了解家中妻兒。有一天他驚覺他們竟然開始在家中使用日
語，不禁懷疑自己會否在衰老以後慢慢枯萎。《荒人手記》的龐
雜資訊也大概如上，敘述者侃侃而談城市環境，繁衍出一組組物
件符號，例如：

101　張誦聖，〈朱天文與臺灣文化及文學的新動向〉108。
102　潘亞暾　194。
103　Barthes, "The Reality Effect" 147-148.
104　朱天文，〈柴師父〉19。

於是我閱讀城市版圖，由無數多店名組成，望文生義，自
由拼貼。我想像它們進入的祕口，各種族群跟儀式，如星
宿散布，眾香國土，如印度的千王政治，三千大千世界。
KISS LA BOCCA。當紅功酒，試管嬰兒，原來叫自殺飛機
KAMIKAZI，改以試管盛裝，紅白黃三色，一次五十支三
千元，〔……〕 *105*

服裝、手工藝雖屬功能系統，意義卻不是從功能而是外表賦予
的。正因為符號的空洞意義，一種不可接觸的蒼涼感覺得以創造
出來。朱天文的零碎美學選擇了《世紀末的華麗》和《荒人手
記》的敘述方式，紛繁的都市物件體現一個後現代臺北場所，實
為物件象徵特性的絕佳範例。

　　評論家一致認為，朱天文的創作有鮮明的拜物和戀物癖，就
此角度而言，朱天心對物件的雕琢絕不亞於其姊。朱天心筆下的
道具，以舊日各種物品為現實與想像之間的連接。在《我記
得……》小說集中，〈我記得……〉、〈去年在馬倫巴〉和〈鶴
妻〉都是以都市生活為主幹，其中〈去年在馬倫巴〉的資訊符號
和衰敗氣氛，主人公對年少女童的戀慕，顯露出對舊日時光戀棧
不捨，下啓《古都》等作的主題。*106* 過渡到《想我眷村的兄弟
們》，作者試圖改變風格，張大春就指出，「老靈魂」是該部著

105　朱天文，《荒人手記》163。
106　「〈去年在馬倫巴〉的拾荒者／雜貨販子角色，真是她老靈魂的原型人
　　　物，而她偽百科全書式的敘事方法，實在是良有以也。」見王德威，
　　　〈老靈魂前世今生〉13。

作的整體基調。[107]〈預知死亡紀事〉最後「夜間飛行」一節,想像一個「時間老人」的造像,讀者自可從歷史長河中探究這座舊物的來源:

> 巨像背向新店溪,面向太平洋盆地,好像是它的鏡子一般。它的頭是純金做的,手臂和胸膛是銀做的,肚子是銅做的,其餘都是由好鐵做成,只有一隻右腳是泥土做的,但是在這個最弱的支點上,卻擔負了最大部分的重量。
> 在這巨像的各部分,除開那金做的,都已經有了裂縫,從這些裂縫流出的淚水,緩緩匯聚成一條長河、一條夜間飛行的路線。[108]

在老靈魂的眼中,同樣的一座城市卻可看見不同的景象,各處都是來往的亡魂。兩相比較,《我記得……》裏各篇更為在世,而〈預知死亡紀事〉的個人色彩和想像性質則較強。及後,《古都》和《漫遊者》是上面風格的延續,堆積著各式各樣物件的符號,這些符號絕非純粹外觀的裝置,它們蘊含哀悼逝者與哀悼自逝的深沉感慨。

朱天心的策略是,將充滿哀傷的記憶,鑲嵌在頗富嬉戲意味的空間敘述之中。〈威尼斯之死〉本來是一篇「作者」形容環境影響創作的小說,有關於「威尼斯」咖啡店內部裝潢的詳細描

107　張大春,〈一則老靈魂〉5。
108　朱天心,〈預知死亡紀事〉136。

述。「作者」形容店內客人稀少,當中牆壁一面是「冰冷、泛著刀光的不銹鋼質材」,另外兩面是「從地到屋頂沒有任何框欄和上色的透明玻璃」,餘下的則是「南歐式的麥稈白粉牆」;橡木地板「樸實不誇張」,和座椅的配搭一致,「作者」的結論是「可說整個店的風格有些混亂」。卻正是這樣的布置,使敘述者感到自然,既不用害怕占用位子太久,也因為「冰冷的玻璃窗抵消了溫暖的木頭地板,不銹鋼銳利的鑿碎了充滿希臘羅馬神話的麥稈白粉牆」。[109]「作者」的寫作過程十分順利,也將少年時代的好友寫進小說裏去,成為一名角色 A。可是在故事結尾,「作者」發現有一段時間沒有光顧的咖啡店已經換了裝潢,十分懷念以前的白瓷盤和玻璃杯子。受到這樣的刺激,他馬上設計了小說「威尼斯之死」中 A 槍擊自盡的情節,[110]並想到和現實生活裏那位好友至老死不相往來,物件與回憶有著緊密的聯繫。

同書〈拉曼查志士〉的敘述者,則因為一次熬夜趕稿子的情況下喝了太多咖啡,由於心律不整而昏倒。自此以後敘述者極為憂慮有一天忽然身故,害怕身邊資料不全,或以無名的植物人身分被遺棄在醫院之中。在他的構想中,皮夾、服裝和地點都是突然昏迷之時足以說明自己是誰的證據。敘述者就著皮夾裏的信用卡和現金絮絮不休,甚至神經質地關心內衣褲是否簇新,又避免經過教人誤會的地點。物件和空間是定義一個人的根據。

《想我眷村的兄弟們》以降,朱天心景、物與想像配合的藝

109　朱天心,〈威尼斯之死〉64。

110　朱天心,〈威尼斯之死〉48-72。

術手法，讓讀者印象深刻。張誦聖認為，「冗長和吝於剪裁」的
〈古都〉，因「舊的生活方式和痕跡在眼前快速消逝」而「散發
出沉重壓抑的『衰老』氣息」。[111]「時間老人造像」和「眼前消
逝的空間」，不妨理解為接近夢想的空間；第三章指出，《漫遊
者》是一本敘述「夢想空間」的小說集，張小虹謂該作是一趟
「以生者化為逝者的異國他鄉之旅」，嘗試但最終不能穿越「象
徵秩序與想像秩序之外」的「斷離空間」；[112]朱偉誠則云《漫遊
者》的人物想像死後的去向，因為對「無重力狀態」的恐懼，所
以更希望抓緊往日的一切。[113]

　　瀏覽一下朱天心由〈預知死亡紀事〉伊始的一系列作品，想
像性較強的敘述空間愈來愈重要，就像朱天文〈世紀末的華麗〉
一樣，有其獨有的文風。建構想像中的死後空間，物件自是布置
「象徵性場所」的重要道具。譬如說〈夢一途〉的空間，主人公
欲以幾條鍾愛的街道取代夢中的新市鎮：中山北路、大阪雨中的
御堂筋、聖傑芒大道等地；又如〈銀河鐵道〉，生活點滴全被物
件所填滿：堆置家中的書本、卡帶、花神咖啡、橄欖樹等等。范
銘如引用布希亞的《物體系》，說明《漫遊者》「以上窮碧落下
黃泉的各種消費及文化符號堆砌出其歷史感。〔……〕物，對構
成朱天心文本的歷史性，絕對有其重要性」。朱天心眷戀於過去

111　張誦聖，〈絕望的反射──評朱天心《古都》〉，《文學場域的變遷》
　　214。

112　張小虹，〈女兒的憂鬱〉109-110。

113　朱偉誠，〈無重力狀態的漫遊憶往──讀朱天心《漫遊者》〉，《聯合
　　文學》17.5（2001）：149。

物件，顯示出「認可的價值銘刻於封閉、已完成的時間裏；不再是朝向他人、外在的論述，而是朝向自我、內在的論述」。[114]而據邵毓娟研究〈想我眷村的兄弟們〉和〈古都〉的說法，朱天心的戀物書寫有建設主體的意義，「企圖撫慰老靈魂這個城市遊魂的思鄉情懷以及呈現老靈魂的特殊『本土經驗』與情感，更想喚起這個『婆娑之洋，美麗之島』上島民因歷史偏盲與失憶可能造成的巨大失落」。[115]

朱天心的原鄉空間正是由這些舊日物件所編織。[116]〈古都〉是由京都的回憶，從而發掘原來作者懷念的故鄉；[117]〈夢一途〉的主人公常常發現有一家意大利最古老的大學、大劇院般的咖啡館、聖安東尼教堂；至於〈出航〉，則想像已逝者靈魂的航程。參考第三章的分析，敘述需要現實時空的參照，想像靈魂上路的地點，也許是江蘇鹽城、也許是「東海」。童年物件以〈遠方的雷聲〉最多，回憶場所布滿當我昨日年輕時的符號。上述舊物一部分是與作者有深刻聯繫的東西，其餘多為世界各地的代表性物品或建築。物件和建築重新布置，朱天心得以重塑一個個「無重

---

114 范銘如，〈《漫遊者》的拾荒癖〉，《聯合文學》17.6（2001）：161。

115 邵毓娟，〈眷村再見／現：試析朱天心作品中戀物式主體建構〉，《中外文學》32.10（2004）：112。

116 朱天心小說中的原鄉，參胡衍南（1969-），〈捨棄原鄉鄉愁的兩個模式——談朱天心、張大春的小說創作〉，《臺灣文學觀察雜誌》7（1993）：117-135；沈冬青，〈故鄉永恆的過客——探索朱天心的《古都》〉，《幼獅文藝》84.12（1997）：21-31；彭小妍，〈朱天心的臺北〉413-443。

117 沈冬青 25。

力狀態」的空間，不斷打破讀者的固有期待。

　　前述林燿德小說的研究，如〈惡地形〉、〈一束光投擲在被遺忘的磯岩上〉等短篇的閱讀，主張林氏之作頗多現實與夢幻之間的空間。朱天文對細節的重視，以及服飾和都市物件的書寫，亦有強烈的戀物傾向。比較來說，林燿德的想像地點是全然虛構的，極少負載作者的個人情感。朱天文較重視都市的符號象徵，揭示小說人物如林曉陽和米亞被空洞、空虛的物件包圍。朱天心筆下的夢想空間則有許多個人記憶，悼念永遠不會回來的時空。[118]和其他兩人的不同，就在於朱天心以各式昔日物件的枝節，沉溺地建構一個個人化的理想空間。[119]伍特（Michael Wood, 1936- ）認爲作家都在作品中表現出追尋伊甸園的夢想，那種滿足完全屬於作者，其他人是不可能擁有這種感受的。[120]這個烏托邦空間雖然以想像爲主，卻也需要現實物件支撐，回應第三章的論點，想像必然是現實世界的映照空間。

---

[118]　朱天心指姊姊的〈世紀末的華麗〉「曾使很多人驚倒於她對商品化社會官能享受的極其眩目的描寫，因此想當然耳的推測她想必在現實生活中多少是個身體力行的人吧」，但事實上朱天文本人「節儉、無欲」，「愛悅之卻又不爲所役、孑然一身」。見〈購物〉，《下午茶話題》，朱天文、朱天心、朱天衣　179-180。

[119]　人與物件的關係密切，「小孩嘗試了解和支配他身旁的物件而成長，成人則與自己配合或對立的物件擴充經驗和理解」。參 Mary E. McAllester, "Gaston Bachelard: Towards a Phenomenology of Literature," *Forum for Modern Language Studies* 12.2 (1976): 102.

[120]　Michael Wood, Introduction, *Children of Silence: On Contemporary Fiction* (New York: Columbia UP, 1998) 3-4.

　　本章「小說物件與消費場域」和「物件與作家想像」兩個章節，試圖印證第一節象徵場所和定義軸線的觀點。都市和科幻小說，為了模仿某個人物身處其中的空間，必然需要物件作為該空間的象徵。各種物件的組合，形成作者計劃中的、或是讀者解讀的意向。在這象徵場所中，物件又發揮不同作用，可以身體／空間、功能／外觀、現實／想像、發展／破壞定義以上特質。

　　以上嘗試根據四類物件說明物件的定義軸線，以及四位作家的物件書寫特色，在不同程度上說明都市文學中物件的意義。黃凡的香煙是衰弱身體與都市空間的接合物，營造冷漠氣氛的同時，這些描寫和第二章「城市壓迫」甚有共通之處。此外，他的科幻文學也以消費物品諷刺資本主義問題。林燿德的後設小說，超越了小說物件的附屬概念，利用道具破壞作品的整體性，是後設小說的獨有藝術手法，也是都市小說的一種新穎技巧。朱氏姊妹的後期作品有極多戀物的篇幅，在物件的運用上有更富獨創性的手法。如果前代作家的小說物件是以「真實效果」或象徵人物心理為其謀篇策略，朱天文的服飾敘述和朱天心的舊物書寫，一改情節與人物的基本創作信條，成為敘事的主體。兩姊妹的差異，在於朱天文是以旁觀者的角度描畫後現代都市的氛圍，服飾是象徵此刻的空洞符號，而朱天心的舊物卻是逝去的豐富記憶的載體，作者的個人情感是物件最重要的內涵。

結 語

　　經過前五章的分析，以黃凡、林燿德、朱天文、朱天心及其他都市小說爲例，臺灣都市文學較過往最大的不同，正是空間觀念的變化。在都市文學成爲主調以前，文學史著作大致將臺灣現代小說分爲日據時期、戰鬥（反共）文學時期、現代主義時期和鄉土文學時期，[1]無論是形式上還是內容上，空間觀念均與都市文學時期有不少差異。以下分別就各階段的重要作品，簡述臺灣小說的空間特點。

　　臺灣新文學運動於日據時期展開。日據時期的新文學，「占主導地位的是以反抗日本殖民者爲主要內容的鄉土文學」。[2]葉石濤（1925-2008）指出，1920 至 1940 年間，臺灣新文學運動的基本特色是「反帝、反封建的文學」，具體表現出「臺灣民衆被殖民、被剝削、被欺凌的現實生活狀況」。爲了使民衆覺醒，新文學作家利

1　各種文學史著作，對於臺灣文學的發展分期當然有極爲不同的觀點和評價，上述分期主要綜合幾種著述：葉石濤，《臺灣文學史綱》，再版（高雄：春暉，2003）；黃重添等；劉登翰等主編，《臺灣文學史》（福州：海峽文藝，1991）。

2　黃重添等，上冊 15。

用現實主義的創作技巧，以圖發揚民族靈魂和堅韌的本土精神。[3]
現實主義是新文學開展期的創作觀念，臺灣新文學之父賴和（賴
河，1894-1943）的作品，代表了當時的文學潮流。

　　賴和獲譽「臺灣的魯迅」，正如文學史家所指出的，他的創作
力圖展示臺灣大眾生活的真實面貌，其中〈鬥鬧熱〉為賴和的第一
篇小說，利用外國的寫作手法，體現下層人民的愚昧無知。〈一桿
稱仔〉敘述貧苦的農民秦得參，為了生計，向親友鄰居借來資本和
秤，做起賣菜的小生意。得參受到巡警欺負，謀生的本錢和工具
都失去了，最後與那名警吏同歸於盡。至於〈惹事〉，則寫「我」
為寡婦鳴不平，和眾人一起反抗，卻被他們所遺棄。[4]

　　賴和作品的鋪排和寫作技法屬於典型，〈鬥鬧熱〉就利用傳統
的天空描述開始，寫白雲、月亮的景色，然後引入對群眾的敘
述。在小說的開頭，作者寫月「把她清冷冷的光輝，包圍住這人世
間」，[5]寒煙和洞簫的聲音，也一如普遍敘事文學的慣例，以圖在
起始的位置營造抒情味道。同樣是夜晚月光映照下的結尾場景，
經過兩天的鬧熱，使當地人眷戀前些日子的繁榮，自是屬於空間
的首尾呼應。小說的中間，則屬於順時的敘述，借甲乙丙三人的
對話發展情節。〈不幸之賣油炸檜的〉也有著和〈鬥鬧熱〉相近的
結構。

　　〈一桿稱仔〉的敘述手法，和前面的相去不遠。賴和一開始就

3　葉石濤，〈為什麼賴和先生是臺灣新文學之父？〉，《賴和集》，賴和著，
　　張恒豪編（臺北：前衛，1991）256-257。
4　葉石濤，《臺灣文學史綱》41；劉登翰等，上冊 385-386。
5　賴和，〈鬥鬧熱〉，賴和著，張恒豪編 47。

點明故事地點，鋪敘秦得參的過去。故事重心放在得參與巡警的
對話，巡警怎樣羞辱得參，以及當地民眾忍氣吞聲的場景。這幾
個場景的設計，顯然也屬於傳統的順時式敘述，跟〈惹事〉十分相
似。〈惹事〉花了一些篇幅說明主人公豐的背景，因為沒有寄託，
為了消磨時間而去釣魚。在魚池那邊，豐和主人的孩子發生爭
執，最後終於其他閒人的勸解。第二部分是主體，警察養的雞走
到了寡婦家中覓食，其中一隻小雞被母雞翻過來的空籃子罩住，
警察卻以為是對方偷去，把婦人押走。這部分的情節也同樣是順
時發展的，警察發現小雞失去一隻後，他捉拿婦人審問，小說詳
細描寫寡婦遭受虐待的畫面。隨著豐進入故事，這名主角懷疑箇
中另有內情，嘗試在她的家裏查探事實真相。[6]又從小說物件的角
度看，〈一桿稱仔〉中的「稱仔」，自是發展情節的手持道具，充
滿現實色彩；〈一桿稱仔〉和〈惹事〉等作，有著明顯的散文痕跡，
賴和的作品，顯示出臺灣新文學起始階段的特點，空間並非小說
重點的描述對象。

　　稍後的重要著作，以吳濁流（吳建田，1900-1976）《亞細亞
的孤兒》堪稱代表。該書同樣運用現實主義的技巧，挖掘臺灣知識
分子的形象，處處透露著臺灣人的「孤兒意識」。[7]由於日本的殖
民統治，原來臺灣的舊式地主社會，被改造成現代的官僚架構。
小說從胡太明小時開始敘述，他的祖父是名讀書人，祖父把胡太
明送往私塾「雲梯書院」學習，在那裏他師從彭秀才，得以接觸漢

6　以上各篇見賴和，《賴和集》。

7　劉登翰等，上冊 585-589。

學。一方面胡太明因為祖父心繫中國古代文化之故學習漢學,然而另一方面,他也受到殖民地的教育政策影響,傾向宗主的文化。完成師範教育後,太明任職於鄉間公學,結織日本女教師久子。胡太明十分傾慕對方,卻因為身分懸殊,沒能進一步發展。主人公為了忘卻一切,動身到日本留學,不理當前政局如何,專注鑽研學問。故事的重心,在於胡太明回到臺灣後處於日本人和臺灣低下階層的夾縫中,決定到大陸探尋新天地。可是他非但無法找到精神歸宿,也因身為臺灣人的緣故,被誤認為間諜。太明因為被逼勞動的弟弟不幸病死,促使他最後發狂,並暗示他到了中國大陸協助抗日。*8*

在臺灣都市小說中,主題和故事時代與之相近的,當屬林燿德《一九四七高砂百合》。就如上面內容梗概所述,《亞細亞的孤兒》屬線性時間推移的敘述手法,主角兒時成長到中年精神失常的情節發展,鋪排甚有條理。和《一九四七高砂百合》比較,都市時代的小說技巧,空間主義色彩極其鮮明,林燿德的長篇,慣用多個人物,組織出喧囂繁雜的複調聲音。書中的主要角色代表原住民、基督教、明治維新、漢族等各種文化,面臨信仰崩潰的威脅,聖與俗、靈與欲的掙扎。作者自陳,該部「大山大洋小說」為「這個時代通俗小說的某種嶄新形態」,*9*寫作形式和意識形態,超越了過往線性和單向的維度。《一九四七高砂百合》不但敘述原

8　吳濁流著,張良澤編,《亞細亞的孤兒》,再版(臺北:遠景,1993);參同書陳映真,〈試評《亞細亞的孤兒》〉45-62。

9　尹章義,〈百合盛開豔陽下〉,序,《一九四七高砂百合》,林燿德著 二-五。

住民和漢族面對的思想危機，也透露西班牙神父、日本軍人開始質疑自身的信念，小說由是得以拓展出更為恢宏的氣象。安德肋神父懷疑，自己是否期待放棄對信仰的堅持，當他閱讀《小德蘭詩集》的時候，感受到小德蘭「那種似笑非笑、似全貞又似全然反叛了主的疑惑」，[10]可是，他又要求拜揚·古威帶領族人走進天主的懷抱。同樣在那一天，兩名日本軍人苦苦支撐誓不投降，他們對天皇的忠誠，林燿德以突然插入天皇享用鰻魚的場面，加以對照和反諷。小說充分構築出「二二八」前夕山雨欲來的氛圍，從寫作技巧來看，作者嘗試利用空間形式打斷各條線索的順序，多番交代主要人物的背景；在小說內容而言，林燿德專注於衰弱身體與性欲的發揮，也詳細描寫城鄉對照的典型都市文學母題。《亞細亞的孤兒》和《一九四七高砂百合》的差異極為明顯。

　　踏入五十年代，國民黨推行各種反共復國的政策，一方面局限文人的創作自由，另一方面大力扶掖作家寫作反共文學。這個時期的重要作品，普遍舉姜貴（王意堅，1908-1980）《旋風》（原名《今檮杌傳》）為基本讀物。這部長篇小說以方祥千為主人公，因為受到共產主義的影響，在濟南、方鎮組織革命。他勸誘侄子方培蘭與他一起進行活動，建立地方政府後，方祥千卻開始發現共產黨的種種問題，當他計劃對抗共產黨時被囚，感到過去發生的都是一陣旋風。[11]《旋風》的架構，按夏志清（1921-）的說法，

10　林燿德，《一九四七高砂百合》50。

11　劉登翰等，下冊 25-34；夏志清，〈姜貴的兩部小說〉，附錄，《中國現代小說史》（*A History of Modern Chinese Fiction*），劉紹銘（1934- ）等譯，再版（香港：中文大學，2001）482-487。

結合了「中國傳統小說」和「西方俠義小說」的特點，對共產黨從五四到抗戰興起的過程，有極富感染力的描寫。[12]這種形式的創作手法，決定了《旋風》的時空特色，順時敘述、一步一步的情節發展，屬典型的小說時間意識。另一部重要的反共文學，鄧克保（郭定生，1920-2008）的《異域》，則鋪敘國民黨的一支孤軍撤退緬甸，謀求反攻雲南的故事。小說描寫這支孤軍在異地血戰六年的經歷，面對共軍、當地政府和惡劣自然環境的威脅，他們艱苦的生活和骨肉分離的慘況，曾經感動無數讀者。就小說的呈現手法看，除了開端的倒敘外，鄧克保基本依照時序推移構成全書。

　　除了事件的鋪排手法，身體和物件也都是可資比較的地方。王德威提及《旋風》充斥許許多多「變態肉欲」，無論是方祥千的祖父或是主要人物方培蘭，姜貴不遺餘力大書特書，這些人物不快樂的源泉，都是來自性欲方面的挫敗之上，[13]這些異常性欲當然是道德訓戒的象徵。《異域》的主要人物，因為艱苦的抗戰，難以存活的環境，衰弱身體所呈現的不屈鬥志，自是反共文學的身體修辭學；臺灣都市小說的衰弱身體有一定道德判斷的內涵，然而城市空間的壓迫，都市人陰暗的集體無意識，以至於與空間和消費主義的連繫，則較行為規範的敘述更為重要。至於小說物件的描寫，在《旋風》和《異域》諸作中，最多是一些襯托，對情節

12　夏志清　482-483。

13　王德威，《歷史與怪獸：歷史，暴力，敘事》（*The Monster That Is History: History, Violence, Narrative*，臺北：麥田，2004）111-121。

發展稍有影響，卻並未有提升到主軸的地位。

其後的「懷鄉文學」，素被視爲「戰鬥文學」的抵抗。[14]對鄉土題材的經營，例如朱西甯《鐵漿》的中國故土，在第三章已引述顏忠賢的看法，爲一種「他處」的書寫，完美原鄉是不在場的空間。和都市文學比較，懷鄉文學的主要差異是室外空間的不同，對失落故鄉的懷念爲其基本框架。都市文學則以都市自身的對照爲書寫重心，也偶有國外／本地的對比，或以其他空間爲寫作對象，與前世代頗見不同。

在描寫空間方面，現代主義作品較接近都市文學的創作特點，相似之處在於空間形式的運用：臺灣現代主義文學與都市文學都重視小說技巧，事實上，空間形式正是從現代主義時期開始得以大規模應用的手法。白先勇的小說〈遊園驚夢〉可謂最具備空間形式特點的作品，錢夫人藍田玉因爲扮演杜麗娘而獲得錢鵬志將軍的青睞，可是兩人年齡差距甚大，錢夫人眞正「活過」的那一次，便是與鄭參謀幽會的一刹那。在短短的一晚宴會裏，錢夫人回顧半生的經歷，交織出「驚夢」的主題。[15]王文興費時七年的力作《家變》，描寫一個知識青年破碎的家，與自己不睦的父親某日離家出走。作者以阿拉伯數字和英文字母排列章節，分別代表以前和現在兩條時間線索，利用多個短暫片段鋪敘家變的始末。[16]細閱二作，今昔對照自是空間主義的一種形態，卻不具備後來時

14　劉登翰等，下冊 37。

15　白先勇，〈遊園驚夢〉，《臺北人》205-240。

16　王文興，《家變》（臺北：洪範，1999）。

空壓縮（〈賴索〉）和碎片拼貼（〈世紀末的華麗〉）的技法，¹⁷
而林燿德的《大日如來》和《一九四七高砂百合》，也有著更強烈
消解中心的傾向。

　　第一章也提出，文字層面的空間形式是都市小說的特色，與
現代主義時期以敘述空間為主的比較手法有很大不同，是一種後
現代的文字遊戲。至於臺灣現代主義的衰弱身體，更多是心境的
表徵，白先勇的一些作品如〈黑虹〉、〈青春〉和〈冬夜〉，對於
空間的運用主要集中於氣氛和氣溫的營造。都市文學的類型性
質，則決定了空間描寫是它的基本傾向，是作品的一個重心。為
了揭示都市和都市人的特質，作家重塑城鄉對照模式，建立獨有
於前世代的小說空間觀。李歐梵（1942-）解釋，當年合辦《現代
文學》的臺大同仁並不曉得城市是什麼東西，後來朱天文的〈世紀
末的華麗〉則屬於城市型的文學：

　　　　從臺灣的一方面來看，現代文學的興起，如果從西方的立場
　　　　來講，應該是和城市有關，可是我們在臺大搞現代文學的時
　　　　候，也不曉得城市是一個什麼東西，而臺北是一個很土氣的
　　　　小城，和現在的臺北不一樣。〔……〕最近臺灣有一些短篇
　　　　出現了，我認為是城市型的。譬如說朱天文的〈世紀末的華

17　歐陽子（洪智惠，1939-）認為《家變》「看似複雜的結構，其實相當簡
　　單，有規則，讀者一讀就能明白」。見歐陽子，〈論《家變》之結構形式
　　與文字句法〉，《中外文學》1.12（1973）：51。

麗〉，基本上是城市性的。[18]

鄉土文學當然是都市文學的主要對話者。陳映眞、黃春明的鄉土文學作品，空間的並列不是小說的謀篇手段，敘述空間的創新亦非其作的關注點。城鄉衝突、回歸鄉土，爲其作品的空間模式。七、八十年代，陳映眞的文學興趣放在表現資本主義問題之上，〈夜行貨車〉、〈雲〉的主人公面對外國企業壓迫，或回到南部，或辭去工作，脫離充滿罪惡違反人性的都市。然而，陳映眞發表「華盛頓大樓」第一部後遲遲未見續篇，某程度上說批判外國企業、回歸鄉土的模式已屬明日黃花。[19]黃春明〈蘋果的滋味〉描述北上的江阿發一家生活貧苦，卻因一次車禍獲得洋人賠償，暫解困窘。小說以阿吉欠交代辦費，被老師責罵的場景中想，「這時他懷念起南部鄉下的小學來了。他想不通爲什麼在南部爸爸一直告訴媽媽說北部好？要是在南部，代辦費晚繳，楊金枝老師也不會叫人罰站。」[20]這個細節頗有代表性，南北兩地的差異就在於人情味，都市和都市人爲了金錢泯滅人性。〈我愛瑪莉〉較陳映眞作品多一點喜劇成分，在黃春明筆下，主角大衛・陳在小說裏的行逕十分誇張，不斷強調西方文化遠比中國文化優越，主人公爲了討好洋人上司無所不用其極，愛上司的狗比自己妻子更甚。故事的結尾，大衛・陳再一次想

18　李歐梵口述，陳建華（1947-）訪錄，《徘徊在現代和後現代之間》（臺北：正中，1996）152-155。

19　參林燿德，〈當代臺灣小說中的上班族／企業文化〉190-191。

20　黃春明，〈蘋果的滋味〉，《鑼》（臺北：皇冠，1985）148。

起太太的說話：「你愛我？還是愛狗？」[21]以兩人作品為例，鄉土小說著意表現「一種道德情感」，和都市小說截然不同：

> 臺灣鄉土論戰本身也反映出一種心靈上無可迴避的鄉土感，就是說，總是把家、國、土地這些情感認為是一種道德性，而這種感情和道德系統都歸納到鄉土上面，甚至把某一部分城市的感情也放進鄉土裏去。比如說，黃春明的小說就是。他寫鄉下人到城市來以後如何被城市所沾染。沒有一種城市型的小說可以使我們感覺到一種文化上的複雜性。很少有小說把大城市寫成一種 labyrinth，一種迷宮。這迷宮是一種心靈的迷宮，一種文化的迷宮，使得人失落，把它變成一種黑暗的存在世界。[22]

前面提及李歐梵評論現代文學和都市文學的不同，這種不同是建基於「文化上的複雜性」和「心靈的迷宮」的。就像第三章引述林燿德的說法，「迷宮」是都市的主要意象，而鄉土文學的線性排列、固定的城鄉對立則屬於平面的小說格律，[23]都市小說強調異於過往的觀看角度，迷宮亦即林燿德所主張的，非線性、流動、互為主體的小說空間。都市小說重視運用空間形式技巧，不同的小說人物、敘述場景、色彩與物件的詞語堆疊等，是創造敘述迷宮的手法。鄉

---

21 黃春明，〈我愛瑪莉〉，《莎喲娜啦・再見》（臺北：皇冠，1985）279。
22 李歐梵、陳建華 152-153。
23 「平面」一語參第三章引詹宏志《城市人》的見解。

土小說的城鄉衝突,過渡到都市小說的迷宮,都市空間由作為道德批判的對象,改變為呈現當代人所思所想的象徵。人與空間不復以往單向的關係,而被認為是互動的組織。

舉鍾肇政(1925-)的《臺灣人三部曲‧沉淪》作為討論中心,線性排列的敘事特點可以充分說明。這部重要作品大致分為兩部分,在第一部分中,鍾肇政描寫了陸家從大陸移居臺灣的背景,傳到了三代信海老人那裏,陸家發展出一座種茶為業的莊園。作者在小說前半詳細刻畫種茶人的生活,當地風光及陸家年青一代的情事,構築出恢宏的史詩氣象。小說第二部分講述清廷戰敗並將臺灣割讓日本,臺灣人堅決不降,紛起組織武裝部隊對抗日軍。故事的後面,一直打壞主意的綱岱強暴了秋菊,這個主要歹角卻在起義的途中懺悔,決心捐軀為國。在最後的尾聲,作者更以小說的全知敘述者口吻,表明信海老人內心的愛國情懷。[24]小說不但以一種非常完整的結尾收束全書,無論從敘述或空間描寫的角度看,《沉淪》都屬於傳統的史詩式小說,強調情節的先後承續和突顯人民的生活圖卷,和都市文學極為不同。

本書第二至五章,嘗試解說都市小說中主人公身體與空間、城市與鄉村、城市與他處、人與建築空間、以及都市空間的物件,說明都市文學的互動關係。衰弱身體在鄉土小說中偶有作為鄉村人物的形象塑造,黃春明擅於借小人物的衰老彰顯城鄉的矛盾,〈溺死一隻老貓〉的阿盛伯,在泳池中溺死以反對小鎮的發

---

24 鍾肇政,《臺灣人三部曲》(臺北:遠景,1980)。

展，抗拒被人挖去「清泉地的龍目」。[25]黃凡小說比較接近鄉土文學的衰弱身體，[26]但這種形象不像鄉土小說具有強烈壁壘分明的比喻效果，它們更多是黃凡對未來城市發展的憂慮，以及作者本人消極的心理投射。林燿德、朱天文、朱天心小說的衰弱身體表現追悔往事等哀傷主題和都市空間的辯證關係，更屬通例。

　　相對鄉土文學，城市景觀的描寫雖屬都市文學的重點，都市小說雖然不再具備「城鄉對立」的命題，卻絕非沒有鄉村場景。鄉土文學批判都市、「走出迷宮」的策略，是以離開迷宮作結（〈夜行貨車〉、〈雲〉），在都市小說家的角度看來不符現實。在衰弱身體一節，可以發現四位作家對都市多持批判態度，然而他們作品是一種「走入迷宮，是為了走出迷宮」、「走向世界」的城鄉模式，[27]書寫人如何「漫遊」於都市之中。後面章節介紹五類常見的室內空間，辦公室、學校、電梯等以前不曾出現或不屬常態的場景，變成小說的常見主題場域。堆疊盒子般的家屋、辦公室的衝突、身處電梯的想像等，說明都市小說並不僅將蟻穴、辦公空間視為都市化時代資本主義產生的異化問題，而更重視揭示人與空間的關係或人際矛盾。最後，都市小說充溢各種都市物件，都市小說和科幻小說之物，建構物件包圍的空間。小說批判消費至上問題之時，卻說明人無法擺脫物件的悲哀。在都市小說中，物件不只是「真實效果」或推動情節的輔助道具，也是建構敘述迷宮的

25　黃春明，〈溺死一隻老貓〉，《青番公的故事》（臺北：皇冠，1985）131。
26　黃凡早期小說被認為是「鄉土小說」，見呂正惠、趙遐秋 343。
27　林燿德，〈城市‧迷宮‧沉默〉293-294。

基礎。

　　通過四位作家的閱讀，得到上述臺灣都市小說的空間特色。以黃凡、林燿德、朱天文、朱天心小說管窺臺灣都市小說的發展，〈賴索〉的時空拼貼與壓縮的敘述技巧下啓都市文學濫觴（見導言引張大春語），《都市生活》中的都市三部曲，[28]敘述方式同樣多變，「成年期」（〈如何測量水溝的寬度〉）更首開後設小說先河，引發諸種討論。[29]稍後，林燿德《大日如來》、《高砂百合》等長篇小說採用更密集的空間形式鋪敘故事。踏入九十年代，朱氏姊妹作品《世紀末的華麗》、《想我眷村的兄弟們》將情節放下，削減故事在小說中的成分，重視物件堆砌或垃圾資訊的經營。《古都》、《漫遊者》更將空間元素推到極限，時間、情節則退居幕後，可見空間是文學必然面對的命題，是小說發展故事的重要元素，甚至有取代人物、故事而成爲小說主體的傾向。朱雙一認爲都市文學熱潮漸漸冷卻，[30]或者說，由於小說空間的變化與創新，小說家更重視書寫「他處空間」，折射作家與當代人的心靈和想法，朱天心的「新型旅遊文學」正是都市文學的變體。

　　相互比較四位作家的小說，可以更有效表現作品主題、風格和作者的特點。黃凡從首篇〈賴索〉開始，即使是玩弄形式的後設小說，作品開端多數由環境元素展開，末段則幾乎全是虛假結尾、對話收結，有非常強烈的空間感覺。衰弱主人公視都市爲壓

28　即「幼年期」（〈不斷上昇的泡沫〉）、「少年期」（〈系統的多重關係〉）和「成年期」（〈如何測量水溝的寬度〉）。

29　張惠娟　202。

30　朱雙一，《近 20 年臺灣文學流脈》521-522。

迫主體，因此無比依戀有著母愛的女主人公和溫暖斗室。另外，香煙是氣氛的創造物，連接空間和主角的身體。對自己沒有期望的小說人物，煙霧既使空間變得親密，卻又令他們想像自身煙消雲散。封筆十年以後，黃凡出版長篇《躁鬱的國家》和《大學之賊》，雖然不再以形式取勝，但其中的衰弱身體、城鄉空間、權力糾葛，仍然不脫前期基調。

　　相比前者，林燿德更重視運用敘述空間的並置技巧，包括與黃凡合著的《解謎人》和《大日如來》、《高砂百合》、《時間龍》共四部長篇小說，全都採用多個場景並排剪貼的策略，透視出典型都市文學多元角度的空間思維模式。主張都市文學的林燿德，筆下主人公的衰弱身體不是受壓迫的象徵，而是表述都市人的陰暗一面。為了擺脫固有的「城鄉對立」的意象，時而沉默、時而危險的海洋遂成為投射都市人物心靈的空間。通過前五章的考察，無論是獨居的都市人、不了解對方的鄰居、互相鬥爭的辦公空間，林燿德小說的整體風格都異常陰暗。[31]黃凡、林燿德二人共同提倡都市文學，然而兩者差異明顯，黃凡早年多寫〈大時代〉、〈雨夜〉這類敘述都市人冷漠疏離的作品，後來雖然滲入更多黑色幽默，卻不曾遺忘對愛的追求。在林燿德筆下，都市空間和人同樣冷酷、陰暗，既為了表現城市人的負面性格，也因為作者本人

---

31 劉紀蕙認為《時間龍》的暴力書寫，背後隱藏「臺灣文化論述場域中的世代交替」、「法西斯壟斷之下的暴力」和「人類追求毀滅的神祕性格」。見劉紀蕙，〈《時間龍》與後現代暴力書寫問題〉，《孤兒・女神・負面書寫》405。

不再浪漫而創作許多深沉的人物角色。[32]另一方面，林氏的後設小說，也大量引入和讀者嬉戲的破壞、狂歡技巧，以超越鄉土文學的陳套手法。

自《喬太守新記》到《荒人手記》，朱天文和黃凡一樣較多起結的空間描述，《炎夏之都》以前，零碎的敘述方式已可見於各個短篇，文字並列、物件並置的空間形式，由點鋪排成平面的城市環境，在《世紀末的華麗》已臻極致，衰老身體、家庭隔膜、繁雜物件、冷淡氣氛都是在映襯小說人物以至作者的枯盡心境。作者曾說：「〔創作〕支撐我，也驅策我甘願踏上青春已逝壯年不再的命定旅途，一步一步走向沒有。是的沒有，就是沒有了，任何天國和永恆的允諾我皆不信。在可預見可明白的悲慘未來裏，創作是唯一一件不可預知的。」[33]因此，空洞的文字、符號、都市、物件、空間均屬枯竭心靈的象徵。

朱天文、朱天心小說的相似地方是，兩者都寫衰弱身體，均以家庭爲主要的室內空間，和表達時光流逝的哀傷。自創作生涯的轉折（《炎夏之都》、《我記得……》）開始，二人分野變得愈益鮮明。朱天文的注意力放在未來日復一日無法扭轉命運的無奈，朱天心則始終追述舊日美好。朱天心近年著作有兩個總體傾向，一是利用文字空間削減故事成分作敘述嬉戲，二爲將敘述空間放

---

32 少年林燿德由浪漫的愛國少年一轉爲後現代和都市文學的旗手，見王浩威，〈重組的星空！重組的星空？——林燿德的後現代論述〉，《林燿德與新世代作家文學論：悼念一顆耀眼文學之星的殞滅》，中國青年寫作協會編印（臺北：行政院文化建設委員會，1997）300-301。

33 朱天文，〈自問〉，《聯合文學》8.11（1992）：80。

在最高位置，堆砌昔日物件，建構某個夢想中的場所。

　　小說即虛構。創作故事，也就是需要創造某個環境或空間。從本書研究的作品來看，時間變形和空間描述漸成通例，巴赫金所說以時間爲主軸的「時空體」，朝向更爲複雜的時空交錯結構發展。雖然後設小說熱潮已經過去，關於小說與虛構的思考卻影響深遠。晚近臺灣小說的空間書寫，以朱天心近作〈古都〉、《漫遊者》最具特色，兩部作品的寫作手法，預視了空間形式的創新手法，空間實爲重要的小說研究方向。

參考文獻

A

阿達利（Attali, Jacques）。《智慧之路——論迷宮》（*Labyrinth in Culture and Society: Pathways to Wisdom*）。邱海嬰譯。北京：商務，1999。

阿德勒（Adler, Alfred）。《生命對你意味著什麼》（*What Life Should Mean to You*）。周朗譯。北京：國際文化，2001。

BA

巴爾（Bal, Mieke）。《敘述學：敘事理論導論》（*Narratology: Introduction to the Theory of Narrative*）。譚君強譯。北京：中國社會科學，1995。

巴赫金（Bakhtin, Mikhail）。《拉伯雷研究》（*Rabelais and His World*）。李亞林等譯。石家莊：河北教育，1998。

——。《小說理論》（*The Dialogic Imagination: Four Essays*）。白春仁、曉河譯。石家莊：河北教育，1998。

——。《文本、對話與人文》。白春仁等譯。石家莊：河北教育，1998。

——。《陀思妥耶夫斯基詩學問題》（*Problems of Dostoevsky's Poetics*）。白春仁、顧亞玲譯。石家莊：河北教育，1998。

巴特（Barthes, Roland）。《神話——大眾文化詮釋》（*Mythologies*）。許薔薔、許綺玲譯。上海：上海人民，1999。

——。《S／Z》。屠友祥譯。上海：上海人民，2000。

——（巴爾特）。〈物體語義學〉（"Semantics of the Object"）。《符號學歷險》（*The Semiotic Challenge*）。李幼蒸譯。北京：中國人民大學，2008。187-198。

——（巴爾特）。〈敘事結構分析導論〉（"Introduction to the Structural Analysis of Narratives"）。《符號學歷險》。102-144。

巴柔（Pageaux, Daniel-Henri）。〈形象〉（"Image"）。孟華譯。《比較文學形象學》。孟華主編。北京：北京大學，2001。153-184。

BAI

白先勇。《寂寞的十七歲》。廣州：花城，2000。

——。《寂寞的十七歲》。臺北：遠景，1984。

——。《孽子》。香港：華漢文化，1995。

——。《臺北人》。臺北：爾雅，1971。

BI

畢恆達。〈何處是我家？——記民生別墅與林肯大郡〉。《空間就是權力》。臺北：心靈工坊文化，2001。159-178。

——。〈人與物的深情對話〉。《空間就是權力》。23-40。

BO

波特萊爾（Baudelaire, Charles）。《惡之華》（*The Flowers of Evil*）。杜國清譯。臺北：純文學，1977。

BU

布呂奈爾（Brunel, Pierre）等。〈形象與人民心理學〉。張聯奎譯。孟華主編。113-117。

布希亞（Baudrillard, Jean）。《物體系》（*The System of Objects*）。林志明譯。臺北：時報文化，1997。

CAO

曹雪芹、高鶚。《紅樓夢》。北京：人民文學，1974。

CHEN

陳長房。〈空間形式、作品詮釋與當代文評〉。《中外文學》15.1（1986）：
　　80-127。

陳大為。《亞洲中文現代詩的都市書寫，1980-1999》。臺北：萬卷樓，2001。

陳公水、徐文明。〈論道具在《聊齋誌異》中的美學功能〉。《蒲松齡研究》
　　3（2003）：39-49。

陳建忠。〈鄉土即救贖：沈從文與張文環鄉土小說中的烏托邦寓意〉。《文學
　　臺灣》43（2002）：275-305；44（2002）：288-324。

陳綾琪。〈世紀末的荒人美學：朱天文的《世紀末的華麗》與《荒人手記》〉。
　　《中國現代文學理論》17（2000）：102-113。

陳培文。〈朱天心的生命風景與時代課題〉。國立成功大學碩士論文，2003。

陳思和。〈隔海賞奇葩——序林燿德小說選《大東區》〉。《馬蹄聲碎碎》。
　　上海：學林，1992。166-178。

陳映真。《陳映真作品集》。臺北：人間，1988。

——。《華盛頓大樓第一部：雲》。臺北：遠景，1983。

——。〈試評《亞細亞的孤兒》〉。《亞細亞的孤兒》。吳濁流著。張良澤編。
　　再版。臺北：遠景，1993。45-62。

陳原。《社會語言學——關於若干理論問題的初步探索》。香港：商務（香港），
　　1984。

陳振濂。《空間詩學導論》。上海：上海文藝，1989。

CHUAN

川端康成（KAWABATA, Yasunari）。《雪國‧古都》。葉渭渠、唐月梅譯。
　　北京：中國社會科學，1996。

DI

狄更斯（Dickens, Charles）。《雙城記》（*A Tale of Two Cities*）。羅稷南譯。
　　上海：上海譯文，1983。

DE

德塞都（de Certeau, Michel）。《日常生活實踐：1.實踐的藝術》（*The Practice of Everyday Life*）。方琳琳、黃春柳譯。南京：南京大學，2009。

DENG

鄧克保。《異域》。臺北：星光，1977。

DONG

董小英。《敘述學》。北京：社會科學文獻，2001。

──。《再登巴比倫塔──巴赫金與對話理論》。北京：生活・讀書・新知三聯，1994。

DU

杜國清。〈臺灣都市文學與世紀末〉。序。《臺灣文學英譯叢刊》6（1999）：vii-xi。

DUAN

段義孚。《經驗透視中的空間和地方》（*Space and Place: The Perspective of Experience*）。潘桂成譯。臺北：國立編譯館，1999。

FAN

范銘如。〈《漫遊者》的拾荒癖〉。《聯合文學》17.6（2001）：160-161。

FANG

方丹（Fontaine, David）。《詩學──文學形式通論》（*La Poétique: Introduction à la théorie générale des formes littéraires*）。陳靜譯。天津：天津人民，2003。

方漢文。《後現代主義文化心理：拉康研究》。上海：上海三聯，2000。

方婉禎。〈從城鄉到都市──八零年代臺灣小說與都市論述〉。淡江大學碩士論文，2001。

FO

佛斯特（Forster, E.M.）。《小說面面觀》（*Aspects of the Novel*）。李文彬譯。再版。臺北：志文，1985。

FU

弗蘭克（Frank, Joseph）。〈現代小說中的空間形式〉（"Spatial Form in Modern Literature"）。《現代小說中的空間形式》。秦林芳編譯。北京：北京大學，1991。1-49。

弗里德曼（Friedman, Susan Stanford）。〈空間詩學與阿蘭達蒂‧洛伊的《微物之神》〉（"Spatial Poetics and Arundhati Roy's *The God of Small Things*"）。寧一中譯。《當代敘事理論指南》（*The Blackwell Companion to Narrative Theory*）。費倫（James Phelan）、拉比諾維茨（Peter Rabinowitz）編。申丹等譯。北京：北京大學，2007。204-221。

GAO

高辛勇。《形名學與敘事理論──結構主義的小說分析法》。臺北：聯經，1987。

高天生。〈曖昧的戰鬥──論黃凡的小說〉。《黃凡集》。黃凡著。高天生編。臺北：前衛，1992。285-296。

GE

葛洛茲（Grosz, Elizabeth）。〈身體-城市〉（"Bodies-Cities"）。《空間與社會理論譯文選》。王志弘編譯。臺北：自印，1995。209-222。

GONG

龔卓軍。〈身體與想像的辯證：從尼采到梅洛龐蒂〉。《中外文學》26.11（1998）：10-50。

GU

古遠清、達流。〈在真實與夢幻之間──評林燿德短篇小說集《惡地形》〉。《幼獅文藝》74.3（1991）：80-85。

GUI

桂詩春編著。《新編心理語言學》。上海：上海外語教育，2001。

HAI

海德格爾（Heidegger, Martin）。《存在與時間》（*Being and Time*）。陳嘉映、王慶節譯。2版。北京：生活‧讀書‧新知三聯，1999。

海明威（Hemingway, Ernest）。《喪鐘為誰而鳴》（*For Whom the Bell Tolls*）。
　　程中瑞譯。上海：上海譯文，2006。

HE

賀淑瑋。〈「吶喊」與《青春》：論培根與白先勇的感官邏輯〉。《臺灣現代
　　小說史綜論》。陳義芝主編。臺北：聯經，1998。443-481。

赫胥黎（Huxley, Aldous）。《美麗新世界》（*Brave New World*）。李黎、薛
　　人望譯。臺北：志文，1992。

HONG

洪銘水。〈陳映真小說的寫實與浪漫——從《將軍族》到《山路》〉。《文學
　　的思考者》。陳映真著。臺北：人間，1988。4-33。

洪素萱。〈「對她／他，亦是存亡之秋」——由書寫自／治療論《荒人手記》〉。
　　國立成功大學碩士論文，2004。

HOU

侯作珍。〈從消費社會探討八零年代臺灣小說主題意識的轉變〉。中國文化大
　　學碩士論文，1996。

HU

胡寶林。《都市生活的希望——人性都市與永續都市的未來》。臺北：臺灣書
　　店，1998。

胡龍隆。〈臺灣八零年代都市小說的生活情境與批判語調〉。東海大學碩士論
　　文，2001。

胡亞敏。《敘事學》。武昌：華中師範大學，1994。

胡衍南。〈捨棄原鄉鄉愁的兩個模式——談朱天心、張大春的小說創作〉。《臺
　　灣文學觀察雜誌》7（1993）：117-135。

胡志毅。《神話與儀式：戲劇的原型解釋》。上海：學林，2001。

HUANG

黃重添等。《臺灣新文學概觀》。廈門：鷺江，1991。

黃春明。《鑼》。臺北：皇冠，1985。

──。《青番公的故事》。臺北：皇冠，1985。

──。《莎喲娜啦‧再見》。臺北：皇冠，1985。

黃凡。《冰淇淋》。臺北：希代，1991。

──。《財閥》。臺北：希代，1990。

──。《慈悲的滋味》。臺北：聯合，1983。

──。《大時代》。臺北：時報文化，1981。

──。《大學之賊》。臺北：聯合文學，2004。

──。《東區連環泡》。臺北：希代，1989。

──。《都市生活》。臺北：何永成，1987。

──。《反對者》。臺北：自立晚報，1985。

──。《黃凡的頻道》。臺北：時報文化，1980。

──。《黃凡小說精選集》。臺北：聯合文學，1998。

──。《黃凡專欄》。臺北：蘭亭，1983。

──。《賴索》。臺北：時報文化，1980。

──。《零》。臺北：聯經，1982。

──。《曼娜舞蹈教室》。臺北：聯合文學，1987。

──。《你只能活兩次》。臺北：希代，1989。

──。《傷心城》。臺北：自立晚報，1983。

──。《上帝的耳目》。臺北：希代，1990。

──。《上帝們──人類浩劫後》。臺北：知識系統，1985。

──。〈臺北一九八零〉，《明道文藝》54（1980）：86-91。

──。《天國之門》。臺北：時報文化，1983。

──。《我批判》。臺北：聯經，1986。

──。序。《惡地形》。林燿德著。臺北：希代，1988。4-5。

──。《躁鬱的國家》。臺北：聯合文學，2003。

──。《自由鬥士》。臺北：前衛，1983。

黃凡、林燿德。《解謎人》。臺北：希代，1987。

黃凡著。高天生編。《黃凡集》。臺北：前衛，1992。

黃凡、林燿德主編。《新世代小說大系》。12卷。臺北：希代，1989。

黃錦樹。〈從大觀園到咖啡館──閱讀／書寫朱天心〉。《想我眷村的兄弟們》。
　　朱天心著。中和：INK印刻，2002。185-236。

──。〈悼祭之書〉。序。《漫遊者》。朱天心著。臺北：聯合文學，2000。
　　6-25。

──。〈神姬之舞──後四十回？（後）現代啟示錄？〉。《花憶前身》。朱
　　天文著。臺北：麥田，1996。265-312。

黃秋芳。〈荒謬的城──跋涉在林燿德的「惡地形」〉。《香港文學》56（1989）：
　　93-95。

HUO

霍金（Hawking, Stephen W.）。《時間簡史──從大爆炸到黑洞》（*A Brief History
　　of Time*）。許明賢、吳忠超譯。2版。長沙：湖南科學技術，2001。

JI

季桂保。〈後現代境域中的鮑德里亞〉。《後現代性與地理學的政治》。包亞
　　明主編。上海：上海教育，2001。40-117。

季季。〈冷水潑殘生〉。《書評書目》80（1979）：73-86。

紀大偉。〈帶餓思潑辣：《荒人手記》的酷兒閱讀〉。《中外文學》24.3（1995）：
　　153-160。

JIANG

姜貴。《旋風》。臺北：九歌，1999。

蔣述卓等。《城市的想像與呈現：城市文學的文化審視》。北京：中國社會科
　　學，2003。

JIAO

焦桐。《臺灣文學的街頭運動：一九七七──世紀末》。臺北：時報文化，1998。

JIE

芥川龍之介（AKUTAGAWA, Ryunosuke）。〈竹林中〉。《芥川龍之介小說選》。文潔若譯。北京：人民文學，1981。282-291。

JIN

金森修（KANAMORI, Osamu）。《巴什拉──科學與詩》。武青艷、包國光譯。石家莊：河北教育，2002。

金庸。《雪山飛狐》。修訂本。香港：明河社，1974。

JUI

鷲田清一（WASHIDA, Kiyokazu）。《梅洛-龐蒂──可逆性》。劉績生譯。石家莊：河北教育，2001。

KA

卡納普（Carnap, Rudolf）。《世界的邏輯結構》（*The Logical Structure of the World*）。蔡坤鴻譯。臺北：桂冠，1992。

KANG

康來新、許秦蓁合編。《劉吶鷗全集──文學集》。新營：臺南縣文化局，2001。

康洛甫（Komroff, Manuel）。《長篇小說作法研究》（*How to Write a Novel*）。陳森譯。臺北：幼獅文藝，1975。

KE

柯里（Currie, Mark）。《後現代敘事理論》（*Postmodern Narrative Theory*）。寧一中譯。北京：北京大學，2003。

柯林斯（Collins, Jeff）、梅柏林（Bill Mayblin）。《德希達》（*Derrida for Beginners*）。安原良譯。新店：立緒文化，1998。

科恩（Cohen, Steven）、夏爾斯（Linda M. Shires）。《講故事──對敘事虛構作品的理論分析》（*Telling Stories: A Theoretical Analysis of Narrative Fiction*）。張方譯。臺北：駱駝，1997。

科林柯維支（Klinkowitz, Jerome）。〈作為人造物的小說：當代小說中的空間形式〉（"The Novel as Artifact: Spatial Form in Contemporary Fiction"）。秦林芳。50-67。

克萊恩（Klein, Richard）。《香煙：一個人類痼習的文化研究》（*Cigarettes Are Sublime*）。樂曉飛譯。北京：中國社會科學，1999。

克莫德（Kermode, Frank）。《終結的意義：虛構理論研究》（*The Sense of an Ending: Studies in the Theory of Fiction*）。劉建華譯。香港：牛津大學，1998。

LA

拉克洛（de Laclos, Pierre Choderlos）。《危險關係》（*Dangerous Liaisons*）。葉尊譯。新店：野人，2011。

LAI

萊辛（Lessing, G.E.）。《拉奧孔》（*Laokoön*）。朱光潛譯。合肥：安徽教育，1987。

賴和著。張恒豪編。《賴和集》。臺北：前衛，1991。

賴奕倫。〈古都新城——朱天心《古都》的空間結構之研究〉。《文訊》206（2002）：44-45。

LAN

藍建春。〈黃凡小說研究——社會變遷與文學史的視角〉。國立清華大學碩士論文，1997。

LANG

朗加爾（Lanquar, Robert）。《觀光旅遊社會學》（*Sociologie du tourisme et des voyages*）。黃發典譯。臺北：遠流，1993。

LE

勒范恩（Levine, Robert）。《時間地圖》（*A Geography of Time*）。馮克芸、黃芳田、陳玲瓏譯。臺北：臺灣商務，1997。

LEI

雷比肯（Rabkin, Eric S.）。〈空間形式與情節〉（"Spatial Form and Plot"）。
　　秦林芳。102-138。

雷蒙-凱南（Rimmon-Kenan, Shlomith）。《敘事虛構作品：當代詩學》（*Narrative Fiction: Contemporary Poetics*）。賴干堅譯。廈門：廈門大學，1991。

LI

黎活仁師。〈散文詩與網的象徵〉。《現代中國文學的時間觀與空間觀》。臺
　　北：業強，1993。1-25。

——。〈朱天文《柴師父》的敘事〉。《解嚴以來臺灣文學國際學術研討會論
　　　文集》。臺灣師範大學國文學系主編。臺北：萬卷樓，2000。329-349。

黎湘萍。《文學臺灣──臺灣知識者的文學敘事與理論想像》。北京：人民文
　　學，2003。

李國文。〈電梯謀殺案〉。《電梯謀殺案》。北京：華藝，1991。1-70。

李建民。〈八零年代臺灣小說中的都市意象──以臺北為例〉。臺北市立師範
　　學院碩士論文，1999。

李歐梵口述、陳建華訪錄。《徘徊在現代和後現代之間》。臺北：正中，1996。

李瑞騰。〈說鏡──現代詩中一個原型意象的試探〉。《新詩批評》。孟樊主
　　編。臺北：正中，1993。115-153。

李奭學。〈何索的離騷──評黃凡著《躁鬱的國家》〉。《書話臺灣──1991-2003
　　文學印象》。臺北：九歌，2004。190-192。

里克爾（Ricoeur, Paul）。《惡的象徵》（*The Symbolism of Evil*）。公車譯。
　　上海：上海人民，2003。

LIAN

連橫。《臺灣通史》。北京：商務，1996。

LIAO

廖朝陽。〈《匈牙利之水》導讀〉。《文學臺灣》38（2001）：157-160。

──。〈災難與希望：從《古都》與《血色蝙蝠降臨的城市》看政治〉。《臺灣社會研究季刊》43（2001）：1-39。

廖咸浩。〈「只可」哥哥，害得「弟弟」──《迷園》與《第凡內早餐》對身份「國族（主義）化」的商榷〉。《書寫臺灣──文學史、後殖民與後現代》。周英雄、劉紀蕙編。臺北：麥田、中華民國行政院文化建設委員會，2000。317-340。

LIN

林建光。〈政治、反政治、後現代：論八零年代臺灣科幻小說〉。《中外文學》31.9（2003）：130-159。

林素芬採訪。〈歷史天河裏的癡心──作家朱天心專訪〉。《幼獅文藝》84.12（1997）：5-11。

林秀姿。〈重讀 1970 以後的臺北：文學再現與臺北東區〉。國立臺灣大學博士論文，2002。

林文珮記錄整理。〈第一屆「時報文學百萬小說獎」決審會議紀實〉。《荒人手記》。朱天文著。2 版。臺北：時報文化，1999。221-229。

林燿德。《重組的星空──林燿德論評選》。臺北：業強，1991。

──。《大東區》。臺北：聯合文學，1995。

──。《大日如來》。臺北：希代，1993。

──。〈當代臺灣小說中的上班族／企業文化〉。《臺灣文學中的社會》。封德屏主編。臺北：行政院文化建設委員會，1996。183-204。

──。《都市之甍》。臺北：漢光文化，1989。

──。《都市終端機》。臺北：書林，1988。

──。《惡地形》。臺北：希代，1988。

──。《非常的日常》。臺北：聯合文學，1999。

──。《鋼鐵蝴蝶》。臺北，聯合文學，1997。

──。《高砂百合》。臺北：聯合文學，1990。

──。《觀念對話：當代詩言談》。臺北：漢光文化，1989。

──。〈空間剪貼簿──漫遊晚近臺灣都市小說的建築空間〉。《當代臺灣都市文學論》。鄭明娳主編。287-326。

──。《迷宮零件》。臺北：聯合文學，1993。

──。《敏感地帶──探索小說的意識真象》。板橋：駱駝，1996。

──。《期待的視野──林燿德文學短論選》。臺北：幼獅文化，1993。

──。〈上班族小說〉。《文訊》124（1996）：71-72。

──。《時間龍》。臺北：時報文化，1994。

──。〈小說迷宮中的政治迴路──「八零年代臺灣政治小說」的內涵與相關課題〉。《當代臺灣政治文學論》。鄭明娳主編。臺北：時報文化，1994。135-203。

──。〈臺灣當代科幻文學〉。《幼獅文藝》475（1993）：42-48；476（1993）：44-47。

──。《一座城市的身世》。臺北：時報文化，1987。

林燿德編。《浪跡都市──臺灣都市散文選》。臺北：業強，1990。

──。《甜蜜買賣──臺灣都市小說選》。臺北：業強，1989。

──。《中國現代海洋文學》。3卷。臺北：號角，1987。

林燿德、陳璐茜。《慾望夾心──雙色小小說》。臺北：平氏，1995。

林鎮山。〈「家變」之後──試探八、九零年代臺灣小說中的家庭論述〉。陳義芝。143-164。

林志明。〈譯後記：一個閱讀〉。跋。《物體系》。布希亞。217-258。

LIU

劉炳澤編。《小說創作論薈萃》。湖北：長江文藝，1987。

劉登翰、朱立立。〈《高砂百合》神話的建構與解構〉。《明道文藝》302（2001）：162-168。

劉登翰等主編。《臺灣文學史》。福州：海峽文藝，1991。

劉紀蕙。〈林燿德與臺灣文學的後現代轉向〉。《孤兒‧女神‧負面書寫：文化符號的徵狀式閱讀》。新店：立緒文化，2000。368-395。

——。〈《時間龍》與後現代暴力書寫問題〉。《孤兒‧女神‧負面書寫》。
　　　396-422。

劉亮雅。〈九零年代女性創傷記憶小說中的重新記憶政治——以陳燁《泥河》、
　　　李昂《迷園》與朱天心《古都》爲例〉。《中外文學》31.6（2002）：133-157。

劉叔慧。〈華麗的修行——朱天文的文學實踐〉。淡江大學碩士論文，1995。

劉紋豪。〈國族認同的失落與爭辯——朱天心小說研究（1977-2000）〉。淡
　　　江大學碩士論文，2002。

劉禹錫。〈陋室銘〉。《全唐文》。董誥等編。北京：中華，1983。6145。

柳鳴九。〈沒有嫉妒的《嫉妒》——代譯序〉。「序。」《嫉妒》（Jealousy）。
　　　羅伯-格里耶（Alain Robbe-Grillet）著。李清安譯。南京：譯林，2007。
　　　1-12。

LONG

龍協濤。《讀者反應理論》。臺北：揚智文化，1997。

LU

魯迅。《吶喊》。北京：人民文學，1979。

陸揚。《精神分析文論》。濟南：山東教育，1998。

LÜ

呂清夫。《現代都市叢林派——臺灣大都市的生與死》。臺北：揚智文化，1994。

呂正惠。〈從山村小鎮到華盛頓大樓——論陳映眞的歷程及其矛盾〉。《文學
　　　的思考者》。陳映眞。181-195。

——。〈七、八十年代臺灣鄉土文學的源流與變遷〉。《四十年來中國文學》。
　　　　邵玉銘、張寶琴、瘂弦主編。臺北：聯合文學，1995。147-161。

——。〈「政治小說」三論〉，《文星》103（1987）：86-92。

呂正惠、趙遐秋主編。《臺灣新文學思潮史綱》。臺北：人間，2002。

LUO

羅貫中。《三國演義》。北京：人民文學，1973。

駱以軍。《紅字團》。臺北：聯合文學，1993。

——。《降生十二星座》。中和：INK 印刻，2005。

——。〈記憶之書〉。序。《古都》。朱天心著。中和：INK 印刻，2002。
31-41。

MA

馬丁（Martin, Wallace）。《當代敘事學》（*Recent Theories of Narrative*）。
伍曉明譯。北京：北京大學，1990。

馬森。〈城市之罪——論現當代小說的書寫心態〉。《當代臺灣都市文學論》。
鄭明娳主編。179-204。

馬以工。〈等待大師——黃凡和他的小說藝術〉。《飛揚的一代》。周寧編。
臺北：九歌，1981。203-219。

MENG

孟樊、林燿德編。《世紀末偏航——八零年代臺灣文學論》。臺北：時報文化，
1990。

孟華。〈比較文學形象學論文翻譯、研究札記〉。序。《比較文學形象學》。
孟華主編。1-16。

MI

米爾西亞（Murcia, Claude）。《新小說・新電影》（*Nouveau Roman-Nouveau
cinema*）。李華譯。天津：天津人民，2003。

米切爾森（Mickelsen, David）。〈敘述中的空間結構類型〉（"Types of Spatial
Structure in Narrative"）。秦林芳。139-168。

MO

莫爾（More, Thomas）。《烏托邦》（*Utopia*）。戴鎦齡譯。北京：商務，1997。

NI

倪匡。《我看金庸小說》。臺北：遠景，1980。

OU

歐陽子。〈論《家變》之結構形式與文字句法〉。《中外文學》1.12（1973）：
50-67。

──。《王謝堂前的燕子：〈臺北人〉的研析與索隱》。臺北：爾雅，1976。

PAN

潘華虹。〈朱天心小說研究〉。中國社會科學院碩士論文，2003。

潘亞暾。〈曄曄的青春氣息──評林燿德的《惡地形》〉。《聯合文學》5.4
　　（1989）：193-195。

PANG

龐學銓。譯序。《新現象學》（*New Phenomenology*）。施密茨（Hermann Schmitz）
　　著。龐學銓、李張林譯。上海：上海譯文，1997。i-xxx。

PEI

裴元領。〈都市小說的社會閱讀〉。《小說批評》。鄭明娳主編。臺北：正中，
　　1993。183-199。

──。〈權力運作與敘事功能──試析臺灣八零年代中期以後的小說現象〉。
　　《當代臺灣政治文學論》。鄭明娳主編。205-233。

PENG

彭小妍。〈何謂鄉土？──論鄉土文學之建構〉。《中外文學》27.6（1998）：
　　41-53。

──。〈朱天心的臺北──地理空間與歷史意識〉。《空間、地域與文化──
　　中國文化空間的書寫與闡釋》。李豐楙、劉苑如主編。臺北：中央研
　　究院中國文哲研究所，2002。413-443。

QI

祁雅理（Chiari, Joseph）。《二十世紀法國思潮：從柏格森到萊維-施特勞斯》
　　（*Twentieth-century French Thought: From Bergson to Lévi-Strauss*）。吳永
　　泉、陳京璇、尹大貽譯。北京：商務，1987。

齊隆壬。〈臺灣版圖的四重奏與原住民神話的終結──評林燿德小說《一九四
　　七──高砂百合》〉。《當代》57（1991）：136-145。

QIAN

錢虹。〈歷史與神話——評林燿德的小說新作《高砂百合》及其他〉。《臺港文學選刊》12（1991）：28-31。

錢鍾書。《圍城》。北京：人民文學，1998。

QING

清水賢一郎（SHIMIZU, Kenichiro）。〈「記憶」之書——導讀朱天心《古都》日文版〉。《中國文哲研究通訊》12.1（2002）：173-179。

QIONG

瓊（de Jong, Rudolf）。〈再次俘獲街道？〉（"The Recapture of the Street?"）。王志弘。1-20。

QIU

丘彥明記錄。〈德先生・賽先生・幻小姐：1982 年文藝節聯副科幻小說座談會〉。《當代科幻小說選》。張系國編。下冊。臺北：知識系統，1985。209-256。

——。〈聯合報七十年度中、長篇小說獎總評會議紀實〉。《零》。黃凡著。1-52。

邱貴芬。〈想我（自我）放逐的（兄弟）姊妹們：閱讀第二代「外省」（女）作家朱天心〉。《中外文學》22.3（1993）：94-115。

邱貴芬、朱天心。〈與朱天心漫遊〉。《印刻文學生活誌》14（2004）：178-192。

邱玫玲。〈以自我記憶建構他者歷史——朱天心小說的書寫網絡〉。國立彰化師範大學碩士論文，2002。

邱妙津。《鱷魚手記》。臺北：時報文化，1994。

——。〈中國傳統裏的烏托邦——兼論《荒人手記》中的「情色」與「色情」烏托邦〉。《聯合文學》11.11（1995）：32-39。

RE

熱奈特（Genette, Gérard）。〈文學與空間〉（"Literature and Space"）。王文融譯。《文藝理論》1（1986）：113-115。

——。《敘事話語・新敘事話語》（*Narrative Discourse: An Essay in Method, Narrative Discourse Revisited*）。王文融譯。北京：中國社會科學，1990。

RONG

榮格（Jung, C.G.）。《分析心理學的理論與實踐：塔維斯托克講演》（*Analytical Psychology: Its Theory and Practice*）。成窮、王作虹譯。北京：生活・讀書・新知三聯，1991。

SAN

三島由紀夫（MISHIMA, Yukio）。《金閣寺、潮騷》。唐月梅譯。南京：譯林，1999。

SANG

桑內特（Sennett, Richard）。《肉體與石頭：西方文明中的人類身體與城市》（*Flesh and Stone: The Body and the City in Western Civilization*）。黃煜文譯。臺北：麥田，2003。

桑梓蘭。〈《古都》的都市空間論述〉。李豐楙、劉苑如。445-480。

SHAO

邵毓娟。〈眷村再見／現：試析朱天心作品中戀物式主體建構〉。《中外文學》32.10（2004）：99-122。

SHEN

沈多青。〈故鄉永恆的過客——探索朱天心的「古都」〉。《幼獅文藝》84.12（1997）：21-31。

沈從文。《沈從文文集》。香港：生活・讀書・新知三聯書店香港分店；廣州：花城，1982。

SHI

施密特（Schmidt, James）。《梅洛龐蒂：現象學與結構主義之間》（*Maurice Merleau-Ponty: Between Phenomenology and Structuralism*）。尚新建、杜麗燕譯。臺北：桂冠，1992。

施密茨（Schmitz, Hermann）。《新現象學》（*New Phenomenology*）。龐學銓、李張林譯。上海：上海譯文，1997。

施淑。〈反叛的受害者──黃凡集序〉。序。《黃凡集》。黃凡著。高天生編。9-12。

什克洛夫斯基（Shklovsky, Viktor）。〈故事和小說的結構〉（"The Structure of Fiction"）。方珊譯。董友校。《俄國形式主義文論選》。什克洛夫斯基等著。方珊等譯。北京：生活・讀書・新知三聯，1992。11-31。

SHUI

水晶。〈象憂亦憂、象喜亦喜──泛論張愛玲短篇小說中的鏡子意象〉。《張愛玲的小說藝術》。3 版。臺北：大地，2000。143-166。

SONG

宋書強。〈論九十年代都市文學的現代性〉。山東師範大學碩士論文，2004。

SU

蘇恩文（Suvin, Darko）。〈《科幻》專號導論〉。蕭立君譯。《中外文學》22.12（1994）：13-26。

蘇峰山。〈傅柯對於權力之分析〉。《歐洲社會理論》。黃瑞祺主編。臺北：中央研究院歐美研究所，1996。99-164。

SUN

孫潔茹。〈游移／猶疑？──朱天文、朱天心及其作品中的認同與政治〉。國立成功大學碩士論文，2004。

SUO

索緒爾（de Saussure, Ferdinand）。《普通語言學教程》（*Course in General Linguistics*）。高名凱譯。北京：商務，1999。

TAI

臺北縣政府擬定。《臺北縣綜合發展計劃》。臺北：臺北縣政府，1993。

TANG

唐小兵。〈《古都》・廢墟・桃花源外〉。周英雄、劉紀蕙。391-402。

TE

特拉菲爾（Trefil, James）。《未來城》（*A Scientist in the City*）。賴慈芸譯。
　　北京：中國社會科學，2000。

特蘭西克（Trancik, Roger）。《找尋失落的空間——都市設計理論》（*Finding
　　Lost Space: Theories of Urban Design*）。謝慶達譯。臺北：田園城市文化，
　　1996。

特羅蒂尼翁（Trotignon, Pierre）。《當代法國哲學家》（*Les Philosophes français
　　d'aujourd'hui*）。范德玉譯。北京：生活・讀書・新知三聯，1992。

TENG

藤井省三（FUJII, Shozo）。《臺灣文學這一百年》。張季琳譯。臺北：一方，
　　2004。

TIAN

田銀生、劉韶軍編著。《建築設計與城市空間》。天津：天津大學，2000。

TUO

托馬舍夫斯基（Tomashevsky, Boris）。〈主題〉（"Thematics"）。姜俊鋒譯。
　　方珊校。《俄國形式主義文論選》。什克洛夫斯基等。107-208。

WANG

王斑。〈呼喚靈韻的美學——朱天文小說中的商品與懷舊〉。劉婉俐譯。周英
　　雄、劉紀蕙。343-359。

王德威。〈百年來中國文學的鉅變與不變——被壓抑的現代性〉。《中國現代
　　文學理論》9（1998）：97-105。

——。〈從《狂人日記》到《荒人手記》——論朱天文，兼及胡蘭成與張愛玲〉，
　　《現代中文文學評論》5（1996）：111-122。

——。〈華麗的世紀末：臺灣・女作家・邊緣詩學〉。《想像中國的方法：歷
　　史・小說・敘事》。北京：生活・讀書・新知三聯，1998。270-293。

——。〈老靈魂前世今生——朱天心的小說〉。《古都》。朱天心。5-30。

——。《歷史與怪獸：歷史，暴力，敘事》（*The Monster That Is History: History, Violence, Narrative*）。臺北：麥田，2004。

——。〈尼采的迴聲？——評黃凡的《上帝們》〉。《閱讀當代小說——臺灣、大陸、香港、海外》。臺北：遠流，1991。37-39。

——。〈「世紀末」的先鋒：朱天文與蘇童〉。《今天》13（1991）：95-101。

——。〈世紀末的中文小說：預言四則〉。《想像中國的方法》。373-392。

——。〈我記得什麼？——評朱天心著《我記得……》〉。《閱讀當代小說》。68-71。

——。〈想像中國的方法：海外學者看現、當代中國小說與電影〉，《想像中國的方法》。360-372。

——。序。《躁鬱的國家》。黃凡著。6-9。

——。〈學校「空間」、權威、與權宜——論黃凡《系統的多重關係》〉。《都市生活》。黃凡著。9-14。

——。《眾聲喧嘩以後——點評當代中文小說》。臺北：麥田，2001。

王德威編。《典律的生成——「年度小說選」三十年精編》。臺北：爾雅，1998。

王浩威。〈重組的星空！重組的星空？——林燿德的後現代論述〉。《林燿德與新世代作家文學論：悼念一顆耀眼文學之星的殞滅》。中國青年寫作協會編印。臺北：行政院文化建設委員會，1997。295-322。

——。〈偉大的獸——林燿德文學理論的建構〉。《聯合文學》12.5（1996）：55-61。

王建元。〈當代臺灣科幻小說中的都市空間〉。《當代臺灣都市文學論》。鄭明娳主編。231-264。

王潤華。〈從沈從文的「都市文明」到林燿德的「終端機文化」〉。《當代臺灣都市文學論》。鄭明娳主編。11-38。

王淑秧。《海峽兩岸小說論評》。北京：中國人民大學，1992。

王拓。〈是「現實主義」文學，不是「鄉土文學」——有關「鄉土文學」的史的分析〉。《鄉土文學討論集》。尉天驄主編。臺北：遠景，1978。100-119。

王文仁。〈林燿德與臺灣文學史的重論〉。《臺灣文學史的省思》。楊宗翰主
　　編。永和：富春文化，2002。31-56。

王文興。《背海的人》。臺北：洪範，1999。

──。《家變》。臺北：洪範，1999。

──。《十五篇小說》。臺北：洪範，1992。

王溢嘉。〈被告白的假面〉。附錄。《非常的日常》。林燿德著。195-200。

王岳川。〈身體意識與知覺美學〉。《目擊道存──世紀之交的文化研究散論》。
　　武漢：湖北教育，2000。7-18。

WEI

威廉斯（Williams, Raymond）。《鄉村與城市》（*The Country and the City*）。
　　韓子滿、劉戈、徐珊珊譯。北京：商務，2013。

薇依（Weil, Simone）。《重負與神恩》（*Gravity and Grace*）。顧嘉琛、杜
　　小眞譯。香港：漢語基督教文化研究所，1998。

──。《在期待之中》（*Waiting on God*）。杜小眞、顧嘉琛譯。北京：生活・
　　讀書・新知三聯，1996。

WENG

翁燕玲。〈林燿德研究──現代性的追索〉。國立中正大學碩士論文，2000。

WO

沃林（Wolin, Richard）。《文化批評的觀念：法蘭克福學派、存在主義和後
　　結構主義》（*The Terms of Cultural Criticism: The Frankfurt School,
　　Existentialism, Poststructuralism*）。張國清譯。北京：商務，2000。

渥厄（Waugh, Patricia）。《後設小說──自我意識小說的理論與實踐》
　　（*Metafiction: The Theory and Practice of Self-conscious Fiction*）。錢競、
　　劉雁濱譯。板橋：駱駝，1995。

WU

吳光庭。〈臺灣建築的發展與變遷〉。《世界建築》3（1998）：14-15。

吳坤煌。〈論臺灣的鄉土文學〉。彭萱譯。《文學臺灣》38（2001）：27-41。

吳潛誠。〈遊走在後現代城市的想像迷宮——重讀林燿德的散文創作〉。《聯合文學》12.5（1996）：50-54。

吳雅慧。〈朱天心小說的時空座標〉。國立中興大學碩士論文，2000。

吳永庭。〈道具在影視藝術空間的作用〉。《文化時空》4（2002）：73-74。

吳濁流著。張良澤編。《亞細亞的孤兒》。再版。臺北：遠景，1993。

舞鶴、朱天文。〈凝視朱天文〉。《印刻文學生活誌》1（2003）：24-43。

XIA

夏志清。〈白先勇早期的短篇小說——《寂寞的十七歲》代序〉。序。《寂寞的十七歲》。白先勇著。臺北：遠景，1984。1-28。

——。〈姜貴的兩部小說〉。附錄。《中國現代小說史》（*A History of Modern Chinese Fiction*）。劉紹銘等譯。再版。香港：中文大學，2001。479-498。

夏忠憲。〈巴赫金狂歡化詩學理論〉。《北京師範大學學報》（社會科學版）5（1994）：74-82。

夏鑄九。〈全球經濟再結構過程中的臺灣區域空間結構變遷〉。《空間，歷史與社會：論文選，1987-1992》。臺北：臺灣社會研究，1993。281-304。

——。〈休閒的政治經濟學——對臺灣的 KTV 之初步分析〉。《空間，歷史與社會》。145-163。

XI

西美爾（Simmel, Georg）。〈橋與門〉（"Bridge and Door"）。《時尚的哲學》。費勇、吳薔譯。北京：文化藝術，2001。219-224。

——（齊美爾）。〈空間社會學〉（"The Sociology of Space"）。《社會是如何可能的：齊美爾社會學文選》。林榮遠編譯。桂林：廣西師範大學，2002。290-316。

XIANG

向陽。〈「臺北的」與「臺灣的」——初論臺灣文學的城鄉差距〉。《當代臺灣都市文學論》。鄭明娳主編。39-57。

XIAO

蕭新如。〈略談魯迅小說中的小道具〉。《東北師大學報》（哲學社會科學版）
　　5（1988）：81-83。

XIE

謝倩如。〈朱天心小說研究〉。國立高雄師範大學碩士論文，2002。

XU

許劍橋。〈在城市裏看風景——看黃凡如何測量寫作的寬度〉。《文訊》236
　　（2005）：134-139。

許琇禎。《臺灣當代小說縱論：解嚴前後（1977-1997）》。臺北：五南，2001。

許焯權。〈人、神與天相通〉。《空間的文化——建築評論文集》。香港：青
　　文，1999。9-11。

——。〈「現代如何古典」？——建築歷史學家約瑟·域維特的理論〉。《空
　　間的文化》。6-8。

徐正芬。〈朱天文小說研究〉。國立臺灣師範大學碩士論文，2001。

YA

亞伯克隆比（Abercrombie, Stanley）。《建築的藝術觀》（*Architecture as Art*）。
　　吳玉成譯。天津：天津大學，2001。

亞里士多德（Aristotle）。《詩學》（*Poetics*）。陳中梅譯注。北京：商務，
　　1996。

YAN

顏忠賢。〈不在場□臺北：八零年代以後臺灣都市小說的書寫空間策略〉。《不
　　在場：顏忠賢空間學論文集》。臺北：田園城市文化，1998。19-32。

YANG

羊恕。〈俟〉。《刀瘟》。臺北：遠流，1989。97-128。

楊大春。《德希達》。臺北：生智文化，1999。

楊錦郁記錄整理。〈始終維護文學的尊嚴——李瑞騰專訪朱天心〉。《文訊》
　　92（1993）：80-84。

楊麗玲。〈憤怒與慈悲之後——黃凡的黑色幽默〉。《自由青年》728（1990）：
　　48-53。

——。〈文學惡地形上的戰將——「林燿德」〉。《自由青年》726（1990）：
　　　42-47。

楊明。〈未知次元的心情——林燿德的都市及都市中的林燿德〉。《明道文藝》
　　142（1988）：6-9。

楊乃女。〈香水與記憶的交歡——朱天心《匈牙利之水》中的嗅覺地圖〉。《疆
　　界／將屆：2004 年文化研究學生研討會》。2005 年 5 月 9 日瀏覽。
　　<http://www.srcs.nctu.edu.tw/cssc/m6.htm>。

楊如英。〈多重互文、多重空間——論《古都》中的文化認同與文本定位〉。
　　《臺灣文化研究》。2004 年 7 月 20 日瀏覽。<http://www.srcs.nctu.
　　edu.tw/taiwanlit/issue4/4-6.htm>。

楊照。《文學、社會與歷史想像》。臺北：聯合文學，1995。

——。《夢與灰燼：戰後文學史散論二集》。臺北：聯合文學，1998。

楊宗翰編。《新世代星空——林燿德佚文選 01》。臺北：天行社，2001。

——。《邊界旅店——林燿德佚文選 02》。臺北：天行社，2001。

——。《黑鍵與白鍵——林燿德佚文選 03》。臺北：天行社，2001。

——。《將軍的版圖——林燿德佚文選 04》。臺北：天行社，2001。

——。《地獄的布道者——林燿德佚文選 05》。臺北：天行社，2001。

YE

葉石濤。〈八零年代的文學旗手——兼論林燿德《惡地形》〉。《走向臺灣文
　　學》。臺北：自立晚報，1990。197-204。

——。《臺灣文學史綱》。再版。高雄：春暉，2003。

——。〈爲什麼賴和先生是臺灣新文學之父？〉。賴和著。張恒豪編。253-260。

YIN

尹章義。〈百合盛開豔陽下〉。序。《一九四七高砂百合》。林燿德著。一-
　　五。

YING

應鳳凰。《臺灣文學花園》。臺北：玉山社，2003。

──。〈臺灣文學研究在美國〉。《漢學研究通訊》16.4（1997）：396-403。

YOU

尤雅姿。〈文學世界中的空間創設〉。《中國文哲研究通訊》10.3（2000）：153-167。

游順釗。〈口語中時間概念的視覺表達──對英語和漢語的考察〉（"The Visualisation of Time in Oral Language-with Special Reference to English and Chinese"）。徐林譯。《視覺語言學論集》。徐志民等譯。北京：語文，1994。76-88。

YUAN

袁瓊瓊。〈天文種種〉。序。《最想念的季節》。朱天文著。2版。臺北：遠流，1998。7-13。

ZENG

曾麗玲。〈《1947 高砂百合》、《尤利西斯》與歷史／小說辯證〉。《中國現代文學理論季刊》9（1998）：83-96。

──。〈《1947 高砂百合》與《尤利西斯》的歷史想像與書寫〉。《中外文學》26.8（1998）：156-183。

曾秀萍。《孤臣‧孽子‧臺北人──白先勇同志小說論》。臺北：爾雅，2003。

曾燕瑀。〈朱天心小說研究〉。國立清華大學碩士論文，2001。

曾意晶。〈族裔女作家文本中的空間經驗──以李昂、朱天心、利格拉樂‧阿𡠄、利玉芳為例〉。國立臺灣師範大學碩士論文，1998。

ZHAN

詹宏志。〈晦暗的、飄搖的希望──評析黃凡的《青州車站》〉。《兩種文學心靈》。臺北：皇冠，1987。135-152。

──。《城市人──城市空間的感覺、符號和解釋》。臺北：麥田，1996。

──。〈時不移事不往──讀朱天心的《我記得……》〉。序。《我記得……》。朱天心著。臺北：聯合文學，2001。6-12。

──。〈一種老去的聲音──讀朱天文的《世紀末的華麗》〉。序。《世紀末的華麗》。朱天文著。新版。臺北：遠流，1999。7-14。

ZHANG

張愛玲。《半生緣》。香港：皇冠，1991。

──。《傾城之戀──張愛玲短篇小說集之一》。香港：皇冠，1999。

張大春。〈當代臺灣都市文學的興起──一個小說本行的觀察〉。邵玉銘、張寶琴、瘂弦。162-175。

──。《公寓導遊》。臺北：時報文化，1986。

──。《四喜憂國》。臺北：遠流，1990。

──。〈一則老靈魂──朱天心小說裏的時間角力〉。序。《想我眷村的兄弟們》。朱天心。5-15。

張閎。〈《野草》的空間意象與文明頹敗意識〉。《中國現代文學研究叢刊》4（1996）：1-16。

張惠娟。〈臺灣後設小說試論〉。《小說批評》。鄭明娳主編。201-227。

張惠菁。〈螢火蟲洞話語──讀朱天心《漫遊者》〉。《聯合文學》17.9（2001）：150-151。

張季琳。〈日本人看朱天心的《古都》〉。李豐楙、劉苑如。481-514。

張錦忠。〈黃凡與未來：兼註臺灣科幻小說〉。《中外文學》22.12（1994）：207-217。

張啓疆。〈當代臺灣小說裏的都市現象〉。封德屏。205-228。

──。〈當代臺灣小說中的都市「負負空間」〉。《當代臺灣都市文學論》。鄭明娳主編。327-362。

──。《導盲者》。臺北：聯合文學，1997。

張瑞芬。〈彷彿在君父的城邦──郝譽翔《逆旅》、駱以軍《月球姓氏》、朱天心《漫遊者》三書評介〉。《明道文藝》299（2001）：29-37。

張世君。《〈紅樓夢〉的空間敘事》。北京：中國社會科學，1999。

張誦聖。〈朱天文與臺灣文化及文學的新動向〉（"Chu T'ien-wen and Taiwan's Recent Cultural and Literary Trends"）。高志仁、黃素卿譯。《文學場域的變遷——當代臺灣小說論》。臺北：聯合文學，2001。83-112。

——。〈絕望的反射——評朱天心《古都》〉。《文學場域的變遷》。211-215。

張堂錡。《現代小說概論》。臺北：五南，2003。

張系國編。《當代科幻小說選》。臺北：知識系統，1985。

張小虹。〈女兒的憂鬱——朱天心《漫遊者》中的創傷與斷離空間〉。《聯合文學》17.3（2001）：108-110。

——。〈卿卿「物」忘我——文學與性別〉。《聯合文學》16.2（1999）：174-183。

——。〈朱天文《世紀末的華麗》導讀〉。《文學臺灣》38（2001）：137-140。

張志維。〈以同聲字鏈製造同性之戀——《荒人手記》的ㄈㄨˋ語術〉。《中外文學》25.10（1997）：160-179。

——。〈閱讀符號之身：《S／Z》與《荒人手記》的體象／文象／性象〉。國立臺灣大學博士論文，2000。

章一誠。〈「天國之門」與黃凡的「頻道」——讀《天國之門》〉。《新書月刊》1（1983）：25-26。

ZHAO

趙慶華。〈認同與書寫——以朱天心與利格拉樂·阿媍爲考察對象〉。國立成功大學碩士論文，2003。

趙毅衡。《當說者被說的時候——比較敘述學導論》。北京：中國人民大學，1998。

——。《苦惱的敘述者——中國小說的敘述形式與中國文化》。北京：北京十月文藝，1994。

——。〈敘述的三鏈：時間、空間與因果〉。《必要的孤獨——文學的形式文化學研究》。香港：天地，1995。81-92。

趙園。〈黃凡作品印象〉。《當代作家評論》。4（1990）：111-119、122。

ZHEN

陣內秀信（JINNAI, Hidenobu）。〈喫茶店の空間人類學：街の舞臺裝置〉。《ユリイカ》19.4（1987）：74-81。

ZHENG

鄭恆雄。〈二十世紀末的臺灣歷史小說掃描〉。《聯合文學》7.9（1991）：145-148。

——。〈林燿德《1947高砂百合》的歷史神話符號系統〉。《中外文學》26.8（1998）：120-155。

——。〈林燿德《一九四七高砂百合》的敘述結構與史詩筆法〉。《聯合文學》15.3（1999）：146-150；15.4（1999）：150-152。

鄭金川。《梅洛-龐蒂的美學》。臺北：遠流，1993。

鄭明娳。〈鳥瞰城市迷宮〉。序。《當代臺灣都市文學論》。鄭明娳主編。7-8。

——。〈《時間龍》的科學、幻想與思想〉。《香港文學》216（2002）：73-77。

——。〈搜集林燿德〉。《文訊》188（2001）：12-15。

——。〈文明斷層的掃描者——論林燿德散文中的都市主題〉。《文訊》20（1985）：194-203。

ZHONG

中村雄二郎（NAKAMURA, Yūjirō）。《西田幾多郎》。卞崇道、劉文桂譯。北京：生活・讀書・新知三聯，1993。

鍾鳳美。〈讓一切都隨風而逝——談黃凡小說《傷心城》〉。《文藝月刊》209（1986）：34-46。

鍾肇政。《臺灣人三部曲》。臺北：遠景，1980。

ZHOU

周慶華。〈臺灣後設小說中的社會批判——一個本體論和方法論的反省〉。《臺灣的社會與文學》。龔鵬程編。臺北：東大，1995。151-165。

周英雄。〈從感官細節到易位敘述——談朱天心近期小說策略的演變〉。周英雄、劉紀蕙。403-417。

ZHU

朱光潛。《詩論》。合肥：安徽教育，1987。

朱立立。〈臺灣都市文學研究理路辨析〉。《東南學術》5（2001）：91-97。

——。〈臺灣新世代都市小說初論〉。《鎮江師專學報》（社會科學版）1（2001）：
　　36-40。

朱孟庭。〈變調的傳奇——論朱天心小說的敘事策略〉。《多向的蛻變——第
　　三屆全國大專學生文學獎得獎作品專集》。顏崑陽主編。臺北：行政院文
　　化建設委員會，2000。555-587。

朱雙一。〈廣角鏡對準臺灣都市叢林——黃凡論〉。《聯合文學》11.4（1995）：
　　152-157。

——。《近20年臺灣文學流脈：「戰後新世代」文學論》。廈門：廈門大學，
　　1999。

——。〈邁向壯闊的史詩——評林燿德的《高砂百合》〉。《聯合文學》7.5
　　（1991）：188-190。

——。〈臺灣社會運作形式的省思——黃凡作品論〉。黃凡著。高天生編。
　　267-284。

——。〈資訊文明的審視焦點和深度觀照——林燿德小說論〉。《聯合文學》
　　12.5（1996）：44-49。

朱天文。《傳說》。再版。臺北：三三，1986。

——。《淡江記》。2版。臺北：遠流，1994。

——。《花憶前身》。臺北：麥田，1996。

——。《荒人手記》。2版。臺北：時報文化，1999。

——。〈孤寂、偏執、堅持——朱天文談她的文字修行〉。《讀書人月刊》6
　　／7（1995）：43-48。

——。《喬太守新記》。3版。臺北：皇冠，1988。

——。《世紀末的華麗》。新版。臺北：遠流，1999。

——。《小畢的故事》。臺北：遠流，1992。

——。《炎夏之都》。2 版。臺北：遠流，1994。

——。《朱天文電影小說集》。臺北：遠流，1991。

——。〈自問〉。《聯合文學》8.11（1992）：80。

——。《最想念的季節》。2 版。臺北：遠流，1998。

朱天文、朱天心、朱天衣。《三姊妹》。臺北：皇冠，1996。

——。《下午茶話題》。臺北：麥田，1998。

朱天心。〈不再有鄉愁的年代〉。《遠見》2（1999）：130-131。

——。〈「大和解？」回應之二〉。《臺灣社會研究》43（2001）：117-125。

——。《二十二歲之前》。臺北：聯合文學，2001。

——。《方舟上的日子》。臺北：聯合文學，2001。

——。《古都》。中和：INK 印刻，2002。

——。《擊壤歌》。臺北：聯合文學，2001。

——。《漫遊者》。臺北：聯合文學，2000。

——。《想我眷村的兄弟們》。中和：INK 印刻，2002。

——。《時移事往》。臺北：聯合文學，2001。

——。《未了》。臺北：聯合文學，2001。

——。《我記得……》。臺北：聯合文學，2001。

——。《小說家的政治周記》。臺北：聯合文學，2001。

——。《學飛的盟盟》。中和：INK 印刻，2003。

——。〈一個籃子〉。《聯合文學》8.11（1992）：94-95。

——。《昨日當我年輕時》。臺北：聯合文學，2001。

朱天心、舞鶴。〈朱天心對談舞鶴〉。《印刻文學生活誌》7（2004）：26-49。

朱偉誠。〈無重力狀態的漫遊憶往——讀朱天心《漫遊者》〉。《聯合文學》
　　17.5（2001）：148-149。

——。〈受困主流的同志荒人——朱天文《荒人手記》的同志閱讀〉。《中外
　　文學》24.3（1995）：141-152。

朱西甯。《鐵漿》。中和：INK 印刻，2003。

ZHUANG

莊宜文。〈雙面夏娃——朱天文、朱天心作品比較〉。《臺灣文學學報》1（2000）：
263-294。

Adler, Alfred. *What Life Should Mean to You.* Ed. Alan Porter. London: Allen &
Unwin, 1933.

Aristotle. *Aristotle on the Art of Fiction: An English Translation of Aristotle's
Poetics.* Trans. L.J. Potts. London: Cambridge UP, 1968.

Aspinall, Peter. "Aspects of Spatial Experience and Structure." *Companion to
Contemporary Architectural Thought.* Eds. Ben Farmer and Hentie Louw.
London: Routledge, 1993. 334-341.

Attali, Jacques. *Labyrinth in Culture and Society: Pathways to Wisdom.* Trans.
Joseph Rowe. Berkeley: North Atlantic, 1999.

Bachelard, Gaston. *Air and Dreams: An Essay on the Imagination of Movement.*
Trans. Edith R. Farrell and C. Frederick Farrell. Dallas: Dallas Institute of
Humanities and Culture, 1988.

---. *The Poetics of Space.* Trans. Maria Jolas. Boston: Beacon P, 1994.

---. *The Psychoanalysis of Fire.* Trans. Alan C.M. Ross. London: Routledge &
Kegan Paul, 1964.

---. *Water and Dreams: An Essay on the Imagination of Matter.* Trans. Edith R.
Farrell. Dallas: Pegasus Foundation, 1983.

Bakhtin, Mikhail. *The Dialogic Imagination: Four Essays.* Trans. Caryl Emerson
and Michael Holquist. Ed. Michael Holquist. Austin: U of Texas P, 1981.

---. "The Problem of Speech Genres." *Speech Genres and Other Late Essays.* Trans.
Vern W. McGee. Eds. Caryl Emerson and Michael Holquist. Austin: U of
Texas P, 1986. 60-102.

---. *Problems of Dostoevsky's Poetics. Trans.* Caryl Emerson. Minneapolis: U of
Minnesota P, 1997.

---. *Rabelais and His World*. Trans. Hélène Iswolsky. Bloomington: Indiana UP, 1984.

Bal, Mieke. *Narratology: Introduction to the Theory of Narrative*. Trans. Christine van Boheemen. Toronto: U of Toronto P, 1985.

---. "Second-Person Narrative: David Reed." *Looking in: The Art of Viewing*. Amsterdam: G+B Arts, 2001. 213-238.

Barthes, Roland. *Mythologies*. Trans. Annette Lavers. New York: Hill and Wang, 1972.

---. "The Reality Effect." *The Rustle of Language*. Trans. Richard Howard. New York: Hill and Wang, 1986. 141-148.

---. *S/Z*. Trans. Richard Miller. New York: Noonday P, 1974.

---. "Introduction to the Structural Analysis of Narratives." *The Semiotic Challenge*. Trans. Richard Howard. Berkeley: U of California P, 1994. 95-135.

---. "Semantics of the Object." *The Semiotic Challenge*. 179-190.

Baudelaire, Charles. *Les Fleurs du mal*. Trans. Richard Howard. Brighton: Harvester P, 1982.

Baudrillard, Jean. *The Consumer Society: Myths and Structures*. Trans. Chris Turner. London: Sage, 1998.

---. *The System of Objects*. Trans. James Benedict. London: Verso, 1996.

Benjamin, Walter. *Charles Baudelaire: A Lyric Poet in the Era of High Capitalism*. Trans. Harry Zohn. London: NLB, 1973.

---. "One-Way Street." Trans. Rodney Livingstone. *Selected Writings*. Eds. Marcus Bullock, Michael W. Jennings, Howard Eiland, and Gary Smith. Vol. 1. Cambridge, MA: Belknap P, 1996. 444-702.

Berger, Arthur Asa. *The Portable Postmodernist*. Walnut Creek, CA: Altamira P, 2003.

Bogue, Ronald. *Deleuze on Literature*. New York: Routledge, 2003.

Bonheim, Helmut. *The Narrative Modes: Techniques of the Short Story.* Cambridge, Eng.: D.S. Brewer, 1992.

Booth, Wayne C. *The Rhetoric of Fiction.* 2nd ed. Chicago: U of Chicago P, 1983.

Brooks, Peter. *Body Work: Objects of Desire in Modern Narrative.* Cambridge, MA: Harvard UP, 1993.

Buzard, James. *The Beaten Track: European Tourism, Literature, and the Ways to Culture, 1800-1918.* Oxford: Clarendon P, 1993.

Carnap, Rudolf. *The Logical Structure of the World.* Trans. Rolf A. George. 2nd ed. London: Routledge & Kegan Paul, 1967.

Castells, Manuel. *The Urban Question: A Marxist Approach.* Trans. Alan Sheridan. London: Edward Arnold, 1977.

Chatman, Seymour B. *Story and Discourse: Narrative Structure in Fiction and Film.* Ithaca: Cornell UP, 1978.

Chen, Lingchei Letty. "Writing Taiwan's Fin-de-siècle Splendor: Zhu Tianwen and Zhu Tianxin." *The Columbia Companion to Modern East Asian Literature.* Eds. Joshua S. Mostow et al. New York: Columbia UP, 2003. 584-591.

Chiang, Shu-chen. "Rejection of Postmodern Abandon: Zhu Tianwen's Fin-de-siecle Splendor." *Tamkang Review* 29.1 (1998): 35-65.

Chiari, Joseph. *Twentieth-century French Thought: From Bergson to Lévi-Strauss.* London: Elek, 1975.

Cho, Hwei-cheng. "Chu T'ien-wen: Writing 'Decadent' Fiction in Contemporary Taiwan." Diss. U of London, 1998.

Chou, Ying-hsiung. "Between Temporal and Spatial Transformations: An Ancient Capital City at the End of Time." *Tamkang Review* 31.2 (2000): 51-70.

Cohan, Steven, and Linda M. Shires. *Telling Stories: A Theoretical Analysis of Narrative Fiction.* London: Routledge & Kegan Paul, 1988.

Colombat, André Pierre. "Deleuze and Signs." *Deleuze and Literature.* Eds. Ian Buchanan and John Marks. Edinburgh: Edinburgh UP, 2000. 14-33.

Connor, Steven. *Postmodernist Culture: An Introduction to Theories of the Contemporary.* 2nd ed. Oxford: Blackwell, 1997.

Coover, Robert. "The Elevator." *Pricksongs & Descants: Fictions.* New York: Plume, 1969. 125-137.

Crang, Mike. *Cultural Geography.* London: Routledge, 1998.

Culler, Jonathan. "Semiotics of Tourism." *Framing the Sign: Criticism and Its Institutions.* Oxford: Blackwell, 1988. 153-167.

Currie, Mark. *Postmodern Narrative Theory.* New York: Macmillan, 1998.

Danesi, Marcel. *Of Cigarettes, High Heels, and Other Interesting Things: An Introduction to Semiotics.* New York: St Martin's P, 1999.

Deleuze, Gilles. "Literature and Life." *Essays Critical and Clinical.* Trans. Daniel W. Smith and Michael A. Greco. Minneapolis: U of Minnesota P, 1997. 1-6.

---. *Proust and Signs: The Complete Text.* Trans. Richard Howard. Minneapolis: U of Minnesota P, 2000.

Derrida, Jacques. *Of Grammatology.* Trans. Gayatri Chakravorty Spivak. Baltimore: Johns Hopkins UP, 1976.

---. "Différance." *Speech and Phenomena, and Other Essays on Husserl's Theory of Signs.* Trans. David B. Allison. Evanston: Northwestern UP, 1973. 129-160.

de Certeau, Michel. *The Practice of Everyday Life.* Trans. Steven Rendall. Berkeley: U of California P, 1984.

de Jong, Rudolf. "The Recapture of the Street?" *Transport Sociology: Social Aspects of Transport Planning.* Ed. Enne de Boer. Oxford: Pergamon P, 1986. 77-91.

de Saussure, Ferdinand. *Course in General Linguistics.* Eds. Charles Bally and Albert Sechehaye. Trans. Roy Harris. London: Duckworth, 1983.

Dickens, Charles. *A Tale of Two Cities.* London: Oxford UP, 1988.

Dillon, M.C. *Merleau-Ponty's Ontology.* 2nd ed. Evanston: Northwestern UP, 1998.

---. "The Unconscious: Language and World." *Merleau-Ponty in Contemporary Perspective.* Eds. Patrick Burke and Jan van der Veken. Dordrecht: Kluwer, 1993. 69-83.

Doctor, Ronald M., and Ada P. Kahn. *The Encyclopedia of Phobias, Fears, and Anxieties.* 2nd ed. New York: Facts on File, 2000.

Douglas, Mary. "The Idea of a Home: A Kind of Space." *Social Research* 58.1 (1991): 287-307.

Elias, Amy Jeanne. "Spatializing History: Representing History in the Postmodernist Novel." Diss. The Pennsylvania State U, 1991. Ann Arbor: UMI, 1997. 9214150.

Eliade, Mircea. *The Sacred and the Profane: The Nature of Religion.* Trans. Willard R. Trask. San Diego: Harcourt Brace Jovanovich, 1959.

Faris, Wendy B. "The Labyrinth as Sign." *City Images: Perspectives from Literature, Philosophy, and Film.* Ed. Mary Ann Caws. New York: Gordon and Breach, 1991. 33-41.

Federman, Raymond. "Self-Reflexive Fiction or How to Get Rid of It." *Critifiction: Postmodern Essays.* Albany: State U of New York P, 1993. 17-34.

Fiske, John. *Reading the Popular.* Boston: Unwin Hyman, 1989.

Flaubert, Gustave. *Madame Bovary: Patterns of Provincial Life.* Trans. Francis Steegmuller. London: David Campbell, 1993.

Fokkema, Aleid. *Postmodern Characters: A Study of Characterization in British and American Postmodern Fiction.* Amsterdam: Rodopi, 1991.

Fokkema, Douwe W. "Postmodernist Impossibilities: Literary Conventions in Borges, Barthelme, Robbe-Grillet, Hermans, and Others." *Literary History, Modernism, and Postmodernism.* Amsterdam: Benjamins, 1984. 37-57.

Forster, E.M. *Aspects of the Novel.* London: Hodder & Stoughton, 1993.

Foucault, Michel. *Discipline and Punish: The Birth of the Prison.* Trans. Alan Sheridan. London: Allen Lane, 1977.

---. *Madness and Civilization: A History of Insanity in the Age of Reason.* Trans. Richard Howard. London: Tavistock, 1967.

---. "Of Other Spaces." Trans. Jay Miskowiec. *Diacritics* 16.1 (1986): 22-27.

Francese, Joseph. *Narrating Postmodern Time and Space.* Albany: State U of New York P, 1997.

Frank, Joseph. "Spatial Form in Modern Literature." *The Widening Gyre: Crisis and Mastery in Modern Literature.* New Brunswick: Rutgers UP, 1963. 3-62.

Freire, Paulo. *Pedagogy of the Oppressed.* Trans. Myra Bergman Ramos. London: Penguin, 1972.

Friedman, Susan Stanford. "Spatial Poetics and Arundhati Roy's *The God of Small Things.*" *The Blackwell Companion to Narrative Theory.* Eds. James Phelan and Peter Rabinowitz. Oxford: Oxford UP, 2005. 192-205.

Frost, Christopher, and Rebecca Bell-Metereau. *Simone Weil: On Politics, Religion and Society.* London: Sage, 1998.

Gane, Michael. *Baudrillard's Bestiary: Baudrillard and Culture.* London: Routledge, 1991.

Garfinkel, Susan. "Elevator Stories: Vertical Imagination and the Spaces of Possibility." *Up, Down, Across: Elevators, Escalators and Moving Sidewalks.* Ed. Alisa Goetz. London: Merrell, 2003. 173-195.

Genette, Gérard. "La Literature et l'espace." *Figures II.* Paris: Editions du Seuil, 1969. 43-48.

---. *Narrative Discourse: An Essay in Method.* Trans. Jane E. Lewin. Ithaca: Cornell UP, 1980.

---. *Narrative Discourse Revisited.* Trans. Jane E. Lewin. Ithaca: Cornell UP, 1988.

Gibson, Andrew. *Towards a Postmodern Theory of Narrative.* Edinburgh: Edinburgh UP, 1996.

Gottdiener, Mark. "The System of Objects and the Commodification of Everyday Life: The Early Work of Baudrillard." *Postmodern Semiotics: Material Culture and the Forms of Postmodern Life.* Oxford: Blackwell, 1995. 34-53.

Grant, Barbara. "Disciplining Students: The Construction of Student Subjectivities." *Foucault: The Legacy.* Ed. Clare O'Farrell. Kelvin Grove, Qld.: Queensland U of Technology, 1997. 674-684.

Grosz, Elizabeth. *Jacques Lacan: A Feminist Introduction.* London: Routledge, 1990.

---. "Bodies-Cities." *Space, Time, and Perversion: Essays in the Politics of Bodies.* New York: Routledge, 1995. 103-110.

Gullón, Ricardo. "On Space in the Novel." Trans. René de Costa. *Critical Inquiry* 2 (1975): 11-28.

Hall, Edward T. *The Hidden Dimension: Man's Use of Space in Public and Private.* London: The Bodley Head, 1969.

Hall, Peter A. "Designing Non-Space: The Evolution of the Elevator Interior." Goetz. 59-77.

Harries, Karsten. *The Ethical Function of Architecture.* Cambridge, MA: MIT P, 1997.

Harvey, David. *The Condition of Postmodernity: An Enquiry into the Origins of Cultural Change.* Oxford: Blackwell, 1989.

Hassan, Ihab Habib. *The Postmodern Turn: Essays in Postmodern Theory and Culture.* Columbus: Ohio State UP, 1987.

Heidegger, Martin. *Being and Time*. Trans. Joan Stambaugh. Albany: State U of New York P, 1996.

---. "Building Dwelling Thinking." *Poetry, Language, Thought*. Trans. and ed. Albert Hofstadter. New York: Harper Colophon, 1971. 143-161.

Heller, Agnes. *Everyday Life*. Trans. G.L. Campbell. London: Routledge & Kegan Paul, 1984.

---. "Space, Place, and Home." *A Theory of Modernity*. Malden: Blackwell, 1999. 185-199.

Hemingway, Ernest. *For Whom the Bell Tolls*. London: Arrow, 1994.

---. *The Complete Short Stories of Ernest Hemingway*. New York: Simon & Schuster, 1998.

---. *The Old Man and the Sea*. New York: Bantam, 1976.

Holloway, G.E.T. *An Introduction to the Child's Conception of Space*. London: Routledge & Kegan Paul, 1967.

Howells, Christina. *Derrida: Deconstruction from Phenomenology to Ethics*. Cambridge, Eng.: Polity P, 1998.

Huxley, Aldous. *Brave New World and Brave New World Revisited*. New York: Harper Perennial, 2004.

Ibsch, Elrud. "Historical Changes of the Function of Spatial Description in Literary Texts." *Poetics Today* 3.4 (1982): 97-113.

Jameson, Fredric. *The Cultural Turn: Selected Writings on the Postmodern, 1983-1998*. London: Verso, 1998.

---. *The Geopolitical Aesthetic: Cinema and Space in the World System*. Bloomington: Indiana UP, 1992.

---. "The Cultural Logic of Late Capitalism." *Postmodernism, or, the Cultural Logic of Late Capitalism*. London: Verso, 1991. 1-54.

Joyce, James. *Ulysses*. Oxford: Oxford UP, 1993.

Kafka, Franz. *Metamorphosis and Other Stories.* Trans. Willa Muir and Edwin Muir. Harmondsworth: Penguin, 1961.

Kermode, Frank. *The Sense of an Ending: Studies in the Theory of Fiction.* New York: Oxford UP, 1967.

Kestner, Joseph A. *The Spatiality of the Novel.* Detroit: Wayne State UP, 1978.

Klein, Richard. *Cigarettes Are Sublime.* Durham: Duke UP, 1993.

Klinkowitz, Jerome. "The Novel as Artifact: Spatial Form in Contemporary Fiction." *Spatial Form in Narrative.* Eds. Jeffrey R. Smitten and Ann Daghistany. Ithaca: Cornell UP, 1981. 37-47.

Kockelmans, Joseph J. *Heidegger's "Being and Time": The Analytic of Dasein as Fundamental Ontology.* Washington, DC: Centre for Advanced Research in Phenomenology, 1989.

Lacan, Jacques. "The Mirror Stage as Formative of the Function of the I as Revealed in Psychoanalytic Experience." *Écrits: A Selection.* Trans. Alan Sheridan. London: Tavistock, 1977. 1-7.

Lane, Richard J. *Jean Baudrillard.* London: Routledge, 2000.

Langston, David J. "Time and Space as the Lenses of Reading." *Journal of Aesthetics and Art Criticism* 40.4 (1982): 401-414.

Lemon, Lee T. and Marion J. Reis, trans. *Russian Formalist Criticism: Four Essays.* Lincoln: U of Nebraska P, 1965.

Lessing, G.E. *Laocoön: An Essay on the Limits of Painting and Poetry.* Trans. Edward Allen McCormick. Baltimore: Johns Hopkins UP, 1984.

Liao, Chaoyang. "Catastrophe and Hope: The Politics of 'The Ancient Capital' and *The City Where the Blood-Red Bat Descended.*" *Journal of Modern Literature in Chinese* 4.1 (2000): 5-33.

Liou, Liang-ya. "Gender Crossing and Decadence in Taiwanese Fiction at the Fin de Siècle: The Instances of Li Ang, Chu Tien-Wen, Chiu Miao-Jin, and Cheng Ying-Shu." *Tamkang Review* 31.2 (2000): 131-167.

Lodge, David. *The Art of Fiction.* London: Secker & Warburg, 1992.

Lothe, Jakob. *Narrative in Fiction and Film: An Introduction.* Oxford: Oxford UP, 2000.

Lutwack, Leonard. *The Role of Place in Literature.* Syracuse: Syracuse UP, 1984.

Lynch, Kevin. *The Image of the City.* Cambridge, MA: MIT P, 1960.

Lyotard, Jean-François. *The Postmodern Condition: A Report on Knowledge.* Trans. Geoff Bennington and Brian Massumi. Minneapolis: U of Minnesota P, 1997.

---. *The Postmodern Explained: Correspondence 1982-1985.* Trans. Don Barry et al. Minneapolis: U of Minnesota P, 1993.

MacCannell, Dean. *The Tourist: A New Theory of the Leisure Class.* New York: Schocken, 1976.

Mach, Ernst. *The Analysis of Sensations.* London: Routledge/Thoemmes P, 1996.

Malpas, J.E. *Place and Experience: A Philosophical Topography.* Cambridge, Eng.: Cambridge UP, 1999.

Marc, Olivier. *Psychology of the House.* Trans. Jessie Wood. London: Thames and Hudson, 1977.

Marcus, Clare Cooper. *House as a Mirror of Self: Exploring the Deeper Meaning of Home.* Berkeley: Conari P, 1995.

Martin, Wallace. *Recent Theories of Narrative.* Ithaca: Cornell UP, 1986.

Matlin, Margaret W. *Perception.* Boston: Allyn and Bacon, 1983.

Matthews, W.H. *Mazes and Labyrinths: Their History and Development.* New York: Dover, 1970.

McAllester, E. Mary. "Gaston Bachelard: Towards a Phenomenology of Literature." *Forum for Modern Language Studies* 12.2 (1976): 93-104.

Melville, Joy. *Phobias and Obsessions: Their Understanding and Treatment.* London: George Allen & Unwin, 1977.

Mendilow, A.A. *Time and the Novel.* New York: Humanities P, 1972.

Merleau-Ponty, Maurice. *The Phenomenology of Perception.* Trans. Colin Smith. London: Routledge & Kegan Paul, 1962.

---. *The Primacy of Perception: And Other Essays on Phenomenological Psychology, the Philosophy of Art, History, and Politics.* Trans. and ed. James M. Edie. Evanston: Northwestern UP, 1964.

---. *The Visible and the Invisible.* Ed. Claude Lefort. Trans. Alphonso Lingis. Evanston: Northwestern UP, 1968.

Mickelsen, David. "Types of Spatial Structure in Narrative." Smitten and Daghistany. 63-78.

Mitchell, W.J.T. "The Politics of Genre: Space and Time in Lessing's *Laocoon.*" *Representations* 6 (1984): 98-115.

---. "Spatial Form in Literature: Toward a General Theory." *Critical Inquiry* 6 (1980): 539-567.

More, Thomas. *Utopia.* Eds. George M. Logan and Robert M. Adams. Rev. ed. Cambridge, Eng.: Cambridge UP, 2002.

Nast, Heidi J., and Steve Pile. "MakingPlacesBodies." Introduction. *Places through the Body.* Eds. Heidi J. Nast and Steve Pile. London: Routledge, 1998. 1-19.

Neumann, Erich. *The Great Mother: An Analysis of the Archetype.* Trans. Ralph Manheim. Princeton: Princeton UP, 1972.

O'Neill, Patrick. *Fictions of Discourse: Reading Narrative Theory.* Toronto: U of Toronto P, 1994.

O'Toole, Lawrence M. "Dimensions of Semiotic Space in Narrative." *Poetics Today* 1.4 (1980): 135-149.

Parrinder, Patrick. *Science Fiction: Its Criticism and Teaching*. London: Methuen, 1980.

Pettigrew, David E. "Merleau-Ponty and the Unconscious: A Poetic Vision." *Merleau-Ponty, Interiority and Exteriority, Psychic Life, and the World*. Eds. Dorothea Olkowski and James Morley. Albany: State U of New York P, 1999. 57-68.

Poe, Edgar Allan. "The Philosophy of Furniture." *The Complete Works of Edgar Allan Poe*. Ed. James A. Harrison. Vol. 14. 2nd ed. New York: AMS P, 1979. 101-109.

Prince, Gerald. *A Dictionary of Narratology*. Rev. ed. Lincoln: U of Nebraska P, 2003.

---. *Narratology: The Form and Functioning of Narrative*. New York: Mouton, 1982.

Proust, Marcel. *Remembrance of Things Past*. Trans. C.K. Scott-Moncrieff. New York: Vintage, 1970.

Punday, Daniel. *Narrative after Deconstruction*. Albany: State U of New York P, 2003.

---. *Narrative Bodies: Toward a Corporeal Narratology*. New York: Palgrave Macmillan, 2003.

Rabkin, Eric S. "Spatial Form and Plot." Smitten and Daghistany. 79-99.

Ricoeur, Paul. *The Symbolism of Evil*. Trans. Emerson Buchanan. Boston: Beacon P, 1969.

Rimmon-Kenan, Shlomith. *Narrative Fiction: Contemporary Poetics*. London: Routledge, 1999.

---. "The Story of 'I': Illness and Narrative Identity." *Narrative* 10.1 (2002): 9-27.

Roberts, Adam. *Science Fiction*. London: Routledge, 2000.

Robinson, Keith A. *Michel Foucault and the Freedom of Thought*. Lewiston: E. Mellen P, 2001.

Ronen, Ruth. "Space in Fiction." *Poetics Today* 7 (1986): 421-438.

Safdie, Moshe, with Wendy Kohn. *The City after the Automobile: An Architect's Vision*. New York: Basic, 1997.

Salinger, J.D. *The Catcher in the Rye*. London: Penguin, 1994.

Scarry, Elaine. *The Body in Pain: The Making and Unmaking of the World*. New York: Oxford UP, 1985.

Scheibe, Karl E. *Mirrors, Masks, Lies, and Secrets: The Limits of Human Predictability*. New York: Praeger, 1979.

Schmidt, James. *Maurice Merleau-Ponty: Between Phenomenology and Structuralism*. Basingstoke: Macmillan, 1985.

Selden, Raman, and Peter Widdowson. *A Reader's Guide to Contemporary Literary Theory*. 3rd ed. Lexington: UP of Kentucky, 1993.

Sennett, Richard. *Flesh and Stone: The Body and the City in Western Civilization*. New York: W.W. Norton, 1994.

Shao, Yuh-chuan. "Life after Primordialism: Globalization, Localization and Identity Crisis in Chu Tianhsin's 'The Ancient Capital.'" *Wenshan Review* 3 (2000): 155-176.

Shklovsky, Viktor. "The Structure of Fiction." *Theory of Prose*. Trans. Benjamin Sher. Elmwood Park, IL: Dalkey Archive P, 1991. 52-71.

Shusterman, Richard. *Pragmatist Aesthetics: Living Beauty, Rethinking Art*. 2nd ed. Lanham: Rowman & Littlefield, 2000.

Simmel, Georg. "Bridge and Door." *Simmel on Culture: Selected Writings*. Eds. David Frisby and Mike Featherstone. London: Sage, 1997. 170-174.

---. "The Sociology of Space." Frisby and Featherstone. 137-170.

Slattery, Dennis Patrick. *The Wounded Body: Remembering the Markings of Flesh.* Albany: State U of New York P, 2000.

Smethurst, Paul. "There is no Place Like Home: Belonging and Placelessness in the Postmodern Novel." *Space and Place: The Geographies of Literature.* Eds. Glenda Norquay and Gerry Smyth. Liverpool: Liverpool John Moores UP, 1997. 373-384.

Smitten, Jeffery R. "Spatial Form and Narrative Theory." Introduction. Smitten and Daghistany. 15-34.

Soja, Edward W. *Thirdspace: Journeys to Los Angeles and Other Real-and-Imagined Places.* Cambridge, MA: Blackwell, 1996.

Sontag, Susan. *Illness as Metaphor and AIDS and Its Metaphors.* New York: Picador USA, 2001.

Spencer, Sharon. *Space, Time, and Structure in the Modern Novel.* New York: New York UP, 1971.

Spivak, Gayatri Chakravorty. "Can the Subaltern Speak?" *Marxism and the Interpretation of Culture.* Eds. Cary Nelson and Lawrence Grossberg. Urbana: Illinois UP, 1988. 271-313.

Stroud, Joanne H. Foreword. *Water and Dreams: An Essay on the Imagination of Matter.* Bachelard. vii-x.

Suvin, Darko. "On the Poetics of the Science Fiction Genre." *Science Fiction: A Collection of Critical Essays.* Ed. Mark Rose. Englewood Cliffs: Prentice-Hall, 1976. 57-71.

Thickstun, William R. *Visionary Closure in the Modern Novel.* Basingstoke: Macmillan, 1988.

Todorov, Tzvetan. *Introduction to Poetics.* Trans. Richard Howard. Brighton: Harvester P, 1981.

Tomashevsky, Boris. "Thematics." Lemon and Reis. 61-95.

Torgovnick, Marianna. *Closure in the Novel.* Princeton: Princeton UP, 1981.

Travers, Martin. *An Introduction to Modern European Literature: From Romanticism to Postmodernism.* New York: St. Martin's P, 1998.

Tuan, Yi-Fu. *Space and Place: The Perspective of Experience.* Minneapolis: U of Minnesota P, 1977.

Uspensky, Boris. *A Poetics of Composition: The Structure of the Artistic Text and Typology of a Compositional Form.* Trans. Valentina Zavarin and Susan Wittig. Berkeley: U of California P, 1973.

van den Berg, J.H. "The Meaning of Being-Ill." *Phenomenological Psychology: The Dutch School.* Ed. Joseph J. Kockelmans. Dordrecht: Martinus Nijhoff, 1987. 229-237.

Villela-Petit, Maria. "Heidegger's Conception of Space." *Martin Heidegger: Critical Assessments.* Ed. Christopher Macann. Vol. 1. London: Routledge, 1992. 117-140.

Virilio, Paul. *The Aesthetics of Disappearance.* Trans. Philip Beitchman. New York: Semiotext(e), 1991.

---. "The Overexposed City." *Lost Dimension.* Trans. Daniel Moshenberg. New York: Semiotext(e), 1991. 9-27.

Wang, David Der-wei. "Fin-de-siècle Splendor: Contemporary Women Writers' Vision of Taiwan." *Modern Chinese Literature* 6 (1992): 39-59.

Wang, Jing. "Taiwan Hsiang-t'u Literature: Perspectives in the Evolution of a Literary Movement." *Chinese Fiction from Taiwan Critical Perspectives.* Ed. Jeannette L. Faurot. Bloomington: Indiana UP, 1980. 43-70.

Waugh, Patricia. *Metafiction: The Theory and Practice of Self-conscious Fiction.* New York: Methuen, 1984.

Weil, Simone. *Gravity and Grace.* Trans. Emma Crawford and Mario von der Ruhr. London: Routledge, 2002.

---. *Waiting on God.* Trans. Emma Craufurd. London: Collins, 1951.

Wilbur, Richard. "The House of Poe." *Poe: A Collection of Critical Essays.* Ed. Robert Regan. Englewood Cliffs: Prentice-Hall, 1967. 98-120.

Williams, Raymond. *The Country and the City.* London: Chatto and Windus, 1973.

Winspur, Steven. "On City Streets and Narrative Logic." Caws. 60-70.

Wolin, Richard. *The Terms of Cultural Criticism: The Frankfurt School, Existentialism, Poststructuralism.* New York: Columbia UP, 1992.

Wood, Denis, with John Fels. *The Power of Maps.* New York: Guilford P, 1992.

Wood, Michael. *Children of Silence: On Contemporary Fiction.* New York: Columbia UP, 1998.

Woolf, Virginia. "On Being Ill." *The Moment: And Other Essays.* New York: Harcourt, Brace and Company, 1948. 9-23.

Yuasa, Yasuo. *The Body: Toward an Eastern Mind-body Theory.* Ed. Thomas P. Kasulis. Trans. Nagatomo Shigenori and Thomas P. Kasulis. Albany: State U of New York P, 1987.

Zola, Émile. *Germinal.* Trans. Peter Collier. Oxford: Oxford UP, 1998.

Zoran, Gabriel. "Towards a Theory of Space in Narrative." *Poetics Today* 5 (1984): 309-335.

後　記

　　學習文學一直是我的夢想，有幸進入香港大學文學院進修，後來又蒙師長扶持，得以完成博士學位。本書是在博士論文為底本修改而成，原題「臺灣都市小說的空間：黃凡、林燿德、朱天文、朱天心作品研究」。在學期間一直對文學閱讀與研究的方法問題深感興趣，有感賞析文學當有一定的門徑與策略，並期望日後能夠發展理解作品的手法。希望本書不但對臺灣流行一時的都市文學進行探析，亦能幫助讀者掌握分析工具，加深對其他各種文學類型的研究。

　　承蒙各方師友的協助與鼓勵，讀博和修訂的過程中不感孤獨。論文指導黎活仁老師的教誨與提攜，張羅訪尋論文資料，記得黎師常與學生暢談達旦，教導學問以外，也傳授許多人生經驗。除了得到老師的支持，還得到中文系研究生事務委員陳萬成老師、李家樹老師、廖明活老師、單周堯老師大力幫忙，學生始成功由碩士轉升博士學位，謹在此致以衷心的感謝。

　　感謝口試委員鄧昭祺老師、余丹老師、朱耀偉老師的指正與建議，使論文更加完備。余老師仔細校閱拙文，發現各種筆誤和表達欠妥之處，實在受益匪淺。鄧老師、朱老師提出許多日後研究的方向，極有參考價值。嚴謹、精細正是為學之道，後學定必

努力奮進。

　　梁敏兒博士、鄭振偉博士在百忙中閱畢全文，不嫌學生鄙陋，指點啓發，提供寶貴意見；論文撰寫期間，承李瑞騰教授、劉漢初教授、應鳳凰教授、張高評教授、陳恬儀小姐惠贈研究資料；後又獲戴淑芳小姐、溫羽貝先生、陳劍先生細緻校對拙文，並得到臺灣學生書局陳蕙文小姐安排出版事宜，恩情可感。拙作前言部分文字及第二章，分別獲得《香江文壇》及《東華人文學報》接納出版，謹此致謝。最後，感謝家人多年來的體諒和照料，願能在此銘刻充溢我心的感激。

黃自鴻

2014 年 9 月 10 日

國家圖書館出版品預行編目資料

小說空間與臺灣都市文學

黃自鴻著. – 初版. – 臺北市：臺灣學生，2015.06
面；公分：

ISBN 978-957-15-1642-4 (平裝)

1. 臺灣小說 2. 文學評論

863.27   104002216

小說空間與臺灣都市文學

著　作　者：黃　　　　自　　　　鴻
出　版　者：臺 灣 學 生 書 局 有 限 公 司
發　行　人：楊　　　　雲　　　　龍
發　行　所：臺 灣 學 生 書 局 有 限 公 司
　　　　　　臺北市和平東路一段七十五巷十一號
　　　　　　郵 政 劃 撥 帳 號：0 0 0 2 4 6 6 8
　　　　　　電　話　：(0 2) 2 3 9 2 8 1 8 5
　　　　　　傳　眞　：(0 2) 2 3 9 2 8 1 0 5
　　　　　　E-mail：student.book@msa.hinet.net
　　　　　　http：//www.studentbook.com.tw
本 書 局 登
記 證 字 號：行政院新聞局局版北市業字第玖捌壹號
印　刷　所：長 欣 印 刷 企 業 社
　　　　　　新北市中和區中正路九八八巷十七號
　　　　　　電　話　：(0 2) 2 2 2 6 8 8 5 3

定價：新臺幣五○○元

二 ○ 一 五 年 六 月 初 版

臺灣 學生書局 出版

現當代文學叢刊